Feb 2016

Nada se acaba

Nada se acaba

Margaret Atwood

Traducción de
Miguel Temprano García

Lumen

narrativa

Título original: *Life Before Man*
Primera edición: octubre de 2015

© 1979, O. W. Toad Ltd.
© 2015, de la presente edición en castellano para todo el mundo:
Penguin Random House Grupo Editorial, S. A. U.
Travessera de Gràcia, 47-49. 08021 Barcelona
© 2015, Miguel Temprano García, por la traducción

Printed in Spain – Impreso en España

ISBN: 978-84-264-0027-7
Depósito legal: B-18.799-2015

Compuesto en Fotocomposición 2000
Impreso en Egedsa
Sabadell (Barcelona)

H 4 0 0 2 7 7

Penguin
Random House
Grupo Editorial

Para G.

En lugar de una parte del organismo, el fósil puede ser un rastro de su presencia, como una huella o una galería fosilizadas. [...] Dichos fósiles son nuestra única oportunidad de ver en acción a los animales extinguidos y estudiar su comportamiento, aunque la identificación definitiva solo es posible allí donde el animal ha muerto y se ha fosilizado

BJÖRN KURTÉN, *El mundo de los dinosaurios*

Mira, te estoy sonriendo, estoy sonriendo en tu interior, estoy sonriendo a través de ti. ¿Cómo voy a estar muerto si aliento en cada temblor de tu mano?

ABRAM TERTZ (ANDRÉI SINIAVSKI),
«El carámbano»

Primera parte

ELIZABETH

No sé cómo debería vivir. Ni yo ni nadie. Lo único que sé es cómo vivo. Como un caracol sin concha. Y esa no es forma de ganar dinero.

Quiero mi concha, bastante me costó fabricarla. La tienes tú, dondequiera que estés. Te fue fácil quitármela. Quiero una concha como un vestido de lentejuelas, hecha con monedas de plata, centavos y dólares superpuestas como las escamas de un armadillo. Un consolador acorazado. Impermeable; como una gabardina francesa.

Ojalá no tuviese que pensar en ti. Querías impresionarme, pero no estoy impresionada sino asqueada. Ha sido un acto repugnante, infantil y estúpido. Como cuando un crío rompe un muñeco en una rabieta, solo que lo que has roto ha sido tu cabeza, tu propio cuerpo. Querías asegurarte de que no pudiera darme la vuelta en la cama sin sentir ese cuerpo a mi lado, tangible aunque ya no esté allí, igual que una pierna amputada. Desaparecido, aunque todavía duela. Querías que llorase, que me lamentara, que me sentase en una mecedora con un pañuelo ribeteado de negro y sangrara por los ojos. Pero no estoy llorando, estoy enfadada. Tanto que podría matarte. Si no lo hubieses hecho tú.

Elizabeth está tumbada de espaldas, con la ropa puesta y sin arrugas, los zapatos están uno al lado del otro sobre la alfombrilla de la cama, una alfombrilla oval trenzada que compró en Nick Knack hace cuatro años cuando aún le interesaba la decoración de la casa, una alfombra de trapos de solterona auténtica y garantizada. Tiene los brazos en los costados, los pies juntos, los ojos abiertos. Solo ve parte del techo. Una pequeña grieta cruza su campo de visión y se bifurca en otra más pequeña. No ocurrirá nada, nada se abrirá, la grieta no se hará más grande ni se separará, y no pasará nada por ella. Lo único que significa es que el techo necesita una mano de pintura, no este año, sino el próximo. Elizabeth intenta concentrarse en las palabras «el año próximo», pero descubre que no puede.

A la izquierda hay un borrón de luz; si volviese la cabeza vería la ventana, los helechos y la persiana de varillas de bambú a medio enrollar. Después de comer llamó a la oficina y dijo que no iría a trabajar. Lo ha hecho demasiadas veces; necesita su empleo.

No está allí. Se halla en alguna parte entre su cuerpo, que yace tranquilo en la cama sobre la colcha de estampado indio de tigres y flores, con un jersey negro de cuello alto, una falda negra recta, unas bragas malvas, un sujetador beis que se cierra por delante y unos panties de esos que van en huevos de plástico, y el techo con sus grietas finas como un cabello. Se ve a sí misma, un engrosamiento del aire, como albúmina. Lo que sale cuando hierves un huevo y se rompe la cáscara. Conoce el vacío al otro lado del techo, que no es el mismo del tercer piso donde viven los inquilinos. A lo lejos, como un trueno lejano, su hija está haciendo rodar unas canicas por el suelo. El negro vacío absorbe el aire con un silbido suave y apenas audible. Podría absorberla a ella como si fuera humo.

No puede mover los dedos. Piensa en sus manos extendidas junto a sus costados, guantes de goma: piensa en forzar los huesos y la carne para darles forma de mano, un dedo tras otro, como una masa.

A través de la puerta, que ha dejado entreabierta una pulgada por pura costumbre, siempre alerta como el servicio de urgencias de un hospital, incluso ahora aguza el oído por si se oyeran gritos o ruidos de cosas rotas, llega el aroma de la calabaza quemada. Sus hijas han encendido las lamparillas pese a que aún faltan dos días para Halloween. Y ni siquiera ha oscurecido, aunque la luz empieza a disminuir. Les gusta tanto disfrazarse, ponerse máscaras y disfraces y correr por la calle, entre las hojas muertas, llamar a la puerta de desconocidos con sus bolsas de papel. Qué esperanza… Antes le conmovía esa emoción, esa intensa alegría, la planificación que duraba semanas tras la puerta cerrada del dormitorio. Tensaba algo en su interior, algún resorte. Este año están muy lejos. El mudo panel transparente del nido del hospital donde se plantaba y veía abrirse y cerrarse las bocas sonrosadas en los rostros contraídos.

Las ve, y ellas a ella. Saben que algo va mal. Sus modales, su evasión, son tan perfectos que resultan estremecedores.

Han estado observándome. Llevan años observándonos. ¿Por qué no iban a saber hacerlo? Actúan como si todo fuese normal, y tal vez para ellas lo sea. Pronto querrán la cena y yo la prepararé. Bajaré de esta cama, haré la cena y mañana las llevaré a la escuela y luego iré a la oficina. Ese es el orden correcto.

Antes Elizabeth cocinaba, y muy bien. Fue en la misma época en que le interesaban las alfombras. Todavía cocina, pela algunas cosas y calienta otras. Unas se endurecen y otras se ablandan; el blanco se pone marrón. Y así sigue. Pero cuando piensa en la comida no ve los colores brillantes, rojo, verde, naranja, del *Libro de cocina del gourmet*. Ve las ilustraciones de esos artículos de las revistas que muestran cuánta grasa tiene el desayuno. Claras de huevo blancas e inertes, tiras blancas de beicon, mantequilla blanca. Pollos, asados y filetes modelados con blanda manteca. Así es como le sabe ahora la comida. De todos modos, come más de la cuenta y engorda.

Se oye un golpecito en la puerta, unos pasos. Elizabeth baja los ojos. Ve abrirse la puerta en el espejo ovalado con marco de roble que hay sobre el tocador, la oscuridad del fondo, el rostro de Nate que asoma dando tumbos como un globo pálido. Lo ve entrar en la habitación tras romper el hilo invisible que ella suele tender a través del umbral para impedirle la entrada, y se las arregla para volver la cabeza. Le sonríe.

—¿Cómo estás, cariño? —dice él—. Te he traído un poco de té.

NATE

Ya no sabe qué significa «cariño» para ellos, aunque sigan diciéndoselo. Por las niñas. Tampoco recuerda cuándo empezó a llamar a la puerta, o cuándo dejó de considerarla su puerta. Cuándo trasladaron a las niñas a una sola habitación y él ocupó la cama que quedaba libre. La «cama libre» la llamaba ella entonces. Ahora la llama la «cama extra».

Deja la taza de té en la mesilla de noche, junto a la radio despertador que la despierta cada mañana con alegres noticias a la hora del desayuno. Hay un cenicero, sin colillas; ¿por qué iba a haberlas si no fuma? En cambio, Chris sí fumaba.

Cuando Nate dormía en esa habitación, había ceniza, cerillas, vasos, calderilla. La metían en un bote de mantequilla de cacahuete y se compraban regalitos. «Dinerito loco», lo llamaba ella. Ahora continúa vaciándose los bolsillos de calderilla cada noche; se acumula como excrementos de ratón sobre la cómoda de su cuarto, su propio cuarto. «Tu propio cuarto», lo llama ella como si quisiera recluirlo en él.

Elizabeth alza la mirada, con el rostro lívido, bolsas en los ojos, una sonrisa lánguida. No tiene por qué fingir, pero siempre lo intenta.

—Gracias, cariño —dice—. Enseguida me levanto.

—Si quieres esta noche hago yo la cena —responde Nate queriendo ser atento, y Elizabeth acepta con indiferencia.

Su apatía, su falta de ánimo le enfurece, pero no dice nada, se da la vuelta y cierra la puerta al salir. Ha tenido un detalle y ella se ha portado como si no significara nada.

Nate va a la cocina, abre la nevera y hurga en ella. Es como rebuscar en un cajón de ropa amontonada. Restos en tarros de cristal, brotes de soja caducados, una bolsa de espinacas medio podridas que huelen a césped en descomposición. No vale la pena contar con que la limpie Elizabeth. Antes lo hacía. Ahora limpia otras cosas, pero no la nevera. Ya la limpiará él, mañana o al día siguiente, cuando tenga un rato.

Entretanto, tendrá que improvisar la cena. No es tan difícil, ha ayudado a cocinar muchas veces, la diferencia es que antes —en los viejos tiempos, que recuerda como una era pasada, una especie de película de Disneylandia sobre caballeros andantes— siempre había víveres en la nevera. Ahora hace la compra él y carga una o dos bolsas en la cesta de su bicicleta, pero se le olvidan las cosas y a lo largo del día siempre falta algo: huevos, o papel higiénico. Entonces tiene que mandar a las niñas a la tienda de la esquina, donde todo es más caro. Antes, cuando aún no había vendido el coche, no tenían ese problema. Iban a comprar una vez por semana, los sábados, y la ayudaba a guardar las latas y los paquetes de congelados cuando llegaban a casa.

Nate saca las goteantes espinacas del cajón de las verduras y las echa al cubo de la basura, rezuman un líquido verde. Cuenta los huevos, no hay suficientes para hacer dos tortillas. Tendrá que volver a hacer macarrones con queso, pero da igual porque a las niñas les encantan. A Elizabeth no le gustan tanto, pero se los comerá, los engullirá con gesto ausente, como si fuese lo que menos le importase en este mundo, sonriendo como una mártir a quien estuvieran asando a fuego lento, mirando a la pared como si no lo viera.

Nate remueve y ralla, remueve y ralla. La ceniza cae de su cigarrillo fuera de la sartén. No es culpa suya que Chris se volara la cabeza con una escopeta. Una escopeta: eso resume la extravagancia, la histeria, que siempre le ha disgustado de Chris. Él habría utilizado una pistola, en caso de que hubiese pensado hacerlo. Lo que le molesta es la mirada que le echó ella cuando le llamaron para decírselo: al menos había tenido valor. Al menos iba en serio. Nunca lo ha dicho, claro, pero está seguro de que los compara y lo juzga desfavorablemente por seguir con vida. Cree que es un cobarde porque sigue vivo. Que no tiene huevos.

Al mismo tiempo, aunque tampoco se lo ha dicho nunca, sabe que le culpa de todo. Si hubieses sido así o asá, si hubieses hecho esto o lo otro —ignora qué— no habría sucedido. No me habría visto empujada, obligada…, es lo que ella cree: que le falló, y ese fracaso indefinido suyo la ha convertido en una masa temblorosa de carne impotente, dispuesta a pegarse como una ventosa al primer chiflado que se le acerque y le diga: «Bonitas tetas». O lo que quiera que le dijese Chris para lograr que se abrochara el sujetador. Probablemente fuese más bien «Bonitas ramificaciones», los jugadores de ajedrez son así. Nate lo sabe: antes él también jugaba. Nunca ha entendido por qué a las mujeres el ajedrez les parece sexy. Al menos a algunas.

El caso es que hace una semana, desde esa noche, que pasa las tardes tumbada en la cama que antes era suya, o medio suya, y él se dedica a llevarle tazas de té, una cada tarde. Ella las acepta con ese gesto suyo de cisne moribundo, una actitud que él no soporta ni resiste. Es culpa tuya, cariño, pero puedes traerme tazas de té. Es un parco consuelo. Y una aspirina del baño y un vaso de agua. Gracias. Ahora ve a alguna parte a sentirte culpable. No se puede resistir. Como un buen chico.

Y encima fue él, no Elizabeth, quien tuvo que ir a identificar el cadáver. Pues su mirada abatida le dio a entender que no podía contar con ella. Así que había ido obediente. Plantado en aquel apartamento donde solo había estado dos veces pero al que ella había ido al menos una vez por semana los últimos dos años, conteniendo las náuseas, obligándose a mirar, había tenido la impresión de que ella estaba con ellos en la habitación, una curva en el espacio, una observadora. Más que Chris. No podía decirse que le quedara cabeza. El jinete sin cabeza. Pero reconocible. A diferencia de la mayor parte de la gente, la expresión de Chris nunca había estado en aquella cara pánfila, sino en su cuerpo. Su cabeza había sido una alborotadora, y probablemente por eso Chris había escogido volársela en lugar de dispararse en otra parte del cuerpo. No debía de querer mutilar su cuerpo.

El suelo, una mesa, un tablero de ajedrez al lado de la cama, una cama con lo que llamaron el tronco y las extremidades tendidas en ella; el otro cuerpo de Nate, unido a él por aquella tenue conexión, aquel agujero en el espacio controlado por Elizabeth. Chris se había puesto un traje, una corbata y una camisa blanca. Al pensar en tanta ceremonia —las manos gruesas atando el nudo y enderezándolo ante el espejo, Dios, si hasta se había lustrado los zapatos—, Nate quiso echarse a llorar. Metió las manos en el bolsillo de la chaqueta, sus dedos encontraron calderilla y la llave de casa.

—¿Algún motivo por el que pudo dejar su número en la mesilla? —se interesó el segundo policía.

—No —respondió Nate—. Supongo que porque éramos amigos.

—¿Los dos? —preguntó el primer policía.

—Sí —dijo Nate.

Janet entra en la cocina justo cuando él está metiendo la fuente en el horno.

—¿Qué hay para cenar? —pregunta, añadiendo «papá», como para recordarle quién es.

De pronto a Nate la pregunta le parece tan triste que por un momento no puede responder. Es una pregunta de otra época, de los viejos tiempos. Se le enturbian los ojos. Quiere soltar la fuente en el suelo y abrazar a su hija, pero en vez de hacerlo cierra con cuidado la puerta del horno.

—Macarrones con queso —dice.

—¡Qué rico! —responde ella con voz distante, cauta, con una cuidadosa imitación de alegría—. ¿Con salsa de tomate?

—No, no había.

Janet pasa el pulgar por la mesa de la cocina haciéndolo chirriar sobre la madera. Lo hace dos veces.

—¿Mamá está descansando? —pregunta.

—Sí —responde Nate. Luego añade con fatuidad—: Le he llevado una taza de té.

Pone una mano detrás, apoyada en la encimera. Los dos saben lo que pretende evitar.

—Bueno —dice Janet con la voz de una pequeña adulta—. ¡Nos vemos!

Da media vuelta y sale por la puerta de la cocina.

Nate quiere hacer algo, actuar de algún modo, estrellar la mano contra la ventana. Pero al otro lado del cristal hay una persiana. Eso le neutralizaría. Haga lo que haga será absurdo. ¿Qué es romper una ventana comparado con volarse la cabeza? Arrinconado. Si lo hubiese planeado Elizabeth no lo habría hecho mejor.

LESJE

Lesje vaga por la prehistoria. Bajo un sol mucho más anaranjado de lo que ha sido nunca el suyo, en medio de una llanura pantanosa cubierta de plantas de tallo grueso y helechos gigantescos, ramonea un grupo de estegosaurios de placas huesudas. Alrededor del grupo, amparados por su presencia, pero sin relación con él, hay unos cuantos camptosaurios más altos y delicados. Cautos, inquietos, levantan la diminuta cabeza de vez en cuando y se alzan sobre las patas traseras para olisquear el aire. Si hay algún peligro serán los primeros en dar la alarma. Cerca de ella, una bandada de pterosaurios de tamaño mediano planea de un gigantesco helecho arborescente a otro. Lesje se acurruca entre las frondas de la copa de uno de ellos y observa con prismáticos, feliz, desapercibida. Ninguno de los dinosaurios manifiesta el menor interés por ella. Si llegasen a verla o a olerla, no le prestarían atención. Les es tan absolutamente ajena que no podrían fijarse en ella. Cuando los aborígenes avistaron los barcos del capitán Cook, hicieron caso omiso porque sabían que una cosa así no podía existir. Es casi como ser invisible.

Cuando se para a pensarlo, Lesje sabe que probablemente no sea la idea de una relajada fantasía que podría tener cualquiera. Aun así, es la suya; sobre todo porque en ella se permite transgredir con descaro cualquier versión oficial de la realidad paleontológica que se le antoje. En general, es bastante clarividente, objetiva y racional en las horas de trabajo, razón de más, piensa, para su extravagancia en las marismas del Jurásico. Mezcla eras geológicas, añade colores: ¿por qué no un estegosaurio de color azul metálico con manchas rojas y amarillas en lugar de las aburridas manchas marrones y grises propuestas por los especialistas? De los que ella, a su modesta manera, forma parte. En los costados de los camptosaurios, van y vienen destellos de color rosa rojizo, púrpura y rosa claro, que reflejan sus emociones como los cromatóforos que se expanden y se contraen en la piel de los pulpos. Los camptosaurios solo se vuelven grises cuando mueren.

Al fin y al cabo tampoco es tan fantasioso; está familiarizada con la coloración de algunos lagartos exóticos modernos, por no hablar de las variaciones en los mamíferos como el trasero de los mandriles. Esas extrañas tendencias deben haberse desarrollado de alguna parte.

Lesje sabe que es una regresión. Últimamente lo hace a menudo. Su ensoñación es una reliquia de la infancia y la primera adolescencia, descartada hace un tiempo en favor de otras especulaciones. Es cierto que los hombres sustituyeron a los dinosaurios en su imaginación y en el tiempo geológico; pero pensar en los hombres cada vez le ofrece menos compensaciones. Y en cualquier caso, esa parte de su vida está resuelta de momento. Resuelta en el sentido en que se resuelve un fallo. Ahora «hombres» significa «William». William considera que ambos lo tienen todo resuelto.

No ve razones por las que haya que cambiar nada. Y Lesje tampoco, si se para a pensarlo. Excepto que ya no puede fantasear sobre William, aunque lo intente, y tampoco recuerda cómo eran sus fantasías cuando las tenía. Fantasear sobre William es una especie de contradicción en términos. Y tampoco le da demasiada importancia.

En la prehistoria no hay hombres, ni otras personas, solo algún observador solitario como ella, un turista o un refugiado, acurrucado con sus prismáticos en su propio helecho y dedicado a sus propios asuntos.

Suena el teléfono y Lesje da un brinco. Abre los ojos como platos y levanta, como para protegerse, la mano que sostiene la taza de café. Es de esas personas a quienes asustan más de la cuenta los ruidos imprevistos. Se considera una persona temerosa, un herbívoro. Da un respingo siempre que alguien se le acerca por detrás o cuando el jefe de estación del metro toca su silbato, aunque sepa que hay gente o que está a punto de sonar el silbato. Algunos de sus amigos lo encuentran conmovedor, pero a otros les resulta sencillamente irritante.

Sin embargo, a ella no le gusta ser irritante, así que intenta controlarse incluso cuando está sola. Deja la taza de café sobre la mesa —ya limpiará la mancha después— y va a coger el teléfono. No sabe quién espera que sea y quién le gustaría que fuese. Aunque comprende que son dos cosas distintas.

Cuando descuelga el auricular, oye el zumbido de la ciudad que reverbera al otro lado del cristal, amplificado por los acantilados de cemento que tiene enfrente y en los que ella vive. Una habitante de los acantilados. El decimocuarto piso.

Lesje sostiene el teléfono un minuto y escucha aquel zumbido como si fuese una voz. Luego cuelga. En todo caso no es William. Nunca la ha llamado sin tener algo que decirle, algún recado prosaico. «Voy para allá.» «Nos vemos en…» «No voy a poder.» «Vayamos a…» Y luego, cuando se fueron a vivir juntos, «Llegaré a las…». Y, últimamente, «No llegaré hasta las…». Lesje considera un indicio de la madurez de la relación que no le importen sus ausencias. Sabe que está trabajando en un proyecto importante. Eliminación de residuos. Respeta su trabajo. Siempre han prometido dejar libertad al otro.

Es la tercera vez. Dos veces la semana pasada y esta de ahora. A falta de otro tema de conversación, esa mañana se lo contó a las chicas del trabajo, enseñando los dientes en una rápida sonrisa, para demostrar que no le preocupaba y tapándose después la boca con la mano. Cree que sus dientes son demasiado grandes para su cara: que la hacen parecer esquelética, hambrienta.

Elizabeth Schoenhof estaba en la cafetería a la que van siempre a las diez y media cuando no tienen demasiado trabajo. Es de Proyectos Especiales. Lesje la ve mucho porque los fósiles son una de las cosas más populares del museo y a Elizabeth le gusta trabajar con ellos. En esa ocasión se había acercado a la mesa para decir que necesitaba parte del material de Lesje para una serie de vitrinas. Quería yuxtaponer algunos ejemplares pequeños de Canadiana con objetos naturales de las mismas regiones geográficas. Lo llamaría «Ambiente y artefacto». Podría usar algunos animales disecados combinados con las hachas y las trampas de los pioneros, y unos cuantos huesos fósiles para ambientarlos.

—Es un país viejo —dijo—. Queremos que la gente se dé cuenta.

Lesje está en contra de esa propaganda ecléctica, pero entiende que es necesaria. El público en general. Aun así, resulta trivial, y Lesje hizo una objeción para sus adentros cuando Elizabeth le preguntó, con ese aire tan competente suyo, si podría encontrarle algunos fósiles verdaderamente interesantes. ¿Acaso no lo eran todos? Lesje respondió educada que vería lo que podía hacer.

Elizabeth, experta en catalogar las reacciones ajenas, motivo por el que Lesje le tiene un poco de miedo —ella es incapaz—, le aclaró que se refería a que fuesen visualmente interesantes. Le quedaría muy agradecida, añadió.

Lesje, siempre sensible a los halagos, se ruborizó. Si Elizabeth quería unas falanges de gran tamaño y un cráneo o dos, que los usara. Además, Elizabeth tenía muy mal aspecto, estaba blanca como la pared, y eso que todos decían que lo llevaba de maravilla. Lesje no puede imaginarse en esa situación, así que tampoco puede predecir cómo lo llevaría ella. Claro que todo el mundo lo sabía, había aparecido en los periódicos, y Elizabeth no se había esforzado mucho en ocultarlo mientras duró.

La gente evitaba aludir a Chris, o a cualquier cosa que tuviese que ver con él, en presencia de Elizabeth. Lesje parpadeó cuando Elizabeth le dijo que quería utilizar un fusil de chispa en la vitrina. A ella no se le habría pasado por la cabeza utilizar armas de fuego. Pero tal vez esos puntos ciegos fuesen necesarios para llevarlo de maravilla. ¿Cómo lo haría si no?

Para cambiar de tema dijo muy animada:

—¿Sabéis qué? He estado recibiendo llamadas anónimas.

—¿Obscenas? —preguntó Marianne.

Lesje respondió que no.

—El tipo deja que suene el teléfono y cuelga cuando respondo.

—Probablemente tenga mal el número —dijo Marianne, cuyo interés pareció decaer.

—¿Cómo sabes que es un hombre? —preguntó Trish.

Elizabeth dijo: «Disculpad». Se levantó, se detuvo un momento, luego dio media vuelta y se encaminó como una sonámbula hacia la puerta.

—Es horrible —dijo Trish—. Debe de sentirse fatal.

—¿He dicho algo que no debía? —preguntó Lesje. No había sido su intención.

—¿No lo sabías? —respondió Marianne—. Él la estuvo llamando así. Al menos una vez cada noche, todo el mes pasado. Cuando dejó de trabajar aquí. Elizabeth se lo contó a Philip Burroughs bastante antes de que ocurriera. Debió de darse cuenta de que pasaba algo.

Lesje se ruborizó y se llevó la mano a la mejilla. Siempre había cosas que no sabía. Ahora Elizabeth pensaría que lo había hecho a propósito y le cogería ojeriza. No imaginaba cómo podía habérsele pasado por alto ese cotilleo. Probablemente lo habían contado en esa misma mesa y ella no habría prestado atención.

Lesje vuelve al salón, se sienta en la silla al lado del café derramado y enciende un cigarrillo. Cuando fuma no inhala. Se pone la mano derecha delante de la boca con el cigarrillo entre los dedos y el pulgar en la mandíbula. Así puede hablar y reírse con seguridad entre el humo que se eleva hasta sus ojos. Sus ojos son su punto fuerte. Entiende que en Oriente Próximo lleven velos. No tiene nada que ver con la modestia. A veces, cuando está sola, se pone uno de los cojines de flores en la parte inferior de la cara, por encima del puente de la nariz, esa nariz que es un poco larga y curva para este país. Sus ojos, oscuros, casi negros, le devuelven, enigmáticos, la mirada en el espejo del cuarto de baño, por encima de las flores azules y purpúreas.

ELIZABETH

Elizabeth está en el sofá gris bajo la luz subacuática de su cuarto de estar, con las manos dobladas sobriamente sobre el regazo, como si estuviese esperando un avión. La habitación da al norte y la luz nunca es directa; eso la tranquiliza. El sofá no es verdaderamente gris, o no solo es gris; tiene un motivo de fondo malva, una especie de veteado, un batik. Lo escogió porque no le hacía daño a los ojos.

En la alfombra de color champiñón, cerca del pie izquierdo, hay un pedacito de papel crepé naranja, un resto de lo que las niñas están haciendo en su cuarto. Un pedacito llameante y discordante. Normalmente lo recogería y arrugaría. No le gusta que nadie altere esa habitación, ni las niñas ni Nate con sus rastros de serrín y sus manchas de aceite de linaza. Pueden organizar todo el lío que quieran en su cuarto, donde ella no tenga que verlo. En cierta ocasión pensó en poner unas plantas, igual que en el dormitorio, pero decidió no hacerlo. No quiere tener que cuidar de nada.

Cierra los ojos. Chris está en la habitación con ella, un peso, cargado, sin aliento, como el aire antes de una tormenta. Sensual. Sultán. Silencioso. Pero no porque esté muerto, siempre fue así. La arrinconaba contra la puerta y la rodeaba con los brazos, cuando intentaba apartarlo, sus hombros eran como una mole, apretaba la cara contra la suya, la fuerza de la gravedad. Se apoyaba contra ella. Aún no te dejaré marchar. Ella detesta que alguien la domine. Nate no tiene ese poder, nunca lo ha tenido. Casarse con él fue fácil, como probarse un zapato.

Está en el cuarto de Parliament Street, bebiendo vino, los vasos manchados dejan círculos morados sobre el linóleo de la mesa alquilada, ve el estampado del hule, vulgares guirnaldas de flores de color lima o amarillo, como si se hubiese grabado a fuego en su retina. En ese cuarto siempre susurran, aunque no tienen por qué. Nate se encuentra a varias millas, y además sabe dónde está, le ha dejado el número por si hay una emergencia. Los susurros de los dos y sus ojos como superficies cálidas y planas, con un destello parecido al de una uña. Una moneda. Como si tuviese peniques sobre los ojos. La sujeta de la mano desde el otro lado de la mesa como si fuese a caerse desde el borde de un precipicio o en unas arenas movedizas si la soltara, y pudiera perderse para siempre. O como si pudiese perderse él.

Escucha con los ojos fijos en la superficie arrugada de la mesa, en la vela que compró a un vendedor callejero, en las flores de plástico deliberadamente horteras y en el búho que había robado en el trabajo, y que ni siquiera había montado, sin ojos, una broma macabra. Las guirnaldas giran despacio sobre la superficie de la mesa como si flotaran en un mar aceitoso, en algún sitio hacían eso a modo de ofrenda. Luego se levanta, contiene la violencia de sus manos, contiene todo, cae, su cuerpo salado se extiende sobre el de ella, denso como la tierra, en la cama donde nunca se quedó a dormir, cuyas sábanas estaban siempre un poco húmedas, con olor a humo, conteniéndose hasta que no puede contener nada. Nunca ha visto ese cuarto a la luz del día. Se niega a imaginar cómo será ahora. El colchón sin sábanas. Alguien habrá ido a limpiar el suelo.

Abre los ojos. Debe concentrarse en algo claro y sencillo. Hay tres cuencos de color malva sobre el aparador, porcelana, de Kayo, es uno de los mejores. Confía en su propio gusto, ha aprendido lo bastante para fiarse. El aparador es de pino, lo compró antes de que el pino se pusiera de moda. Le quitó los adornos antes de que se estilasen los muebles sin adornos. Ahora no podría permitírselo. Fue una buena adquisición. Los cuencos también. No habría puesto nada en ese cuarto que no lo fuese. Deja que los ojos se deslicen por los cuencos, por sus colores sutiles, sus curvas ligeramente asimétricas, es maravilloso tener ese sentido y saber dónde se pierde el equilibrio. Dentro no hay nada. ¿Qué vas a meter en unos cuencos así? Ni flores ni cartas. Se concibieron para contener otra cosa, ofrendas. Ahora mismo ocupan su propio espacio, su propia y bien delimitada ausencia.

Estaba tu cuarto, todo lo que había fuera y esa barrera entre los dos. Llevabas tu cuarto contigo como un aroma, un olor a formaldehído y a armarios viejos, parduzco, hermético, almizclado, oscuro e intenso. Siempre que estaba contigo me encontraba en ese cuarto, incluso cuando estábamos fuera, o cuando estábamos aquí. Estoy en él ahora, aunque has cerrado la puerta, una puerta marrón con la pintura descascarillada, barnizada, con la cerradura y la cadena de color latón y dos agujeros de bala, pues, según me contaste, la semana anterior había habido un tiroteo en el pasillo. No era un barrio seguro. Yo siempre cogía taxis, le pedía al taxista que esperase hasta que llamara al timbre y me hallara a salvo en el vestíbulo con su suelo de mosaico mellado. A salvo, qué bobada. La puerta está cerrada, no es la primera vez: nunca me quieres dejar salir. Sabías que quería irme. Pero al mismo tiempo éramos conspiradores, sabíamos cosas el uno del otro que nadie sabrá nunca. En cierto sentido confío en ti más de lo que he confiado nunca en nadie.

—Ahora tengo que irme.

Él está retorciéndole un mechón de cabello, lo suelta y lo retuerce, le pasa el dedo índice por los labios, con la mano izquierda, se lo mete entre los dientes; ella nota el sabor a vino, a su propio sudor, a sí misma, a sangre de un labio mordido, no sabe de quién.

—¿Por qué? —pregunta.

—Porque sí.

No quiere decir «las niñas» porque se enfadaría. Pero tampoco quiere que se despierten y no sepan dónde se encuentra.

No responde; sigue soltándole y retorciéndole el cabello, su propio pelo le roza el cuello como si fuesen plumas, sus dedos se deslizan por su barbilla y su garganta, como si estuviese sordo, como si no la oyera.

LESJE

Lesje pasea al lado de William, su mano en la mano fría de él. Ahí no hay dinosaurios, solo otros paseantes que deambulaban como ellos, un deambular sin objeto aparente por la cuadrícula iluminada del centro de la ciudad. Al pasar, Lesje mira de reojo los escaparates de las tiendas de ropa, los grandes almacenes, y estudia los cadavéricos maniquíes con la pelvis adelantada, las manos en ángulo sobre la cadera y las piernas separadas con una rodilla doblada. Si esos cuerpos se moviesen estarían girando entre espasmos, la orgásmica escena final de una bailarina de *striptease*. No obstante, como están hechos de alambre y gélida escayola, son de buen gusto.

Últimamente Lesje pasa mucho tiempo en esas mismas tiendas cuando vuelve a casa del trabajo. Busca entre los percheros algo que pueda quedarle bien, algo en lo que ella encaje. Casi nunca compra nada. Los vestidos que se prueba son largos, sueltos, con bordados, muy distintos de los tejanos y la ropa clásica y discreta que suele llevar. Algunos con faldas largas; el estilo campesina.

Cómo se burlaría su abuela. Ese ruidito, parecido al crujido de una puerta, que salía de detrás de sus manos castañas y diminutas.

Ha pensado en agujerearse las orejas. A veces, después de probarse los vestidos, va al mostrador de perfumería y prueba en las muñecas los perfumes de muestra. William dice que la ropa no le interesa. Su única condición es que no se corte el pelo. Y a ella no le importa porque no tiene intención de cortárselo. No está traicionando nada.

William pregunta si le apetecería beber algo. Ella responde que no le vendría mal un café. No han salido a tomar nada, su intención era ir a ver una película. Pero pasaron demasiado tiempo hojeando las páginas de espectáculos del *Star* tratando de decidirse. Los dos querían dejar al otro la responsabilidad. Lesje quería ver una reposición de *King Kong* en el ciclo de cine universitario. William confesó por fin que siempre había querido ver *Tiburón*. A Lesje le daba igual, siempre podría ver lo bien que habían hecho el tiburón, que al fin y al cabo era una de las formas de vida más primitivas existentes. Preguntó a William si sabía que los tiburones tienen estómagos flotantes y que si suspendieras a uno de la cola se quedaría paralizado. William no lo sabía. Cuando llegaron al cine, se habían agotado las entradas para *Tiburón* y *King Kong* hacía media hora que había empezado. Así que están dando un paseo.

Ahora están sentados a una mesita blanca en el segundo piso de la Galería. William está tomando un Galliano, Lesje un café vienés. Lame muy seria la espuma de leche de la cucharilla, mientras William, que le ha perdonado que llegaran tarde a *Tiburón*, le cuenta su último problema, que tiene que ver con si se gasta más energía a largo plazo utilizando el calor de la incineración de basuras para accionar generadores de vapor o dejando que se disipe sin más en el aire. William es especialista en ingeniería medioambiental, aunque la vocecilla ronca que a veces se hace oír detrás del rostro estudiadamente atento de Lesje lo llama «eliminación de residuos». Pese a todo, Lesje admira el trabajo de William y reconoce que es más importante que el suyo para la supervivencia de la especie humana. William los salvará. Basta con mirarlo para darse cuenta y reparar en su confianza y en su entusiasmo. Él pide otro Galliano y le explica su plan para generar metano a partir de los excrementos en descomposición. Lesje murmura su aprobación. Entre otras cosas, resolvería la crisis del petróleo.

(La pregunta clave es: ¿le importa que la especie humana sobreviva o no? No lo sabe. Los dinosaurios no sobrevivieron, y no fue el fin del mundo. En sus momentos más sombríos, y ese, comprende, es uno de ellos, tiene la sensación de que la especie humana se acerca a su fin. La naturaleza inventará otra cosa. O no, todo puede ser.)

William le está contando lo de los escarabajos peloteros. Es un buen chico; ¿por qué será tan desconsiderada? En otra época a ella le interesaban los escarabajos peloteros. El modo en que Australia solucionó el problema de las tierras de pasto —las capas de estiércol de oveja y las pisadas de las vacas impedían que creciera la hierba— con una masiva importación de escarabajos peloteros africanos gigantes fue una vez un faro de esperanza. Al igual que William, lo consideraba una solución elegante y ecológica. Pero lo ha oído una y otra vez. En último extremo, el optimismo de William le empuja a creer que cualquier catástrofe es solo un problema en busca de una solución brillante, eso la conmueve. Imagina el cerebro de William lampiño y de cuadritos rosas. William Wasp, le llamaba con afecto, antes de darse cuenta de que él lo consideraba una ofensa racial.

—Yo no te llamo Lesje Letona —dijo molesto.

—Soy de Lituania —respondió ella—. Lituana. —William siempre se hacía un lío con los países bálticos—. Y no me importaría. —Pero mentía—. ¿Puedo llamarte William Canadiense?

Billy Boy, mi buen Billy. ¿Dónde has estado? Poco después, de vuelta en casa, discutieron sobre la Segunda Guerra Mundial. William cree que los británicos y, por supuesto, los canadienses, entre ellos su padre, que era capitán de la Marina, lo que convertía a William en una autoridad mundial, entraron en la guerra por sus principios morales superiores para salvar a los judíos de ser reducidos a moléculas de gas y botones de chaleco. Lesje no estaba de acuerdo. Salvar a unos cuantos judíos fue algo secundario. En realidad fue un toma y daca. Hitler podría haberse dedicado a freír a todos los judíos que hubiese querido si no se hubiese anexionado Polonia e invadido Holanda. A William ese punto de vista le parecía desagradecido. Lesje había sacado a relucir el cadáver de su tía Rachel, a quien no habían salvado, y cuyos anónimos dientes de oro acabaron abultando una cuenta en un banco suizo. ¿Qué iba a responder a aquel fantasma indignado? William se batió en retirada y huyó al baño a afeitarse. Lesje se sintió un poco vulgar.

(Luego estaba su otra abuela, la madre de su madre, que decía: «Al principio nos alegró la llegada de Hitler al poder. Pensamos que sería mejor que los rusos. Y ya ves qué pasó». Y era irónico, pues su marido había sido casi un comunista en Ucrania. Por eso habían tenido que marcharse: por la política. Ni siquiera quería ir a la iglesia, por nada en el mundo habría pisado una iglesia. «Escupo en la Iglesia», decía. Mucho después de su muerte, la abuela de Lesje aún seguía llorando por eso.)

Hace poco que se ha percatado de que ya no cuenta con que William la pida en matrimonio. En otro tiempo daba por descontado que lo haría. Primero ibas a vivir con alguien, para probar. Luego te casabas. Es lo que estaban haciendo sus amigas de la universidad. Pero ahora comprende que William la considera de un exotismo imposible. Es cierto que la quiere a su manera. Le muerde en el cuello cuando hacen el amor. Lesje no cree que se dejase llevar así con una mujer de, como le oyó formularlo en cierta ocasión, su misma clase. Harían el amor como dos salmones, desde lejos, William fertilizaría los fríos huevos plateados desde una distancia adecuada. Pensaría en sus hijos como una emisión. Su emisión, sin contaminar.

Ahí está la clave: William no quiere tener un hijo suyo. Con ella. Por más que se lo ha sugerido, aunque podría tener uno de forma imprevista. «Adivina qué, William, estoy preñada. De ti.» «Bueno —diría—, pues deshazte de él.»

Está siendo injusta con William. Él admira su intelecto. La anima a utilizar lenguaje técnico delante de sus amigos. Le excita oírla decir «Pleistoceno». Le dice que tiene un pelo muy bonito. La mira a los ojos negros como endrinas. Se siente orgulloso de ella como de un trofeo y la considera un testimonio de su propia amplitud de miras. Pero ¿qué opinaría su familia en London, Ontario?

Lesje imagina que su familia debe de ser numerosa, rubia y sonrosada. Sus miembros pasan la mayor parte del tiempo jugando al golf entre agotadores torneos de tenis. Cuando no se dedican a eso se reúnen en terrazas —los ve incluso en invierno— y beben cócteles. Son educados con los desconocidos, aunque hacen comentarios a sus espaldas, del tipo: «Ese no sabe quién era su abuelo». A Lesje no le preocupan sus abuelos, pero sí sus bisabuelos.

Sabe que en realidad la familia de William no es así. Pero, al igual que sus padres, se deja deslumbrar por cualquiera que tenga un apellido británico auténtico y no duerma en un banco del parque. Sabe que no debería hacerlo. La familia de William probablemente no tenga mucho más dinero que la suya. Solo más pretensiones.

Antes le daba miedo conocerlos, pues temía su veredicto. Ahora le encantaría. Se pintaría los dientes de color dorado, entraría tocando el tambor y dando patadas, y se echaría un chal de flecos por la cabeza. Así cumpliría con sus horrorizadas expectativas. Su abuela aplaudiría con sus manos diminutas, se desternillaría de risa y la animaría. La sangre tira mucho. «Nosotros ya adorábamos a Dios cuando ellos vivían como cerdos.» Como si la edad, en la gente igual que en el queso, fuese un valor añadido.

—En el Neodevónico no había escarabajos peloteros —dice Lesje.

William se interrumpe.

—No te entiendo —dice.

—Pensaba —explica ella— en la evolución paralela de la mierda y los escarabajos peloteros. Por ejemplo: ¿qué fue antes, el hombre o las enfermedades venéreas? Supongo que los huéspedes siempre tienen que preceder al parásito, pero ¿es eso cierto? Tal vez los virus inventaran al hombre para tener un sitio cómodo en el que vivir.

William piensa que está bromeando. Se ríe.

—Me estás tomando el pelo —dice. Cree que ella tiene un excéntrico sentido del humor.

Un albertosaurio o —el nombre que prefiere Lesje— un gorgosaurio derriba la pared norte de la Galería y espera indeciso, olisqueando el extraño olor de la carne humana, balanceándose sobre las musculosas patas traseras con las diminutas patas delanteras y las garras afiladas como cuchillas contra el pecho. En un minuto William Wasp y Lesje Lituana serán dos montones de cartílago. El gorgosaurio ansía más y más. Es un estómago con patas y si pudiera devoraría el mundo entero. Lesje, que es quien lo ha llevado allí, lo contempla con amistosa objetividad.

«Ahí tienes un problema, William —piensa—. Soluciónalo.»

NATE

No ha cogido la gabardina. Las gotas de lluvia se enganchan como perlas en el jersey grueso y la barba, se acumulan en la frente y empiezan a chorrear. ¿Cómo va a negarse a dejarle entrar si no lleva gabardina y está empapado y tembloroso?

Aparca la bici en el camino de entrada, la ata al arbusto de lilas y cierra el candado; como de costumbre, pero no es como de costumbre. Hace un mes que no la ve. Cuatro semanas. Lágrimas de ella. Avergonzados encogimientos de hombros de él, y mucha retórica de telenovela vespertina por parte de los dos, incluido «es mejor así». Ella le ha telefoneado después varias veces pidiéndole que fuera, pero él lo ha evitado. No le gusta volver a caer en lo mismo, no le gusta ser predecible. No obstante, en esta ocasión la ha llamado él.

Vive en el A, 32 A, un piso en una de las viejas casonas al este de Sherbourne. Tiene el número en la puerta, el acceso a la escalera A está a un lado. Cuando llama le abre la puerta enseguida. Le ha estado esperando. No obstante, nada de pelo recién lavado y bata de terciopelo, solo unos pantalones y un jersey ligeramente sucio de color verde claro. Tiene un vaso medio vacío. En él flotan una cáscara de limón y un cubito de hielo. Para animarse.

—Bueno —dice—. Feliz aniversario.

—¿De qué? —pregunta él.

—El sábado siempre fue nuestro día.

Le falta un pelo para estar borracha, parece amargada. No la culpa. A Nate le cuesta culpar a nadie de nada. Casi siempre ha entendido su amargura. Lo que ocurre es que no ha podido hacer mucho al respecto.

—Aunque tampoco es que ella lo respetara mucho —prosigue Martha—. Que si emergencia por aquí, que si emergencia por allá. Siento mucho interrumpir, pero a una de las niñas acaba de caérsele la cabeza —se burla Martha.

Nate quiere cogerla de los hombros y darle una buena sacudida, empujarla contra la pared. Pero, por supuesto, no puede. En vez de eso, se queda goteando agua sobre el suelo del pasillo y la mira sin decir palabra. Nota que el cuerpo se le encorva por la columna, la carne le cuelga como el caramelo caliente del palo de un pirulí. Caramelo. No corráis con el palo en la boca, les diría a las niñas, ya le parece verlas caer con el palito puntiagudo atravesándoles el paladar. Se imagina corriendo, arrodillándose, levantándose, gritando, su propia voz. ¡Oh, Dios mío!

—¿Te importaría no mezclar a las niñas? —dice.

—¿Por qué? —pregunta Martha—. Siempre estuvieron en medio, ¿no? —Da media vuelta y se aleja por el pasillo en dirección al salón.

«Debería irme ahora mismo», piensa Nate. Pero la sigue, después de quitarse los zapatos mojados, con los pies sobre la alfombra vieja. El viejo surco.

Solo hay una luz encendida. Ha elegido la iluminación. Ella se sienta al otro lado de la habitación lejos de la luz, en la penumbra, en el sofá. El sofá cubierto de felpa donde la besó por primera vez, le soltó el cabello y dejó que le cayese sobre los amplios hombros. Manos anchas y hábiles. Había pensado que estaría a salvo en aquellas manos, entre aquellas rodillas.

—Siempre fue su excusa —dice Martha. Lleva unas zapatillas de ganchillo. Elizabeth no se pondría jamás unas zapatillas de ganchillo.

—Nunca le has caído antipática —responde Nate. Ya lo han hablado antes.

—No —replica Martha—. ¿Por qué iba a tenerle antipatía a la criada? Yo le hacía el trabajo sucio. Debería haberme pagado.

Nate siente, y no por primera vez, que le ha contado demasiado a esa mujer. Lo está malinterpretando, está utilizando sus propias confidencias contra él.

—Eres injusta —dice—. Ella te respeta. Nunca ha intentado entrometerse. ¿Por qué iba a hacerlo?

No responde a la pulla sobre el trabajo sucio. ¿De verdad lo piensas?, le gustaría preguntarle, pero le da miedo su respuesta. Que se lo dejaran bien follado. Jerga informal de las taquillas del instituto. Nota su propio olor, los calcetines mojados, el aguarrás de sus pantalones. Antes ella se burlaba de él mientras le frotaba la espalda en la bañera con patas en forma de garra. Tu mujer no te cuida. En más de un sentido.

—Sí —dice Martha—. ¿Por qué iba a hacerlo? Siempre le ha gustado tener un poco de pan que llevarse a la boca. Ese eres tú, Nate. El pan de Elizabeth. Pan comido.

Nate recuerda la primera vez que la vio, tras el mostrador de Adams, Prewitt y Stein, mascando chicle con disimulo, una costumbre a la que renunció cuando él le insinuó que no le gustaba.

—Entiendo por qué estás enfadada —dice.

Es una de las tácticas de Elizabeth, fingir comprensión, y se siente un poco rastrero al usarla. Sabe que en realidad no lo entiende. Y Elizabeth tampoco, cuando se lo dice a él. Pero siempre le desanima.

—Me importa una mierda que lo entiendas o no —responde Martha en tono beligerante. Con ella no sirve lo de mostrarse comprensivo. Lo está mirando a la cara, aunque sus ojos estén en sombra.

—No he venido para hablar de esto —dice Nate, sin estar muy seguro de qué han estado hablando. Nunca lo está en conversaciones así. Lo único que tiene claro es que ella piensa que no se ha portado bien. Que la ha tratado mal. Pero él intentó ser sincero desde el principio, no le mintió. Alguien debería reconocerlo.

—¿Y por qué has venido? —pregunta Martha—. ¿Huyendo de mamá? ¿Quieres que otra mujer te dé una galletita y un revolcón?

A Nate le parece brutal. No responde. Comprende que es eso lo que quería, aunque en ese momento ya no le apetezca.

Martha se pasa el dorso de la mano por la boca y la nariz. Nate cae ahora en que ha atenuado la luces no para causar un efecto romántico, sino porque pensaba que lloraría y no quería que la viera.

—No puedes dejarlo y reconciliarte con tanta facilidad —dice.

—Pensé que podríamos hablar —dice Nate.

—Te escucho —responde Martha—. Se me da de maravilla.

Nate no está de acuerdo. Reconoce que se le da bien cuando

hablan de ella. Toda oídos. Tienes los mejores muslos del mundo. Son bonitos, pero ¿los mejores del mundo? ¿Cómo saberlo?

—Supongo que te habrás enterado de lo ocurrido —dice por fin. Incapaz de entender por qué la muerte de Chris le ha dejado tan necesitado de consuelo. Según la sabiduría popular, debería alegrarse: los cuernos han desaparecido y la mancha en su honor se ha borrado con sangre.

—Te refieres a lo de Elizabeth —responde Martha—. En esta ciudad todo el mundo sabe siempre lo que le ocurre a los demás. Puedes estar seguro de que me lo han contado. Les encanta. Disfrutan al ver la cara que pongo cuando dejan caer tu nombre. Vuestros nombres. El amante de Elizabeth se ha dinamitado la cabeza. Algunos dicen el hombre de Elizabeth. ¿Y qué? ¿Qué se supone que tengo que decir? ¿Que se siente? ¿Que se lo tiene bien merecido? ¿Que ella se lo ha buscado?

Nate no sabía que fuese tan dura, ni siquiera en sus discusiones más violentas. Lo que le gustaba de ella al principio era su vaguedad, su falta de nitidez, la ausencia de contornos que le confería un brillo nebuloso. Ahora es como si hubiera caído en la acera desde una gran altura y se hubiese quedado allí petrificada, toda ángulos y astillas.

—No lo veía desde hacía un tiempo —dice, poniéndose de parte de Elizabeth como le obliga a hacer ritualmente Martha—. Él quería que ella dejase a las niñas. Elizabeth no podía hacerlo.

—Pues claro que no —dice Marta. Mira fijamente su vaso vacío y lo suelta en la alfombra entre sus pies—. La supermami nunca podría abandonar a sus hijos. —Se echa a llorar, sin hacer el menor esfuerzo por ocultar su rostro—. Vente a vivir conmigo —dice—. Vive conmigo. Solo quiero que nos demos una oportunidad.

Nate piensa: «Tal vez ya la hayamos tenido». No lo saben. Se relaja y se levanta del asiento. En un minuto la tendrá encima, con los brazos entrelazándose como algas en torno a su cuello, con la cara húmeda contra su pecho, la pelvis apretada contra su entrepierna mientras él sigue allí fulminado.

—¿Qué crees que se siente? —pregunta ella—. Es como si tuvieses un lío por la puerta de servicio con la ayudante de la cocinera, solo que todo el mundo lo sabe y por la noche vuelves con tu maldita mujer y tus malditos hijos y yo leo novelas policíacas hasta las cuatro de la mañana para no volverme loca.

Nate medita sobre lo de la ayudante de la cocinera. La elección de la metáfora le desconcierta, ¿quién tiene hoy una puerta de servicio? Recuerda una noche en que los dos estaban en la cama envueltos en una sábana, bebiendo ginebra, viendo *Arriba y abajo*. Riéndose mientras la criada a quien había dejado embarazada el hijo y heredero era amonestada con rostro gélido por su madre. Fue muy al principio, cuando aún lo pasaban bien. No un sábado, sino antes de que Elizabeth dijese: «Seamos razonables. Tenemos que contar el uno con el otro en ciertos momentos». Ella se reservó los jueves, él los sábados porque era fin de semana y Martha no tenía que madrugar al día siguiente. Y aquella noche, cuando Martha dijo: «Creo que estoy embarazada». Lo primero que pensó fue: «Elizabeth no lo aguantará».

«Si la consuelo, dirá que soy un hipócrita —piensa—. Si no lo hago, soy un capullo. Tendría que irme ahora que estoy a tiempo. Esto ha sido un gran error. Coger los zapatos del vestíbulo, no debería haber atado la bicicleta.»

—Tal vez podríamos comer juntos un día —dice él desde la puerta del salón.

—¿Comer? —La voz de ella le sigue por el pasillo—. ¿Comer? —Un lamento que se aleja.

Pedalea en la bicicleta bajo la lluvia, pasando a propósito sobre los charcos, mojándose las piernas. Idiota. Le falta algo que los demás sí tienen. Es incapaz de prever el futuro, eso es, ni siquiera cuando está clarísimo. Es una especie de deformidad. Como ser demasiado alto. Otra gente pasa por las puertas, él se golpea la cabeza. Hasta una rata aprende a agacharse después de una o dos veces. ¿Cuántas necesitará él?

Al cabo de media hora se detiene en la esquina de Dupont y Spadina, donde sabe que hay una cabina telefónica. Apoya la bicicleta en ella y entra. Un cubículo de cristal con la luz encendida. A la vista de todos. Un débil mental entra en la cabina, se quita la ropa y se queda allí mientras espera que Superman ocupe su cuerpo, mientras la gente lo mira desde el coche y una anciana llama a la policía.

Saca una moneda del bolsillo, la sostiene en la mano. Su prenda, su talismán, su única esperanza de salvación. Al otro lado de la línea espera una mujer delgada, con la cara pálida enmarcada por una melena negra, la mano en alto y los dedos extendidos en señal de bendición.

No responde.

ELIZABETH

Elizabeth está en la cocina, esperando a que la sorprendan. Siempre la sorprenden en esta época del año; también la sorprenden en su cumpleaños, en Navidad y el día de la Madre, que las niñas insisten en celebrar por más que les diga que es un día comercial y no tienen por qué. Se le da bien sorprenderse. Le alegra tener tanta práctica: esta noche podrá fingir, sin que se note, la exclamación, la sonrisa complacida, la risa. Su distanciamiento, la distancia que tiene que recorrer hasta para oír lo que le dicen. Le gustaría poder tocarlas, abrazarlas, pero es imposible. Besos de buenas noches en la mejilla, gotas frías de rocío; sus bocas, perfectas flores sonrosadas.

El aroma a calabaza quemada se extiende por el pasillo: las dos lamparillas están una junto a la otra en la ventana del cuarto de estar, por fin del modo adecuado y en la noche adecuada. Ya las ha admirado como es debido. Amontonadas sobre periódicos extendidos en la cocina, hay puñados de semillas blancas en una red de hilos viscosos, una variante grotesca y radical de cirugía cerebral;

dos niñas pequeñas acurrucadas con cucharas y cuchillos sobre las cabezas de color naranja. Pequeñas científicas chifladas. Estaban tan emocionadas…, sobre todo Nancy. Quería ponerle cuernos a la suya. Por fin Nate le sugirió que usara unas zanahorias, y ahora la calabaza de Nancy tiene unos cuernos torcidos además de su expresión ceñuda. La de Janet parece más sosegada, con su sonrisa curva y sus ojos en forma de media luna. La serenidad personificada si se mira desde cierto ángulo, la estupidez si se ve desde otro. La de Nancy tiene una fuerza temible, un júbilo demoníaco.

Arderán así toda la noche hasta que pase la fiesta. Janet, como una niña razonable, echará su calabaza a la basura y lo limpiará todo hasta la próxima ocasión. Nancy, a juzgar por lo que hizo el año anterior, defenderá la suya y la guardará en su armario reacia a deshacerse de ella hasta que se pudra y se seque.

Le han hecho apagar la luz y sentarse en la oscuridad con una vela encendida; no ha sabido explicarles que no le apetece. La luz parpadea en las paredes, en los platos sucios que necesitan un aclarado antes de meterlos en el lavavajillas, y en el cartel que ella misma colgó en el armario de la cocina hace más de un año:

¡LIMPIA LO QUE ENSUCIES!

Un buen consejo. Aún sigue siéndolo, pero la cocina ha cambiado. Ya no le resulta familiar, ya no es uno de esos sitios en los que puede seguirse un buen consejo. Al menos ella. En la nevera hay un dibujo combado por los bordes, lo pintó Nancy el año anterior; una niña esboza una roja sonrisa, el sol brilla y lanza rayos amarillos, el cielo es azul, todo es como debería ser. Un país extranjero.

Una forma oscura se abalanza sobre ella desde la puerta.

—¡Uhhh, mami!

—¡Cariño! —dice Elizabeth—. Déjame ver.

—¿Doy mucho miedo, mami? —pregunta Nancy, curvando amenazadora las garras.

—Mucho, cariño —responde Elizabeth—. Es precioso.

Nancy ha hecho una nueva variación de su disfraz favorito. De monstruo, lo llama ella cada año. Esta vez ha pegado escamas de papel naranja en los leotardos negros; ha modificado la vieja máscara de gato de Janet añadiéndole unos cuernos de papel de plata y cuatro colmillos rojos, dos arriba y dos abajo. Sus ojos brillan a través de los agujeros. Su cola, la antigua cola de gato de Janet ahora tiene tres pinzas de cartulina roja. Elizabeth piensa que le iría mejor otro calzado que unas botas de goma, pero sabe que criticar es fatal. Nancy está tan emocionada que podría echarse a llorar.

—No has gritado —le reprocha Nancy, y Elizabeth comprende que se le ha olvidado. Un error, un fallo.

—Porque me he quedado sin aliento —responde—. Estaba demasiado asustada para gritar.

Nancy se contenta con eso.

—Se van a morir de miedo —dice—. No sabrán quién soy. Te toca —dice volviéndose hacia el pasillo, y Janet hace una melindrosa entrada. El año pasado fue de fantasma, y el anterior de gato, ambos muy convencionales. Tiende a apostar sobre seguro; ser demasiado original equivale a que se burlen de ti, como le pasa a veces a Nancy.

Este año no lleva máscara. En lugar de eso se ha maquillado, labios rojos, cejas negras y arqueadas, colorete en las mejillas. No son los cosméticos de Elizabeth que, por regla general, no utiliza maquillaje. Y desde luego no lápiz de labios rojo. Lleva un chal hecho con un llamativo mantel de flores que les regaló alguien —¿la madre de Nate?— y que Elizabeth condenó enseguida al baúl de los juguetes. Y debajo un vestido de Elizabeth, arremangado y enrollado en torno a la cadera para acortarlo, y un pañuelo rojo a modo de cinturón. Parece muy vieja, como una mujer a quien la edad hubiese reducido al tamaño de una niña de diez años; o una enana de treinta años. Un efecto de fulana bastante desconcertante.

—Es estupendo, cariño —dice Elizabeth.

—Se supone que soy una gitana —le aclara Janet, con su tacto habitual sabiendo que no puede contar al cien por cien con que Elizabeth lo adivine y tratando de ahorrarle el apuro de tener que preguntar. Cuando era más pequeña siempre le explicaba así sus dibujos. Nancy, en cambio, se molestaba si no los entendía.

—¿Echas la buenaventura? —pregunta Elizabeth.

Janet sonríe tímida con los labios rojos.

—Sí —responde, y luego añade—: En realidad, no.

—¿De dónde has sacado mi vestido? —pregunta con delicadeza Elizabeth. Se supone que tienen que preguntar antes de coger algo prestado, pero no quiere estropearle la noche dándole demasiada importancia.

—Papá dijo que podía cogerlo —responde con educación Janet—. Que ya nunca te lo ponías.

Es un vestido azul, azul oscuro; la última vez que lo llevó fue con Chris. Sus manos fueron las últimas en desabrochar el cierre de la espalda, pues cuando se lo puso para volver a casa no se molestó en volver a abrocharlo. Le resulta incómodo ver a su hija con él, con esa invitación, esa bandera sexual. Nate no tiene derecho a decidir sobre sus cosas. Pero es cierto que ya nunca se lo pone.

—Quería darte una sorpresa —añade Janet, al notar su desasosiego.

—No pasa nada, cariño —dice Elizabeth: las eternas palabras mágicas. Por alguna razón, prefieren sorprenderla a ella que a Nate. A veces incluso le consultan a él—. ¿Os ha visto ya vuestro padre? —pregunta.

—Sí —responde Janet.

—Me ha hecho la coleta —dice Nancy saltando a la pata coja—. Va a salir.

Elizabeth las acompaña a la puerta principal, se queda en el rellano mientras bajan los escalones del porche con cuidado por la máscara y la cola de Nancy. Llevan bolsas de la compra, las más grandes que han encontrado. Ha repasado sus instrucciones: Solo en esta manzana. Quedaos con Sarah, que es mayor. No crucéis por mitad de la calle, solo en las esquinas. No insistáis si la gente no quiere abrir. Hay algunos vecinos que tal vez no lo entiendan, sus costumbres son diferentes. Y a las nueve en casa.

Se oyen otras voces que gritan: «A rascarse el bolsillo, que llegan las brujas». Es un jolgorio, uno de los muchos de los que se ha sentido y sigue sintiéndose excluida. No las dejaban tallar calabazas, ni disfrazarse ni gritar en la calle como los demás. Tenían que acostarse pronto y tumbarse en la oscuridad mientras oían las risas lejanas. Su tía Muriel no quería pagar facturas al dentista porque comieran demasiados dulces.

NATE

Primero Nate se lava con cuidado las manos con el jabón de avena que últimamente usa Elizabeth. Tiene un no sé qué de áspero, de escocés, de penitencial. Antes se mimaba con sándalo, canela, almizcle y fragancias árabes, delicadas y lujosas al mismo tiempo. Compraba lociones de nombres exóticos y alguna ocasional botella de perfume. No se untaba aquellas lociones y tampoco se ponía el perfume detrás de las orejas por él, aunque recuerda vagamente una época en que tal vez lo hiciese. Sabe que podría recordarlo con viveza si quisiera, pero no quiere pensar en ello, en aquellos aromas, aquel fragante baile de polilla ejecutado solo para él. ¿Por qué crisparse los nervios? Todo ha desaparecido, las botellas están vacías, las cosas se gastan.

Ahora usa jabón de avena que le recuerda a la piel cortada y a los sabañones. Y para las manos solo glicerina y agua de rosas.

Nate se las aplica en las manos. Normalmente no utiliza los productos cosméticos de Elizabeth; solo cuando, como le ocurre ahora, nota las manos torpes y sensibles, abrasadas por el Varsol que utiliza para quitarse la pintura y el poliuretano. No obstante siempre queda una línea marrón, una media luna en torno a la base de cada uña; y nunca consigue librarse del olor a pintura. Antes le gustaba. Le decía: «Existes». Lejos de las abstracciones del papeleo, los agravios y las órdenes judiciales, de los circunloquios de un lenguaje deliberadamente seco para que estuviese desprovisto de cualquier valor sensual. Era en la época en que se pensaba que los objetos físicos tenían una magia, un aura misteriosa superior al poder desdibujado de, digamos, la política o la ley. Lo había dejado en el tercer año de ejercicio. Adopta una postura ética. Madura. Cambia. Expresa tu potencial.

Elizabeth había aprobado aquel cambio porque era la típica cosa que sacaría de quicio a su tía. Incluso llegó a decir que podrían vivir de su sueldo hasta que el negocio empezara a funcionar. Tanta condescendencia sirvió para demostrar que no se parecía a la tía Muriel. Pero a medida que pasaba el tiempo y él apenas lograba cubrir gastos, su aprobación fue a menos. Su apoyo, como suele decirse. Le había recordado que se suponía que la casa, que era demasiado pequeña, los inquilinos del tercer piso y el taller en el sótano eran temporales. Luego dejó de recordárselo.

Parte de la culpa la tiene ella. Por un lado quiere un artista pobre y sensible, por el otro desea un abogado fuerte y agresivo. Se casó con el abogado y luego le pareció demasiado convencional. ¿Qué podía hacer él?

De vez en cuando, aunque desde luego no todo el tiempo, Nate se ve a sí mismo como un bloque de masilla inútilmente moldeado por las interminables exigencias y la pétrea desaprobación de las mujeres con las que siempre acaba liándose. Obediente, procura hacerlas felices. Y si fracasa no es por ninguna debilidad intrínseca ni por falta de voluntad, sino porque sus propios deseos están divididos. Además, las mujeres no son una sola. Abundan. Son un enjambre.

«¿Juguetes? —preguntó su madre—. ¿Eso sirve para algo?» Lo que quería decir era: en todas partes están torturando, encarcelando y fusilando a la gente, y tú te dedicas a hacer juguetes. Le habría gustado que fuese un abogado radical dedicado a defender a gente acusada injustamente. ¿Cómo explicarle que, aparte de las estériles transacciones monetarias, los contratos y las operaciones inmobiliarias, la mayoría de la gente con quien tenía que tratar en Adams, Prewitt y Stein había sido acusada justamente? Le habría respondido que era solo un entrenamiento, un aprendizaje por el que tenía que pasar a fin de prepararse para la gran cruzada.

El boletín de Amnistía Internacional sigue llegando todos los meses; el ejemplar de su madre, marcado con asteriscos para indicarle dónde enviar corteses cartas de protesta. Niños torturados delante de sus madres. Hijos que desaparecen para reaparecer meses después tirados en una cuneta con las uñas arrancadas, la piel cubierta de quemaduras y abrasiones, y el cráneo aplastado. Ancianos que mueren de enfermedades renales en celdas húmedas. Científicos drogados en manicomios soviéticos. Negros sudafricanos a quienes disparan o matan a patadas mientras «se daban a la fuga». Su madre tiene un mapamundi pegado a la pared de la cocina, donde puede contemplarlo mientras seca los platos. Pega estrellitas encima, rojas, como las que daba la maestra a los que quedaban segundos en caligrafía. Cada una de esas inocentes estrellitas escolares señala un nuevo caso de tortura o asesinato en masa; el mundo ahora es una nube de estrellas, constelación sobre constelación.

A pesar de todo, su madre, intrépida astrónoma, continúa con su cruzada señalando las nuevas atrocidades y enviando cartas redactadas con mucha educación y pulcramente mecanografiadas, sin reparar en la futilidad de lo que hace. Por lo que se refiere a Nate, lo mismo podría estar enviando esas cartas a Marte. Lo educó para que creyera que Dios es lo que hay de bueno en las personas. Una forma de lucha. A Nate esos boletines le resultan tan abrumadores y dolorosos que ya no puede leerlos. En cuanto llegan, los tira a la papelera, después baja al sótano a tallar y esculpir. Se consuela pensando que sus juguetes son los juguetes con los que jugarían los niños torturados si pudieran. Todos los niños deberían tener juguetes. Eliminarlos porque algunos no los tienen no es la respuesta. Sin sus juguetes, no habría nada por lo que luchar. Así que deja las cartas para la buena de su madre; él fabricará los juguetes.

Esta noche ha terminado unos caballitos de juguete; cinco, le resulta más fácil hacerlos en lotes de cinco. Ayer los lijó. Hoy les ha pintado los ojos. Redondos e inexpresivos, los ojos de unas criaturas hechos para el placer de otros. El lápiz de ojos de las mujeres del Strip. No quería que le salieran así. Quería que pareciesen alegres. Pero en los últimos tiempos tienen esa mirada inexpresiva como si no pudieran verle.

Ya no le cuenta a nadie que hace juguetes artesanales de madera en el sótano. Dice que se dedica al negocio de los juguetes. Y no es porque la artesanía haya dejado de considerarse carismática o siquiera graciosa. A él nunca se lo pareció; era solo algo que se le daba bien. Lo único que quería era hacer algo bien. Ahora le va estupendamente. Tiene una hoja mensual de gastos equilibrada. Después de comprar el material y de descontar la comisión que se quedan las tiendas, le queda dinero para pagar la mitad de los intereses de la hipoteca y para comprar verduras, cigarrillos y alcohol suficiente para ir tirando. Elizabeth no le apoya. Solo finge hacerlo.

Nate empieza a afeitarse. Se enjabona el cuello con intención de arreglarse los bordes de la barba, librar de pelillos el cuello y la parte inferior de la mandíbula; pero la cuchilla empieza a subir y a rodear el borde de la barba como una segadora de césped en un jardín. Antes de darse cuenta de que su intención era destruirla, se ha afeitado la mitad de la barba. Detrás del pelo áspero y oscuro surge su rostro, la cara que no ha visto desde hace cinco años, pálida, con motas de sangre, desanimada de verse expuesta de ese modo. Sus manos han decidido que es hora de ser otra persona.

Se aclara el jabón. No tiene loción de afeitar —hace mucho que no la usa—, así que echa la glicerina y el agua de rosas de Elizabeth sobre la piel recién segada. El rostro que le mira desde el espejo del cuarto de baño es más vulnerable, pero también más joven y sombrío, la mandíbula es claramente visible ahora que ha desaparecido su hirsuta sabiduría. Un hombre que se rasca la barba es una cosa, uno que se rasca la mandíbula es otra.

Antes de salir de casa va a su habitación y hurga en la pila de monedas de su cómoda, en busca de centavos. Luego se cambia los calcetines. No cree que vaya a tener que quitárselos esa noche; es muy improbable. Pero da igual. Tiene los pies blancos como raíces, las uñas son de color amarillo grisáceo por la vida que están obligadas a llevar en el sótano. Por un momento ve sus pies corriendo bronceados sobre la arena, sobre una roca calentada por el sol. Lejos de allí.

LESJE

Lesje y William juegan a las cartas. Están ante una mesita, la misma que utilizan cuando comen juntos, al lado de la ventana con una vista impresionante de la ventana del edificio de apartamentos de enfrente. Dicha ventana está iluminada, pues ya ha oscurecido, y detrás hay dos personas comiendo, Lesje cree que un plato de espaguetis. Lesje da por sentado que en las calles de abajo está sucediendo todo. Por eso quiso vivir ahí, en el centro, en el corazón: porque ahí era donde sucedía todo. No obstante, «todo» es una palabra que conserva aún su carácter abstracto. Todavía no ha dado con ello.

Lesje ha pegado una lamparilla de papel, comprada en Woolsworth, en la parte interior de su propio ventanal. El año pasado compró golosinas, pensando que iría a visitarla un desfile de niños disfrazados, pero por lo visto ningún niño puede llegar hasta el piso decimocuarto de ese edificio de apartamentos. Los demás vecinos, a quienes solo ve en los ascensores, parecen jóvenes y solteros o no tienen hijos.

A Lesje le gustaría estar deambulando por la calle y ver qué sucede. Pero William le ha propuesto jugar a las cartas, porque a él le relaja.

—Quince dos, quince cuatro, quince seis y una pareja son ocho —dice William. Mueve el palillo de plástico en el tablero. Lesje tiene solo quince dos, una pareja de ases que puso ella misma, baraja y corta, William reparte. Luego observa sus cartas y aprieta los labios. Tiene el ceño fruncido mientras decide la siguiente jugada.

La mano de Lesje es tan mala que no tiene muchas opciones. Se permite un paseo a la luz de la luna, por un sendero hollado por gigantescos iguanodontes herbívoros; ve las huellas de tres dedos de sus patas traseras en el barro. Sigue su rastro hasta que los árboles empiezan a clarear y a lo lejos se ve el lago, plateado, con la superficie rasgada aquí y allá por una cabeza reptiliana y la curva de una espalda al sumergirse. Quién le iba a decir que tendría ese privilegio. ¿Cómo convencer a los otros de lo que ha visto?

(El lago, por descontado, es el lago Gladys, señalado claramente en el mapa, en la página 202 de *El mundo perdido*, de sir Arthur Conan Doyle. Lesje leyó ese libro a los diez años. Lo encontró en la biblioteca del colegio en la sección de geología, mientras hacía un trabajo escolar sobre rocas. Las rocas habían sido su primera pasión antes de los dinosaurios. Sus amigas en el colegio leían libros de Trixie Belden, Nancy Drew y la azafata Cherry Ames. A Lesje no le interesaban mucho. Por lo general, no le gustaban las historias que no fuesen reales. Pero *El mundo perdido* era distinto. Encontraban una meseta en Sudamérica en la que las formas de vida del Jurásico Superior habían sobrevivido junto con otras más modernas. No recuerda qué fue primero, si su pasión por los fósiles o aquel libro; cree que fue el libro. Daba igual que todos los miembros de la expedición fuesen hombres. Se había enamorado, no del fanfarrón y enérgico profesor Challenger, ni siquiera del joven reportero, o del lord inglés de excelente puntería. Sino del otro, del tipo delgado, seco y escéptico, del profesor Summerlee. ¿Cuántas veces habría estado a la orilla de aquel lago, con su delgada mano entre las suyas, mientras veían a un plesiosaurio y él se rendía convencido por fin ante la evidencia?

Todavía conserva el libro. No es exactamente que lo robara, tan solo olvidó renovarlo varias veces y después le avergonzó tanto el sarcasmo del bibliotecario que mintió. «Lo he perdido —dijo—. Se me ha perdido *El mundo perdido.*»)

El lago brilla a la luz de la luna. A lo lejos, en un banco de arena, se mueve una misteriosa silueta blanca.

William ha vuelto a mover el palillo. Ella no está prestando atención, le lleva al menos veinte puntos de ventaja.

—Te toca —dice. La satisfacción ruboriza sus mejillas.

—Quince dos —responde ella.

—La próxima vez —la consuela William, ahora que puede permitírselo.

Suena el teléfono. Lesje da un respingo y suelta el as de diamantes.

—¿Te importa responder tú, William? —pregunta. Teme que sea el tipo con el número equivocado; no está de humor para una serenata monótona.

—Es para ti —dice perplejo William.

Cuando vuelve le pregunta:

—¿Quién era?

—El marido de Elizabeth —responde Lesje.

—¿Quién?

—Exacto —dice Lesje—. El marido Quién de Elizabeth. Te lo presenté; en la fiesta de Navidad del año pasado. ¿Te acuerdas de Elizabeth, aquella mujer tan fría, a la que...?

—Ah, sí —dice William. Ver su propia sangre le marea, así que no le gustó oír la historia de Chris, pero Lesje estaba disgustada y se la contó—. ¿Qué quería?

—No estoy segura.

NATE

Nate está corriendo. Ha dejado atrás la bicicleta, aparcada contra un banco en la oscuridad. El aire es fresco y le produce una extraña sensación en la cara recién afeitada.

Corre por placer, con calma, trotando sobre la hierba seca gris a la luz de las farolas, entre las hojas caídas cuyos colores apenas llega a distinguir aunque los adivina: naranjas, amarillos, marrones. Ahora recogen las hojas en bolsas de basura verdes y se las llevan en camiones, pero antes las amontonaban y las quemaban en la calle, el humo se elevaba dulzón y caprichoso desde el centro de la pira. Corría por la calle con los demás haciendo ruidos como un camión de bomberos y saltaba los montones de hojas como si fuesen vallas. Lo tenían prohibido, pero si no lo conseguías no pasaba nada porque las hojas ardían despacio. Los hombres agitaban los rastrillos en el aire, y les decían que se largaran.

¿Con quién corría hace veinte o veinticinco años? Con un tal Bobby, Tom no sé qué. Han desaparecido, ya no tienen rostro; los recuerda con la nostalgia con que recordamos a quienes mueren jóvenes. Víctimas solo de su memoria. En realidad, a quien echa de menos es a sí mismo, sus pantalones con rodilleras, los puñeteros calcetines de lana que llevaba siempre caídos, las manoplas mojadas y cubiertas de nieve de bombardear al enemigo, y la nariz goteando sobre el labio superior.

Y luego, ya no por diversión, cuando corría en el instituto donde era el tercer relevo del equipo y esprintaba en la pista con el testigo en la mano, y fingía que era un cartucho de dinamita que tenía que pasar antes de que explotara. Era demasiado flaco para jugar al rugby, pero se le daba bien correr. Nunca ganaron nada, aunque una vez quedaron segundos. «Don Limpio» le llamaron en el anuario escolar. Su madre pensó que era un cumplido.

Cuando estaba en la facultad iba al mismo sitio, Queen's Park, un óvalo como una pista de atletismo. Queen's Park. Recuerda las bromas, las parejas que veía en realidad, con las gabardinas, las chaquetas, los cruces que despertaban en él una leve curiosidad y un poco de vergüenza. Fue cuando empezó a dolerle la espalda y dejó de correr; poco después de conocer a Elizabeth. Un error evolutivo, dijo el médico refiriéndose a su altura, los hombres deberían haberse quedado en los cinco pies de altura. Ahora estaban desequilibrados. Le explicó a Nate que su pierna derecha era infinitesimalmente más corta que la izquierda, sucedía a menudo con los hombres altos, y que debería llevar una plantilla. No ha hecho nada al respecto. Se niega a engrosar las filas de los hombres de madera y hojalata, los que llevan dientes postizos, ojos de cristal, pechos de goma, zapatos ortopédicos. Aún no, aún no. Al menos hasta que no tenga más remedio.

Corre en el sentido de las agujas del reloj, en dirección opuesta al tráfico, los coches se cruzan con él, oscuros y lustrosos, con ojos de búho. Detrás está el edificio del Parlamento, el corazón bajo y sonrosado de una provincia baja. En su interior, de felpa roja y mullida como un cojín, sin duda están haciendo tratos sórdidos y lucrativos, tomando decisiones sobre quién construirá qué y dónde lo hará, qué se derribará, quién se beneficiará. Recuerda, con más incredulidad que desasosiego, que una vez pensó en meterse en política. Probablemente municipal. Idiota pomposo. Pararles los pies a los constructores, salvar a la gente, ¿de qué y para quién? Una vez fue de esos que creen que el universo debería ser justo y compasivo y están dispuestos a ayudar para lograrlo. Era cosa de su madre. Recuerda su dolor enrevesado, su sensación de haber sido traicionado cuando reparó en que era imposible. Mil novecientos setenta, los derechos civiles abolidos, una guerra sin invasores ni enemigos jaleada por los periódicos. Lo que le horrorizó no fueron las detenciones arbitrarias, la intimidación o las vidas arruinadas; eso no fue ninguna sorpresa. Siempre había sabido que cosas así ocurrían en otros sitios, y a pesar de la relativa comodidad nunca había dudado que podría suceder también allí. Lo peor fue que los periódicos lo aplaudieran. Los editoriales, las cartas al director. La voz del pueblo. Si eso era lo que tenían que decir, él no sería su altavoz.

Su idealismo y su desilusión ahora le aburrían a partes iguales. Su juventud le aburre. En aquella época llevaba un traje y prestaba atención, con la esperanza de aprender algo, a las conversaciones de personas mayores que él sobre los que ocupaban el poder. Recordarlo le horroriza; igual que el collar de cuentas que llevó una vez por un tiempo mientras estuvo de moda.

Delante, al otro lado de la calle a la izquierda, está el museo, iluminado por una chillona luz naranja. Antes merodeaba por la puerta a la hora del cierre con la esperanza de cruzarse con Elizabeth al salir. Al principio ella se había mostrado distante y un tanto condescendiente, como si se esforzara por ser amable con una especie de retrasado. Siempre daba la impresión de saber lo que hacía y eso lo dejaba fuera de combate. Mientras corría por Queen's Park los sábados por la mañana la imaginaba en el interior del edificio gris, como una Madonna en un altar, emitiendo una plácida luz. Aunque, en realidad, no trabajaba los sábados. Se imaginaba corriendo hacia ella, que cada vez se alejaba más con una lámpara en la mano, como Florence Nightingale. Se alegra de no haberle hablado nunca de esa imagen tan ridícula. Se habría burlado incluso entonces, a sus espaldas, y luego lo habría sacado a relucir para mortificarle. «Cursiladas», habría dicho. La mujer de la lámpara. Dios. Más bien la mujer del hacha. Ahora se imagina corriendo hacia una figura muy distinta.

Pasa ante el monumento a los Caídos en un extremo del parque, un pedestal de granito sin rasgos ni adornos, salvo por el quiste gótico de encima. Nada de mujeres desnudas llevando flores, ni ángeles, ni siquiera esqueletos. Solo un cartel, una señal. SUDÁFRICA, dice al otro lado; antes lo veía todas las mañanas, al ir al trabajo, antes de vender el coche. Antes de que dimitiera. Los Caídos ¿de qué guerra? Nunca se ha parado a pensarlo. La única guerra de verdad se libró en Europa; Churchill dijo que combatiría en las playas, se traficaba con medias y chicles, su padre desapareció con una explosión en algún lugar de Francia. Recuerda con cierta vergüenza el partido que le sacó a aquello. «Callad, tíos, su padre murió en la guerra.» Es uno de los pocos usos del patriotismo que sigue considerando válido, y el único que puede darle a la muerte de su padre, a quien no recuerda lo más mínimo.

Está corriendo en dirección sur, Victoria College y Saint Mike quedan a su izquierda. Casi ha dado la vuelta completa. Aminora el paso; empieza a notar el esfuerzo en las pantorrillas, el pecho y la sangre que le late en la cabeza. Hacía mucho que no respiraba tan profundamente. Lástima del humo de los tubos de escape. Debería dejar de fumar y correr a diario. Levantarse a las seis, correr media hora, fumar solo un paquete al día. Llevar una vida más regular y tener cuidado con los huevos y la mantequilla. Aún no ha cumplido los cuarenta, ni siquiera se acerca; puede que ni siquiera haya cumplido los treinta y cinco. Tiene treinta y cuatro, ¿o fue el año anterior? Siempre le ha costado recordar el año de su nacimiento. A su madre también. Es como si los dos se hubiesen conjurado hace tiempo para fingir que no ha nacido. Nathanael: Regalo de Dios. Su madre no tiene reparo en subrayar ese significado. Se lo dijo a Elizabeth poco después de que se casaran. «Muchas gracias, Dios», bromeaba Elizabeth. Luego ya no lo decía tan en broma.

Otra vez empieza a correr más deprisa, acelera hacia las sombras donde ha dejado la bicicleta. Ha dado una vuelta completa. Antes podía dar dos, casi tres. Podría volver a hacerlo. Los días soleados veía su sombra, a su izquierda hasta el monumento, a la derecha de regreso; una costumbre que adquirió cuando estaba en el equipo de relevos. «Compite con tu sombra», decía el entrenador, un escocés que daba clases de inglés cuando no enseñaba fisioterapia. *Los treinta y nueve escalones*, de John Buchan. Su sombra marcaba el ritmo; le parecía verla incluso cuando estaba nublado. Ahora también le acompaña, rara a la luz de las farolas mucho menos intensa que el sol, se extiende ante él cada vez que pasa por debajo de una, se encoge sin cabeza y luego se multiplica y vuelve a correr delante de él.

Antes no corría nunca de noche; no le gusta demasiado. Debería parar y volver a casa. Las niñas regresarán pronto. Puede que hayan llegado ya y le estén esperando para enseñarle el contenido de las bolsas de papel. No obstante, sigue corriendo como si no tuviese otro remedio; como si corriera hacia algo.

ELIZABETH

Elizabeth está en el blando sofá, delante de los cuencos. Dos cabezas sin cuerpo arden a su espalda. Los cuencos están sobre el aparador de pino. No son los suyos, no les habría dejado utilizarlos, sino tres cuencos de la cocina, uno de pírex, otro de porcelana blanca y otro de acero inoxidable.

En dos de los cuencos están los paquetes que hicieron las niñas por la tarde, dos bultos pequeños envueltos en servilletas de papel de color negro y naranja, con un motivo de una bruja y un gato. Atados con un cordel. Querían una cinta, pero no tenían. En cada paquete hay golosinas, una cajita de Smarties y una bolsita de uvas pasas. Les habría gustado hacer galletas de jengibre con cara de calabaza, como siempre, pero les dijo que ese año no tenía tiempo. Una mala excusa. Saben que se pasa el rato tumbada en la cama.

El tercer cuenco, el de acero, está lleno de peniques, para las huchas de Unicef que los niños llevan consigo esos días. Salvad a los niños. Los adultos, como siempre, obligan a los niños a salvarse, sabedores de que ellos no pueden.

Pronto sonará un timbre y abrirá la puerta. Será un hada, o un Batman, o un demonio, o un animal, los hijos de los vecinos, los hijos de sus amigos, transformados en sus propios deseos o en los miedos de sus padres. Les sonreirá, los admirará, les dará parte del contenido de los cuencos y se marcharán. Cerrará la puerta y volverá a sentarse a esperar a que suene el timbre. Entretanto, sus hijas están haciendo otro tanto en las casas de los vecinos, arriba y abajo por los senderos de entrada, en los jardines, de césped en el caso de los recién llegados como ella, y tomateras marchitas y flores descoloridas en el caso de los italianos y los portugueses cuyo barrio se considera desde hace poco tan pintoresco.

Sus hijas corretean animadas por la luz anaranjada de las ventanas. Esa noche ella revisará el botín mientras duermen, en busca de cuchillas de afeitar ocultas en las manzanas o golosinas envenenadas. Aunque ya no la conmueva su alegría, sigue preocupándose por ellas. No confía en las intenciones del mundo respecto a sus hijas. Nate se burlaba de sus miedos, que él llamaba obsesiones: las esquinas de las mesas cuando estaban empezando a andar, los enchufes, los cables eléctricos, los estanques, los arroyos y los charcos (uno puede ahogarse en dos pulgadas de agua), los vehículos en movimiento, los columpios de hierro, las barandillas, las escaleras; y, últimamente, los desconocidos, los coches que aminoran la velocidad, los barrancos. Tenían que aprender, decía él. Mientras no ocurra nada grave parecerá una idiota. Pero si llega a pasar algo, no encontrará consuelo por haber tenido razón.

Tendría que ser Nate quien estuviera en el sofá esperando a que sonara el timbre. Debería ser él quien abriera la puerta sin saber quién era y quien repartiese las golosinas. Siempre lo ha hecho Elizabeth, pero Nate debería saber que este año no lo soporta. Si utilizase la cabeza lo sabría.

Pero ha salido, y esta vez no le ha dicho adónde iba.

Chris se había presentado una vez así, llamó al timbre sin avisar. La luz del porche convirtió su rostro en cráteres lunares.

«¿Qué haces aquí?» Se había enfadado; no debería haberlo hecho, era una invasión, la habitación de las niñas estaba justo arriba. Tiró de ella hacia el porche, acercó su cara a la suya bajo la luz sin decir nada. «Vete. Luego te llamo, pero vete, por favor. Sabes que no puedo.» Un susurro, un beso, el pago de un chantaje, con la esperanza de que no la oyeran.

Quiere apagar las luces, apagar las calabazas, cerrar la puerta con llave. Puede fingir que no está en casa. Pero ¿cómo explicar que los cuencos de golosinas sigan llenos, o incluso si tira los paquetes, las preguntas de los amigos? «Pasamos por vuestra casa, pero no había nadie.» No tiene escapatoria.

Suena el timbre, vuelve a sonar. Elizabeth se llena las manos, abre la puerta. Habría sido más fácil dejar los cuencos al lado de la puerta; lo hará. Son un chino, un monstruo de Frankenstein y un niño vestido de rata. Finge no reconocerlos. Les da un puñado a cada uno y mete unas monedas en las huchas metálicas. Parlotean encantados, le dan las gracias y se alejan por el porche, sin saber lo que representan en realidad sus cuerpecillos disfrazados. A todas las almas. No solo las amistosas, sino todas. Son almas que regresan, lloran ante la puerta, hambrientas, lamentando su vida perdida. Les das comida, dinero, cualquier cosa menos sangre y cariño, con la esperanza de que se contenten con eso y se vayan.

Segunda parte

ELIZABETH

Elizabeth camina en dirección oeste, por el lado norte de la calle, en el aire frío y plomizo que es una extensión del cielo ininterrumpido de color gris pescado. No mira los escaparates; sabe qué aspecto tiene y no se permite fantasear con cambiarlo. No necesita su propio reflejo ni el de la idea que otros tienen de ella o de sí mismos. Amarillo melocotón, rosa manzana, frambuesa, ciruela, cueros, pezuñas, plumas, labios, garras, no los necesita. Lleva un abrigo negro. Es dura, un núcleo denso, ese punto oscuro en torno al que giran los demás colores. Va con la vista fija, los hombros erguidos y pasos regulares. Desfila.

Algunas de las solapas de los pechos que se le acercan siguen llevando ese recordatorio, los pétalos de tela roja de sangre que salpica el agujero de fieltro negro del pecho, clavados justo en el centro. El día del Armisticio. Un alfiler en el corazón. ¿Qué venden para los retrasados mentales? Semillas de esperanza. En el colegio hacían una pausa mientras alguien leía un versículo de la Biblia y entonaban un himno. Las cabezas gachas, intentando parecer solemnes, sin saber por qué. En la distancia, ¿o era en la radio?, los cañones.

Si dejáis de tener fe en los muertos
no descansaremos, por más que crezcan las amapolas
en los campos de Flandes.

Lo escribió un canadiense. «Nosotros somos los muertos.» Es una nación morbosa. En la escuela tuvieron que memorizarlo dos años seguidos, cuando aún estaba de moda aprender las cosas de memoria. La habían elegido para recitarlo. Se le daba bien memorizar, y por eso decían que se le daba bien la poesía. Y no se le daba mal, antes de dejar el colegio.

Elizabeth ha comprado una amapola, pero no se la ha puesto. La lleva en el bolsillo, con el pulgar apoyado en el alfiler.

Recuerda cuando ese paseo, cualquier paseo por esa parte de la ciudad, la conmovía. Esos escaparates, con sus promesas, sexuales a fin de cuentas, reemplazaban a otros y a otras promesas anteriores que ofrecían solo seguridad. Trajes de tweed. ¿Cuándo se produjo el cambio al peligro? En algún momento del pasado, diez años antes, los serios trajes de lana y las bufandas Liberty dejaron paso al exotismo: importaciones indias con faldas con raja, ropa interior de satén, talismanes de plata que pendían entre los pechos como pececillos de un anzuelo. Muerde aquí. Y luego los muebles, el *milieu*, los accesorios. Las lámparas de pantallas de colores, el incienso, tiendas enteras dedicadas a la venta de jabón o gruesas toallas de baño, velas, lociones, tentaciones. Y ella se dejaba tentar. Antes le ardía la piel solo de pasear por esas calles, los escaparates se ofrecían a sí mismos y no pedían nada, desde luego dinero no. Tan solo una palabra: sí.

Los productos siguen siendo los mismos, aunque los precios sean más altos y haya muchas más tiendas, pero el aroma ha desaparecido. Ahora todo es mercancía. Pagas y consigues, pero solo lo que ves. Una lámpara, una botella. Si pudiera escoger preferiría lo de antes, lo otro, pero ahora una lánguida vocecilla en su interior impide la elección y dice tan solo: «Falso».

Se detiene ante un puesto de periódicos, se agacha para asomarse a la ventana cuadrada de cristal. Debería comprar uno para tener algo que leer en la sala de espera. No quiere quedarse sin nada en lo que concentrarse, y en ese momento no soporta las revistas que tienen en esos sitios. Revistas a todo color más luminosas que la vida real sobre la salud, la maternidad y las ventajas de lavarse el pelo con mayonesa. Necesita algo en blanco y negro. Cuerpos que caigan desde el balcón de un décimo piso, explosiones. La vida real. Pero tampoco quiere leer los periódicos. Solo hablan de las elecciones de Quebec, que van a celebrarse en tres días y le traen absolutamente sin cuidado. Las elecciones le interesan tan poco como el fútbol. Competiciones masculinas ambas cosas, en las que, a lo sumo, se supone que debe participar como animadora. Los candidatos son manchas de puntos grises que se enfrentan unos a otros en las portadas y resoplan desafíos silenciosos pero articulados. No le importa quién gane, aunque a Nate sí; y a Chris también le habría importado. Siempre estaba esa acusación no pronunciada, dirigida a ella, como si por ser quien era y hablar como hablaba le estuviese retorciendo un brazo o cometiendo una intromisión. El problema lingüístico, lo llamaban todos.

Me ocurre algo en el oído. Creo que me estoy quedando sorda. De vez en cuando, no siempre, oigo un sonido muy agudo como un zumbido, un ruido metálico. Y me cuesta oír lo que me dice la gente. Me paso el tiempo diciendo: «¿Perdón?».

No, no he estado resfriada. No.

Ensaya lo que tiene que decir, luego se lo repite a la médico y responde a sus preguntas, con las manos en el regazo, los pies juntos enfundados en los zapatos negros, y el monedero a un lado. Una matrona. La médico es una mujer rolliza de aspecto sensato con una bata blanca y una luz en la frente. Interroga a Elizabeth con amabilidad, tomando notas en los jeroglíficos egipcios de los médicos. Luego, pasan por una puerta, le pide a Elizabeth que se siente en una silla de cuero negro y le examina la boca y los oídos, uno después del otro, utilizando la luz de una sonda. Le pide que se tape la nariz y sople, para ver si se oye algún ruido seco.

—No hay ningún tapón —dice alegremente la médico.

Le pone unos auriculares en la cabeza. Elizabeth se queda mirando la pared donde cuelga un cuadro de escayola pintada: un árbol, una niña con cara de hada que contempla las ramas y un poema en letra gótica:

> *Creo que nunca veré*
> *un poema tan bello como el árbol.*
> *Un árbol que aprieta la boca*
> *contra el pecho dulce y generoso de la tierra...*

Elizabeth lee hasta ahí, luego se interrumpe. Incluso el árbol idealizado de la elipse de escayola parece una especie de calamar, con las raíces entrelazadas como tentáculos que se enganchan en el abultado montículo de tierra y chupan con voracidad. Nancy empezó a morderla al sexto mes, con su primer diente.

La médico manipula los botones de la máquina unida por unos cables a los auriculares de Elizabeth, y produce primero sonidos de ciencia ficción y luego rumores y vibraciones.

«Lo oigo», dice Elizabeth cada vez que cambia el sonido. Imagina los objetos que debe de tener esa mujer en su cuarto de estar: fundas de cretona, lámparas con ninfas de porcelana en la base. Perritos falderos de cerámica sobre la repisa de la chimenea, igual que la madre de Nate. Un cenicero con mariquitas de colores naturales en el borde. La habitación entera parece el túnel del tiempo.

La médico le quita los auriculares y le pide que vuelva al despacho. Las dos toman asiento. La médico sonríe benévola, con indulgencia, como si estuviese a punto de anunciarle a Elizabeth que tiene cáncer de oídos.

—A su audición no le pasa nada —dice—. Sus oídos están bien y el rango es normal. Es posible que tenga una levísima infección residual que se los tapona de vez en cuando. Si vuelve a ocurrir, tápese la nariz y sople, como haría en un avión. La presión los destapará.

(—Creo que me estoy quedando sorda —dijo Elizabeth.

—A lo mejor —respondió Nate— solo es que hay ciertas cosas que no quieres oír.)

Elizabeth tiene la sensación de que la recepcionista la mira de modo extraño cuando le dice que no necesita otra cita.

—Estoy bien —se excusa.

Baja en el ascensor y atraviesa el arcaico vestíbulo de mármol y latón, sin dejar de desfilar. Cuando llega a la puerta, el zumbido ha vuelto a empezar, constante, agudo, como un mosquito, la canción desafinada de un niño o una línea de alta tensión en invierno. Tiene un no sé qué eléctrico. Recuerda la historia que leyó una vez en el *Reader's Digest*, mientras esperaba en la consulta del dentista, de una anciana que había empezado a oír voces angelicales en su cabeza y creía que se estaba volviendo loca. Después de mucho tiempo y diversas investigaciones, descubrieron que captaba una emisora local de radio con el metal de un puente en la dentadura. El *Reader's Digest* lo contaba en tono de broma.

Son casi las cinco, oscurece; la acera y la calle están resbaladizas por la llovizna. El tráfico abarrota las calles. Elizabeth baja el bordillo y empieza a cruzar en diagonal, por delante de un coche y por detrás de otro. Un camión verde de reparto frena de golpe, a tres pies de donde está ella. El conductor toca la bocina y grita.

—¡Idiota! ¿Es que quiere que la maten?

Elizabeth sigue andando sin hacerle caso, con paso firme, desfilando. ¿Es que quiere que la maten? El zumbido de su oído derecho cesa como una conexión interrumpida.

No le pasa nada en los oídos. El sonido procede de alguna otra parte. Voces angelicales.

Lunes, 15 de noviembre de 1976

LESJE

Lesje está comiendo con el marido de Elizabeth, el marido que pertenece a Elizabeth. Posesivo, o, en latín, genitivo. Ese hombre no parece el marido de Elizabeth, ni de nadie. Pero sobre todo no el de Elizabeth. Elizabeth, por ejemplo, jamás habría escogido el restaurante Varsity. O bien el hombre no tiene dinero, cosa muy posible a juzgar por su exterior raído y deshilachado como el liquen sobre una roca, o no cree que vaya a formarse una mala opinión de él por su elección del restaurante. Es una reliquia de cuando otros restaurantes se volvieron distinguidos, y conserva aún sus muebles de los años cincuenta, los menús manoseados y su aire de resignación maloliente.

Normalmente Lesje no comería ahí, en parte porque asocia el restaurante Varsity a su época de estudiante y ya no es tan joven. Ni siquiera sabe muy bien por qué está comiendo con el marido de Elizabeth, a no ser que se deba al modo en que se lo pidió: su invitación fue una especie de estallido y le resultó imposible negarse.

La ira y la desesperación ajenas han sido siempre sus puntos débiles. Se le da bien apaciguar a los demás, y lo sabe. Ya en el grupo de mujeres al que se apuntó en la facultad, sobre todo por las presiones de su compañera de cuarto, era cauta y temía meter la pata y que pudieran acusarla de algo. Escuchaba con creciente espanto los recitales de las otras, sus revelaciones sobre su vida sexual, la crueldad de sus amantes e incluso sus matrimonios, pues varias estaban casadas. El horror no era por lo que decían, sino por la constatación de que esperaban que Lesje hiciera igual que ellas. Sabía que no podría, no conocía la jerga. De nada habría servido alegar que era solo una científica y no entendía de política. Para ellas todo era política.

Empezaron a mirarla con gesto calculador: sus murmullos de asentimiento no eran suficientes. No tardarían en enfrentarse a ella. Paralizada por el pánico, hurgó en su pasado en busca de ofrendas adecuadas, y lo único que se le ocurrió fue tan trivial e insignificante que supo que no lo aceptarían. Consistía en lo siguiente: en lo alto de la cúpula dorada del vestíbulo del museo decía: QUE TODOS LOS HOMBRES CONOZCAN SU TRABAJO. Era solo una cita bíblica, pero podía servir para entretenerlas; estaban muy airadas con la arrogancia de Dios. Aunque, por otro lado, tal vez lo rechazaran. Vamos, Lesje. Algo personal.

Le dijo a su compañera de cuarto, una historiadora social con gafas oscuras de abuelita, que en realidad no tenía tiempo para el grupo, pues su curso de palinología era más difícil de lo que había pensado. Ninguna de las dos lo creyó y poco después Lesje se mudó a un piso ella sola. No soportaba los constantes intentos de embarcarla en una conversación coherente mientras comía los cereales o se secaba el pelo. En esa época los matices la incomodaban, se sentía mucho mejor entre cosas concretas. Ahora tiene la sensación de que habría valido la pena escuchar con más atención.

Nate aún no la ha asustado pidiéndole que le hable de sí misma, aunque no ha parado de hablar desde que se sentaron a la mesa. Ella ha escogido lo más barato que había en la carta, un sándwich de queso a la plancha y un vaso de leche. Escucha, dando bocados pequeños y tapándose los dientes. Nate no le ha dado ninguna pista sobre el motivo de su llamada. Al principio pensó que tal vez fuese porque ella había conocido a Chris y conocía a Elizabeth, y necesitara hablar. Resultaba comprensible. Pero hasta el momento no ha hecho alusión a ninguno de los dos.

Lesje ignora cómo puede seguir conversando, ni siquiera cinco minutos, sin referirse a un suceso que en su caso habría ocupado un lugar destacado. Si fuese su vida, que no lo es. Hasta esa comida, hasta ese sándwich a la plancha y —¿qué está comiendo él?— un sándwich caliente de pavo con pan blanco, apenas se había parado a pensar en Nate, a quien consideraba, en cualquier caso, la figura menos interesante de aquel triángulo trágico.

Elizabeth, que últimamente deambula lívida y con ojeras por el museo, un poco rolliza para el papel, pero por lo demás parecida a una reina desolada de un drama shakespeariano, es sin duda la más interesante. Chris lo es porque está muerto. Lesje lo conocía, aunque no muy bien. En el trabajo había quien lo consideraba distante, a otros les parecía demasiado apasionado. Se rumoreaba que tenía un genio terrible, pero Lesje nunca tuvo ocasión de comprobarlo. Solo colaboraba con él en un proyecto: los mamíferos de pequeño tamaño del Mesozoico. Está terminado, instalado en las vitrinas de cristal con botones para las voces. Lesje se ocupó de los textos y Chris construyó las maquetas, con pelo adulterado de rata almizclera, conejo y marmota para cubrir los armazones de madera. A veces iba a visitarlo en el oscuro taller, al fondo del pasillo, donde guardaban los búhos disecados y las demás aves de gran tamaño. Dos ejemplares de cada especie en unos cajones metálicos, igual que en un depósito de cadáveres animales. Llevaba café para ambos y se bebía el suyo mientras él trabajaba y les iba dando forma con la madera y la gomaespuma. Comentaban algunos detalles como los ojos y el color. Era raro ver a un hombre tan grande concentrado en detalles tan minuciosos. No es que fuese más alto de lo normal, ni siquiera era muy musculoso. Pero daba la impresión de ser una mole, como si pesara más que cualquier otro de su talla y sus células estuviesen más juntas, apretadas por alguna fuerza gravitacional irresistible. Lesje nunca se paró a pensar si le gustaba. Habría sido como preguntarse si le gustaba un peñasco.

Ahora está muerto y por ello resulta infinitamente más remoto y misterioso. Su muerte la desconcierta: es incapaz de imaginarse haciendo algo así, y tampoco imagina a ninguno de sus conocidos. Chris parecía la última persona capaz de quitarse la vida. Al menos a ella. Aunque la gente no es su especialidad, así que su opinión no cuenta.

En cambio, no ha pensado mucho en Nate. No parece un marido traicionado. Ahora está hablando de las elecciones en Quebec, que se están celebrando en ese mismo instante. Muerde un trozo de pavo, lo mastica; la salsa le corre por la barbilla. En su opinión, deberían ganar los separatistas, porque el otro gobierno está corrompido. También por el notorio comportamiento del gobierno federal en 1970. Lesje recuerda con vaguedad que hubo varias detenciones, después de los secuestros. Ella estudiaba entonces el curso de invertebrados; estaba en cuarto curso y era muy importante sacar buena nota.

¿Cree que convendrá a largo plazo?, pregunta Lesje. Eso es lo de menos, responde Nate. Se trata de una cuestión moral.

Si lo hubiese dicho William, a Lesje le habría parecido pomposo. Ahora no se lo parece. El rostro alargado de Nate (está segura de que antes llevaba barba; recuerda haberlo visto con barba, en las fiestas y cuando iba con las niñas a recoger a Elizabeth después del trabajo; pero ahora está pálido y lampiño) y el cuerpo que le cuelga indiferente de los hombros como un traje de una percha le impresionan. Es mayor, debe de saber cosas que ella solo puede adivinar; debe haber acumulado sabiduría. Su cuerpo estará arrugado, su rostro es huesudo. A diferencia del de William. William ha engordado desde que se fueron a vivir juntos; sus huesos se están retirando hacia el interior de la cabeza, tras las blandas barricadas de las mejillas.

William se opone al Partido Quebequés por sus intenciones de inundar James Bay y vender la energía eléctrica.

—Pero los otros también lo hacen —dijo Lesje.

—Si viviese allí, no votaría a ninguno —se limitó a responder William.

Lesje no sabe a quién votaría ella. Cree que probablemente se mudaría. El nacionalismo de cualquier índole la incomoda. En casa de sus padres era un asunto prohibido. ¿Cómo iba a ser de otro modo, con las dos abuelas acechando, preguntándole por separado, esperando para saltar al ataque? Nunca se habían visto. Las dos se habían negado a asistir a la boda de sus padres, que había sido una ceremonia civil. No obstante, las abuelas habían concentrado su rabia la una en la otra, no en los hijos transgresores. En cuanto a ella, supone que las dos la querían y la lloraban como si estuviese muerta. Sus genes estaban dañados. Impuros, impuros. Las dos pensaban que debería deshacerse de la mitad de sus cromosomas, repararse de forma milagrosa. Su abuela ucraniana, de pie en la cocina detrás de Lesje que leía en una silla de plástico con cromados el *Manual de estalactitas y estalagmitas para jóvenes*, se cepillaba el cabello y hablaba con su madre en un idioma que ella no entendía. Se cepillaba y lloraba en silencio.

—Mamá, ¿qué dice?

—Que tienes el pelo muy negro.

La madre ucraniana se inclinaba para abrazarla y consolarla por un dolor del que Lesje aún no era consciente. Una vez la abuela ucraniana le había dado un huevo, uno de los huevos decorados e intocables que había en la repisa de la chimenea junto a las fotos familiares en marcos de plata. La madre judía, al encontrarlo, lo había aplastado con sus botas minúsculas, pisoteándolo una y otra vez, con furia ratonil.

«Las dos son mayores —dijo su madre—. Han vivido vidas muy duras. Después de los cincuenta no se puede cambiar a nadie.» Lesje lloró sobre el puñado de brillantes pedacitos de huevo mientras su abuela, arrepentida, le acariciaba con las manos morenas. Le compró en alguna parte otro huevo que debió de costarle más que dinero.

Las dos abuelas hablaban como si hubiesen vivido personalmente la guerra y las hubieran gaseado, violado, atravesado con bayonetas, fusilado, matado de hambre y quemado, y hubiesen sobrevivido de milagro, pero no era cierto. La única que la había vivido de verdad era la tía Rachel, la hermana de su padre, que era veinte años mayor, y estaba casada y asentada cuando la familia se fue. La tía Rachel era una foto en la repisa de la chimenea de la abuela, una mujer rolliza y rechoncha. Se notaba que era una mujer acomodada, y eso era lo único que revelaba la fotografía: comodidad. Ninguna presciencia; eso lo añadió Lesje mucho después, a fuerza de mirarla con sensación de culpa. Su padre y su madre nunca hablaban de la tía Rachel. ¿Qué iban a decir? Nadie sabía qué le había ocurrido. Lesje, por más que lo ha intentado, no se la imagina.

No le cuenta nada de eso a Nate, que le está explicando por qué los franceses sienten lo que sienten. A Lesje no le interesa saberlo. Lo único que quiere es quitarse de en medio.

Nate casi ha terminado su sándwich de pavo; no se ha comido las patatas fritas. Está mirando fijamente la mesa justo a la izquierda del vaso de agua de Lesje, y desmenuzando uno de los panecillos del restaurante Varsity. Su sitio está cubierto de migas. Hay que ver las cosas en su contexto histórico, dice. Abandona el bollo y enciende un cigarrillo. A Lesje no le apetece pedirle uno —los suyos se le han acabado y no es momento de levantarse a por más—, pero al cabo de un minuto le ofrece uno e incluso se lo enciende. Ella nota que se le queda mirando la nariz y se pone nerviosa.

Quiere preguntarle: «¿Qué hago aquí? No me habrás invitado a este restaurante de tercera para arreglar el futuro de la nación, ¿verdad?». Pero él ya ha pedido la cuenta. Mientras esperan, le comenta que tiene dos hijas. Le dice sus nombres y su edad, luego los repite, como si quisiera asegurarse de que los recuerda bien. Le gustaría llevarlas un sábado al museo, dice. Les interesan mucho los dinosaurios. ¿No podría enseñárselos ella?

Lesje no suele trabajar los sábados, pero ¿cómo negarse? Privar a las niñas de los dinosaurios. Debería alegrarse de la oportunidad de difundir la palabra, de hacer conversos, pero no se alegra; para ella los dinosaurios no son una religión, solo una reserva. Además, se siente extrañamente decepcionada. Esperaba más, después de tanto balbuceo en el teléfono y de aquella elección de un restaurante en el que, ahora repara en ello, Elizabeth no entraría jamás. Lesje responde con educación que le encantaría enseñarles a las niñas la exposición y responder a sus preguntas. Empieza a ponerse el abrigo.

Nate paga la cuenta, aunque Lesje se ofrece a pagar su parte. Preferiría invitarle. Él parece estar sin un centavo. Y, lo que es más importante, sigue sin tener claro qué se espera de ella a cambio de ese sándwich de queso a la plancha y ese vaso de leche; qué se supone que tiene que hacer o dar ella.

NATE

Nate está en el hotel Selby bebiendo cerveza de barril y viendo la televisión. PASAJERO, PERMANENTE, dice con grandes letras el cartel de la entrada, como si las dos cosas fuesen lo mismo. En otra época era un bar de viejos, un bar para viejos pobres. Bebe en el Selby por costumbre: la casa de Martha está solo a tres manzanas y adquirió la costumbre de dejarse caer para tomar unas cervezas antes o, si no era muy tarde, después de verla. Aún no ha escogido otro bar.

Pronto tendrá que hacerlo: cuando comenzó a beber allí, el Selby estaba lleno de caras anónimas, pero ahora empieza a estar abarrotado de gente a quien conoce. No son exactamente amigos, y solo los conoce porque van a beber allí. Aun así, se ha convertido en un habitual y muchos de los antiguos habituales se han ido. Los trabajadores de Cabbagetown, desharrapados, callados la mayoría, que murmuraban frases lúgubres y previsibles. Ahora está siendo invadido por la misma gente que invade los pisos y los callejones de Cabbagetown. Fotógrafos y tipos que dicen que están escribiendo un libro. Hablan demasiado, son demasiado cordiales y le invitan a sentarse a su mesa cuando no le apetece. Goza de cierto predicamento entre ellos, es un carpintero, alguien que trabaja con las manos, un artesano, el hombre del cuchillo. Prefiere los bares donde no es único en su especie.

El bar que buscará será sobrio, tranquilo, sin máquinas de discos ni máquinas para jugar al millón y sin jovenzuelos de dieciocho años con espinillas que beben más de la cuenta y vomitan en los servicios. Quiere un bar medio lleno de hombres con cazadora de cremallera y camisa abierta por la que asome el cuello de la camiseta, bebedores lentos y pausados, y aficionados como él a ver la televisión. Le gusta ver las noticias nacionales y luego los resultados deportivos.

En casa difícilmente puede hacerlo, porque Elizabeth hace mucho que desterró su antiguo televisor portátil en blanco y negro del salón, donde decía que desentonaba, y luego de la cocina. Afirmó que no soportaba tenerlo a todo volumen mientras cocinaba y que podía elegir si prefería ver la televisión o comer, pero si optaba por la televisión ella se iría a cenar fuera y dejaría que se las arreglara como pudiera. Eso fue en los viejos tiempos, antes de que Nate aprendiera a cocinar empujado por la necesidad. Intentó meter el televisor en el dormitorio —se imaginó viendo una película en la cama a las tantas de la madrugada con un whisky con agua en la mano y Elizabeth acurrucada a su lado—, pero no duró allí ni una noche.

El televisor acabó en el cuarto de Janet, donde los sábados las niñas ven los dibujos matinales. Cuando se trasladó a su propia habitación no tuvo valor de quitárselo. A veces ve la televisión con ellas o se cuela en su habitación los días que hay partido de fútbol.

Pero siempre están dormidas cuando empiezan las noticias de las once. Podría ir a verlas a casa de su madre, que nunca se las pierde, pero vive demasiado lejos y no tiene cerveza en casa. Además, no le haría mucha gracia. Los terremotos, las hambrunas son otra cosa. Cada vez que hablan de una hambruna en las noticias, Nate sabe que su madre telefoneará al día siguiente para intentar convencerle de que adopte a un huérfano o de que venda Juguetes por la Paz a sus minoristas. Pedacitos de lana de colores en forma de enanitos o pájaros de papel plegado. «Los adornos de árbol de Navidad no van a salvar el mundo», le dice él. Luego ella responde que espera que las niñas estén tomando sus pastillas de aceite de hígado de bacalao por la mañana. Sospecha que Elizabeth pueda causarles una deficiencia vitamínica.

Por su parte, a Elizabeth no le interesan lo más mínimo las noticias. Casi nunca lee los periódicos. Nate nunca ha conocido a nadie tan poco interesada por las noticias como Elizabeth.

Esa noche, por ejemplo, se ha acostado a las siete; ni siquiera se ha molestado en conocer los resultados electorales. Nate, al ver cómo todo se derrumba en la pantalla, no consigue entender esa indiferencia. Es un acontecimiento de importancia nacional y tal vez incluso internacional, ¡y ella durmiendo como si tal cosa! El equipo de comentaristas apenas puede contenerse. Los quebequeses hacen arduos esfuerzos por no sonreír, se supone que tienen que ser objetivos, pero su rostro se contrae cada vez que el ordenador anuncia una nueva victoria para el Partido Quebequés. Los ingleses, por su parte, están a punto de mearse encima. René Lévesque no da crédito a sus ojos, parece que alguien le haya besado al tiempo que le propinaba un rodillazo en la entrepierna.

Las cámaras van y vienen entre los comentaristas de labios finos y las multitudes en las sedes del Partido Quebequés, donde se lleva a cabo una multitudinaria celebración. Bailes en las calles, cánticos jubilosos. Intenta recordar una celebración similar en su lado de la frontera, pero lo único que se le ocurre es la primera serie ruso-canadiense de hockey, cuando Paul Henderson marcó el tanto definitivo. Los hombres se abrazaron y los que estaban más borrachos gritaron. Sin embargo, esto no es un partido de hockey. Al ver el desconcierto de los liberales derrotados y el rígido labio superior de los periodistas ingleses, Nate sonríe. «Se lo merecen.» Es su venganza personal contra todos los que escribieron cartas al director a lo largo y ancho del país. «La represión engendra la revolución —piensa—, no sois más que corredores de bolsa. Así que os jodéis.» La cita es del primer ministro, y si él estuviese en la pantalla se lo espetaría a las damas a la cara.

No obstante, al mirar a su alrededor a los demás parroquianos, se siente incómodo. Sabe que su alegría es solo teórica y probablemente esnob. Ninguno de los presentes está interesado en la teoría. Esa noche no hay muchos escritores, la mayoría son tipos con cazadora y no se lo están tomando bien; refunfuñan y se muestran casi hoscos, como si sus vecinos estuviesen dando una ruidosa fiesta y no les hubiesen invitado. «Putos franchutes —murmura uno—. Hace mucho que deberíamos haberlos echado del país a patadas.»

Otro dice que será el fin de la economía: ¿Quién va a arriesgarse a invertir? «¿Qué economía? —bromea su amigo—. Cualquier cosa es mejor que el estancamiento.» Los comentaristas escogen ese asunto, y especulan entre los besos y los cánticos.

Nate advierte que lo recorre una excitación casi sexual desde el estómago hasta los dedos que sujetan el vaso. No se han enterado, esos cabrones no se han dado ni cuenta. La tierra se abre bajo sus pies y ni siquiera se percatan, ¡puede ocurrir cualquier cosa!

Pero, en lugar de la cara arrugada de mono de René Lévesque, que está en la pantalla agradeciendo el apoyo de sus seguidores desde el estadio Paul Sauvé, él ve a Lesje, sus ojos, sus manos delgadas, flotando ante él en la mesa, veladas por el humo. No recuerda nada de lo que dijo. ¿Llegó a decir algo? No le importa, le da igual si no dice nunca nada. Solo quiere mirarla, abismarse en su interior, en esos ojos oscuros que tal vez sean castaños, tampoco lo recuerda. Recuerda la sombra que había en ellos, como la sombra fresca de un árbol. ¿Por qué esperó tanto, hecho un manojo de nervios en las cabinas telefónicas, espástico, incapaz de hablar? En la comida se dedicó a desmenuzar los panecillos y a hablar de política, cuando lo que tendría que haber hecho es abrazarla, allí mismo en el restaurante Varsity. Luego se habrían extasiado, habrían estado en otra parte. ¿Cómo va a saber dónde, si sería un sitio donde no habría estado nunca? Un lugar muy diferente del país que hay en el interior del batín azul de Elizabeth, o del planeta de Martha, predecible, pesado y húmedo. Abrazar a Lesje sería como sostener una planta rara, suave, fina, con flores de color naranja. «Exóticas», las llaman los floristas. La luz sería rara, el suelo estaría cubierto de huesos. Y ella los dominaría. Se quedaría ante él, portadora de una sabiduría sanadora, rodeada de velos. Nate caería de rodillas a sus pies y se disolvería.

Aparta esa imagen y la sitúa en el tiempo: una sesión matinal de *La diosa de fuego* que vio cuando era un impresionable niño de doce años y se masturbaba todas las noches. Su madre le regañaba por esas sesiones matinales. «Estoy segura —decía— de que tantos vaqueros y tiroteos son perjudiciales.» Una mujer envuelta en estopilla, muy mala actriz, él lanzaba bolitas de papel mascado y se burlaba como los demás, pero había fantaseado con ella varias semanas. En cualquier caso, quiere subir a su bicicleta y pedalear como un loco hasta el apartamento de Lesje, trepar por la pared como Spiderman, colarse por la ventana. «Calla —le diría—. Ven conmigo.»

Cierto que vive con un tipo. Nate recuerda vagamente haberlo visto cogido del brazo de Lesje en la fiesta de Navidad en el museo el año anterior, un despreciable borrón rosado. Lo olvida casi de inmediato y vuelve a pensar en Lesje, en su mano cuando le encendió el cigarrillo. Una pulgada más y la habría tocado. Pero es demasiado pronto para eso. Sabe que se levanta por la mañana, desayuna, va al trabajo donde hace cosas incomprensibles, desaparece de vez en cuando en el lavabo de señoras, pero no quiere regodearse en los detalles. No sabe nada de su vida real y no quiere saber nada. Aún no.

Sábado, 20 de noviembre de 1976

ELIZABETH

Suben las escaleras, pasan junto al puesto de palomitas con sus manzanas de caramelo, sus globos y sus matasuegras, sus chillones molinillos de plástico de color rojo y azul violeta, que hacen un ruido como el de pájaros disecados al mover las alas. Una familia. Cuando vuelvan a salir, tendrán que comprarle algo a las niñas, porque eso es lo que hacen las familias.

Elizabeth había aceptado ir con ellos porque Nate tenía razón, es malo para las niñas que ya no hagan nada como una familia. Las niñas no se habían dejado engañar. No estaban contentas, solo sorprendidas y un poco recelosas.

—Pero si tú nunca vienes cuando vamos con papá —dijo Nancy.

Ahora, en el vestíbulo abovedado, con el torrente de niños de los sábados pasando por los torniquetes, no cree que pueda resistir la presión. Es su lugar de trabajo. También es donde trabajaba Chris. No le importa pasar ahí los días laborables, tiene una razón y muchos memorandos con los que entretenerse, pero ¿qué sentido tiene ahora? ¿Por qué emplear su tiempo libre paseando entre pellejos vacíos, caparazones metálicos y huesos abandonados por sus dueños? No tiene ninguna obligación.

Siempre había tenido cuidado de no hablar con él y de no ir a verle en las horas de trabajo. No le importaba que se supiera, pero tampoco quería hacer alarde, y ni siquiera hacía falta: en el museo todo el mundo acababa enterándose de todo por un discreto proceso de filtrado. Sin embargo, le pagaban por hacer un trabajo tantas horas al día, y se lo tomaba muy en serio. No había pasado esas horas con Chris.

Al menos después de la primera vez, cuando hicieron el amor con casi toda la ropa puesta en el suelo de su taller, entre tiras de piel y virutas de madera, al lado de una réplica inacabada de una ardilla terrestre africana. Aún no le había insertado los ojos de cristal y las órbitas vacías los contemplaban. Todo el museo huele aún a aquel día: conservante, serrín y el olor del cabello de Chris, un intenso olor a quemado. La cremallera fría apretada contra la parte interior de sus muslos, el roce de los dientes. Pensó: «No volveré a aceptar que no sea como esto». Como si llegara a un acuerdo, y tal vez así fuese, con un negociador invisible que tuviera delante.

Las niñas están en la tienda de regalos, mirando las muñecas: leones de trapo de Singapur y bebés de cerámica de México. Nate está buscando en la cartera. La idea fue suya, así que pagará él, aunque sabe, y lo sabía al salir de casa, que no tendrá suficiente.

—¿Me puedes prestar un billete de cinco? —pregunta—. Te lo devolveré el lunes.

Ella le da el dinero, que tenía preparado en la mano. Siempre es un billete de cinco. A veces se los devuelve; y si no lo hace es porque se olvida. Ella no se lo recuerda, lo hacía en los días en que creía que todo debía ser justo.

—No voy a entrar —dice—. Nos vemos en las escaleras a las cuatro y media. Podemos llevar a las niñas a Murray's a tomar un batido o alguna cosa.

Parece aliviado.

—De acuerdo —responde.

—Diles a las niñas que se diviertan.

Se encamina hacia el sur, en dirección al parque, con la intención de cruzar la calle y pasear entre los árboles, tal vez sentarse en uno de los bancos y respirar el aroma de las hojas muertas. La última ocasión de respirarlo antes de que empiece a nevar. Se queda en el bordillo, esperando una oportunidad para cruzar. En el cenotafio aún quedan algunas guirnaldas deshilachadas. SUDÁFRICA, dice.

Da media vuelta y vuelve a dirigirse hacia el museo. Irá al planetario, así matará el tiempo. Aunque ayude con los carteles y las vitrinas nunca ha estado allí. Trabaja durante las sesiones matinales de los días laborables, y normalmente no va por la tarde en su tiempo libre. Sin embargo, hoy le apetece ir a algún sitio donde no haya estado.

El vestíbulo está forrado de ladrillos. Hay un lema en la pared curva.

LOS CIELOS TE LLAMAN Y GIRAN EN TORNO A TI
MOSTRÁNDOTE SU ETERNA BELLEZA
Y TÚ SIGUES MIRANDO AL SUELO.

DANTE

Y debajo: INFORMACIÓN. VENTA ANTICIPADA DE ENTRADAS.

A Elizabeth le parece tranquilizador que incluso la belleza eterna cueste dinero. El pase empieza a las tres. Va a la ventanilla para comprar una entrada, aunque supone que podría entrar con su carnet.

—¿Catástrofes cósmicas o el Laserium? —pregunta la chica.

—¿Cómo? —responde Elizabeth. Luego cae en que «Catástrofes cósmicas» debe de ser el título de la exposición temporal. En cambio, «Laserium» le recuerda solo a una colonia de leprosos.

—El Laserium no empieza hasta las cuatro y cuarto —dice la chica.

—Pues Catástrofes cósmicas —responde Elizabeth. El Laserium, sea lo que sea, empieza demasiado tarde.

Se queda en el vestíbulo mirando las cubiertas de los libros del escaparate. *Las estrellas son patrimonio de todos. El universo. Agujeros negros.* Nunca ha sentido demasiado interés por las estrellas.

El auditorio es una cúpula; es como estar dentro de un pecho. Elizabeth sabe que se supone que representa el cielo; no obstante, siente un poco de asfixia. Se recuesta en el asiento afelpado, contempla el techo, que está vacío aunque brilla con una leve luz. Los niños en torno a ella se mueven y cuchichean hasta que se atenúan las luces. Luego se callan.

Atardece. En torno a ellos está la silueta de la ciudad de Toronto, sus contornos y puntos destacados: el Park Plaza, bajo en comparación con el Hyatt Regency que tiene al lado; BRITANNICA al este; Sutton Place, el edificio del tiempo, la Torre CN. Así es la Tierra.

Una voz les explica que están viendo la silueta tal como se vería si estuviesen en lo alto del planetario.

«¡Es genial!», exclama el niño que tiene al lado. Desprende olor a chicle. A Elizabeth le resulta una presencia cálida y tranquilizadora. Zapatillas de suela de goma.

La luz del horizonte se atenúa por occidente y empiezan a brillar las estrellas. La voz nombra las constelaciones: las dos Osas, Casiopea, Orión, las Pléyades. La voz dice que los antiguos creían que la gente podía convertirse en estrellas o constelaciones cuando moría, una idea muy poética que, por supuesto, no era cierta. Las estrellas son en realidad mucho más maravillosas y sorprendentes de lo que imaginaban los antiguos. Son bolas de gas ardiente. La voz pasa a entonar una rapsodia de números y distancias y Elizabeth desconecta.

La estrella Polar, una flechita blanca la señala. La voz acelera el tiempo y las estrellas giran en torno al polo. Para ver eso habría que pasar noches despierto con los ojos abiertos. Los antiguos pensaban que las estrellas se movían de ese modo, pero, claro, es la Tierra la que gira.

Los antiguos tenían más creencias. Se oye una música inquietante. El pase de hoy es sobre acontecimientos estelares poco frecuentes, dice la voz. Las estrellas rotan hacia atrás en el tiempo, hasta el año 1066. Una imagen del tapiz de Bayeux, con Guillermo el Conquistador muy sonriente. Los antiguos creían que los cometas anunciaban cambios, guerras, pestilencias, plagas, el nacimiento de un gran héroe, la caída de un trono o el fin del mundo. La voz suelta una risa desdeñosa. Hoy sabemos que no es así.

En el cielo aparece el cometa Halley, al principio muy débil, luego cada vez más brillante, con la cola extendiéndose como una nube. La voz informa sobre la composición de dicha cola. La palabra «cometa» viene de *cometes*, «peludo». Los antiguos pensaban que los cometas eran estrellas peludas.

El cometa Halley se desdibuja y desaparece. Volverá, anuncia la voz, en 1985.

Las estrellas empiezan a caer, al principio unas cuantas, luego más y más. En realidad no son estrellas, explica la voz, solo meteoritos. Hay lluvias de meteoritos. Probablemente sean restos de la explosión de una estrella. Mientras caen las estrellas, se suceden diapositivas de cuadros: escenas multitudinarias, danzas macabras, edificios en llamas, un rayo cae sobre la cúpula y la voz recita unos versos de Shakespeare. Luego la voz convoca una aurora boreal y empieza a explicar sus causas. Hay quien afirma haberlas oído, una especie de crujido. Elizabeth oye un leve susurro al lado del oído.

Tiene frío. Sabe que en la sala hace calor y puede oler a los niños, los abrigos y el aceite de las palomitas; pero la aurora boreal le está dando frío. Quiere levantarse y salir del auditorio. Mira a su alrededor buscando la puerta, pero no la ve. No le gusta la idea de andar a tientas en la oscuridad.

Ahora la voz va a revelar algo extraordinario. Todos han oído hablar de la estrella de Belén, ¿no? Sí. Pues bien, es posible que hubiese una estrella de Belén. Las estrellas retroceden dos mil años a través de los siglos. ¿Lo ven?

Los niños suspiran. «¡Oh!» Una estrella está aumentando de tamaño, cada vez se hace más grande y más brillante, hasta que su luz llena la mitad del firmamento. Luego *diminuendo*. Como unos fuegos artificiales, ha desaparecido.

—Ha sido una supernova —dice la voz—. Una estrella agonizante.

Cuando una estrella se acerca a su fin, puede explotar consumiendo la energía que le queda en un espectacular estallido. Algún día el Sol hará lo mismo. Pero eso será dentro de miles de millones de años.

Luego la materia que queda, carente de la energía necesaria para equilibrar su propio campo gravitacional, se contraerá y dará lugar a una estrella de neutrones. O a un agujero negro. La voz y el puntero señalan un lugar en el espacio donde no hay nada. Los agujeros negros no pueden verse, dice la voz; pero se sabe que existen por el efecto que causan en los objetos que los rodean. La luz, por ejemplo, no puede atravesarlos. Nadie entiende muy bien todavía los agujeros negros, pero se cree que son estrellas que se han contraído y tienen tanta densidad que no dejan escapar la luz. Absorben la energía en lugar de emitirla. Si cayeses en un agujero negro desaparecerías para siempre; aunque para cualquiera que lo viese sería como si quedaras congelado para toda la eternidad en el agujero negro.

La negrura se expande, perfectamente redonda, sin luz, hasta ocupar el centro de la bóveda. Un hombre con un traje plateado cae hacia ella, llega a su altura, se detiene.

El hombre pende sobre la negrura con los brazos abiertos mientras la voz explica que ha desaparecido de verdad. Es una ilusión óptica. Eso sí que sería una auténtica catástrofe cósmica, dice la voz. ¿Qué ocurriría si la Tierra, sin saberlo, se acercase a un agujero negro? El hombre desaparece y las estrellas vuelven a brillar, mientras la voz aclara que no es demasiado probable.

Elizabeth, estremecida de frío, mira fijamente el cielo, que no es en realidad un cielo, sino una complicada máquina con lucecitas proyectadas mediante botones y palancas. La gente no se convierte en estrella al morir. Los cometas no causan plagas. En realidad no hay nadie en el cielo. En realidad no hay una esfera negra y oscura, ni un sol negro, ni un hombre de plata congelado.

LESJE

Lesje se siente rara, como si los huesos de sus codos y sus rodillas no se tocaran y solo estuviesen unidos entre sí por una tira. Desgarbada. Sin duda sus dientes son más grandes y su pecho más plano de lo normal. Echa los hombros hacia atrás. No es que las niñas de Nate sean antipáticas, pero parecen reservadas y la analizan con los ojos entornados. La nueva maestra. Demuéstranos que vale la pena estar aquí. Demuestra que vale la pena que te prestemos atención. ¿Quién eres y adónde nos llevas? Cuando Nate le pidió esto, le dijo que les interesaban mucho los dinosaurios, pero en ese momento no lo cree.

Las tres están mirando a través del cristal la efigie del paleontólogo, arrodillado en su cubículo entre rocas de pega. Lleva sombrero y está blanco como la pared, tiene los rasgos marcados de un as de la aviación de la Primera Guerra Mundial y el pelo bien cortado. Lo han apodado Sam el Silencioso. Qué diferente del profesor Morgan, el patilludo y desaliñado jefe de la única excavación a la que Lesje ha tenido el privilegio de asistir, en calidad de lacayo y barnizador principal. Llevaba la pipa en el bolsillo derecho y vaciaba las pipas viejas en el izquierdo. En varias ocasiones se pegó fuego y tuvieron que apagarlo. «Bobadas. Ese tipo no sabe lo que dice.» Lesje le pareció una de las bromas más graciosas que había oído. «Así que quieres ser paleontóloga. Más vale que aprendas a cocinar. Es el peor café que he probado en mi vida.» Avergonzada, porque respetaba su opinión —Lesje había leído todos los artículos firmados por él que había encontrado y su libro sobre los dinosaurios carnívoros de las llanuras canadienses— lo calmó con tazas cada vez mejores de café, té, o whisky, corriendo de aquí para allá como una azafata estúpida, intentando encontrar formas de complacerle, hasta que descubrió que no había ninguna. Por suerte, su jefe actual, el doctor Van Vleet, no se le parece, aunque debe de ser aún mayor. Por otro lado, Lesje no lo imagina en ninguna excavación. Es especialista en clasificación de dientes.

No obstante, el hombre de la vitrina de cristal es un maniquí. Tiene un fósil en la mano; se supone que está experimentando el éxtasis del descubrimiento científico, pero a juzgar por su expresión nadie lo diría.

—¿Qué está haciendo? —quiere saber Nancy. Lesje sospecha que en realidad no le interesa, pero esa pantomima requiere que las niñas hagan preguntas educadas y Lesje se esfuerce tratando de responderlas.

—Está sacando un molde de escayola de un hueso —dice Lesje—. Tiene que ser muy cuidadoso porque no es un hueso de verdad, sino un fósil. Las partes más blandas del hueso se han desintegrado y el hueco se ha llenado de minerales, así que es una especie de piedra. Es muy frágil.

—Lo sé —dice Janet—. Papá nos lo ha explicado.

—¿Es tu trabajo? —pregunta Nancy.

—Bueno, en parte —responde Lesje.

—Qué trabajo tan raro —dice Nancy.

—Bueno, también hago otras cosas —replica Lesje, preguntándose por qué estará justificándose ante una niña de nueve años. ¿O son ocho?—. En realidad, no he participado en demasiadas excavaciones. Me dedico a la conservación de huesos. Algunos huesos hay que preservarlos enseguida o se deshacen. Los cubrimos de Gelva, una especie de resina.

Las niñas observan al rígido paleontólogo, que, con esos ojos fijos y esa palidez parece a un cadáver cuanto más lo miras, piensa Lesje. El rostro de Janet está contraído como si notara un olor desagradable, Nancy tiene curiosidad pero no acaba de estar interesada. ¿Cómo podría explicarles Lesje por qué lo hace, por qué le encanta? El día que encontraron el albertosaurio, un muslo, una vértebra. Morgan: «¿Qué tenemos aquí?». Decepcionado porque se trataba de una especie bien conocida. En cambio Lesje: «¡Vuelve a la vida!», habría querido gritar como un profeta del Antiguo Testamento, como Dios, alzando los brazos entre rayos y truenos; y la carne volvería a formarse, cubriría los huesos, las tierras yermas se inundarían y florecerían.

Pero es imposible, y lo que más se le parece son esas vitrinas, con las plantas de plástico entre las que los huesos se articulan y desarticulan después de animadas discusiones sobre el modo en que los animales habían andado y levantado la cabeza gigantesca con las órbitas cavernosas de los ojos muy por encima de los largos cuellos de quienes, por obra y gracia de sus antepasados, viven todavía.

En el crepúsculo del Cretácico las niñas oprimen botones y observan cómo pasan las diapositivas en color mientras zumban las voces mecánicas del museo. Lesje sabe que es superfluo. Nate anda a su lado, sin hacer nada, inconsciente, y ella siente deseos de zarandearlo. ¿A qué viene esto, por qué le ha hecho pasar por esto? Le ha obligado a sacrificar su tiempo libre (¡podría estar de compras!, ¡leyendo!, ¡copulando!) por esta visita infructuosa. ¿La está examinando, es un examen, ha suspendido? Si quiere ligar con ella…, no sabe qué haría si lo intentase, porque no ha pensado más allá de esa primera presión de su mano en alguna parte de su cuerpo lo bastante prohibida para ser decisiva… ¿Por qué no lo hace? (No ahí y ahora, claro; no delante de las niñas, aunque probablemente no se darían cuenta.)

Pero esa no es la cuestión.

Sábado, 20 de noviembre de 1976

NATE

Las tres, por delante de él, borrosas en la cavernosa oscuridad. Monstruos se alzan sobre ellas, reptilianos, esqueléticos, en poses amenazadoras como en un gargantuesco túnel de los horrores. Nate tiene la sensación de que sus huesos se erosionan y la piedra llena las cavidades. Está atrapado. Corre, Nancy; corre, Janet, o el tiempo os alcanzará y también acabaréis petrificadas. Pero Nancy, convencida de que no la ve, se está hurgando la nariz.

La silueta de Lesje se inclina hacia las niñas. Alargada: Nuestra Señora de los Huesos. «"Extinguidos" significa que ya no queda ninguno», dice. Nate tiene la esperanza de que sus hijas no le parezcan estúpidas o ignorantes. Está seguro de haberles explicado varias veces lo que significa «extinguidos». Y han visitado esa sala muchas veces, aunque Nancy prefiere las momias egipcias y a Janet le gustan las armaduras, los caballeros y las damas. ¿Estarán fingiendo con Lesje para ayudarle, haciendo preguntas para fingir interés, son ya tan intuitivas, tan astutas? ¿Tan evidente es él?

—¿Por qué no? —pregunta Janet—. ¿Por qué están extinguidos?

—Nadie lo sabe —responde Lesje—. El mundo cambió, y las nuevas condiciones no eran las adecuadas. —Hace una pausa—. Hemos encontrado bastantes huevos con crías de dinosaurio. Al final ni siquiera eclosionaban.

—Hacía demasiado frío, cabeza hueca —le dice Nancy a Janet—. Por la glaciación.

—Bueno, no exactamente... —empieza Lesje, aunque luego se lo piensa mejor.

Se vuelve hacia él dubitativa, expectante.

Nancy corre, le tira del brazo para que se agache. Quiere ver las momias, susurra. Janet, la tiquismiquis, se quejará, llegarán a un acuerdo, el tiempo volará; pronto todos serán un día más viejos.

¿Cómo podría abandonarlas? ¿Soportaría las salidas concertadas de los sábados? ¿Verlas solo una vez por semana?, porque ese sería el precio, la libra de carne. ¿Qué tal os ha ido, niñas? Estupendo, papá. Sin naturalidad. Se acabaron los cuentos antes de dormir, las carreras por el pasillo, las voces en el sótano. Es injusto. Pero tendrá que elegir entre esa u otra injusticia, Lesje, todavía intocada, llorando en la puerta del dormitorio en el futuro. La pintura descascarillándose, trozos de cristal fino y curvo, un adorno roto. ¿Y él?, astillas en las manos asesinas, en la barra del hotel Selby, meditando sobre la vida ética. ¿Le iría mejor que ahora? Vería los partidos de hockey con los demás bebedores y repetiría sus gritos roncos. La vida ética. Le enseñaron que era el único fin deseable. Ahora que ya no lo cree posible, ¿por qué sigue intentando llevarla?

Cojeando de vuelta a casa, con cortes y moratones porque su madre le había prohibido pelearse. «¿Ni aunque me peguen a mí primero?» Ni aunque te peguen a ti primero. Pero había ideado un modo de esquivarla. «Estaban pegándole a un niño pequeño.» No fue suficiente. «Tres contra uno.» Siguió sin ser suficiente. «Le llamaron judío.» ¡Ah!, con eso bastó. A su madre se le encendieron los ojos. En nombre de la tolerancia, mata. Mi niño radiante. Nate, hipócrita a los seis años, y dos pulgadas más alto que sus torturadores, peleó con una alegría feroz, e inventó nuevas injusticias para justificar sus triunfantes ojos a la funerala. Hechos, no credos, como decían los unitarios.

Puede idear todo tipo de razones para no actuar, en esta u otra situación; no obstante, conoce su propio pasado lo bastante bien para temer que, pese a todo, es muy posible que actúe de forma inexplicable. A pesar de sus escrúpulos, y de modo más desesperado e insensato por culpa de ellos. Por egoísmo, como seguro que dirá más de uno. Aunque Elizabeth no. Ella dice que le da igual lo que haga, quiénes sean sus amigas, como las llama siempre, con tal de que las niñas estén protegidas. Como también dice siempre. Se refiere a sus hijas. Nate está seguro de que en su fuero interno está convencida de haberlas concebido por partenogénesis, después de olvidar de manera conveniente la noche de la toalla de baño y la otra noche, las muchas otras noches. La pereza y la costumbre. En cuanto a él, le gustaría creer que sus hijas surgieron totalmente formadas de su cabeza. Así serían solo suyas.

En cualquier caso, Nate sabe quién se quedaría con las niñas. Y eso que nunca han hablado de separarse. Ni siquiera en los peores momentos ella le ha pedido que se vaya, y él no ha amenazado con hacerlo. Sin embargo, pende sobre ellos en todas sus conversaciones; es el arma secreta, la solución final; lo impronunciable. Sospecha que ambos piensan en ello casi todo el tiempo: lo consideran y lo descartan.

Más vale dejarlo ya. En lugar de arrancar a Lesje del suelo en-
moquetado de la sala de evolución de vertebrados y correr con ella
escaleras arriba al recogimiento de mamíferos e insectos, le dará
las gracias y le estrechará la mano, será la única vez que la toque,
los dedos largos y finos en la palma de su mano. Luego irá a ver
las momias y a continuación las armaduras, e intentará no ver una
imagen de sí mismo en ninguno de esos artefactos. Fuera se con-
solará con las palomitas y un cigarrillo, sustitutos del whisky doble que le haría falta en realidad. Esperarán en las escaleras de
piedra del museo, una familia, apoyados contra el cartel a la derecha de la puerta, LAS ARTES DE LA HUMANIDAD A LO LARGO
DEL TIEMPO, hasta que Elizabeth se materialice del limbo en que
se haya extraviado, su figura corpulenta con el abrigo negro subirá
despacio por las escaleras para ir a recogerles a la hora señalada.

Lunes, 29 de noviembre de 1976

ELIZABETH

Elizabeth está en la bañera. Antes se bañaba por placer, ahora se baña por la misma razón por la que come. Está manteniendo el cuerpo, como se mantiene un coche, limpio, con las partes móviles bien cuidadas, para cuando llegue el momento de volver a utilizarlo. Por placer. Últimamente come demasiado, lo sabe, pero más vale eso que comer demasiado poco. Lo peligroso es comer demasiado poco. Ha perdido la capacidad de juzgar, ya que nunca tiene hambre de verdad. Sin duda también se baña demasiado.

Tiene cuidado de que el agua esté a menos temperatura que el cuerpo, pues le da miedo quedarse dormida en la bañera. Te puedes ahogar en dos pulgadas de agua. Dicen que si el agua está a la misma temperatura que la sangre el corazón podría pararse, aunque solo si tienes algún problema cardíaco. Que ella sepa, a su corazón no le pasa nada.

Se ha llevado a casa trabajo de la oficina. Se lleva mucho trabajo a casa porque en el museo es incapaz de concentrarse. En casa tampoco se concentra, pero al menos nadie puede encontrarla mirando fijamente a la pared. Siempre ha mecanografiado sus propios documentos; es muy buena mecanógrafa, ¿cómo no iba a serlo si no hizo otra cosa durante años?, pero también es que no le gusta delegar su trabajo. Ascendió hasta su puesto actual gracias a que tenía buenos modales por teléfono y a que conocía el trabajo de sus superiores un poco mejor que ellos mismos, así que desconfía por instinto de las secretarias. No obstante, los papeles empiezan a amontonarse. Pronto tendrá que hacer algo al respecto.

Frunce el ceño intentando concentrarse en el libro que tiene delante, y que sostiene con la mano seca.

Aun así, no es fácil comprender esos cambios. Cuesta ponerse en el lugar de la gente que vivía en la antigua China (como viven hoy millones de personas en el Tercer Mundo), trabajando en pequeñas parcelas de tierra, pagando casi todo lo que producían a los señores feudales, a merced de las inundaciones y las hambrunas, y que después de una larga guerra expulsaron a dichos señores feudales.

Elizabeth cierra los ojos. Es un catálogo de una exposición itinerante. Cuadros de campesinos. Ahora está en Inglaterra y, si quieren, podrían exhibirla dentro de un par de años. Se supone que tiene que echarle un vistazo al catálogo y dar su opinión. Se supone que tiene que escribir un informe diciendo si cree que la exposición vale la pena y podría interesar al público canadiense.

Pero es incapaz, le trae sin cuidado. Le importan un bledo el público canadiense y sobre todo ese catálogo escrito en Inglaterra por algún marxista de salón. Desde su punto de vista, ella es un señor feudal. Piensa en sus inquilinos, con sus rostros cetrinos y su niño extrañamente silencioso, siempre vestidos con más pulcritud y elegancia de la cuenta. Son extranjeros, pero Elizabeth no sabe de dónde y sería de mala educación preguntarles. Cree que deben de haber escapado de algún lugar de Europa oriental. Son discretos y pagan nerviosos el alquiler con un día de adelanto. ¿Estarán librando una larga guerra para expulsarla? No lo parece. Esos cuadros son de un lugar tan ajeno a ella que lo mismo podrían ser de la luna.

Se salta la introducción, y pasa a los cuadros. *Aldea nueva, espíritu nuevo. Continúa el progreso. El nuevo aspecto de nuestra pocilga.* Es propaganda descarada, y los cuadros son muy feos. Con sus colores brillantes y chillones y las figuras bien dibujadas y sonrientes parecidas a los recortables de la escuela dominical que tanto odiaba de niña. «Jesús me ama.» No lo creyó ni por un segundo. Jesús era Dios, y Dios amaba a la tía Muriel; de eso la tía Muriel estaba absolutamente convencida. Y Elizabeth sabía que Dios no podía amarlas a las dos al mismo tiempo.

No habían ido a la iglesia antes de mudarse a casa de la tía Muriel. Y es posible que ella lo supiera. Elizabeth ganó un premio por memorizar versos. Caroline organizó una escena. Estaban en Semana Santa; llevaban sus sombreros azules nuevos, con el elástico que se le clavaba a Elizabeth en la barbilla y los abrigos a juego. Talla diez y talla siete, pero idénticos: a la tía Muriel le encantaba vestirlas como si fuesen gemelas. El púlpito estaba decorado con narcisos, pero el pastor no hablaba de la Resurrección. Prefería el día del Juicio. «Y el sol se puso negro como tela de cilicio, y la luna se volvió toda como sangre; y las estrellas del cielo cayeron sobre la tierra, y el cielo se desvaneció como un pergamino que se enrolla.»

Elizabeth dobló y desdobló su estampita de Cristo saliendo del agujero en la roca, con el rostro translúcido y dos mujeres vestidas de azul arrodilladas ante él. Le plegó la cabeza hacia atrás, luego tiró del papel con un chasquido como el de un muñeco de resorte. La iglesia olía a perfume, demasiado fuerte, oleadas de polvos cosméticos de la tía Muriel vestida de beis y muy erguida delante de ella. Quiso quitarse el abrigo. «Mira, mira», dijo Caroline poniéndose en pie. Estaba señalando a la vidriera del centro donde un Cristo vestido de púrpura llamaba a una puerta. Se agachó e intentó pasar al banco de delante, apartando el sombrero de visón de la señora Symon. Elizabeth se quedó muy quieta, pero la tía Muriel alargó el brazo y tiró del abrigo de Caroline. El pastor frunció el ceño desde su púlpito decorado con hojas de parra y Caroline empezó a chillar. La tía Muriel la agarró del brazo, pero ella se soltó, se abrió paso entre las rodillas y echó a correr por el pasillo. Tendrían que haberse dado cuenta entonces de que le pasaba algo. Después dijo que le estaba cayendo encima la púrpura, pero la tía Muriel le contó a todo el mundo que le dolía la barriga. Es nerviosa, dijeron; muchas niñas lo son. No debería haberla llevado al oficio.

La tía Muriel decidió que era culpa del pastor y encabezó el movimiento para echarlo. No tenían por qué oír eso. Parecía un baptista. Años después salió en los periódicos por llevar a cabo un exorcismo en una niña que tenía un tumor cerebral y acabó muriéndose. «¿Lo veis? —dijo la tía Muriel—. Como un cencerro.»

En cuanto a Caroline, cuando, siete años después, aquel grito cobró forma definitiva y dejó claro de manera calamitosa lo que había intentado decir, fue muy diferente; un juicio. O una falta de voluntad, según cómo se sintiera ese día la tía Muriel.

En el hospital y luego en el psiquiátrico, Caroline no hablaba, ni siquiera se movía. No comía sola y tuvieron que ponerle pañales como a un bebé. Se tumbaba de costado con las rodillas apretadas contra el pecho, los ojos cerrados y los puños apretados. Elizabeth se sentaba a su lado, aspirando el olor dulzón de la carne inerte. «Maldita seas, Caroline —susurraba—. Sé que estás ahí.»

Tres años después, cuando Caroline tenía casi diecisiete, llamaron a quien la atendía mientras estaba en la bañera. Una emergencia, dijeron. Se suponía que no debían dejar solos en la bañera a pacientes como Caroline; eran las normas. De hecho ni siquiera debían meter a pacientes como Caroline en la bañera, pero alguien decidió que la ayudaría a relajarse, a destensarse; eso dijeron durante la instrucción. El caso es que Caroline se resbaló. Se ahogó sin hacer el mínimo gesto de volver la cabeza que le habría salvado la vida.

A veces a Elizabeth le habría gustado saber si Caroline lo había hecho a propósito, si todo aquel tiempo, en el interior de aquel cuerpo sellado, había estado consciente y esperando su oportunidad. Se ha preguntado por qué. No obstante, otras veces le gustaría saber por qué no ha hecho lo mismo ella. En esas ocasiones Caroline le parece cristalina, lógica, pura, marmórea en contraste con su propia carne agujereada, con las boqueadas de sus pulmones enfermos y su corazón esponjoso de muchos dedos.

Hay alguien cantando en la habitación. No cantando sino tarareando; Elizabeth repara en que lleva un rato oyéndolo. Abre los ojos para localizar el sonido; deben de ser las tuberías, la vibración del agua lejana. El empapelado es demasiado claro, campanillas moradas, y sabe que debe tener cuidado. No hay aberturas. No había conocido a esa gente en los sesenta que destripaba al gato y saltaba por la ventana porque creían ser pájaros nada glamurosos: le parecían imbéciles. Cualquiera que hubiese oído esas voces o visto lo que podían hacer habría sabido lo que decían.

—Calla —dice Elizabeth. Incluso ese reconocimiento es malo. Se concentrará en el texto. *La crítica a Lin Piao y Confucio ante los restos de los carros de guerra de un antiguo traficante de esclavos.* Enterraban vivos a los conductores de los carros. Escudriña el cuadro intentando verlos, pero lo único que acierta a ver son los esqueletos de los caballos. Campesinos indignados claman en torno a la tumba.

Su mano sostiene el libro, su cuerpo se aleja de ella en el agua, rodeada de blanca porcelana. En la repisa, a lo lejos, tanto que está segura de no poder alcanzarlos nunca, están los juguetes con los que las niñas siguen jugando a la hora del baño, aunque ya son demasiado mayores para eso: un pato naranja, un barco blanco y rojo con una rueda a la que se le da cuerda, un pingüino azul. Sus pechos, aplastados por la gravedad, su barriga. Figura de reloj de arena. El *Pequeño libro de acertijos* de Nancy.

> Dos cuerpos tengo
> aunque unidos están,
> cuanto menos me muevo
> más deprisa voy.

En la página siguiente hay un acertijo sobre un ataúd. No muy apropiado para niños, dijo ella esa Navidad. Nate lo compró, en un estuchito.

Las rodillas asoman del agua como montañas; nubes de espuma de baño flotan en torno a ellas. Bodykins, importada. La compró para Chris, para los dos, en un sueño sibarita; al principio, antes de descubrir que a él no le gustaba que mirase su cuerpo como no fuese desde muy cerca. No le gustaba que se apartase de él, quería que lo sintiera, pero sin verlo. Te llevaré a donde vives, le dijo mucho después, muchísimo después. ¿Dónde vive?

La arena corre por su cuerpo de cristal, desde la cabeza a los pies. Cuando se acabe, morirá. Enterrada viva. ¿Por qué esperar?

LESJE

Lesje ha salido a comer con Marianne. Acaban de comer un sánd-wich en Murray's, que está cerca y es barato; ahora van hacia York-ville y Cumberland a ver los escaparates. Ya no vale la pena com-prar allí, dice Marianne, a quien Lesje considera una autoridad en esos asuntos; se ha vuelto demasiado caro. Hoy hay que ir a Queen Street West. Pero Queen Street West queda demasiado lejos.

Por lo general, Marianne come con Trish, que está de baja con gripe. La han invitado varias veces a acompañarlas en esas expedi-ciones, pero también, por lo general, ella declina su oferta. Tiene trabajo atrasado, dice, comerá un sándwich abajo. Sin duda no tienen mucho que contarle aparte del cotilleo del café matutino. Marianne reconoce abiertamente —¿o lo dirá en broma?— que estudió biología para conocer a estudiantes de medicina y casarse con un médico. Lesje no aprueba esa frivolidad.

No obstante, ahora necesita cotilleos. Está deseando oírlos, quiere saber todo lo que pueda contarle Marianne sobre Elizabeth y en particular sobre su marido, Nate, que no la ha telefoneado ni escrito, ni ha aparecido desde el día que le estrechó la mano junto al cartel de SALIDA de la exposición de dinosaurios. En realidad, no está interesada en él, pero se siente perpleja. Quiere saber si hace esas cosas a menudo, si suele abordar a la gente de ese modo tan extraño. No obstante, no está segura de cómo obtener esa información de Marianne sin contarle lo ocurrido y no le apetece. Pero ¿por qué? No ha ocurrido nada.

Se detienen en la esquina de Bay y Yorkville para ver un recargado traje de terciopelo con ribetes dorados y una blusa, puños de encaje y cuello redondeado.

—Demasiado gentil —dice Marianne, con la palabra que utiliza para referirse al gusto chabacano. A pesar de sus ojos azules, su cabello rubio y su nombre madrigalesco, Marianne es judía; lo que Lesje considera una judía pura, a diferencia de su propia condición híbrida. La actitud de Marianne con Lesje es compleja. A veces parece incluirla entre los judíos; no diría «demasiado gentil», si ella también se lo pareciese. Aunque, como le explicó una de sus tías, dulce y perversamente, cuando tenía nueve años, Lesje en realidad no es judía. Solo podría considerársela una auténtica judía si lo fuese su madre en lugar de su padre. Por lo visto el gen se transmite por vía materna, como la hemofilia.

No obstante, en otras ocasiones Marianne se centra en el nombre ucraniano de Lesje. No parece incomodarla en el sentido en que probablemente incomodaría a sus padres; en vez de eso le resulta intrigante aunque un poco gracioso.

—¿Por qué preocuparte? Ahora se lleva lo étnico. Cámbiate el apellido y te darán una beca multicultural.

Lesje sonríe al oír esas bromas, pero sin entusiasmo. Es cierto que es multicultural, pero no como les gusta a los que dan las becas.

Y la familia de su padre ya se ha cambiado de nombre al menos una vez, aunque no para conseguir una beca. Fue a finales de los años treinta, quién sabe, Hitler podía invadirles, y aunque no lo hiciese en el país había antisemitas de sobra. En aquellos días, contaban sus tías, nadie abría la puerta sin saber quién llamaba. Por eso Lesje ha acabado con el inverosímil nombre de Lesje Green; aunque tiene que admitir que Lesje Etlin no habría sido mucho más verosímil. Durante dos años, mientras tuvo ocho y nueve, les dijo a los profesores en la escuela que se llamaba Alice. Su madre decía que Lesje significaba Alice, y era un nombre muy bonito, el nombre de una famosa poeta ucraniana, cuyos poemas Lesje nunca podría leer.

No obstante, volvió a cambiárselo por la siguiente razón: si descubría un país desconocido (y tenía intención de hacerlo algún día) le pondría su nombre. Ya había una Groenlandia, y no era el sitio en que estaba pensando. Groenlandia era yerma, helada, desprovista de vida, mientras que el sitio que pensaba descubrir Lesje sería tropical, feraz y herviría de formas de vida maravillosas, todas arcaicas y consideradas extintas, o totalmente desconocidas, incluso en el registro fósil. Hizo minuciosos dibujos de aquel país en sus cuadernos y anotó la flora y la fauna.

Pero no podía llamar a aquel sitio Alicelandia; no sonaba bien. Uno de sus reparos sobre *El mundo perdido* se refería a los topónimos. Lago Gladys, por ejemplo: demasiado gentil. Y la meseta primitiva se llamaba Tierra de Maple White, en honor del artista cuyos bosquejos de un pterodáctilo hallados en su mano agonizante habían puesto al profesor Challenger sobre la pista. Lesje estaba segura —aunque en el libro no lo dijese— de que Maple White debía ser canadiense, de los más frígidos y sonrosados. ¿Qué otra cosa podía ser llamándose así?

En cambio, Lesjelandia casi sonaba africano. Lo imaginaba en un mapa, visto así no tenía nada de ridículo.

Una vez, ya de adulta, había ido al pabellón Odessa durante el festival Caravan. Por lo general, evitaba el festival. Desconfiaba de la buena voluntad promovida oficialmente, de la ropa que ya no llevaba nadie. En realidad, no había polacos como los del pabellón polaco, ni indios como los indios, ni alemanes cantando a la tirolesa. No estaba segura de por qué había ido, tal vez fuese con la esperanza de encontrar sus raíces. Había probado platos que recordaba vagamente haber comido en casa de su abuela y cuyos nombres nunca había sabido —*pirogi, medvynk*— y había visto a unos chicos altos y unas chicas con trenzas castañas dando saltos con botas rojas en un escenario decorado con girasoles de papel, cantando canciones que ella desconocía y bailando danzas que nadie le había enseñado. Según el programa, algunos de los bailarines se llamaban Doris, Joan y Bob, aunque otros tenían nombres como el suyo: Natalia, Halyna, Vlad. Al final, con ese elemento de parodia de uno mismo que reconocía también en Marianne cuando decía *schwartze*, al imitar los puntos de vista de su madre sobre las señoras de la limpieza, habían cantado una canción de un campamento de verano ucraniano:

No soy ruso, no soy polaco,
no soy rumano,
bésame y vuélveme a besar,
bésame, soy ucraniano.

Lesje admiró los vistosos trajes, la agilidad, la música; pero era una forastera asomándose al interior. Se sintió tan excluida como si hubiese estado en compañía de todos sus primos. Por ambas partes. «Bésame, soy multicultural.»

No la habían enviado a un campamento de verano ucraniano o judío. No la habían dejado ir ni a la iglesia dorada sacada de un cuento de hadas con su cúpula en forma de cebolla ni a la sinagoga. Sus padres habrían estado dispuestos a enviarla a ambas con tal de mantener la paz, pero las abuelas no lo permitieron.

A veces cree que no fue concebida por sus padres del modo habitual, sino por aquellas dos ancianas que nunca se veían mediante una desconocida forma de copulación. Su existencia era una extraña parodia del matrimonio, se odiaban más que a los alemanes, pero estaban obsesionadas la una con la otra; incluso murieron casi el mismo año, como una devota pareja de ancianos. Invadían por turnos la casa de sus padres, se peleaban por Lesje como por un vestido en las rebajas. Si una la cuidaba un día, había que concederle un turno a la otra o enfrentarse a su histrionismo: los llantos de la abuela Smylski, la rabia de la abuela Etlin (que había conservado su nombre y se había negado a salir corriendo en busca de refugio como los demás). Ni una ni la otra habían aprendido a hablar inglés demasiado bien, aunque la abuela Etlin había copiado algunas maldiciones escatológicas a los niños del vecindario que merodeaban por su tienda y las utilizaba en versiones alteradas cuando quería salirse con la suya. «¡Coño, capullo, caca de perro, ojalá te mueras!», gritaba dando patadas con las botas negras en las escaleras de la entrada. Sabía que era el mejor sitio: los padres de Lesje habrían hecho casi cualquier cosa por llevarla dentro, donde no pudiera verla la gente de la calle. Los ingleses. Esos insulsos clones de su imaginación no tenían abuelas diminutas con botas negras que chillaran «¡Ojalá se te caiga el culo!» en la puerta de entrada; ni nada remotamente equivalente. Ahora Lesje sabe que no es así.

Lo raro de sus abuelas era lo mucho que se parecían. Sus casas eran pequeñas y oscuras y olían a abrillantador de muebles y a naftalina. Las dos eran viudas, las dos tenían realquilados solteros de ojos tristes en las habitaciones de arriba, las dos tenían figuras de porcelana y el salón abarrotado de fotos familiares en marcos de plata, las dos bebían el té en un vaso.

Antes de tener edad para ir a la escuela, pasaba media semana con cada una, pues su madre tenía que trabajar. Se sentaba en el suelo de la cocina a recortar fotos de revistas y de la pequeña agencia de viajes donde trabajaba su madre y las iba amontonando: los hombres en un montoncito, las mujeres en otro, los perros en otro, las casas en otra…, mientras las abuelas tomaban el té y hablaban con sus tías (la hermana de su padre o las mujeres de los hermanos de su madre) en un idioma incomprensible que sus padres nunca hablaban en casa.

Debería haber sido trilingüe. En vez de eso se la consideraba mala en inglés, lenta, balbuciente, con mala dicción y carente de imaginación. En el último curso de primaria le habían pedido que escribiera una redacción sobre «Mis vacaciones de verano» y ella había escrito sobre su colección de rocas y había dado detalles técnicos sobre cada una de ellas. La suspendieron y el maestro la regañó. «Se suponía que tenías que escribir sobre algo personal, algo sobre tu vida —dijo—. No sacado de la enciclopedia. Alguna cosa habrás hecho en las vacaciones de verano.»

Lesje no lo entendió. No había hecho nada en verano, nada que pudiera recordar, y la colección de rocas era algo personal de su vida. Pero no supo cómo decírselo. No supo explicar por qué descubrir que las rocas eran distintas y tenían nombres diferentes era tan importante. Los nombres eran una lengua que muy pocos conocían, pero si encontrabas a alguien que lo hiciera, podías hablar con él. Solo de rocas, pero algo es algo. Subía y bajaba las escaleras murmurando aquellos nombres deseosa de saber si los estaba pronunciando como es debido: «Esquisto —decía—, magma, ígneo, malaquita, pirita, lignito». Los nombres de los dinosaurios, cuando supo de su existencia, aún resultaron más placenteros, más polisilábicos, tranquilizadores y melifluos. Aunque no supiese deletrear «recibir», «avergonzar» o «carrera», deletreaba de carrerilla *Diplodocus* y *Archaeopteryx*.

Sus padres pensaron que se estaba obsesionando demasiado con esas cosas y la apuntaron a clases de baile para que fuese más sociable. Demasiado tarde, no era sociable. Culparon, sin decirlo, claro, a su abuela Etlin, que la había llevado por primera vez al museo, no porque le interesara lo más mínimo lo que había dentro, sino porque era barato y fuera estaba lloviendo. Como la abuela Smylski la tenía los lunes, martes y miércoles, la abuela Etlin insistía en tenerla también tres días seguidos, eso suponía saltarse el sabbat, pero a la abuela Etlin le traía sin cuidado. Seguía las normas *kosher* por costumbre, pero por lo demás no era muy devota. Cuando Lesje empezó a ir a la escuela siguieron con la costumbre de los sábados. En lugar de a la sinagoga, Lesje iba al museo, que al principio le recordó un poco a una iglesia o un altar, como si hubiese que arrodillarse al entrar. Era muy silencioso, olía de modo misterioso y estaba lleno de objetos sagrados: cuarzo, amatista, basalto.

(Cuando murió su abuela, Lesje pensó que deberían dejarla en el museo, en una vitrina de cristal como las momias egipcias, con un cartel donde se pudieran leer cosas sobre ella. Era una idea imposible; pero fue la forma que adoptó su duelo. No se le ocurrió decirlo en el Shivá, sentada en un rincón del enorme salón blanco y rosa de su tía mientras todos comían pastel de café. Al final la habían dejado ir a la sinagoga, que no le pareció tan misteriosa. Ni la pulcra sinagoga inundada de luz, ni aquel salón rosa parecían apropiados para su abuela. Una vitrina de cristal en un rincón oscuro, con las botas negras, sus pocas joyas y las cuentas de ámbar a su lado.)

«Explícamelo», decía su abuela apretándole la mano en busca de protección, decidió Lesje mucho más tarde; y Lesje le leía los carteles. Su abuela no entendía nada, pero asentía con gesto de entendida; no por las impresionantes rocas, como creía entonces Lesje, sino porque su nieta era capaz de desenvolverse en el mundo con una facilidad que a ella le parecía incomprensible.

El último año de la vida de su abuela, cuando Lesje tenía doce años y las dos empezaban a ser un poco mayores para aquellas mañanas, vieron algo en el museo que turbó mucho a su abuela. Hacía mucho tiempo que se había acostumbrado a las momias de la sala egipcia y ya no decía «Gevalt» cada vez que entraban en la sala de los dinosaurios, que en aquella época no estaba a oscuras ni equipada con voces. Pero eso fue diferente. Habían visto a una mujer india, con un precioso sari de color rojo con un ribete dorado. Encima del sari llevaba una bata de laboratorio y con la mujer había dos niñas pequeñas, evidentemente sus hijas, que llevaban faldas escocesas. Las tres desaparecieron por una puerta con el cartel SOLO PERSONAL AUTORIZADO. «Gevalt», dijo su abuela frunciendo el ceño, aunque no de miedo.

Lesje las miró extasiada. Esa, pues, era su propia nacionalidad.

—Ese te sentaría muy bien —dice Marianne. A veces da consejos a Lesje sobre su vestimenta, de los que Lesje hace caso omiso, pues no se siente capaz de seguirlos. Marianne, que tiene que tener cuidado con lo que come, cree que Lesje debería ser majestuosa. Podría serlo, dice, si no tuviese esos andares tan apresurados. Están viendo un vestido de falda larga de lana de color ciruela, discreto y exorbitantemente caro.

—No me lo pondría —responde Lesje queriendo decir: «William no me lleva a ningún sitio donde pueda ponérmelo».

—Y aquí —continúa Marianne pasando al siguiente escaparate— tienes el vestidito negro básico a lo Elizabeth Schoenhof.

—¿Demasiado gentil? —pregunta Lesje, pensando que Marianne está siendo despectiva, y sintiendo una extraña satisfacción.

—¡Oh, no! —exclama Marianne—. Fíjate en el corte. Elizabeth Schoenhof no es gentil, es de clase alta Wasp.

Lesje, decepcionada, pregunta qué diferencia hay.

—Clase alta Wasp —responde Marianne— es cuando no tienes que preocuparte de nada. Clase alta Wasp es cuando tienes una alfombra andrajosa que parece un desastre pero cuesta un millón de dólares, y solo lo saben unos cuantos. ¿Te acuerdas de cuando la reina cogió un hueso de pollo con los dedos y apareció en todos los periódicos, y de pronto resultó que era muy elegante? Eso es ser de clase alta Wasp.

Lesje tiene la sensación de haber sido siempre incapaz de dominar ese tipo de matices. William con sus vinos: que si cuerpo, que si bouquet… A ella todos le saben a vino. Tal vez Nate Schoenhof sea de clase alta Wasp, aunque por alguna razón tiene la impresión de que no. Es demasiado dubitativo, demasiado locuaz, y siempre recorre la habitación con la vista en el momento menos indicado. Probablemente ignore qué significa ser de clase alta Wasp.

Es posible que Elizabeth tampoco lo sepa. Tal vez en eso consista ser de clase alta Wasp: en que no hace falta saberlo.

—¿Y Chris? —pregunta. Seguro que Chris no encaja en la descripción de Marianne.

—¿Chris? —dice Marianne—. Chris era el chófer.

ELIZABETH

Sí, ya sé que he sufrido una impresión fuera de lo normal. Soy muy consciente, noto las oleadas. Comprendo que fue un acto dirigido ostensiblemente a mí aunque en realidad no sea así, pues las impresiones de la infancia son las que son, aunque no puede decirse que conozca a nadie en su caso que pueda explicármelo. También comprendo que mis reacciones son las normales dadas las circunstancias y que él quería que me sintiera culpable cuando no lo soy. Al menos de eso. No estoy segura de si me siento culpable o no. De vez en cuando siento rabia, pero nada más. Tengo la impresión de que me están vaciando constantemente de energía, como si perdiera electricidad. Sé que no soy responsable y que no podría haber hecho gran cosa y que lo mismo podría haberme matado a mí, o a Nate, o a las niñas en lugar de suicidarse. Lo sabía entonces, y no, no llamé a la policía ni a las autoridades médicas. No me habrían creído. Lo sé.

Sé que tengo que seguir viviendo y no tengo intención de lo contrario. Por eso no se preocupe. Si quisiera cortarme las muñecas con un cuchillo o saltar desde el viaducto de Bloor Street hace tiempo que lo habría hecho. Soy madre, aunque no sea exactamente una esposa, y me lo tomo muy en serio. Jamás dejaría un recuerdo así a mis hijas. A mí me lo hicieron y no me gustó.

No, no quiero hablar de mi madre, de mi padre, de mi tía Muriel ni de mi hermana. También sé muchas cosas de ellos. He recorrido un par de veces ese camino de adoquines amarillos y lo primero que he descubierto es que el mago de Oz no existe. Mi madre, mi padre, mi tía y mi hermana no se fueron. Chris tampoco se irá.

Soy una adulta y no me considero solo la suma de mi pasado. Puedo tomar decisiones y sufro las consecuencias, aunque no siempre sean las que había previsto. Eso no significa que me guste.

No, gracias. No quiero pastillas para ayudarme a sobrellevarlo. No quiero que me cambien el estado de ánimo. Podría explicarle con detalle en qué consiste ese estado de ánimo, pero no estoy segura de que fuera bueno para usted o para mí.

Elizabeth está en el banco gris de la estación subterránea de Ossington, con las manos enfundadas en guantes de cuero negro cruzadas sobre el regazo y los pies pulcramente colocados en las botas. Sabe que su tono es ligeramente beligerante y no está segura del motivo. La primera vez que repasó esa conversación, por la mañana en su despacho, estuvo muy tranquila. Tras concluir que el psiquiatra a quien Nate ha decidido con tanta amabilidad que debería visitar no tiene nada que ofrecerle ni que contarle, telefoneó y canceló la cita.

Está aprovechando el tiempo que le ha quedado libre para volver pronto a casa. Envolverá los regalos de Navidad y esconderá los paquetes debajo de la cama antes de que vuelvan las niñas de la escuela. Sabe que el crujido del papel y el brillo de las cintas se le harán insoportables y que esas estrellas azules, rojas y blancas le quemarán los ojos como si no hubiese atmósfera. No soporta la esperanza, la falsa promesa de esperanza. En Navidad todo es peor; siempre lo ha sido. Pero se las arreglará, puede contar con Nate aunque solo sea para eso.

Tal vez sea eso hacia lo que se encaminan: al compañerismo, un brazo delgado en el que apoyarse, dos ancianos bajando con cuidado las escaleras del porche, un escalón helado tras otro. Ella comprobará que él toma sus pastillas para el estómago y se asegurará de que no beba demasiado, él le pedirá que le encienda el audífono y le leerá divertidas anécdotas de los periódicos. Golpes militares, matanzas y cosas así. Por las noches, entre semana, verán comedias norteamericanas en la televisión. Tendrán álbumes de fotografías y cuando las niñas vayan a verles los domingos con sus propios hijos los sacarán y todos verán muy contentos las fotografías; y al ver una foto suya tal como es ahora, en ese mismo instante, en la estación subterránea de Ossington, esperando el autobús que va al norte de la ciudad, con la luz tenue que se filtra por la capa de aceite y ceniza de las ventanas, volverá a sentir ese abismo que se abre en su interior. Luego almorzarán crema de salmón con tostadas y huevos gratinados, un plato apropiado para su limitado presupuesto. Nate jugará con los nietos y ella fregará los platos en la cocina, notando, como de costumbre, el aliento de Chris en la nuca.

Casi es mejor imaginarse sola en un pequeño apartamento, con sus cuencos y unas cuantas plantas. No, eso sería peor. Si Nate estuviese con ella, al menos habría algo de movimiento. No pares de moverte, se les dice a los que están a punto de congelarse, a los que han tomado una sobredosis de pastillas, a los que se encuentran en estado de shock. Mudanzas U-Haul, Una Aventura en Movimiento. Quiero moverme. Muéveme. «Somos los anquilosados. Hace muchos años / hacíamos esto y lo otro. Y ahora nos quedamos sentados.»

La noche anterior, llamó a la puerta del dormitorio de Nate con un par de calcetines que había dejado tirados en el salón, al parecer porque estaban mojados. Cuando abrió la puerta no llevaba puesta la camisa. De pronto ella, que no había dejado que la tocara en más de dos años, que había encontrado su cuerpo flaco levemente repulsivo, que había optado por la carne dura, apelmazada y venosa de Chris, que había reorganizado el tiempo y el espacio para no volver a ver aquel torso que tenía delante, aislado, por así decirlo, en un área claramente marcada lejos de ella, quiso que la rodeara con sus brazos, huesudos y tendinosos, pero cálidos, que la abrazara, la consolara y la acunara. Quiso decirle: ¿Es posible salvar algo? Refiriéndose a aquel desastre. Pero él se apartó y ella le dio los calcetines, con gesto fatigado y sin decir nada, como de costumbre.

Antes era capaz de decir si estaba en casa aunque no lo oyese. Ahora ya no. Nate pasa más tiempo fuera, y cuando está su presencia es como el resplandor de una estrella que llevara desplazándose miles de años luz: un fantasma. Por ejemplo, ya no le lleva tazas de té. Aunque se siguen haciendo regalos por Navidad. Las niñas se extrañarían si suspendieran ese ritual. Por fin le ha comprado algo para ese año. Es una pitillera de plata. Piensa con perversidad en el contraste: la pitillera de plata saliendo del bolsillo deshilachado por debajo del suéter raído. Antes él le regalaba camisones, siempre de una talla mayor, como si pensara que sus pechos eran más grandes de lo que eran. Ahora son libros. Sobre alguna cuestión neutra que juzga que puede interesarle: antigüedades, cristal prensado, edredones.

—¿Preparada para la Navidad?

Hay un hombre al lado de Elizabeth. Lleva varios minutos ahí; reparó en él como en un borrón a su izquierda, notó el cambio cuando cruzó y descruzó las piernas. Unos movimientos como los crujidos en un seto, furtivos, como si no estuviesen allí. Vuelve un poco la cabeza para mirarlo brevemente. Lleva un abrigo marrón que le queda un poco pequeño, debe de apretarle en la sisa, y un sombrero marrón. Sus ojos brillan al mirarla, también son marrones y pequeños, como uvas pasas. Sus manos, sin guantes, con los nudillos peludos, descansan en la gruesa maleta que tiene sobre el regazo.

Ella sonríe. Hace mucho que aprendió a sonreír con facilidad y elegancia, no le cuesta ningún esfuerzo.

—No. Nadie lo está, ¿no cree?

El hombre se le acerca, sus nalgas se desplazan unas pulgadas en el banco. Elizabeth nota una leve presión en el costado.

—Parece que esté usted esperando a alguien.

—No —responde ella—. No espero a nadie. Solo el autobús.

—Me da a mí que debemos de ser vecinos —dice—. Estoy seguro de haberla visto por la calle.

—No lo creo —dice Elizabeth.

—Estoy seguro. Una mujer como usted no se olvida —añade bajando la voz.

Elizabeth se aparta de la presión contra el muslo. Su otro muslo está ahora contra el reposabrazos del banco. Siempre puede levantarse. Pero inmediatamente el hombre empieza a hablar del mercado inmobiliario. Es un tema bastante inocuo, y Elizabeth sabe algo al respecto. Por lo visto, ambos compraron más o menos por la misma época y sufrieron la tortura de las reformas, aunque él ha puesto el suelo de corcho, una elección por la que Elizabeth jamás habría optado. Le cuenta la historia del contratista, las mentiras, las veces que no se presentaron los albañiles, lo del cableado defectuoso. Elizabeth se relaja y vuelve a recostarse en el banco. Es un tipo normal, pero es un alivio hablar con alguien práctico, alguien capaz de hacer cosas. Competente, con los pies en el suelo. Lecho de roca.

El hombre tiene hijos, dice, tiene tres, y una mujer. Hablan de la escuela local. Le cuenta que le gusta leer, pero solo ensayo. Libros de historia, crímenes famosos, las guerras mundiales. Le pregunta qué opina de los resultados de las elecciones de Quebec.

—No lo conseguirán —afirma—. La deuda es demasiado alta.

—Probablemente —responde Elizabeth, que no presta atención una vez pasada la amenaza.

—Podríamos tomar una copa algún día —propone de pronto él.

—No creo que… —empieza ella.

—No se arrepentirá —insiste el hombre con un brillo en los ojos. Se inclina hacia ella en tono confidencial. El aliento le huele dulzón a coñac—. Lo sé —dice—. Sé lo que quiere. Al verme no lo diría, pero lo sé.

—Ahora mismo no quiero nada —dice Elizabeth, comprendiendo en el acto que es una falsedad. Lo que quiere es querer algo.

—Muy bien —replica el hombre—. Si cambia de opinión,

hágamelo saber. —Le da una tarjeta de visita que ella sostiene sin mirarla en la mano enguantada—. Es el número de la oficina —añade.

—Lo haré —dice Elizabeth riéndose y tomándoselo a broma. Le parece saborear el coñac en su boca, una llama azulada parpadeando en la lengua. Mira la tarjeta. Solo hay un nombre y dos números de teléfono—. ¿A qué se dedica? —pregunta aferrándose al trabajo, al mundo de la objetividad.

—Tome —dice el hombre abriendo el cierre del maletín—. Elija el que le guste. Llévese un recuerdo. —Levanta la tapa. El maletín está lleno de muestras de bragas de biquini: rojas, negras, blancas, rosas, malvas, con encaje, sin nada, bordadas, algunas, repara, con la entrepierna cortada—. Viajo mucho —dice quejoso el hombre—. Todo sea por las ventas. Los aeropuertos. Son muy buenos clientes. —Coge unas bragas con la palabra «STOP» bordada en un trozo de tela hexagonal de satén rojo—. Un artículo muy popular —afirma, su voz cambia al insinuante registro de barítono de un vendedor. Mete el dedo en la entrepierna partida y lo retuerce.

Elizabeth se pone en pie.

—Ahí está mi autobús —dice como si tal cosa. Absurdamente, la mano del hombre, tentada por el nailon negro, disfrazada como una marioneta en la entrepierna vacía de una mujer, le resulta por fin, por fin, excitante. —Solo por un momento. El hombre vuelve a desdibujarse, se apaga, se vuelve gris—. Gracias por la conversación —dice con la sensación de tener que agradecerle algo.

Él aparta la mano, la mira con aire triste.

—¿Cree que me dedicaría a esto —dice— si no me quedara otro remedio?

...ra, sin adornos, que parece hecha solo de materias primas. Un pequeño importador. A Nate le gusta entrar en esa tienda y escoger su nueva esponja entre el montón que hay junto al minúsculo mostrador, se imagina... que... de... los...

Jueves 23 de diciembre de 1976

NATE

Nate está dándose un baño y enjabonándose las piernas huesudas, cuando Elizabeth abre la puerta y entra sin llamar. Cierra la tapa del váter, se sienta y se inclina hacia delante con los codos sobre las rodillas cubiertas por la falda negra. Quiere enseñarle una cosa que le ha comprado a Nancy por Navidad. Es un estuche de maquillaje de teatro; lo ha comprado en Malabar's, donde ha ido a propósito. Tiene unas barras de pintura, un poco de sangre falsa, un par de bigotes y unas cejas a juego. A Nancy le encantará, dice Elizabeth, y Nate sabe que es cierto. A Elizabeth siempre se le ocurren buenos regalos para las niñas. Él, en cambio, tiene que preguntarles qué quieren.

Elizabeth, sentada en el váter en ángulo recto a la izquierda de su hombro, le pone nervioso. Necesita volver la cabeza para verla, mientras que ella lo ve casi por entero —desnudo, expuesto— sin hacer el menor esfuerzo. Nate repara en los grumos de jabón, en las partículas grises, en las escamas de su piel que ensucian el agua. Se frota vigorosamente los brazos con la esponja de lufa áspera como la lengua de un tigre. La esponja es suya; las compra en una tiendecita de Bathurst que solo vende esponjas naturales; no es una de esas boutiques finas de baño, sino una tienducha mugrienta, sin adornos, que parece hecha solo de materias primas. Un pequeño importador. A Nate le gusta entrar en esa tienda y escoger su nueva esponja entre el montón que hay junto al minúsculo mostrador. Se imagina en el agua, con el cuchillo entre los dientes, cortando la esponja de las rocas coralinas, saliendo a la superficie para respirar, soltando la esponja en el barco fondeado. Un combate cara a cara con un calamar gigante, corta un tentáculo, luego otro. Solo piensa en liberarse. Nubes de tinta oscurecen el agua, tiene verdugones redondos en las piernas. Le clava el cuchillo justo entre los ojos.

A Elizabeth no le gustan sus esponjas. Dice que no se toma la molestia de aclararlas y escurrirlas cuando termina de bañarse y se vuelven mohosas. Y es cierto. Pero lo que ella no entiende es que si durasen toda una vida se vería privado del placer de ir a la tienda a por otra.

Al abrir la puerta ella ha dejado pasar la corriente. Nate quita el tapón y sale de la bañera con una toalla sobre la entrepierna, sintiéndose como un enfermo.

Ahora que está de pie en el cuarto de baño, que evidentemente es demasiado pequeño para los dos, cuenta con que ella se marche. Pero en vez de eso aparta las rodillas hacia la pared y pregunta:

—¿Adónde vas?

—¿Cómo sabes que voy a alguna parte? —pregunta.

Ella sonríe. Eso es más típico de ella, de su antiguo ser; del ser que, como el suyo, está envejeciendo.

—Te acabas de dar un baño. —Apoya la barbilla sobre los

dedos entrelazados y alza la vista para mirarle en una pose de ninfa posada en un lirio. Él se enrolla la toalla a la cintura.

—Voy a una fiesta —responde—. Una fiesta de Navidad.

—¿En casa de Martha?

—¿Cómo lo has sabido? —No ha querido decírselo, aunque tampoco es que tenga nada que ocultar. Sigue sorprendiéndole el modo en que es capaz de estar al tanto de lo que él hace sin parecer interesada.

—Me invitó.

—¡Ah! —dice. Podría habérsele ocurrido que a Martha le parecería apropiado invitar a Elizabeth. Se cruza de brazos; normalmente se pondría el desodorante Arrid Extra Dry de Elizabeth en las axilas, pero no puede hacerlo con ella delante. La boca se le contrae en una mueca.

—No te disgustes tanto —responde ella—. No voy a ir.

—Hemos terminado, ya lo sabes —dice él, con la sensación de que no tiene obligación moral de decírselo.

—Sí —dice Elizabeth—. Me lo ha repetido mil veces. Me llama a la oficina.

Es algo que a Nate siempre le ha molestado: que las dos hablen de él a sus espaldas. Fue Elizabeth quien empezó. Invitó a comer a Martha, para explicarle, dijo, para dejar las cosas claras. Martha se quejó, pero fue. «¿Por qué no hacerlo de forma amistosa —dijo Elizabeth—. No soy una mujer celosa. No tengo derecho. —Soltó una risa suave, esa risa aterciopelada que tanto le había cautivado al principio—. Es mejor actuar como adultos razonables.»

—¿De qué habéis hablado? —le preguntó Nate después a Martha.

—De ti.

—¿A propósito de qué?

—A propósito de quién iba a ser tu dueño —dijo Martha—.
Hemos acordado que Elizabeth será tu verdadero dueño, pero yo
tendré derecho a follar contigo una noche por semana.

—No me creo que Elizabeth haya dicho eso —respondió
Nate.

—No —admitió Martha—. Tienes razón, ella jamás lo diría.
Es demasiado discreta. Digamos que se ha limitado a dármelo a
entender. Puede que lo pensara, pero la única que lo ha dicho soy
yo. Una vieja malhablada.

Nate quiso decirle a Martha que no se rebajase así, pero sabía
que en realidad no lo estaba haciendo. Estaba convencida de decir
lo que pensaba. Se consideraba una persona práctica y sincera y a
Nate y a Elizabeth los tenía por unos hipócritas incapaces de enfrentarse a los problemas. No obstante, solo se lo dijo a Nate;
nunca a Elizabeth.

A esas alturas Nate ya no quiere saber lo que se dicen en esas
llamadas telefónicas a la oficina. Tampoco quiere ir a la fiesta de
Martha, pero se siente obligado. Se supone que su presencia
dejará claro que pueden seguir siendo amigos. Es lo que Martha
le ha dicho por teléfono. Él no quiere que sigan siendo amigos,
pero cree que debería quererlo. Quiere ser lo más amable y
agradable posible. No se quedará mucho, solo pasará por allí,
para dejarse ver.

—Cuando me invitó parecía animada —dice Nate demasiado
a la defensiva.

—No te engañes —responde Elizabeth. Uno de sus axiomas

es que Nate siempre se está engañando. Apoya las manos en la taza del váter y se recuesta en él, lo que mueve sus pechos arriba y abajo. ¿Es una invitación? ¿Será posible? Nate se niega a creerlo. Aparta la cabeza y frunce el ceño al verse en el espejo.

—Volveré a eso de las diez —dice.

—Ya lo supongo —responde Elizabeth—. Ya sabes que no eres muy popular en esa casa.

«Ya sabes.» Significa siempre que no lo sabe. Las dos se pasan el día haciendo insinuaciones de que hay cosas que no sabe, cosas importantes que se le han pasado por alto y que ellas con su fina intuición perciben siempre.

Elizabeth se levanta, pasa a su lado, coge la esponja que ha dejado tirada en la bañera, la escurre.

—Cuídate —dice. Sale del cuarto de baño con el estuche de bigotes falsos.

Martha ha preparado un enorme cuenco de ponche de huevo. Está sobre la mesa del comedor con las botellas de whisky escocés y de centeno, los combinados y el cubo del hielo. Sobre la mesa cuelga una campana plegable de papel rojo. Nate la golpea con la cabeza al incorporarse con el vaso de whisky escocés. Cuando quiere huevos los toma cocidos. Le gusta saber exactamente lo que bebe.

Martha lleva un vestido largo de algún material sintético, rojo, a juego con la campana. El escote es demasiado amplio; hace que parezca aún más ancha de hombros de lo que es. Nate nunca la había visto con ese vestido. Uno de sus brazos desnudos está enganchado al brazo del hombre que tiene al lado. Lo mira a la cara, le habla, sonríe. Desde que lo ha saludado no le ha hecho ni caso a Nate. El tipo nuevo es rubio, más bajo que Nate y debajo del chaleco del traje de tres piezas se está formando una remilgada barriga de hombre de negocios.

Nate conoce a muy poca gente. Restos de su vida anterior. Una pareja de recepcionistas y secretarias, dos o tres tipos que entraron en el bufete a la vez que él. Alguien le da una palmada en el hombro.

—Nate. ¿Cómo te va? —Paul Callaghan, antes rival, ahora paternalista—. ¿Sigues tallando madera?

—Muy bien —responde Nate.

—Puede que seas el más listo de todos —dice Paul—. Hay que tomárselo con calma. A ti no te dará un ataque cardíaco a los cuarenta. —Se aleja de Nate sonriéndole ya a otra persona.

Nate está hablando con una chica que lleva un vestido blanco. Es la primera vez que la ve, aunque ella asegura que se conocieron hace dos años, en una de las fiestas de Martha. Le está hablando de su trabajo. Fabrica maquetas de plástico de vacas de raza Holstein que vende a criadores y ganaderos. Las vacas tienen que estar hechas a escala y ser perfectas hasta en los más mínimos detalles. Su esperanza es pintar retratos de vacas individuales, que están mejor pagados. Le pregunta a Nate de qué signo es.

Nate sabe que debería marcharse de la fiesta. Ya ha cumplido con su deber. Pero la chica le coge de la mano y se inclina sobre la palma, escudriñando su línea de la vida. Él puede ver muy de cerca la parte delantera del vestido. Observa con indiferencia el paisaje. No se le dan bien los encuentros casuales.

Martha está ahí, justo al lado de su oído. Quiere hablar con él un momento, dice. Lo coge de la otra mano y Nate se deja guiar a través del salón y por el pasillo hasta el dormitorio. Sobre la cama hay un montón de abrigos.

—Eres repugnante —dice Martha—. Me das ganas de vomitar.

Nate parpadea e inclina la cabeza hacia ella como si eso fuese a ayudarle a entender lo que le dice. Martha le da un puñetazo en el ojo, luego empieza a patearle las espinillas. El vestido largo se lo impide, así que le lanza otro puñetazo a la barriga que le acierta en las costillas. Se echa a llorar. Podría arrojarla sobre la cama, envolverla en los abrigos para inmovilizarla y luego intentar averiguar qué es lo que ha hecho.

—¿Qué he hecho? —pregunta.

—Ligar con esa chica en mi fiesta, ante mis propios ojos. Siempre intentas humillarme —dice Martha con la voz saliéndole a borbotones—. ¿Y sabes qué? Lo consigues.

—No estaba ligando con ella —dice Nate—. Hablábamos de vacas de plástico.

—No sabes lo que se siente cuando te abandonan —dice Martha. Nate la suelta. Martha da un paso atrás, coge un pañuelo de la mesilla de noche y se suena—. ¿Por qué no intentas sentir algo para variar?

La cabeza del tipo nuevo asoma en el umbral, desaparece y vuelve a aparecer.

—¿Interrumpo? —dice.

—Sí —responde Martha con brusquedad.

—Ya me iba —dice Nate. Busca entre los abrigos de piel y de tweed, en busca de su chaquetón marinero.

—Está en el armario del pasillo —dice Martha—. Supongo que sabrás dónde.

Nate no ha llevado su bicicleta por culpa de la nieve. Son cinco manzanas hasta la boca del metro, pero se alegra, le apetece andar. Le está empezando a doler la ceja derecha donde le ha golpeado Martha. ¿Le habrá cortado la piel? Llevaba un anillo. Lo que le molesta no es el dolor, sino la mirada petulante que le echará Elizabeth.

Apenas se ha alejado media manzana cuando oye a Martha detrás de él.

—Nate. Para.

Se vuelve. Está corriendo. Deslizándose hacia él con los zapatos dorados y el vestido largo rojo, sin abrigo. Sonriente, alegre, con los ojos brillantes.

—Me acabo de tomar todas las pastillas del armario del cuarto de baño —anuncia—. Sesenta y dos aspirinas con codeína y veinticuatro Valiums. He pensado que a lo mejor querías despedirte.

—Es una estupidez, Martha —dice Nate—. ¿De verdad lo has hecho?

—Espera y verás —responde ella—. Espera a las cinco de la mañana cuando te llamen para identificar el cadáver. ¡Qué coño!, puedes llevarme a ese sótano tuyo. Puedes meterme en resina. Ya no volveré a exigirte nada.

El hombre del traje de tres piezas llega detrás de Martha.

—Martha —grita irritado, como si se le hubiese escapado el gato.

—Martha dice que se ha tomado todas las pastillas del baño —le explica Nate.

—Acaba de salir de allí. ¿Por qué iba a hacer eso? —le pregunta el tipo nuevo a Nate.

—Dejad de hablar de mí como si fuese una cosa —interrumpe Martha un poco mareada. Nate se quita el chaquetón marinero y se lo da.

—Toma —dice.

—No lo necesito —dice Martha. Empieza a llorar otra vez.

—Tendremos que llevarla al hospital —dice Nate. Conoce el procedimiento, ha pasado por ello con las niñas. Bolas de naftalina, aspirinas infantiles, las píldoras anticonceptivas de Elizabeth.

—No pienso ir —solloza Martha—. Me quiero morir.

—Podemos ir en mi coche —dice el tipo nuevo—. Está aparcado en la puerta. Nate coge a Martha por debajo de los brazos. Ella se queda sin fuerzas. Empieza a arrastrarla hacia el coche del tipo nuevo que resulta ser un Torino azul oscuro, también nuevo. Se le cae uno de los zapatos y el tipo nuevo lo recoge y lo lleva como si fuese un trofeo en una especie de desfile deportivo o una procesión religiosa.

—Dame el puto zapato —dice Martha cuando entran en el coche. Se abrocha el zapato, y se arregla el pelo en el espejo retrovisor. El tipo nuevo se pone al volante; Nate va en el asiento de atrás con Martha, para impedir que, como dice el tipo nuevo, «haga alguna cosa». Cuando llegan a la puerta de urgencias del Hospital General de Toronto ella parece muy animada.

—No puedes obligarme a entrar —le dice a Nate.

—Puedes entrar andando o a rastras —responde él—. ¿De verdad te has tomado esas pastillas?

—Adivínalo —dice ella—. Ya que conoces tan bien la psicología femenina. Averígualo.

Pero entra andando entre los dos sin protestar.

Permite que le cuenten a la enfermera lo de las pastillas. Nate le explica que no saben si se las ha tomado de verdad o no.

—¿Han comprobado los frascos? —pregunta la enfermera—. ¿Estaban vacíos?

No se les ocurrió ir a buscar los frascos, responde Nate. Tenían demasiada prisa.

—En realidad, no ha sido más que una broma —interrumpe Martha—. Han estado bebiendo. Cosas del espíritu navideño, Se les ha ocurrido que sería divertido traerme y que me hicieran un lavado de estómago. —La enfermera duda y mira con severidad a Nate y al tipo nuevo—. Notará que huelen a alcohol —dice Martha—. Solo se ponen así cuando beben. Mire, se han peleado.

La enfermera mira de reojo el ojo hinchado de Nate.

—¿Es cierto? —pregunta.

—Me han traído por la fuerza —insiste Martha—. Mire qué marcas me han dejado en los brazos. ¿Le parezco alguien que acaba de tragarse un frasco de pastillas? —Extiende los brazos—. ¿Quiere verme andar en línea recta?

Martes, 28 de diciembre de 1976

LESJE

Lesje se pone a la cola en la tienda de licores. La época en que le pedían una identificación hace mucho que quedó atrás, pero sigue teniendo la misma sensación de frialdad. Siempre que tiene que presentar un documento para demostrar quién es, lo hace convencida de que encontrarán algo que no está en orden o de que tendrá estampado el nombre de otra persona. Lo peor es cuando pronuncian mal su nombre y la miran como diciendo: pensábamos que eras de los nuestros, pero está claro que no es así.

Ha ido a comprar una botella de vino para celebrar el regreso de William esa noche. William está en London, Ontario, celebrando la Navidad con su familia. Imposible, claro (¡por supuesto! ¡Ella está de acuerdo!), que lo acompañase. El año pasado, esa separación les pareció una conspiración, los dos se burlaron del puritanismo, la xenofobia y la estrechez de miras de sus respectivas familias. Este año parece una traición.

No obstante, aunque la hubiesen invitado no habría podido ir. Sus padres contaban con ella para la cena de Nochebuena, y ella había ido tan obediente como todos los años. ¿Cómo iba a privarles de su única hija, su único retoño, a ellos, que se entiende que se han privado, solo por ella, de un pelotón de hermanas, hermanos, tías, tíos, primos y primos segundos?

La casa de sus padres no está ni lo bastante al norte para resultar impresionante, como las casas de las tías, ni lo bastante al sur para ser pintoresca, como las de las abuelas. A los hermanos de la madre les fue bien en el negocio inmobiliario, la hermana del padre se casó con el dueño de una tienda de porcelanas. Sus padres empezaron a desplazarse hacia el norte, pero se quedaron a mitad de camino, en una calle anodina al sur de Saint Clair. Era como si todos sus deseos de cambio y transformación se hubiesen agotado en un único acto: su matrimonio. No les quedó ninguno para casas con un garaje para dos coches.

Su padre no posee el feroz instinto para los negocios, o para su supervivencia, que se supone que es característico de los judíos; el instinto que había empujado a su abuelo a ir de puerta en puerta, comprando productos de desecho; y que una vez le costó a su abuela seis puntos en la cabeza al defender la puerta de su almacén contra un joven armado con una barra de hierro. «Date la vuelta y te roban. Pero no los críos chinos. A ellos no hace falta vigilarlos.» El padre de Lesje llegó a su actual estatus de televisión en color y Chevrolet de segunda mano vendiendo abrigos de piel usados, y chicles y caramelos de los de dos a un penique, y ahorrando cuidadosamente los peniques. ¿Se sentía agradecido? No. Se había casado con una *shiksa*, y de las peores. (Como Lesje.)

Era dueño de una tienda de ropa, cierto, pero a su pesar: su madre casi le había obligado cuando murió su padre. Little Nell Dresses, se llama ahora; antes se llamaba Tinker Bell. Su abuelo tenía un socio que sacaba esos nombres de libros que había leído. Venden vestidos para niñas; Lesje creció llevándolos y nunca le gustaron. Para ella, el lujo no eran los cuellos de encaje y piqué que vendían en Little Nell, sino los tejanos y las camisetas que llevaban las otras niñas.

Little Nell ni prospera ni se hunde. Ni siquiera fabrican ellos mismos los vestidos, que se confeccionan en Montreal. Solo los distribuyen. Está ahí sin más, como su padre; y como él, los métodos de su existencia le son desconocidos.

Se sentó a la mesa cubierta con el mantel bueno de lino de su madre, observando a su padre con cierta tristeza mientras engullía el pavo y la salsa de arándanos, el puré de patatas y el pudin de Navidad dictado por una festividad religiosa que jamás habría observado de seguir el curso natural de las cosas y que su madre habría observado catorce días más tarde. En Navidad, siempre comían comida canadiense. Aquel pavo era una capitulación; o tal vez fuese otro ejemplo de terreno neutral para ambos. Todos los años daban cuenta de aquella cena para demostrarse algo mutuamente. En algún lugar, unos primos estaban recuperándose del Hanucá, y otros se disponían a cantar las canciones y bailar las danzas que habían aprendido en el campamento de verano ucraniano. La madre de Lesje sollozaba en la cocina con calmado estoicismo mientras untaba el pudin con mantequilla batida. Eso también pasaba todos los años.

No podía invitar a William a esa comida ni siquiera a esa casa. No irrites a tu padre, decía su madre. Ya sé que los jóvenes de ahora sois diferentes, pero para él sigues siendo una niña. ¿Crees que no sabe que estás viviendo con alguien? Lo sabe. Pero no quiere darse por enterado.

—¿Qué tal el negocio de los huesos? —preguntó su padre, haciendo la broma de siempre, es su modo de reconciliarse con el trabajo escogido por ella.

—Estupendamente —respondió Lesje. Él no veía qué atractivo podía tener para una chica guapa revolcarse en el barro, buscando huesos enterrados como un perro. Después de cinco años en la universidad le preguntó qué iba a ser. ¿Profesora, tal vez?

«Paleontóloga», dijo ella.

Una pausa: «¿Y cómo vas a ganarte la vida?».

Su abuela ucraniana quería que fuese azafata de líneas aéreas. Su abuela judía, que se hiciese abogada y se casara con otro abogado, a ser posible. Su padre quería que diera lo mejor de sí. Su madre, que fuese feliz.

Lesje no está muy segura de haber elegido bien el vino, pues William se las da de entendido y tiende a mostrarse condescendiente. Una vez devolvió una botella en un restaurante, y Lesje pensó: «Lleva mucho tiempo esperando una ocasión para hacerlo». Sacó de la basura la botella que compartieron la noche anterior y copió el nombre de la etiqueta. Es la que ha escogido. Si la desdeña, se lo dirá. Aunque la idea no consigue alegrarla.

Ve a Nate Schoenhof delante de ella en la cola. Se le corta el aliento; de pronto, vuelve a dominarla la curiosidad. Hace un mes que se ha vuelto invisible, ni siquiera lo ha visto esperando a Elizabeth en el museo. Por un tiempo se sintió no exactamente rechazada, aunque sí decepcionada, como si hubiese estado viendo una película y el aparato se hubiera averiado a mitad de proyección. Ahora tiene la impresión de tener cosas que preguntarle. Pronuncia su nombre, pero él no la oye, y tampoco se atreve a salir de la cola y tirarle de la manga. El hombre que hay detrás de él se da cuenta y lo llama. Se vuelve, la ve.

La espera en la puerta.

—Te acompañaré dando un paseo —dice.

Emprenden la marcha cargados con las botellas. Ha oscurecido ya y continúa nevando, húmedos copos flotan hasta el suelo, el aire está pegajoso, la acera encharcada bajo sus pies. No hace frío. Nate se desvía por un callejón y Lesje lo sigue, aunque sabe que por ahí no se va a su casa, están yendo hacia el este cuando deberían ir al sur. A lo mejor se le ha olvidado dónde vive.

Ella le pregunta si ha pasado unas buenas navidades. Horribles, responde él. ¿Qué tal ella?

—Bastante horribles —dice. Los dos se ríen. Lesje no sabría decir hasta qué punto lo han sido, ni por qué—. Odio estas fiestas —añade—. Siempre las he odiado.

—Yo no —dice él—. De niño siempre pensaba que ocurriría algo mágico; algo inesperado.

—¿Y pasó? —pregunta Lesje.

—No —responde. Piensa un minuto—. Una vez pedí que me regalasen una metralleta. Mi madre se negó en redondo. Dijo que era un juguete inmoral, que por qué quería jugar a matar a la gente, que ya había suficiente crueldad en el mundo y demás. Pero el día de Navidad la encontré debajo del árbol.

—¿Y no fue mágico?

—No —dice Nate—. Entonces ya no la quería.

—¿A tus hijas les gustan las navidades? —pregunta Lesje.

Nate responde que cree que sí. Les gustaban más cuando eran tan pequeñas que no sabían qué eran los regalos y se limitaban a gatear entre el papel de envolver.

Lesje repara en que Nate tiene un ojo morado e hinchado y una especie de corte. No quiere preguntar qué le ha pasado —le parece demasiado personal—, pero aun así lo hace.

Él se detiene, la mira quejoso.

—Me pegaron —dice.

—Pensaba que ibas a decir que te diste un golpe con una puerta —dice Lesje—. ¿Te metiste en una pelea?

—Yo no —responde él—. ¡Me golpeó una mujer!

A Lesje no se le ocurre qué decir, así que no dice nada. ¿Por qué querría alguien pegar a un hombre como él?

—No fue Elizabeth —aclara Nate—. Ella nunca agrediría a nadie físicamente. Fue otra persona. Supongo que no le quedó otro remedio.

La está dejando acercarse, dejando que lo escuche. Ella no está segura de querer hacerlo. No obstante, su mano asciende atraída por la misteriosa herida, le roza le frente. Ve sus manoplas de rayas púrpuras y blancas silueteadas contra su piel.

Él se detiene, la mira parpadeando como si no diera crédito a lo que acaba de hacer. ¿Está a punto de echarse a llorar? No. Se está ofreciendo, se está entregando a ella en silencio. Aquí estoy. Algo podrás hacer conmigo… Lesje comprende que es lo que estaba esperando que hiciese desde aquella primera llamada telefónica.

—No es justo —dice Nate.

Lesje no sabe de qué le habla. Abre los brazos. Él la rodea con uno de sus brazos; con el otro sostiene la bolsa de papel. La botella de vino de ella cae a la acera, la nieve amortigua el sonido. Al alejarse, se acuerda y se vuelve pensando que se habrá roto y la nieve estará roja; es demasiado tarde para volver a por otra. Pero está intacta, y, de pronto, Lesje se siente muy feliz.

Tercera parte

ELIZABETH

Es 3 de enero. Elizabeth está en el resbaladizo sillón Chesterfield color rosa del salón de su tía Muriel, que es un auténtico salón y no un cuarto de estar. Es un salón por lo de la araña y la mosca. No es un cuarto de estar porque no puede decirse que la tía Muriel esté viva.

La tía Muriel es la araña y la mosca al mismo tiempo, la que sorbe los fluidos vitales y el caparazón vacío. Antes era solo la araña y el tío Teddy la mosca, pero desde la muerte del tío Teddy la tía Muriel ha desempeñado ambos papeles. Elizabeth ni siquiera está del todo segura de que el tío Teddy haya muerto. Es probable que la tía Muriel lo tenga en un baúl en el desván, envuelto en viejos manteles de encaje de color crudo, paralizado pero aún con vida. Y que suba de vez en cuando a sorberle un poco la sangre. La tía Muriel, tan palpablemente distinta de una tía. La tía Muriel no tiene nada de familiar.

Elizabeth sabe que su opinión sobre la tía Muriel es exagerada y no precisamente benévola. Los ogros así no existen. No obstante, ahí la tiene, ante sus ojos, a tamaño natural, el grueso bulto de su torso encajado entre dos elásticos con ballenas de plástico, el punto de su precioso vestido azul claro tenso sobre sus muslos de jugador de fútbol, sus ojos, como dos trozos de grava, fríos y opacos, mirando a Elizabeth, reparando en todos los detalles indecorosos de su aspecto. Su cabello (demasiado largo, demasiado suelto), su suéter (debería haber sido un vestido), la ausencia de lápiz de labios y de una costra de polvos cosméticos en su rostro, todo, todo está mal. A la tía Muriel le alegran esos defectos.

No es más que una anciana sin amigos, piensa Elizabeth, probando suerte con esa excusa. Pero ¿por qué? ¿Por qué no tiene amigos? Elizabeth es consciente de lo que debería estar pensando. Ha leído libros y revistas, se sabe la lección. La tía Muriel se malogró en la juventud. Tenía un padre dominante que la frustró y no la dejó ir a la universidad porque eso era cosa de hombres. La obligó a bordar (¡a bordar!, ¡con esos dedazos tan gruesos!), una tortura que ella impuso luego a Elizabeth, a quien no obstante se le dio un poco mejor y cuyo mantel de té con bordado Richelieu y nudos franceses aún sigue en un baúl en el armario de Elizabeth, como testamento de su habilidad. La tía Muriel tenía un carácter fuerte y una buena cabeza y no era guapa, y la sociedad patriarcal la castigó. Todo eso es cierto.

No obstante, Elizabeth solo puede perdonar a la tía Muriel en teoría. Dado su propio sufrimiento, ¿por qué escogió transferirlo, siempre que le fue posible, a los demás? Elizabeth aún se recuerda a los doce años, retorciéndose en la cama por los primeros calambres menstruales, sintiendo náuseas por el dolor, y con la tía Muriel de pie a su lado quitándole el frasco de las aspirinas. Es un castigo de Dios. Nunca le dijo por qué. En opinión de Elizabeth, ninguna carrera habría saciado la sed de sangre de la tía Muriel. Deberían haberla enviado al ejército. Solo en un tanque, con un casco, guantes y el cañón apuntando a algún sitio, a cualquier cosa, habría sido feliz.

¿Qué hace entonces ahí Elizabeth? Es más, ¿por qué ha llevado a las niñas? Expuestas a su malignidad. Están a su lado, cohibidas, con calcetines blancos por la rodilla y merceditas que no se pondrían de buen grado en ninguna otra ocasión, las boquitas cuidadosamente cerradas, el cabello recogido con pasadores, las manos sobre el regazo, mirando a la tía Muriel como si fuese un monstruo, un mamut o un mastodonte como los del museo, por ejemplo, al que hubiesen sacado hace poco de un iceberg.

Lo cierto es que a las niñas les gusta ir a ver a la tía Muriel. Les gusta su casona, el silencio, los paneles barnizados, las alfombras persas. Les gustan los pequeños sándwiches sin corteza que saca la tía Muriel, aunque solo cogen uno cada una; y el piano de cola, a pesar de que no les permitan tocarlo. Mientras vivía el tío Teddy, siempre les daba unas monedas. La tía Muriel, no. Cuando la madre de Elizabeth consiguió por fin freírse como una patata en aquel último cuartucho de Shuter Street, pegándole fuego al colchón con un cigarrillo caído y demasiado borracha para saber que estaba quemándose, la tía Muriel hizo una lista después del funeral. Contenía todos los objetos que había prestado, dado o donado. «Una bombilla de sesenta vatios sobre el fregadero. Una cortina de baño de plástico azul. Una bata de Viyella con estampado de cachemira. Un azucarero Wedgwood.» Regalos cicateros y restos desportillados. Quería que se los devolvieran.

Al notar el olor a humo echaron la puerta abajo y la sacaron, pero ya tenía quemaduras de tercer grado en la mitad del cuerpo. Sobrevivió una semana en el hospital, tumbada en un colchón empapado de las medicinas y las fútiles defensas del cuerpo, los glóbulos blancos que goteaban sobre las sábanas. ¿Quién sabe qué estaría recordando o si recordaría siquiera quién era yo? No me había visto desde hacía diez años, pero debía de tener un vago recuerdo de que una vez tuvo hijas. Me dejó cogerla de la mano, la izquierda que no estaba quemada, y pensé: «Parece la luna, la media luna. Una mitad brilla todavía».

Elizabeth siempre ha considerado responsable de esa muerte a la tía Muriel. Y también de las demás, de la de su hermana, por ejemplo. Y, sin embargo, ahí está. En parte, admite, porque es una esnob. Quiere que las niñas vean que se crió en una casa donde anunciaban la cena con un gong y que tenía ocho dormitorios, no como la minúscula casita adosada (aunque con encanto, ha hecho maravillas en ella) donde viven ahora. Además, la tía Muriel es su única pariente cercana con vida. Elizabeth tiene la impresión de que es porque la tía Muriel ha matado o espantado a los demás, pero da igual. Ella es sus raíces, su raíz, su raíz vieja, enferma y retorcida. Hay gente, como la de Buffalo, que cree que Toronto ha cambiado, que se ha deshecho de sus modos puritanos, que se ha vuelto chic y liberal, pero Elizabeth sabe que no es cierto. En el fondo, donde debería estar el corazón, no hay más que la tía Muriel.

Ha desterrado a la tía Muriel de las navidades, tras decir no, finalmente, hace cuatro años, a la mesa oscura con cuatro hojas insertables, los platos de cristal colocados de manera simétrica con encurtidos y salsa de arándanos, el mantel de lino, los servilleteros de plata. Nate se negó a seguir acompañándola, esa fue la razón. Dijo que quería disfrutar de la cena y de sus hijas y que no tenía sentido ir a casa de la tía Muriel si Elizabeth iba a meterse en la cama con dolor de cabeza en cuanto regresaran a casa. Una vez, en 1971, había vomitado sobre un montón de nieve en el camino de vuelta: el pavo, la salsa de arándanos, la selección de condimentos de la tía Muriel, todo.

Al principio le molestó la negativa de Nate, la interpretó como una falta de apoyo. Pero tenía razón, y la tiene. No debería estar allí.

La tía Muriel continúa con su monólogo, que en apariencia está dirigido a las niñas pero en realidad está dedicado a Elizabeth. Nunca deben olvidar, dice, que su abuelo era el dueño de la mitad de Galt. «Su bisabuelo, oriundo de Guelph», piensa Elizabeth. Es posible que la tía Muriel se esté volviendo por fin senil; o puede que la mitología familiar no sea más que una mitología, y, como cualquier narración oral, los detalles estén sometidos a mutación. No obstante, la tía Muriel no se corrige. Que se sepa, nunca lo ha hecho. Ahora está diciendo que Toronto no es lo que era, igual que ocurre con el resto del país. Los pakis se están adueñando de la ciudad y los franceses se están haciendo con el gobierno. La dependienta de una tienda (lo cual implica: extranjera, de piel oscura, con acento, o las tres cosas al mismo tiempo) fue grosera con ella en Creeds el miércoles pasado. Creeds está de capa caída. Antes ponían abrigos de piel en los escaparates y ahora ponen bailarinas bailando la danza del vientre. Supone que Elizabeth, con sus actitudes (lo cual implica: degenerada), pensará que está muy bien, pero ella no se acostumbrará nunca. Es vieja, recuerda cosas mejores.

Elizabeth no sabe qué es peor, esa conversación o la del año pasado, en la que la tía Muriel sometió a las niñas a un relato de las pruebas y tribulaciones que había sufrido en su intento de reunir a toda la familia en un rincón del cementerio de Mount Pleasant. En su narración no hizo distingos entre los vivos y los muertos, aludió a su tumba como si estuviese ya en ella y a los demás como si fueran invitados a una merienda campestre. El tío Teddy ya estaba en su sitio, claro, pero a la hermana y a la madre de Elizabeth había que trasladarlas desde Saint James y a su abuelo desde la vieja necrópolis. En cuanto al padre de Elizabeth, vete a saber dónde lo habrían enterrado.

Probablemente Elizabeth habría podido entorpecer esas operaciones, pero le faltaron las fuerzas. Sabía cómo era la tía Muriel cuando la contrariaban. Si quería jugar al ajedrez con sus parientes muertos, que lo hiciera. Por suerte estaban en urnas y no en ataúdes. No imaginaban, afirmó la tía Muriel, lo sinvergüenzas que podían ser algunos abogados y supervisores de cementerios. Claro que en esos días muchos tenían acento extranjero. Luego describió una intrincada serie de acuerdos inmobiliarios al parecer relativos al intercambio de una tumba por otra. Su plan definitivo era adquirir un gran número de tumbas y luego cambiarlas por un mausoleo. Elizabeth se contuvo y no preguntó si la tía Muriel le había reservado sitio a ella.

De regreso a casa en el taxi, Nancy dice:

—Es rara.

A Elizabeth nunca se le ha ocurrido ver a la tía Muriel desde ese punto de vista. Rara en qué sentido, quiere saber.

—Dice cosas raras.

Y Elizabeth comprende que, para ellas, la tía Muriel es eso: una curiosidad. Les gusta ir a verla por la misma razón que les gusta ir al museo. No puede tocarlas ni hacerles daño, están fuera de su alcance. Solo puede tocar y hacer daño a Elizabeth. En otra época tuvo un poder omnímodo sobre ella y todavía conserva un poco. La mayor parte de su vida Elizabeth es una adulta, pero cuando está con la tía Muriel sigue siendo en parte una niña. En parte una prisionera, una huérfana, una tullida, una demente; la tía Muriel, la guardiana implacable.

O sea que va a verla a modo de desafío. Mira, he crecido. Ando sobre dos piernas, insegura tal vez, pero no me has metido en una de tus urnas, aún no. Vivo mi vida aun a tu pesar y seguiré viviéndola. Y mira, estas son mis hijas. Mira qué guapas, qué inteligentes y qué normales son. Tú nunca tuviste hijos. No puedes tocarlas. No te lo permitiré.

—Lesje, lo que haces no te importa —dice, o something del aire acondicionado empieza a ponerla nerviosa. Escupe un aire calien-te y espeso que huele a capota de coliflas, y no ha podido en-contrar el interruptor para apagarlo. Habrán tenido desco...

LESJE

Lo que está haciendo Lesje es sórdido. Si alguien, una de sus ami-gas, Marianne por ejemplo, hiciera lo mismo y se lo contase, pen-saría que era sórdido. O incluso vulgar. Es muy vulgar haberse liado con un hombre casado, un hombre casado con dos hijas. Los hombres casados son proverbialmente vulgares con sus tristes historias, sus lujurias furtivas y sus pequeñas evasiones. Y aún más vulgar que sea en un hotel, y por necesidad en un hotel compara-tivamente vulgar, pues Nate está, como él dice, un poco arruina-do. Lesje no se ha ofrecido a pagar ella la cuenta. Hace mucho tiempo, en el grupo de mujeres, se habrían burlado de ella por sus remilgos, pero todo tiene un límite.

Lesje no se siente vulgar. No está segura de si a Nate le ocurre o no. Está en una de las sillas (hay dos, ambas de estilo danés mo-derno barato con las esquinas desgastadas, a juego con el edredón deshilachado que todavía sigue intocado), diciéndole lo mal que se siente por tener que llevarla a ese hotel en lugar de a alguna otra parte. Su tono implica que ese otro lugar no es otro hotel más aceptable. Es un campo en verano, una playa desierta caldeada por el sol, una colina boscosa donde sopla la brisa.

A Lesje lo del hotel no le importa, aunque el zumbido del aire acondicionado empieza a ponerla nerviosa. Escupe un aire caliente y espeso que huele a tapicería y colillas, y no han podido encontrar el interruptor para apagarlo. Si hubiesen tenido elección, habría sido distinto, pero es una necesidad. No pueden ir al apartamento de Lesje a causa de William, que había salido cuando Lesje se fue pero podría volver en cualquier momento, para encontrar la nota que Lesje ha dejado apoyada cuidadosamente sobre la mesa donde juegan a las cartas: «Volveré a las seis». Y no pueden ir a casa de Nate, a no ser que Lesje falte al trabajo durante la semana. Trabaja las mismas horas que Elizabeth, aunque quizá Elizabeth tenga más flexibilidad. Pero hoy es sábado y Elizabeth está en casa. Por no hablar de las niñas. Nate no ha hecho alusión a las niñas, aun así se las ha arreglado para darle la impresión a Lesje de que, por mucho que la respete, la admire y la desee, representa un mal para sus hijas del que debe protegerlas.

De ahí lo de ese hotel vespertino. Han llegado en metro, porque ninguno de los dos tiene coche. Eso también descarta los besuqueos en los callejones traseros, que, en opinión de Lesje, es lo que deberían estar haciendo en esta fase preliminar. En realidad, sí se han besuqueado en callejones, aunque ha sido muy incómodo: se les helaban los pies en la nieve, los coches que pasaban les salpicaban de barro, los brazos abrazaban las formas abultadas de los abrigos. Nada de toqueteos en el asiento delantero.

A Lesje los toqueteos en el asiento delantero le parecen casi esenciales. Las únicas relaciones que ha tenido hasta el momento han sido con William, que es un sobón de campeonato, y antes de él, en cuarto año de facultad, con un geólogo que incluso entonces, en 1970, llevaba el pelo corto. Ninguna de esas relaciones fue exactamente romántica; ambas se habían basado en una especie de interés mutuo. A Lesje le costaba encontrar hombres que fuesen tan monomaníacos con sus asuntos como ella. Los había, pero tendían a salir con chicas consagradas a la economía familiar. Después de un día hablando de pingos y números irracionales, querían relajarse y comer zanahoria rallada y ensaladas de malvavisco. No les apetecía charlar de tibias de megalosaurio ni de si los pterosaurios tenían corazones de tres o de cuatro cámaras, que era lo que le interesaba a ella. Lo del geólogo había estado bien; los estratos rocosos podían ser una solución intermedia. Salían de excursión con sus martillos y su equipo y arrancaban muestras de los acantilados; luego comían sándwiches de gelatina y copulaban amistosamente detrás de matas de cardos y varas de oro. Le resultaba placentero, aunque no demasiado. Todavía tiene una colección de rocas recuerdo de aquella relación; mirarla no la llena de amargura. Era un buen chico, pero no estaba enamorada de él. Sabe que no es precisamente el paradigma de chic a la moda, aunque nunca podría enamorarse de un hombre que dice «guau».

En cuanto a William, lo que tienen en común es su interés por la extinción. No obstante, ella se concentra en los dinosaurios. William lo aplica a todo. Excepto a las cucarachas: han encontrado una cucaracha viviendo en un reactor nuclear. La próxima era, según William, será la era de los insectos. Por lo general, eso le alegra.

Lesje no está segura de a qué se refiere con eso de «enamorarse». Una vez creyó estar enamorada de William, pues le disgustó que no la pidiera en matrimonio. Pero desde hace un tiempo ha empezado a cuestionárselo. Al principio agradeció la relativa sencillez, incluso el despojamiento, de su vida en común. Los dos estaban consagrados a su trabajo, al parecer habían cubierto mutuamente sus expectativas y solo tenían pequeñas áreas de fricción. Pero Nate ha cambiado las cosas, ha cambiado a William. Lo que antes era una saludable ausencia de complicaciones ahora es una embarazosa falta de complejidad. Por ejemplo, William se habría abalanzado sobre ella nada más cerrar la puerta. Nate no.

Están a ambos lados de la enorme cama doble que se alza, inexorable como el destino, en el centro de la habitación, con un cigarrillo entre los dedos, bebiendo en los vasos del hotel el whisky de la petaca de Nate mezclado con agua del grifo. Mirándolo desde el otro lado de la cama como si fuese un abismo insondable, Lesje se tapa la cara con la mano, pestañea a causa del humo y escucha mientras Nate se disculpa. Dice que no quiere que lo suyo sea solo un lío. Eso conmueve a Lesje; no se le ocurre preguntarle qué quiere. A William nunca le ha costado tanto esfuerzo explicarse.

Lesje tiene la sensación de que va a ocurrir algo crucial. De que su vida está a punto de cambiar y nada volverá a ser como antes. Las paredes del hotel, estampadas con rombos verdosos, se están disolviendo; flota en el aire, que ya no está saturado de nieve ni teñido del humo de los tubos de escape sino limpio y soleado; en el horizonte se ve el cabrilleo del agua. ¿Por qué entonces no apaga Nate el cigarrillo, se levanta y la toma en sus brazos? Ahora que la tiene en ese dormitorio tan vulgar.

En lugar de eso se sirve otra copa y sigue explicándose. Quiere que todo esté claro desde el principio. No querría que Lesje pensara que está rompiendo un matrimonio. Como sin duda sabe,

Elizabeth ha tenido otros amantes, el más reciente de los cuales era Chris. Elizabeth nunca lo ha ocultado. Ve a Nate como el padre de sus hijas, pero no como su marido. No viven juntos, se refiere a que no duermen juntos, desde hace años, no está seguro de cuántos. Siguen en la misma casa por las niñas. Ninguno de los dos soporta la idea de vivir sin ellas. Así que Elizabeth no pondrá objeciones a que él haga lo que Lesje está deseando que se apresure a hacer.

La alusión a Elizabeth sobresalta a Lesje, que repara en que no ha pensado en ella ni un momento. Debería hacerlo. No te metes sin más en la vida de otra mujer y le robas al marido. Todas en el grupo de mujeres coincidían, al menos en teoría, en lo reprochable que era dicho comportamiento, aunque también coincidían en que los casados no deberían verse como propiedad del otro, sino como organismos vivos capaces de desarrollarse. Todo se reducía a que robarle a otra el marido estaba mal, aunque el desarrollo personal era recomendable. Tenías que adoptar la actitud correcta y ser sincera contigo misma. Esas elucubraciones habían descorazonado a Lesje; no había entendido por qué perdían tanto tiempo con ellas. Pero entonces no se encontraba en esa situación, y ahora sí.

Desde luego no quiere desempeñar el papel de la otra mujer en un triángulo convencional y aburrido. No se siente como la otra mujer; no es zalamera ni taimada, no lleva negligés ni se pinta las uñas de los pies. Puede que William la encuentre exótica, pero en realidad no lo es; es directa, sencilla y sin adornos; no una intrigante experta en engatusar a los maridos de otras. Pero Nate ya no le parece el marido de Elizabeth. Su familia es claramente algo externo para él; en sí mismo está soltero y es libre. Y por tanto Elizabeth no es la mujer de Nate, no es la mujer de nadie. Es más bien una viuda, la viuda de Chris en todo caso, y se mueve sin pareja y acongojada en una avenida otoñal, con las hojas de los árboles cayendo sobre su cabello levemente despeinado. Lesje la reduce a esa triste imagen romántica y la olvida.

Lo de William es diferente. A William sí le importará, seguro que le importa de un modo u otro. Sin embargo, Lesje no tiene intención de decírselo, al menos por ahora. Nate le ha dado a entender que aunque Elizabeth daría su aprobación a lo que está haciendo e incluso se alegraría por él, pues en cierto sentido son buenos amigos, ahora no es el momento de decírselo. Elizabeth está adaptándose, no tan rápido como a él le gustaría, pero sin duda está adaptándose. Quiere dejar que lo haga antes de darle otra cosa a la que adaptarse. Tiene algo que ver con las niñas.

Así que, si Nate va a proteger a Elizabeth y a las niñas de Lesje, ella puede proteger a William de Nate. William le inspira ternura cuando piensa en su necesidad de protección. Nunca la ha tenido antes. Pero ahora Lesje piensa en su nuca, en la vulnerabilidad del hueco en el ángulo de la clavícula, en su yugular, tan peligrosamente a flor de piel, en su dificultad para broncearse por más que se queme, en la cera de las orejas que él no ha visto, en su pomposidad infantil. No quiere herir a William.

Nate deja el vaso en la mesa, apaga el cigarrillo en la mesa del hotel. Se ha acabado la ética. Rodea el perímetro de la cama azul, va a donde está Lesje, se arrodilla enfrente de ella que sigue en su silla estilo danés moderno. Le aparta la mano de la boca, la besa. Nadie la ha tocado con tanta dulzura. Ahora comprende que el estilo de William tiene mucho de brusquedad adolescente, y que el geólogo siempre iba con prisas. Nate no tiene prisa. Hace dos horas que están allí y Lesje aún lleva la ropa puesta.

La levanta, la echa en la cama, se tumba a su lado. Vuelve a besarla de manera tentativa y demorada. Luego pregunta qué hora es. No lleva reloj. Lesje le dice que son las cinco y media. Se incorpora. Está empezando a sentirse poco atractiva. Sus dientes son demasiado grandes, ¿es eso?

—Tengo que llamar a casa —dice—. Se supone que debo llevar a las niñas a cenar a casa de mi madre.

Descuelga el teléfono de la mesilla y marca un número. El cordón se tensa sobre el pecho de Lesje.

—Hola, cariño —dice, y Lesje sabe que es Elizabeth—. Llamaba solo para confirmar. Las recogeré a las seis, ¿de acuerdo?

Las palabras «casa», «cariño» y «madre» han turbado a Lesje. En torno a su corazón se forma un vacío que va extendiéndose; es como si no existiera. Cuando Nate cuelga el teléfono, Lesje se echa a llorar. Él la rodea con sus brazos, la calma, le acaricia el cabello.

—Tenemos tiempo de sobra, cariño —dice—. La próxima vez será mejor.

Quiere decirle: «No me llames así». Se sienta en la cama con los pies a un lado y las manos colgándole de las muñecas, mientras Nate coge los abrigos, se pone el suyo y la ayuda a ella. Lesje quiere ser la que vaya a cenar con él. A casa de su madre. No quiere quedarse sola en la cama azul, ni andar sola por la calle, ni volver a su apartamento donde también estará sola, tanto si está William como si no. Quiere arrastrar a Nate a la cama. No cree que haya mucho tiempo. No lo hay, seguro que no volverá a verlo. No entiende por qué su corazón late de forma tan dolorosa, ahogándose sin oxígeno en la negrura de ese espacio exterior. Él le está arrebatando algo. Si la quiere, ¿por qué la envía al exilio?

NATE

«Imbécil —susurra Nate—, estúpido. Impostor.» está leyendo el editorial del *Globe and Mail*, y normalmente dice esas cosas mientras lo lee, pero en esta ocasión se refiere a sí mismo. «Idiota.»

Se ve a sí mismo inclinado hacia delante en la silla de la habitación del hotel, desvariando con sus escrúpulos mientras Lesje espera al otro lado de la habitación, inalcanzable, brillando como una luna en cuarto creciente. Ignora por qué no quiso, ni pudo. Tenía miedo. No quiere hacerle daño, eso es. Pero se lo hizo. ¿Por qué se echaría a llorar?

Todavía le tiemblan las manos. Por suerte le queda un trago en la petaca. La saca de debajo del suéter, traga rápidamente y enciende un cigarrillo para ocultar el olor. Su madre, mujer virtuosa, no bebe. Tampoco fuma, pero Nate sabe qué ocupa el lugar más bajo en su escala de delitos morales. A veces le compra cervezas pero por los licores no pasa. Veneno para el organismo.

Las niñas están con ella en la minúscula cocina, sentadas en el mármol viéndola preparar el puré de patatas. Lo hace a mano; no tiene batidora. Bate los huevos y monta la nata a mano. Uno de sus primeros recuerdos de su madre es su codo dando vueltas como un extraño molino de carne. Tiene un televisor en blanco y negro aún más antiguo que el suyo. Lleva delantales estampados con pechera.

Desde el sótano se alzan los sentimientos de su infancia para engullirlo: allí abajo están su guante de béisbol, con el cuero agrietado, tres pares de zapatillas de correr que se le quedaron pequeñas, sus patines, sus protecciones de hockey, cuidadosamente embalsamadas en baúles. Aunque acostumbra a desprenderse de todo lo demás, su madre conserva esos objetos como si fuesen reliquias, como si ya estuviese muerto. En justicia, Nate tiene que admitir que si ella no lo hiciera, probablemente los habría guardado él. Al menos las protecciones de hockey.

Ha leído que las protecciones producen úlceras, cree recordar. No daba el peso para jugar de otra cosa, ni era lo bastante corpulento para ser defensa. Recuerda la angustia cuando todos esperaban que se lanzara delante de una bala de goma helada que viajaba a la velocidad de la luz; la desesperación cuando fallaba. Pero le encantaba. Tenía cierta pureza: ganabas o perdías y en ambos casos el resultado estaba claro. Cuando se lo dijo a Elizabeth a ella le pareció infantil. Su idea de ganar o perder es más turbia y retorcida. ¿Será porque es mujer? Sin embargo, de momento sus hijas lo entienden, al menos Nancy.

Ve a las niñas por encima de su *Globe and Mail*, sus cabecitas enmarcadas por el mapa cubierto de estrellas rojas por su madre para señalar las violaciones de los derechos humanos en todo el mundo. Al lado hay un cartel nuevo que dice: UN FOGONAZO Y QUEDAS REDUCIDO A CENIZAS. Su madre ha añadido la abolición de la energía nuclear a su larga lista de cruzadas. Extrañamente, no intenta involucrar a las niñas. Ni les dice que se coman la cena porque hay niños que pasan hambre en Europa, Asia o la India. (Él engullendo con gesto culpable las migas de pan bajo la mirada azul y benévola de su madre.) No les pregunta si están ahorrando el dinero de sus pagas para la campaña de vendajes. No las arrastra a los servicios religiosos de la Iglesia unitaria, con su interior impersonal y sus himnos idealistas sobre la hermandad del hombre y su icono de un niño negro junto a un cubo de la basura donde la mayoría de las iglesias tienen a Dios. La última vez que cenaron con su madre, Nate casi se atragantó con los nabos cuando Nancy empezó a contar un chiste sobre los habitantes de Terranova. Pero su madre se rió. Deja que las niñas le cuenten todo tipo de chistes: chistes de retrasados, chistes de Moby Dick y muchos de gusto más que dudoso. «¿Qué es azul y está cubierto de moscas y galletitas? Una *girl scout* muerta.»

A él le habría dicho que no estaba bien burlarse de los retrasados, de las ballenas ni de las *girl scouts*: todos eran respetables. Y más aún los habitantes de Terranova. ¿Será porque Nancy y Janet son chicas y por tanto no se espera de ellas que alcancen el alto nivel de seriedad que esperaba y sigue esperando de él? ¿O es solo porque su madre ahora es abuela y ellas son sus nietas? En cualquier caso, las malcría. Incluso les da golosinas. Aunque a Nate eso le gusta, descubre en su interior cierto resentimiento. La oye reírse mientras aplasta las patatas. Ojalá se hubiese reído más con él.

A pesar de todo ella sonreía. Había recibido una educación cuáquera, y, por lo que había visto, los cuáqueros sonreían más que reían. Nate no está seguro de por qué se había pasado a los unitarios. Ha oído decir que el unitarismo es un lecho de plumas para los cristianos caídos, pero su madre no parece una mujer que haya caído en ninguna parte. (Le gustaría saber cuál es el lecho de plumas para los unitarios caídos como él.)

Intenta no discutir de teología con su madre, que aún cree que el bien saldrá victorioso.

Su madre siempre ha utilizado la guerra como ejemplo de la virtud triunfante, a pesar de que fuese la causa la muerte de su padre. No recuerda si fue antes o después de su fallecimiento cuando ella empezó a trabajar a tiempo parcial como enfermera en el hospital para veteranos donde trabaja todavía; los hombres sin brazos y sin piernas que entonces eran jóvenes han envejecido con ella y, según le ha contado, se han ido volviendo más amargados y han ido muriendo y desapareciendo uno tras otro. Le ha aconsejado que deje ese trabajo tan deprimente y busque otro más alegre. «Pero todos los han olvidado —dice mientras lo mira con gesto de reproche—. ¿Por qué iba a hacerlo yo también?» Por alguna razón, su piadoso sacrificio irrita a Nate. «Y ¿por qué no?, no eres de piedra», le gustaría decirle. Sin embargo, nunca lo ha hecho.

Su padre, no un mutilado, sino solo un muerto, le sonríe desde la repisa de la chimenea, un rostro joven enmarcado por las severas líneas de un uniforme. El violador de los ideales pacifistas de su madre es, sin embargo, un héroe. Nate tardó mucho en descubrir cómo había muerto exactamente su padre. «Fue un héroe», se limitaba a decir su madre, dejándolo con imágenes de rescates en la playa, de su padre barriendo él solo nidos de ametralladora, o flotando como un murciélago negro sobre alguna ciudad sin luces, con el paracaídas hinchándose tras él como una capa.

Por fin, en su decimosexto cumpleaños, le había vuelto a preguntar y en esa ocasión, convencida tal vez de que estaba listo para afrontar los hechos de la vida, se lo contó. Su padre había muerto en Inglaterra, de hepatitis, sin llegar a entrar en contacto con la verdadera guerra.

—Me habías dicho que fue un héroe —dijo asqueado.

Los ojos de su madre se volvieron más redondos y azules.

—Pero, Nathanael... Lo fue.

A pesar de todo, le habría gustado enterarse antes. Se habría sentido menos eclipsado. Sabe que es difícil competir con un muerto, y mucho más con un héroe.

—¡Nate, la cena...! —le llama su madre. Entra cargada con las patatas, las niñas la siguen con los cuchillos y los tenedores, y todos se arremolinan en torno a la mesa diminuta y ovalada que hay al fondo del salón de su madre. Nate le ha preguntado antes si podía hacer alguna cosa, pero desde que se casó su madre lo ha desterrado al salón mientras prepara la comida. Ni siquiera le permite ya fregar los platos.

Son los mismos platos, beis con capuchinas naranjas, que antes siempre fregaba refunfuñando. A Elizabeth la deprimen, es una de las razones por las que casi nunca participa en esas visitas. Elizabeth cree que las cosas de su madre parecen sacadas de un catálogo por cupones, y no le falta razón. Todo lo que hay en casa de su madre es práctico y, debe admitirlo, bastante feo. La mesa está acabada en plástico, las sillas pueden limpiarse con una bayeta, los platos son chillones, la vajilla rebota en el suelo. Ella dice que no tiene tiempo ni dinero para lujos. Otra cosa que le molesta de los juguetes de madera que él fabrica es el precio. «Solo los ricos pueden permitírselos, Nate», dice en tono acusador.

Comen hamburguesas fritas en grasa de beicon, puré de patatas y remolacha de bote con margarina, mientras la madre de Nate pregunta a las niñas por la escuela y se ríe de sus chistes malos. Nate nota un nudo en el estómago; la remolacha de bote casa mal con el whisky bebido a hurtadillas. Las tres son tan ingenuas e inocentes. Es como si las mirase a través de una ventana iluminada: dentro hay paz y plácida domesticidad, la casa, los sabores, incluso los olores tan familiares. Todo es bueno y sin pretensiones. Y fuera, la oscuridad, el trueno, la tormenta, él mismo como un hombre lobo, con la ropa andrajosa, las uñas rotas, los ojos enrojecidos, el hocico pegado al cristal. Solo él conoce la oscuridad del corazón humano, los secretos del mal. ¡Bum!

—¡Imbécil! —musita para sus adentros.

—¿Cómo dices, cariño? —pregunta su madre, volviendo hacia él sus brillantes ojos azules. Ahora son más viejos, con arrugas detrás de las gafas, pero siguen siendo los mismos ojos, brillantes, serios, siempre al borde de una emoción a la que él no es capaz de enfrentarse: decepción, alegría… El foco perpetuo bajo el que ha vivido siempre, solo sobre el escenario, la estrella principal.

—Hablaba solo —dice.

—¡Ah! —se ríe su madre—. Yo lo hago todo el tiempo. Debes haberlo heredado de mí.

Después del postre, melocotón en almíbar, las tres friegan los platos y vuelven a desterrar a Nate al salón, para hacer lo que se suponga que hacen los hombres después de cenar. Nate quisiera saber si, de haber vivido su padre, su madre habría estado a favor de la liberación de la mujer. Así no tiene por qué. Aunque lo está, claro, desde el punto de vista teórico, y le gusta señalar los innumerables modos en que los derechos humanos elementales de las mujeres han sido cercenados, cortados, mutilados y destruidos por los hombres. Pero si tuviese zapatillas de andar por casa se las llevaría.

Telefoneará a Lesje, volverá a verla. No volverá a verla. Es un imbécil, lo ha echado todo a perder, no querrá volver a verle. Tiene que volver a verla. Se ha enamorado de ella, de ese cuerpo frío y fino, del rostro ensimismado en una contemplación estatuaria. Está detrás de una ventana iluminada, envuelta en suaves telas blancas, tocando la espineta, sus dedos se mueven luminosos sobre las teclas. Con un gruñido, él salta a través del cristal.

ELIZABETH

Elizabeth está ante el pequeño buró de su dormitorio (de arce, en torno a 1875). Tiene una silla a juego que compró en la misma subasta. Siempre le ha maravillado que las damas de esa época se las arreglaran para aposentar sus enormes y acolchados traseros en las sillas hechas para ese propósito. Se suponía que tenías que sentarte con elegancia, con las faldas y el culo falso flotando en torno a tu culo oculto y verdadero. Sin apoyo visible. La aparición de una nube.

En ese buró, Elizabeth guarda su talonario y los cheques cancelados, sus facturas, su presupuesto, sus listas de las reformas que hay que hacer en la casa (una de cosas urgentes, otra más a largo plazo), sus cartas personales, y el diario que empezó hace cuatro años pero no ha conseguido llevar al día. No ha abierto el buró desde la muerte de Chris.

Ahora puede pensar: «la muerte de Chris». Casi nunca piensa «el suicidio de Chris». Eso significaría que la muerte de Chris fue algo que se hizo a sí mismo, y Elizabeth piensa que fue algo que le hizo a ella. Él ya no nota los efectos y ella sí. Por ejemplo, hasta ese momento no ha abierto el buró porque en el casillero de la izquierda, pulcramente sujeto con una goma elástica, está el fajo de cartas que le envió en septiembre y octubre; todas escritas a bolígrafo en papel rayado de cuaderno, su letra se fue volviendo más grande y enmarañada hasta que por fin, el 15 de octubre, llenó una página con solo tres palabras. Sabe que no debería haber conservado esas cartas; debería tirarlas en ese mismo instante, sin volver a mirarlas. Pero siempre ha tenido la costumbre de guardar las cosas.

Procura no mirar las cartas al inclinarse para coger el talonario. Ya puestos, incluso está disfrutando un poco. Orden a partir del caos, archivar las facturas impagadas. Nate ha pagado las pocas cosas que era imprescindible pagar —la factura del teléfono, el agua, la electricidad—, pero todo lo demás sigue ahí esperándola, a veces con dos o tres cartas educadas e irritadas, primero pidiendo y luego exigiendo. Le gusta tener las cuentas en orden, no deber nada a nadie. Le gusta saber que tiene dinero en el banco. Quiere tener siempre suficiente dinero para una emergencia.

A diferencia de su madre, que se pasó dos días llorando en la silla de flores junto a la ventana cuando desapareció su padre. «¿Qué voy a hacer ahora?», preguntaba al aire, como si hubiese alguien escuchándola con un patrón de comportamiento preparado para ella. Su hermana Caroline trepaba al regazo de su madre, llorando también, se resbalaba y volvía a trepar por las resbaladizas faldas de su madre como un escarabajo enloquecido.

Elizabeth no había llorado ni trepado. Cuando quedó claro que su madre no se levantaría de la silla para prepararles la cena, contó las monedas que había ahorrado, las que le había deslizado el tío Teddy por el escote del vestido en sus infrecuentes visitas a la casona de la tía Muriel. Rebuscó en el monedero de su madre, después de tirar al suelo las barras de carmín y los pañuelos arrugados, y solo halló un billete de dos dólares y unos centavos. Luego salió del apartamento y cerró la puerta con las llaves encontradas en el monedero. Fue a la tienda de comestibles que había a unas manzanas de su casa, compró un poco de pan y queso y volvió cargada con la bolsa de papel, pisando con fuerza con las botas de goma en las escaleras mientras subía. No fue ninguna hazaña, ya lo había hecho otras veces. «Come —le dijo a su madre, furiosa con ella y con su hermana—. ¡Come y deja de llorar!»

Fue inútil. Su madre siguió lloriqueando, y Elizabeth se sentó iracunda en la cocina a masticar su pan con queso. No estaba enojada con su padre. Siempre había sospechado que no se podía confiar en él. Estaba enfadada con su madre por no haberse dado cuenta.

La tía Muriel le enseñó a llevar las cuentas, a hacer balances, lo que era el interés. A pesar de que la tía Muriel pensaba que la mayoría de los libros eran una basura frívola y solo concedía un valor marginal a lo que aprendía en la escuela, había consagrado mucho tiempo a esa parte de la educación de Elizabeth. Y Elizabeth le está agradecida. «El dinero es importante», decía y sigue diciendo la tía Muriel a quienquiera que esté dispuesto a escucharla, y Elizabeth sabe que es cierto. Aunque solo sea por lo mucho que la tía Muriel le repitió la lección: la mantenía, pagaba su ropa interior bien confeccionada, sus abrigos azules de tweed y sus clases de piano, así que era de su propiedad.

La actitud de la tía Muriel con Elizabeth era equívoca. La madre de Elizabeth era un cero a la izquierda, de modo que probablemente Elizabeth también lo fuese. Pero Elizabeth era su sobrina y algo tenía que tener. La tía Muriel se esforzó en desarrollar las partes de Elizabeth que más se le parecían y en reprimir o castigar las demás. La tía Muriel admiraba la determinación, y Elizabeth tiene la sensación de poseer, por encima de todo, la determinación de un rinoceronte.

La tía Muriel casi nunca es ambigua. Sus escasos momentos de duda se refieren a los miembros de su familia. No está segura de dónde encajan en la gran cadena del ser. Sin embargo, está muy segura de su propio papel. Primero está Dios. Luego van la tía Muriel y la reina, con la tía Muriel ligeramente por delante. Después los cinco miembros de la Iglesia Timothy Eaton, de la que es feligresa. Le sigue un enorme espacio vacío. Luego los ingleses y canadienses blancos y no judíos, y los norteamericanos blancos y no judíos, por ese orden. A continuación hay otro espacio vacío, seguido de los demás seres humanos en una escala descendente graduada por el color de la piel y la religión. Después las cucarachas, las polillas de la ropa, los lepismas y los gérmenes, que son las únicas formas de vida animal con las que la tía Muriel ha tenido contacto. Y, por último, todos los órganos sexuales, excepto los de las flores.

Así lo plantea Elizabeth para divertir a otros cuando cuenta anécdotas de la tía Muriel; sobre todo a Philip Burroughs, de historia grecorromana, cuya tía es Janie Burroughs, que se mueve en el mismo círculo reducido que la tía Muriel. A diferencia de Nate, Philip sabe a qué se refiere.

Puede que la de la tía Muriel sea una historia rara, pero eso no afecta a su maldad. Es una purista, además de una puritana. Para la tía Muriel no hay matices. Su único dilema moral visible es que cree que, por su parentesco con ella, su familia debería estar a la altura de los miembros de la Iglesia Timothy Eaton, pero se siente obligada a incluirlos con las cucarachas y los lepismas a causa de su deplorable comportamiento.

Como el de la madre de Elizabeth, al que la tía Muriel sigue refiriéndose aún hoy. Elizabeth nunca ha tenido muy claro por qué desapareció su madre. Por impotencia, tal vez; una incapacidad de pensar en otras opciones. La versión de la tía Muriel es que la madre de Elizabeth abandonó a su familia por una depravación innata: huyó con el hijo del abogado de su padre, algo que a la tía Muriel le pareció una especie de incesto, y que por suerte no duró mucho. Ella, la tía Muriel, había rescatado a las niñas abandonadas y enseguida había empezado a dotarlas de todas las ventajas.

Ni siquiera de niña llegó Elizabeth a aceptar por completo esa versión. Ahora cree que pudo ser al revés, que la tía Muriel se las llevó a ella y a su hermana de su apartamento, mientras su madre estaba fuera en una de sus expediciones, «buscando trabajo», les decía. Luego, una vez las tuvo encerradas en su propia casa, debió de decirle a su madre que era incapaz de cuidarlas y que, en caso necesario, podría probarse en los tribunales. Es el estilo de la tía Muriel: un bandidaje virtuoso.

Recuerda cómo sucedió, pero no le dice nada. Estaba jugando a recortar estrellas de cine con Caroline, cuando de pronto apareció la tía Muriel y dijo: «Poneos los abrigos, niñas». Elizabeth le preguntó adónde iban. «Al médico», respondió la tía Muriel, y a ella le pareció creíble.

Caroline en la ventana del tercer piso. «Ahí está mamá.» «¿Dónde?» Abajo, en la acera, su rostro vuelto hacia arriba a la luz de la farola, un abrigo azul cielo, las efímeras revoloteando en torno a ella. Al abrir la ventana, el olor de las hojas nuevas. Las dos la llaman «Mami, mami». Los pasos de la tía Muriel en las escaleras y por el pasillo. «¿Se puede saber por qué gritáis? Esa no es vuestra madre. Cerrad la ventana, que os van a oír las vecinas.» La mujer se vuelve y se aleja cabizbaja. Caroline chilla a través de la ventana cerrada, la tía Muriel le quita los dedos de la cornisa y echa el pestillo.

Durante meses Elizabeth se fue a dormir pensando en una escena de *El mago de Oz*. El libro había quedado atrás, formaba parte de la antigua vida antes de la tía Muriel, pero ella lo recordaba. Era la parte en que Dorothy le echa encima un cubo de agua a la Bruja Malvada del Oeste y la disuelve. La tía Muriel era la Bruja, claro. La madre de Elizabeth era Glinda la Buena. Un día volvería y se arrodillaría para besar a Elizabeth en la frente.

Se echa hacia atrás. Tiene los ojos secos. Chris quería que dejase su trabajo, su casa y sus dos niñas. Por él. Que quedara a su merced. A merced de su benevolencia. Habría tenido que estar loca, y él debía de estar loco para pensar que lo haría. Sin apoyo visible. Debería haber dejado las cosas tal como estaban.

Se sienta, coge el fajo de cartas, lee la de arriba. A LA MIERDA. Su último mensaje. Ella se había enfadado la primera vez que lo leyó.

Mete en un sobre los resguardos de los cheques, las facturas pagadas y los duplicados de los recibos del alquiler de los inquilinos del piso de arriba, escribe: «1976». Así acaba el año. Ya puede empezar otro. Ahora que lo piensa, el tiempo no se ha detenido mientras ha estado fuera. Se las ha arreglado para cubrir el expediente en la oficina, pero tiene que ponerse al día en muchas cosas. La exposición de edredones, por ejemplo, hay que programarla y anunciarla. Las niñas necesitan ropa interior nueva y Nancy unas botas de nieve, pues lleva días volviendo a casa con los pies mojados. Y algo va mal con Nate. Le pasa algo, no se lo ha contado. A lo mejor tiene una nueva amiga, ahora que ha roto definitivamente con Martha. Aunque antes siempre se lo decía. Repasa los últimos días en busca de pistas; nota la conocida frialdad en la base del cráneo, su antiguo temor a los acontecimientos, a los cataclismos que se preparan sin contar con ella, que se originan como un maremoto en la otra punta del mundo. A su espalda. Fuera de control.

Se pone en pie, cierra el buró con llave. Tiene determinación. Tiene dinero en el banco, no mucho, pero suficiente, no depende de nadie. Se puede mantener a sí misma.

LESJE

Los organismos se adaptan al ambiente. La mayoría de las veces por necesidad. También se adaptan a sus propias necesidades, a veces como por capricho, casi se diría que por perversidad. Tomemos, por ejemplo, la tercera garra modificada de la pata trasera de uno de los dinosaurios preferidos de Lesje, el ágil y mortífero, a pesar de ser de tamaño mediano, *Deinonychus*. Esa tercera garra, a diferencia de las otras dos, no tocaba el suelo; por tanto no la utilizaba para andar o correr. Ostrom, la famosa autoridad que descubrió el *Deinonychus*, especuló por su forma y su posición (afilada como una cuchilla y curva como una hoz) con que la usara solo para destripar a sus presas. Las patas anteriores del *Deino-nychus*, en proporción mucho más largas que las de tiranosaurio o el gorgosaurio, sujetaban a la presa a una conveniente distancia; el *Deinonychus* se sostenía luego sobre una pata y utilizaba la tercera garra para rajarle la barriga. Una demostración de equilibrio; también una manera excéntrica de enfrentarse a la vida, es decir, a la captura y la preparación de la comida. Nunca se ha descubierto nada remotamente parecido al *Deinonychus*. Es esa excentricidad, su carácter único, esa acrobática alegría lo que atrae a Lesje. Como si fuese un baile.

Ha observado muchas veces esa danza inocente pero sangrienta desde la seguridad de la copa de su árbol, que hoy parece ser una conífera. No obstante, de momento no hay nada a la vista, ni siquiera un pterosaurio. William los ha espantado a todos. Pasea inquieto a sus pies entre las cicas de tronco bulboso. Algo no va bien; eso no es a lo que está acostumbrado. El sol brilla de forma extraña y hay olores muy raros en el ambiente. Aún no se ha percatado de que está en otra época.

No reparar en ello es su adaptación. Lesje es su ambiente, y su ambiente ha cambiado.

William también está ante la mesita de jugar a las cartas, comiendo los tallarines a la Romanoff precocinados que Lesje acaba de servirle en el plato. Ella no tiene hambre. La está bombardeando con su pesimismo: el aire está cargado de contaminantes, hay más de trescientos, más de los que se han identificado todavía. En los lagos cristalinos de Muskoka y otros sitios al norte está cayendo ácido sulfúrico y mercurio, niebla metálica, lluvia ácida. Los peces ascienden desorientados, se dan la vuelta y dejan expuesto el vientre que no tardará en hincharse. Si los controles no se multiplican por diez cuanto antes (¡ahora mismo!) los Grandes Lagos morirán. Una quinta parte de los peces de agua dulce del mundo. ¿Y por qué? Por culpa de las medias, dice en tono acusador con los tallarines escurriéndosele del tenedor. Por culpa de las gomas elásticas, de los coches, de los botones de plástico. Lesje asiente; lo sabe, pero no puede hacer nada. Él lo está haciendo a propósito.

En ese mismo instante, prosigue implacable William, los pájaros están comiendo gusanos, y los estables e indestructibles PCB se están concentrando en sus tejidos grasos. Es probable que Lesje no pueda dar a luz debido a la gran cantidad de DDT acumulada en sus propios tejidos grasos. Por no hablar del bombardeo de radiación que sufren sus ovarios, que casi con seguridad le harían concebir un niño con dos cabezas o una masa de carne del tamaño de un pomelo, lleno de pelo y con dientes (William cita ejemplos), o a un niño con los ojos a un lado de la cabeza, igual que una platija.

Lesje, que no quiere seguir oyendo esas cosas, por ciertas que puedan ser, contraataca con la teoría de la supernova sobre la extinción de los dinosaurios. Debido al gran aumento de la radiación cósmica, los huevos se volvieron tan finos que las crías no podían desarrollarse. (Esa teoría no goza de buena reputación en el museo, que apoya una hipótesis más gradual; no obstante, le da a William algo en qué pensar. Podría ocurrir aquí. ¿Quién sabe cuándo puede explotar una estrella?) Lesje pregunta a William si quiere una taza de café instantáneo.

William dice que sí, con gesto sombrío. Esa melancolía suya, la desaparición de su habitual optimismo, constituye su adaptación. Como un perro husmeando el aire, nota la diferencia en Lesje; sabe, pero no sabe lo que sabe. De ahí su depresión. Cuando Lesje le lleva el café, dice: «Has olvidado que me gusta con leche». Su voz suena quejosa. No es algo que Lesje relacione con William.

Lesje se sienta en su butaca. Quiere pensar, pero si va al dormitorio William lo tomará como una invitación, la seguirá y querrá hacer el amor. A Lesje no le apetece. (Problema: la copulación del *Deinonychus*. Papel de la tercera garra, afilada como una cu-

chilla, curva como una hoz; ¿cómo la apartaban? ¿Accidentes?).
A pesar de que hasta la última célula de su cuerpo se ha vuelto
más pesada, líquida, enorme, irradia energía acuosa y cada núcleo
emite su propia luz, colectivamente parpadea como una luciérna-
ga; es una linterna, una señal olorosa. No es raro que William
pulule priápico a su alrededor, inquieto porque ella ha cerrado
dos veces con llave la puerta del cuarto de baño mientras se du-
chaba y le ha dicho una vez que tenía acidez. William zumba con
torpeza, como un insecto golpeándose contra la mosquitera.

Pero ¿por qué no ha aparecido Nate? Se suponía que la llamaría el 17; lleva dos días de retraso. Ella se inventa excusas para no
coger el teléfono si suena, se queda en casa a horas en las que normalmente saldría, sale cuando no lo soporta más. Tendría que haberle dado el número del trabajo; aunque la habría encontrado
con facilidad en la guía. ¿No será que ha telefoneado ya, que William ha respondido y, tras adivinarlo todo, le ha dicho algo tan
brutal o amenazador que Nate no volverá a llamar? No se atreve a
preguntar. Ni tampoco a telefonear a Nate. Si contesta Elizabeth,
le molestará. Si contesta una de las niñas, también le molestará.
Y si contesta él, también le molestará porque sabrá que podrían
haber contestado ellas.

Lesje se refugia en el trabajo. Antes era la escapatoria perfecta.

Parte de su trabajo implica educar al público en cuestiones
relativas a la paleontología de vertebrados. Ahora mismo el museo
está elaborando un juego de dinosaurios para las escuelas, que in-
cluirá diapositivas y comentarios grabados, además de folletos,
pósters y explicaciones de las vitrinas del museo. Tienen la esperanza de que sea tan popular como, a juzgar por las ventas, fueron
las maquetas de diplodoco y estegosaurio (de plástico gris, fabri-

cadas en Hong Kong) y el libro de colorear dinosaurios. Pero ¿cuánto contar? ¿Qué hay, por ejemplo, de la vida familiar de los dinosaurios? ¿Qué hay de sus métodos de puesta de huevos y —asunto delicado, pero siempre interesante— de la fertilización? ¿Deberían pasarlo por alto? Y, en caso contrario, ¿pondrán objeciones y boicotearán el juego los cada vez más poderosos grupos religiosos, moralistas y en defensa de la familia? Normalmente a Lesje no se le habrían planteado esas dudas, pero sí se le han planteado al doctor Van Vleet, que le ha pedido que las considere y proponga alguna solución.

Lesje cierra los ojos y ve los esqueletos articulados en las vitrinas del museo montados para dotarlos de un grotesco parecido a la vida. ¿Quién podría poner objeciones a una copulación sucedida hace noventa millones de años? La vida amorosa de las piedras, el sexo entre los osificados. Sin embargo, entiende que esas pasiones gargantuescas que conmovían la tierra, y en las que un sola ventana de la nariz llenaría la pantalla, y los lujuriosos suspiros tan ruidosos como la sirena de una fábrica, puedan resultarles turbadores a algunas personas. Recuerda a la maestra de cuarto curso que le tiró los huevos de sapo que había llevado a la escuela con la intención de describir cómo había presenciado la puesta en una zanja, la enorme hembra de sapo a la que se aferraba un macho tan pequeño que parecía otro animal. La maestra la escuchó en privado y luego dijo que no creía que la clase necesitara saber cosas así. Como de costumbre, Lesje había aceptado el veredicto de los adultos y observado en silencio mientras la maestra se llevaba el frasco con los preciosos huevos de sapo del despacho para arrojarlos al váter de las chicas.

¿Por qué no necesitaban saber cosas así?, se pregunta ahora

Lesje. ¿Qué necesitaban saber? Probablemente no mucho. Desde luego, no las preguntas que se le ocurren a veces cuando deja vagar su imaginación. ¿Tenían pene los dinosaurios?, por ejemplo. Buena pregunta. Sus descendientes, los pájaros tienen aberturas cloacales, mientras que algunas serpientes no solo tienen un pene sino dos. ¿Sujetaba el dinosaurio macho al dinosaurio hembra por el pescuezo, como un gallo? ¿Vivían en manadas?, ¿se apareaban de por vida como los gansos?, ¿tenían harenes?, ¿combatían entre sí los machos en la época de apareamiento? Tal vez eso ayudaría a explicar la tercera garra modificada del *Deinonychus*. Lesje decide no plantear esas cuestiones. Los dinosaurios ponían huevos, como las tortugas, y ya está.

William dice que aún tiene hambre y que va a ir a la cocina a prepararse un sándwich. Es una expresión de su enfado por la incapacidad de Lesje de cubrir sus necesidades; Lesje lo sabe, pero le da igual. Normalmente se lo habría preparado ella, pues William siempre ha dicho que es un manazas en la cocina. Se las arreglará para romper algo o para cortarse un dedo con una lata de sardinas (William, enemigo de las latas de conservas, tiene un periódico apetito por las sardinas que hay que satisfacer). Habrá un desastre y una carnicería, heridas, murmullos y maldiciones; William volverá con un sándwich estropeado, con el pan manchado de sangre y aceite de sardina en la camisa. Se exhibirá, querrá que lo calme, y Lesje sabe que lo hará. En ausencia de Nate, que, ahora que lo piensa, no le ha ofrecido nada. Una vasta llanura. Un riesgo.

Suena el teléfono y William responde antes de que Lesje se levante de la silla.

—Es para ti —dice.

Lesje, con el pecho encogido y sin aliento, coge el teléfono.

—Hola —dice una voz de mujer—. Soy Elizabeth Schoenhof.

A Lesje se le hace un nudo en la garganta. La han descubierto. Las abuelas se ciernen sobre ella exponiendo su culpa y su dolor.

Pero no es eso. Elizabeth solo quiere invitarla a cenar. A William y a ella, claro. A Nate y a Elizabeth, dice, les alegraría mucho que pudiesen ir.

ELIZABETH

Elizabeth está comiendo con Martha en la cafetería naranja del museo. Las dos comen con frugalidad: sopa, fruta, yogur y té. Elizabeth ha insistido en pagar la cuenta. Martha no ha intentado pagar a medias como habría hecho antes. Es un síntoma de su derrota.

Igual que el hecho de que estén comiendo allí. La cafetería del museo no tiene nada de especial. En otra época, en los días de predominio de Martha, cuando Elizabeth pensaba que podía ser una verdadera amenaza, se tomaba muchas molestias para que esas comidas tuviesen lugar en buenos restaurantes, donde pudiera demostrar su conocimiento superior de la carta y emborrachar ligeramente a Martha con los cócteles y el vino. A Martha la bebida no le sienta bien y eso a Elizabeth le ha sido útil. Bebía delicadamente su copa de vino mientras Martha vaciaba la botella hasta animarse y hablar mucho más de lo que debería de las actividades e imperfecciones de Nate. Cada vez que Martha decía algo poco halagador de Nate, Elizabeth asentía y murmuraba dándole la razón, aunque dichas críticas la irritaran, pues reflejaban su gusto a la hora de escoger marido; y a Martha se le humedecían los ojos de gratitud. No es que le caiga bien a Martha. Ninguna de las dos se engaña al respecto. Pronto no tendrá que llevar a Martha a comer; bastará con ir a tomar un café. Luego tendrá una cita con el dentista. Muchas.

Elizabeth ha quitado los platos de la bandeja y los ha puesto sobre una servilleta desplegada, pero ese día Martha no tiene tiempo para ser tan fina. Come directamente de la bandeja, sorbiendo la sopa, con el ceño fruncido. Tiene el cabello negro encrespado, y lo lleva recogido en la nuca con una pinza de plástico imitación de concha de tortuga. Parece cansada y congestionada; nada que ver con la campesina confiada, cordial y de pecho generoso con la que tuvo que vérselas al principio Elizabeth. Ha ido a quejarse de Nate, como si le hubiese roto una ventana con un bate de béisbol y Elizabeth fuese su madre.

—Le golpeé… —está diciendo Martha—, justo entre los ojos. Supongo que no debería haberlo hecho, pero me gustó. Debajo de toda esa monserga comprensiva es un imbécil. No sé cómo puedes vivir con él.

Antes, Elizabeth se habría mostrado de acuerdo; ahora, no obstante, puede permitirse algunos lujos. «Pobre Nate —piensa—, es tan inocente.»

—Es un padre estupendo. No se podría pedir uno mejor. Las niñas lo adoran.

—No sé… —dice Martha. Muerde con violencia una galletita salada; una lluvia de migas salpica la bandeja.

«No tiene nada de clase —piensa Elizabeth—, nunca la ha tenido.» Elizabeth ha sabido siempre que, antes o después, Martha lo echaría todo a perder con su vehemencia. En cambio, ella procura ser comedida. Abre el yogur de melocotón y remueve el contenido desde el fondo.

—Al principio no entendía que fueses tan amable conmigo —dice Martha con un resto de su antigua beligerancia—. Que me llevaras a comer y demás. No lo entendía. Me refiero a que yo en tu lugar no lo habría hecho.

—Creo que con estas cosas conviene ser civilizado.

—Pero luego lo entendí. Querías supervisarnos. Como una especie de vigilante en el patio del colegio. Asegurarte de que no íbamos demasiado lejos, ¿verdad? Ahora puedes admitirlo. Ya se ha terminado.

Elizabeth frunce un poco el ceño. No le gusta esa interpretación de sus motivos, aunque es posible que sea bastante exacta.

—No creo que estés siendo justa, Martha —dice.

Detrás de Martha sucede algo que le parece más interesante. Lesje Green ha entrado con el conservador de paleontología de vertebrados, el doctor Van Vleet. Están en el mostrador con las bandejas. Comen juntos con frecuencia; todo el mundo sabe que no significa nada, porque el doctor Van Vleet tiene casi noventa años y Lesje vive con un joven que trabaja en el Ministerio de Medio Ambiente. Probablemente coman juntos porque no tienen a nadie más con quien hablar de esas rocas y de esos huesos viejos que tanto les gustan.

A Elizabeth siempre le ha costado relacionarse con Lesje: es rara, a veces pedante, asustadiza. Demasiado especializada. No obstante, en esta ocasión la observa con más interés de lo normal. El primer aviso, ahora que se para a pensarlo, fue esa visita al museo en noviembre. Las niñas le hablaron de la señora de los dinosaurios que se lo había enseñado, pero Nate no hizo la menor alusión a ella. Le había pedido a Elizabeth que les acompañara, lo cual no acababa de encajar; pero Nate es tan torpe que tampoco le extraña. Últimamente está como ido, se tropieza con los muebles. Está casi segura de estar en lo cierto y al día siguiente por la noche lo sabrá.

—Se suponía que eran conversaciones muy sinceras... —está diciendo Martha—, pero en realidad no lo eran, ¿verdad? Me refiero a que hablábamos mucho de él, pero nunca te dije lo que pensaba de ti y tú tampoco me dijiste lo que opinabas de mí. Nunca fuimos verdaderamente francas, ¿no es cierto?

Martha está deseando que le hable con franqueza, le encantaría tener una discusión a gritos en la cafetería. Elizabeth preferiría que Nate hubiese escogido una amante con más estilo. Pero ¿qué se puede esperar de una secretaria de un bufete de tres al cuarto? Elizabeth no tiene tiempo de sincerarse. No cree que vaya a servir de nada decirle a Martha lo que opina verdaderamente de ella, y conoce la opinión de Martha.

Pero sabe que saldría victoriosa de cualquier enfrentamiento. Martha solo tiene un vocabulario: el que utiliza. En cambio, Elizabeth tiene dos: el educado y chic que ha adquirido, que es puramente superficial, pero muy útil: insinuante, flexible, acomodaticio, y otro por completo distinto, más antiguo, más bronco, un recuerdo de las calles y los patios de colegio que no tenían nada de educados y en los que tuvo que defenderse tras las súbitas huidas de sus padres.

Esas mudanzas repentinas se hacían de noche, para evitar a los testigos y a los caseros. Elizabeth se quedaba dormida sobre una pila de vestidos de su madre sin desempaquetar, vestidos frágiles y hermosos de otra época, y despertaba sabiendo que tendría que enfrentarse a los rostros desconocidos y a las pruebas rituales. Si alguien la empujaba, ella empujaba con el doble de fuerza, y si alguien empujaba a Caroline, agachaba la cabeza y embestía contra la boca del estómago. De ese modo podía hasta con los niños mayores. No se lo esperaban de alguien tan bajito. A veces perdía, pero no a menudo. Solo lo hacía si eran más de dos contra ella.

«Te estás convirtiendo en una salvaje», le dijo su madre en uno de sus accesos de autocompasión, mientras le limpiaba la sangre. En esos tiempos Elizabeth siempre estaba sangrando. No es que su madre pudiera hacer mucho al respecto, ni acerca de ninguna otra cosa. El abuelo de Elizabeth les ayudó mientras estuvo vivo —aunque él decía que su padre era un palurdo—, pero la tía Muriel lo dominó sus últimos meses de vida y cambió su testamento. Eso dijo la madre de Elizabeth después del funeral.

Luego volvieron a mudarse a un apartamento aún más pequeño, y su madre pululaba impotente por el salón abarrotado llevando de aquí para allá cosas —una tetera o una media— que no sabía dónde guardar.

«No estoy acostumbrada a esto», dijo. Se acostó con dolor de cabeza; esa vez tenían cama. El padre de Elizabeth volvió a casa con dos amigos y le contó un chiste: «¿Qué dijeron los pollitos cuando su madre puso una naranja...?: Mira la mermelada de naranja». Nadie llevó a la cama a Elizabeth, aunque nadie lo hacía nunca. A veces su padre fingía acostarla, pero era solo una excusa para quedarse dormido en su cama con la ropa puesta. Su madre volvió a levantarse y todos se quedaron bebiendo en el salón. Elizabeth estaba acostumbrada. Se sentó en camisón en el regazo de uno de aquellos hombres, su piel áspera contra su mejilla. La llamó «muñeca». Su madre se levantó para ir al cuarto de las niñas, dijo, y tropezó con el pie de su padre. Le había puesto la zancadilla a propósito, era un bromista. «La mujer más guapa del mundo», dijo riéndose y ayudándola a levantarse del linóleo cuyo estampado de flores marrones y amarillas Elizabeth puede ver con solo cerrar los ojos. Le dio un beso en la mejilla y le guiñó un ojo; los otros hombres se rieron. La madre de Elizabeth se echó a llorar y sus manos finas cubrieron su rostro de porcelana.

—Eres un mierda —le dijo Elizabeth a su padre. Los otros hombres aún se rieron más.

—No lo dices en serio…, tu pobre y viejo padre —respondió.

Le hizo cosquillas en las axilas. A la mañana siguiente se había ido. A partir de entonces el espacio se volvió discontinuo.

Casi nadie sabe nada de eso. Ignoran que Elizabeth es una refugiada, con las costumbres desesperadas de una refugiada. Algo sabe Nate. Y Chris lo supo por fin. Martha lo desconoce, y Lesje también, y eso le da a Elizabeth mucha ventaja. Sabe que no hay nada en su interior que la obligue a portarse decentemente. Puede hablar de esa otra vida si hace falta. Si la presionan, no se detendrá ante nada. O, dicho de otro modo: se detendrá cuando no alcance nada.

Dos mesas más allá, Lesje anda hacia ellas, con la bandeja muy inclinada y esa expresión sobrenatural en su rostro, que tal vez signifique que está abstraída en oscuros pensamientos, pero a Elizabeth le recuerda a alguien al borde de sufrir un leve ataque de epilepsia. Se sienta y está a punto de volcar la taza de café con uno de esos codos desgarbados. Elizabeth inspecciona rápidamente su ropa: otra vez tejanos. Lesje puede permitírselo, está lo bastante delgada. Además, solo es ayudante del conservador. Elizabeth debe vestir con más seriedad.

—Disculpa, Martha —dice—. Tengo que hablar con una persona.

Martha, frustrada, rasga la tapa del yogur.

Elizabeth anda despacio, pone la mano sobre el hombro de Lesje y dice:

—Lesje.

Lesje chilla y suelta la cuchara sobre la mesa.

—¡Ay! —dice volviéndose.

—No hay que acercársele por detrás —dice el doctor Van Vleet—. Lo aprendí hace mucho tiempo. Ensayo y error.

—Lo siento mucho —se disculpa Elizabeth—. Solo quería decirte lo mucho que nos alegra que podáis venir mañana.

Lesje asiente, por fin consigue decir:

—Y a mí, quiero decir que nos alegra a los dos.

Elizabeth sonríe con gracia al doctor Van Vleet y se detiene junto a Martha justo el tiempo necesario para decirle lo agradable que ha sido verla de nuevo y que espera que puedan volver a quedar pronto; lo lamenta, pero tiene que regresar al despacho.

Está muy tranquila. Lo conseguirá.

Trabaja toda la tarde en el despacho, dictando memorandos, rellenando formularios de petición y mecanografiando cartas que requieren más atención. Han dado un sí muy claro a la exposición de arte campesino chino, que requerirá un poco de trabajo preliminar; pero China está de moda y la exposición será fácil de promocionar.

Justo antes de cerrar le pone la funda a la máquina de escribir y coge el bolso y el abrigo. Hay otro proyecto del que se ha prometido ocuparse ese día.

Sube por las escaleras, pasa por la puerta de madera de acceso prohibido al público, sigue por el pasillo con cajones metálicos a ambos lados. El taller de Chris. Ahora trabaja en él otro hombre. Alza la vista desde la mesa cuando entra Elizabeth. Bajito, calvo, no se parece en nada a Chris.

—¿Puedo ayudarla? —pregunta.

—Soy Elizabeth Schoenhof —explica—. Trabajo en proyectos especiales. Quería saber si os sobraba algún retal de piel. Cualquiera. Mis hijas los usan para hacer vestidos para las muñecas.

El hombre sonríe y se levanta a echar un vistazo. A Elizabeth le han dicho cómo se llama, pero lo ha olvidado: ¿Nagle? Lo averiguará. Parte de su trabajo consiste en conocer a los técnicos de todos los departamentos, por si los necesita para alguna cosa.

Mientras el tipo busca entre la confusión de cajones de detrás de la mesa, Elizabeth echa un vistazo. El cuarto ha cambiado, lo han reorganizado. El tiempo no se ha detenido, nada se ha congelado. Chris se ha ido definitivamente. No puede hacer que vuelva, y por primera vez no quiere hacerlo. Sin duda, luego la castigará por pensarlo, pero ahora se ha librado de él.

Baja despacio por las escaleras de mármol, toqueteando la piel. Retales. Es lo único que ha quedado de Chris, a quien ya no recuerda por entero. Al llegar a la puerta mete el paquete en el bolso, luego coge el metro hasta Saint George y Castle Frank. Recorre el viaducto hasta llegar a la mitad, sobre el barranco lleno de nieve y los coches que pasan a toda velocidad. Como la tía Muriel, ella también necesita sus rituales funerarios. Abre el bolso y arroja uno por uno los retales de piel al espacio.

LESJE

Lesje está en el salón de Elizabeth, sosteniendo en equilibrio sobre su rodilla izquierda una tacita con lo que supone que debe de ser un café excelente. En la mano derecha sostiene una copa de licor medio llena de Benedictine y coñac. No sabe cómo ha acabado con dos recipientes de líquido y sin sitio donde ponerlos. Está segura de que pronto se le caerá al menos uno, y probablemente los dos, en la alfombra de color champiñón. Está deseando marcharse.

Pero los otros están jugando a un juego que consiste en sustituir la palabra «alce» por cualquier otra palabra del título de una novela canadiense. Tiene que ser canadiense. Por lo visto ahí radica la gracia.

—*En cuanto a mí y a mi alce* —dice Elizabeth y causa las risas de todos los presentes.

—*Una broma de alce* —dice la mujer del hombre de historia grecorromana, que trabaja en la CBC.

—*Un alce de Dios* —replica el hombre llamado Philip. Nadie

le llama Phil. Elizabeth se ríe y pregunta a Lesje si quiere más Benedictine con coñac.

—No, gracias —dice Lesje, con la esperanza de haber murmurado y temiendo haber balbucido. Necesita un cigarrillo, pero no le quedan manos libres. No lee novelas y no ha reconocido ni uno solo de los títulos que los demás, incluso Nate, incluso a veces William, han propuesto con tanta facilidad. Podría decir *El alce perdido*. Pero no es canadiense.

Toda la cena ha sido igual. Elizabeth dijo que serían solo un par de amigos. Una reunión informal. Lesje se ha puesto unos pantalones con un suéter largo y las otras dos llevan vestidos. Por una vez Elizabeth no va de negro; lleva un vestido de gasa gris que la hace parecer más joven y delgada que en el trabajo. Incluso se ha puesto un collar, una cadena con un pez de plata. La otra mujer lleva un vestido vaporoso de color malva. Lesje con su atrevido suéter de rayas se siente como si tuviese doce años. Solo ha podido ver a Nate una vez antes de esa cena. Desesperada, llamó a su casa; respondió una de las niñas.

—Un momento. —De pronto, el estrépito del teléfono al golpear el suelo. Debe de haberse caído de la mesa. Un grito—: ¡Papá, es para ti!

Quedaron en verse en la cafetería en el centro comercial que hay pared por medio del edificio de Lesje. Una imprudencia: ¿y si William…?

—¿Por qué nos ha invitado a cenar? —quiso saber Lesje, que a esas alturas estaba fuera de sí. No podía echarse atrás ahora porque le habría parecido raro. A William también. Y si hubiese dicho que no al principio también lo habría sido.

Nate la cogió cautamente de la mano.

—No lo sé —respondió—. Ya he dejado de preguntarme por sus motivos. Nunca sé por qué hace nada.

—En el trabajo apenas hablamos —dijo Lesje—. ¿Crees que lo sabe?

—Es probable —repuso Nate—. No me avisó de que iba a invitaros. No pude negarme. Invita gente a menudo, al menos antes.

—¿Se lo has dicho tú? —De pronto le pareció capaz.

—No exactamente. Supongo que debo de haberle hablado de ti algunas veces. Pienso mucho en ti. Tal vez se lo haya olido. Es muy lista.

—Pero, aunque lo sepa, ¿por qué iba a invitarme a cenar? —Era lo último que haría ella. Una de las antiguas novias de William, una técnico dental, no hace más que proponer que los tres vayan a comer juntos. Lesje siempre se ha opuesto de forma tajante.

—Querrá echarte un vistazo de cerca —dijo Nate—. No te preocupes. Todo irá bien. No hará nada. Te gustará la cena, es una gran cocinera cuando se lo propone.

Lesje no podría atestiguarlo. Estaba tan paralizada por la aprensión que apenas pudo probar bocado. El *boeuf bourguignon* lo mismo podría haber sido de arena. Elizabeth pasó por alto con elegancia la cantidad que dejó en el plato. Al empezar a comer hizo a Lesje tres preguntas bien informadas sobre las estructuras de poder en paleontología de vertebrados, cualquiera de cuyas respuestas podrían haberle costado el trabajo si las repetía en el lugar adecuado. Lesje se fue por la tangente, y Elizabeth desvió la conversación a cotilleos de la CBC, ayudada por la mujer del hombre de historia grecorromana.

Elizabeth se concentró en William durante el postre. Su trabajo en el Ministerio de Medio Ambiente le pareció fascinante y muy útil. Admitió que tal vez debería hacer el esfuerzo de acarrear las botellas viejas y los periódicos a esos sitios, los contenedores. William, satisfecho, le dio una conferencia sobre el funesto futuro que aguardaba al mundo si no lo hacía, y Elizabeth asintió con humildad.

Entretanto, Nate se mantuvo en la sombra, sin dejar de fumar, bebiendo sin parar, aunque sin efecto aparente, evitando la mirada de Lesje, ayudando a limpiar los platos y sirviendo el vino. Elizabeth le dirigía con discreción: «Cariño, ¿me puedes traer la cuchara de servir la ensalada?», «Cariño, ¿te importa preparar el café, ya que estás ahí?». Lesje mordisqueó los bordes del merengue y pensó que habría preferido que estuviesen las niñas. Al menos tendría con quien hablar sin sonrojarse y balbucear y sin tener la certeza de que en cualquier momento abriría la boca y metería la pata al decir algo sobre suicidios o habitaciones de hotel. Pero las habían enviado a pasar la noche a casa de unos amigos. A veces, dijo Elizabeth, por mucho que quisieras a tus hijos, te apetecía pasar un poco de tiempo libre con adultos. Nate no siempre estaba de acuerdo, dijo dirigiéndose a Lesje. Era un padre tan entregado. Se pasaría las veinticuatro horas al día con sus hijas. «¿Verdad, cariño?»

A Lesje le habría gustado decirle que no le llamara «cariño» y que a ella no la engañaba. Pero supuso que era la costumbre. Al fin y al cabo llevaban diez años casados.

Elizabeth se había encargado de subrayarlo. A lo largo de la noche había hecho alusión a las comidas favoritas de Nate, a sus vinos preferidos y a sus peculiaridades en el vestir. A Elizabeth le gustaría que se cortara el pelo de la nuca más a menudo; antes se lo cortaba ella con las tijeras de uñas, pero no hay manera de que se esté quieto. Ha hablado de su comportamiento el día de su boda, aunque sin dar detalles; todos los presentes, incluso la pareja de historia grecorromana, parecen conocer la anécdota. Menos Lesje y, por supuesto, William, que había ido al baño. Lugar donde le encantaría estar a Lesje en ese momento.

William ha sacado la pipa, una afectación que reserva para cuando está acompañado.

—Me sé uno mejor —dice—. ¿Alguna vez habéis jugado a *Star Trek*?

Pero nadie ha jugado y cuando William empieza a explicarles las reglas les parecen demasiado complicadas.

—Salvavidas —propone la mujer de historia grecorromana.

Nate pregunta si alguien quiere más Benedictine con coñac. Él se va a servir un whisky. ¿A alguien le apetece?

—Estupendo —dice Elizabeth. Explica que el juego es muy sencillo—. Todos estamos en un bote salvavidas y empieza a acabarse la comida. Tienes que convencer a los demás de por qué deberían dejarte seguir en el bote.

Añade que el juego suele ser muy revelador desde el punto de vista psicológico

—Yo me sacrifico por el bien del grupo —dice enseguida Nate.

—Vaya —dice Elizabeth, fingiendo fruncir el ceño—. Siempre hace lo mismo. Es por su educación cuáquera. Lo que pasa es que no le apetece tomarse la molestia.

—Unitaria —puntualiza Nate—. Me parece un juego innecesariamente cruel.

—Por eso se llama Salvavidas —replica con frivolidad Elizabeth—. Muy bien, Nate ha saltado por la borda. Los tiburones lo han devorado. ¿Quién empieza?

Nadie quiere empezar, así que Elizabeth corta una servilleta de papel y lo echan a suertes.

—En fin —dice el hombre de historia grecorromana—. Conozco el código Morse. Podría ayudar a que nos rescataran. Y soy hábil con las manos. Cuando lleguemos a la isla desierta, puedo construir el refugio y demás. También soy un buen fontanero. Un manitas. —Sonríe—. Siempre viene bien tener un hombre en casa.

Elizabeth y la mujer de la CBC admiten riendo que deberían dejarle seguir a bordo.

Es el turno de Elizabeth.

—Soy una excelente cocinera —dice—. Pero no solo eso, también tengo un gran instinto de supervivencia. Si intentáis arrojarme por la borda me llevaré al menos a uno conmigo. Aunque, ¿qué estoy diciendo? No creo que debamos arrojar a nadie por la borda —añade—. Deberíamos guardárnoslos para comérnoslos. Volvamos a subir a Nate a bordo.

—Ya estoy a millas de distancia —objeta Nate.

—Elizabeth está recurriendo a las amenazas —afirma la mujer de la CBC—. Eso puede hacerlo cualquiera, no creo que haya que tenerlo en cuenta. Pero, si estamos pensando a largo plazo, propongo salvarme yo en lugar de Elizabeth. Ya no está en edad de tener hijos, y si queremos establecer una colonia necesitaremos bebés.

Elizabeth se pone pálida.

—Estoy segura de que aún podría tener unos cuantos —dice.

—No muchos —replica animada la mujer de la CBC. Vamos, Liz, no es más que un juego.

—¿Lesje? —pregunta Elizabeth—. Eres la próxima en desfilar por la plancha.

Lesje abre la boca y vuelve a cerrarla. Nota que se está sonrojando. Sabe que no es solo un juego, sino una especie de desafío. Pero aun así no se le ocurre una sola razón por la que deberían permitirle seguir con vida. No es buena cocinera, y además no hay mucho que cocinar. No sabe construir un refugio. La mujer de la CBC ha dicho ya lo de los bebés, y en cualquier caso Lesje tiene la pelvis estrecha. ¿Qué se le da bien? Nada de lo que sabe es necesario para la supervivencia.

Todos la están mirando; avergonzada por lo mucho que tarda en responder y su evidente confusión, dice por fin:

—Si encontramos unos huesos, podría deciros de qué son.

—Como si lo de los huesos tuviese importancia para alguien aparte de ella y otros pocos adictos. Ha intentado una especie de broma, pero no ha sido muy aguda—. Disculpad —dice con la voz convertida en un susurro. Con cuidado, deja la taza y luego la copa en la alfombra beis. Se levanta, vuelca la copa con el pie y sale corriendo de la sala.

—Iré a por un trapo —oye decir a Nate.

Se encierra en el cuarto de baño de Elizabeth y se lava las manos con su extraño jabón marrón. Luego se sienta, cierra los ojos, apoya los codos en las rodillas y se tapa la boca con las manos. El Benedictine con coñac debe de habérsele subido a la cabeza. ¿De verdad es tan torpe y tan inútil? Desde lo alto del árbol ve un *Ornithomimus*, de ojos grandes, parecido a un pájaro, correr entre la maleza detrás de un pequeño protomamífero. ¿Cuántos años tendrán que pasar hasta que les crezca pelo? ¿Hasta que aprendan a dar a luz y cuidar de las crías? ¿Cuántos hasta que tengan el corazón de cuatro cámaras? Sin duda esas cosas tienen importancia, sin duda su conocimiento no debería perecer con ella. Debe permitírsele seguir con sus investigaciones en ese bosque de coníferas primitivas y cicas con el tronco en forma de piña.

Todo el mundo tiene varios huesos, piensa en un esfuerzo por conservar la lucidez. No solo los propios, sino los de otro y a los huesos hay que ponerles nombre, hay que saber cómo llamarlos, de lo contrario qué sería de ellos, estarían perdidos, separados de su significado, lo mismo podrían no conservarse. No se pueden nombrar todos, hay demasiados, el mundo está lleno, está hecho de ellos, así que hay que escoger unos cuantos. Todo lo que ha vivido antes ha dejado huesos, y tú harás lo mismo.

Eso es lo que sabe, «su campo» lo llaman. Y es como un campo, puedes recorrerlo, darle la vuelta y decir: «Estos son los límites». Sabe por qué los dinosaurios hacían muchas de las cosas que hacían, y las demás puede deducirlas, hacer suposiciones. Pero al norte del campo empieza la historia y todo se cubre de niebla. Es como ser hipermétrope, el lago lejano y sus playas, y los saurópodos de lomos lisos que pululan por la orilla se ven con nitidez a la luz de la luna, mientras que su propia mano es un borrón. Ignora, por ejemplo, por qué está llorando.

ELIZABETH

Elizabeth está tumbada en la cama, con los brazos en los costados y los pies juntos. La débil luz de las farolas se cuela por las ranuras de la persiana de bambú y forma franjas en las paredes, interrumpidas por la sombra de las plantas de hojas curvas que no intentan sujetarse a nada. La ventana de guillotina está un poco levantada, la contraventana de madera está abierta y el aire frío entra en la habitación. Abrió la ventana antes de meterse en la cama, necesitaba aire.

Tiene los ojos abiertos. Abajo, en la cocina, Nate está colocando los platos. Lo nota, lo aparta. Puede ver a través del techo; a través de las viguetas y las capas de escayola, y del linóleo gastado de cuadros azules, que ella, casera descuidada, debería haber cambiado hace mucho; a través de las camas donde duermen sus inquilinos, una madre, un padre, un hijo, una familia; a través del techo rosa de su habitación y a través de las vigas y el tejado con parches y goteras hasta el aire, el cielo, el lugar donde no hay nada entre ella y la nada. Las estrellas arden en sus envolturas de gas luminoso. El espacio ya no la asusta. Sabe que está deshabitado.

¿Dónde te has ido? Sé que no estás en esa caja. Los griegos recogían todos los trozos del cuerpo; de lo contrario el alma no podía escapar de la tierra. A las islas de los Bienaventurados. Eso había dicho Philip entre el *boeuf bourguignon* y el merengue con salsa de chocolate y jengibre. Luego cambió de tema, recordó que no debería estar hablando de costumbres funerarias. Yo sonreí y sonreí. Era un ataúd cerrado, claro. Lo enviaron al norte en hielo seco, rígido entre los fríos cristales, con una niebla saliendo de él como en una película de Drácula. Esta noche he pensado que olvidaron algo. Se dejaron parte de él.

No podía moverse; no obstante, le había pedido a Nate que la llevara en taxi al tren, donde se sentó como una losa de piedra todo el camino hasta Thunder Bay y luego tomó aquel autobús indescriptible. El río de los Ingleses. Upsala a un lado, Bonheur al otro, Osaquan siguiendo por la carretera. Él siempre aludía a esos nombres, y a la ironía y la indignidad de haber nacido y tenido que vivir en el río de los Ingleses. «Los Ingleses», lo llaman todavía los escoceses, franceses, indios y demás. El enemigo, los saqueadores. Elizabeth era una de ellos.

Se sentó en el banco del fondo, se arrodilló cuando se arrodillaban los demás y se levantó cuando se ponían en pie, mientras Chris, entre unas pocas flores, se sometía a aquella ceremonia. Por suerte fue en inglés y pudo seguirla. Incluso rezaron el padrenuestro, una versión un poco diferente. Perdona nuestras deudas. De niña pensaba que eso se refería a quienes debían dinero a alguien.

Ella no debía nada, así que no necesitaba que la perdonaran. Así como nosotros perdonamos a nuestros deudores. El viejo cura se volvió hacia la gente alzando el cáliz y murmurando con gesto disgustado. Se notaba que pensaba que era mejor en latín.

No obstante, no lo enterraron en un cruce de caminos con una estaca. Muerte accidental. Los hombros estaban encorvados, las cabezas gachas, su madre de negro en el primer banco, con un velo auténtico. Sus otros hijos —Elizabeth supuso que debían serlo— se sentaban a su lado.

Después ofrecieron café en la casa. Los vecinos llevaron galletas. Uno de esos bungalows del norte, sobre una roca, rosa y azul como un pastel, rodeado de oscuras píceas. La motonieve aparcada en el cobertizo, el catálogo de muebles de Eaton's, las cortinas gastadas y cuatro pulgadas más cortas de la cuenta. Todo era como ella sabía que debía ser. El inglés cuidadosamente aprendido del padre, el rostro atezado de la madre, abotargado por la rigidez y el dolor. Queríamos que tuviese una oportunidad. Le iban bien las cosas. Le dimos una educación, había acabado los estudios, tenía un trabajo fijo. Elizabeth pensó: «Y una mierda. Lo echasteis. Le golpeasteis cuando no volvió con vosotros; justo en ese cobertizo. Nos contamos muchas cosas».

La madre: «¿Es usted una amiga? De la ciudad, ¿no?». Luego, tal como ella había temido, apartó el velo, y mostrándole la mala dentadura acercó el rostro moreno a Elizabeth, con el cabello convertido en serpientes: «Tú lo mataste».

Pero ella nunca había podido llegar tan lejos como el tren, o incluso el taxi. Chris desapareció sin su ayuda o complicidad. Por lo que ella sabe, los padres, si todavía viven, no han oído hablar de ella. Y la imagen que tiene de ellos también es errónea. Al principio le dio a entender —le insinuó— que era en parte indio y en parte francés, métis, ese híbrido mítico; arcaico, indígena, genuino, a diferencia de ella, hacía que sus quejas parecieran merecidas. Se burlaba de ella, de su piel blanca y presumiblemente de su sangre, le hacía el amor como si Elizabeth le debiera algo, y ella se había dejado intimidar de un modo que no habría permitido en ningún otro caso. Luego, una tarde, tumbados en su cama con olor a humo, habían pasado al terreno de las confidencias peligrosas, ella le había hablado de su infancia viviendo de gorra, del hambre, del cabello despeinado y las impotentes pretensiones de su madre. «Nunca envidies a nadie —le había dicho a Chris— hasta que lo conozcas. Y ahora cuéntame tú.»

Atardecía, las cortinas estaban echadas, él le pasó la mano una y otra vez por el hombro desnudo, por primera vez le contó algo, aunque apenas pudo hacerlo. Elizabeth torció el gesto, ese esfuerzo no era lo que quería. «Jamás bajes la guardia —tendría que haberle dicho—, protégete siempre.»

Solo tenía un cuarto de sangre francesa, y de sangre india, nada. El resto era finlandés e inglés; el nombre de soltera de su madre era Robertson. Ni siquiera eran lo bastante pobres para que resultara novelesco, regentaban la tienda de tabaco, la buena, no la otra. No era ningún trampero. Lo de las palizas era cierto, pero habían sido mucho menos frecuentes de lo que le había contado. ¿Fue entonces cuando empezó a desinteresarse? ¿Tan cruel y esnob era? Probablemente.

A pesar de eso no había sabido qué responder a aquel rostro de madre que había surgido ante ella como la luna, una luna vista de cerca, fría y desolada. No, se ha dicho, más de una vez. Fue el rencor, el orgullo, la culpa fue suya. No fui yo.

Ahora por fin se pregunta: «¿Y si...? ¿Y si lo hubiese dejado en paz? Si hubiese dejado que la energía fluyese hacia ella...». Quería saber si os sobraba algún retal de piel. Mis hijas los usan para hacer vestidos para las muñecas. A Chris, que no había dejado nada a lo que aferrarse, ningún regalo que entregar. Ella había sabido lo que hacía. Ser amada, y también odiada, ser el centro. Tenía lo que quería, poder sobre cierta parte del mundo: sabía cómo comportarse, qué tenedor utilizar, qué quedaba bien con qué. Quería ese poder. Él tenía dos corbatas, una verde y otra púrpura. Ninguna de las dos servía para nada. Estaba mejor en camiseta, le dijo; aunque no tendría que haberlo hecho.

Ella tenía ese poder y le había dejado verlo y tocarlo. Le había dejado ver que era un ser incompleto y le había prometido ¿qué? Una transformación, un espaldarazo, hacerle caballero. Luego se había apartado, demostrándole que después de todo no era más que un capricho de vacaciones, una foto bonita en un folleto, un hombre con taparrabos cortando un vulgar coco. De los de un centavo la docena. Lo había dejado desnudo.

Piensa: «Lo traté como los hombres tratan a las mujeres. Muchos hombres, muchas mujeres; pero no yo, no en la puñetera vida. No pudo aceptarlo». ¿Siente por fin pena por él, o es desprecio?

Abajo se oye tintinear la cubertería, sabe que Nate está aclarándola antes de meterla en la cesta de plástico del lavavajillas. Ha oído ese sonido muchas veces. Aparta los ojos de las estrellas y mira a través del suelo. Nate arrastra los pies con un cigarrillo en la boca, perdido en un sueño melancólico. Fantaseando anhelante. Lo ha observado esa noche, en esa cena de la que no ha disfrutado lo más mínimo, durante los juegos de salón, se ha dado cuenta de todo, está enamorado de esa jirafa. El café en la alfombra es un motivo menor de enfado, tendrá que enviarla a la tintorería; también es una satisfacción. Lesje es una palurda. Pero, a pesar de su torpeza y de su falta de aplomo es joven, mucho más que Elizabeth. Le parece banal. Tedioso, predecible. En cualquier caso, Nate ya ha estado antes eso que la gente llama enamorado. Le autorizará, se interesará, le ayudará, esperará. Ya ha pasado por eso, podría hacerlo con una mano atada a la espalda.

(Pero ¿por qué tomarse la molestia?, dice otra voz. ¿Por qué no dejarle marchar? ¿Por qué hacer el esfuerzo?)

Hay algo más, recuerda, y es peligroso. Antes Nate quería que lo protegieran. Quería que una mujer fuese una puerta que él pudiera atravesar y cerrar a sus espaldas. Todo iba bien con tal de que estuviese dispuesta a fingir que era una jaula, que su corazón era de puro queso y Nate un ratón. Elizabeth sabe que es un sentimental incurable. La madre tierra, Nate un topo, husmeando en la oscuridad mientras ella lo acuna. Creo que nunca veré un poema tan bello como un árbol. Cuando ella se cansó, Nate encontró a Martha, que no sabía hacerlo ni la mitad de bien.

Sin embargo, en esta ocasión quiere proteger. Al verle desde lo alto la nuca y la coronilla, y la manera decidida en que mueve las manos, lo sabe, aunque puede que él no se haya dado cuenta todavía.

Elizabeth se sienta en la cama. Los cables activan sus piernas y sus dedos, las paredes con sus sombras vuelven a ocupar su sitio, el suelo está ahí, el techo ha cicatrizado. El espacio es un cubo en torno a ella, ella es el centro. Tiene algo que defender.

Quédate en tu sitio, Nate. No toleraré ese vacío.

Sábado, 22 de enero de 1977

NATE

Nate apila tristemente los platos. Tienen la norma de que, si Elizabeth cocina, él friega los platos. Una de tantas normas, subnormas, codicilos, adendas y erratas. Vivir con Elizabeth implica un laberinto de legalismos, difíciles de entender porque muchos de ellos son tácitos. Como un peatón desprevenido, solo reparas en que has violado alguno de ellos cuando te golpea el parachoques, sopla el silbato o se abate la mano. La ignorancia de la ley no exime de su cumplimiento. Nate imagina que Lesje no tiene normas.

Se ve a sí mismo agachándose para susurrar por el ojo de la cerradura del cuarto de baño: «Te quiero». Compromiso irrevocable, aunque no esté seguro de que Lesje, refugiada más de media hora tras la puerta del cuarto de baño, pudiera oírle. No está seguro de por qué se había disgustado. Había visto su rostro cuando iba hacia la puerta. La mancha de café que se extendía en la alfombra a su espalda, pero nada más.

Habría querido abrazarla a través de la puerta del cuarto de baño y consolarla, pensó en llamar y decidió no hacerlo. ¿Y si ella abría la puerta? Si se lo decía a la cara, sin paredes de por medio, tendría que pasar a la acción. Aunque fuese sincero. Se encontraría en el aire, lanzado a un futuro que todavía no puede concebir. Elizabeth se quedaría en tierra firme tras él, con los pies en el suelo donde siempre ha dicho tenerlos, un montículo oscuro; los rostros de las niñas, dos óvalos pálidos a su lado. Alejándose de él.

Piensa en ellas (que en ese momento están saltando a oscuras, conteniendo la risa, en la cama para invitados de su amiga Sarah) y no ve sus caras tal como las ve a diario, sino como dos pequeños retratos. En marcos de plata, con vestidos de cumpleaños, los matices apagados de una foto en blanco y negro coloreada. Elizabeth y él no tienen retratos así. Sus niñas inmovilizadas, paralizadas. En bronce. Intenta recordar cómo era antes de que nacieran y descubre que no puede. Solo puede remontarse hasta Elizabeth, arrastrándose durante el embarazo y por fin bajando pesada del coche que él había comprado unos meses antes para la ocasión, doblándose sobre la capota; él solícito y asustado. En aquellos tiempos no dejaban entrar a los padres en el paritorio. La llevó al mostrador de recepción; la enfermera lo miró con gesto de desaprobación. «Mira lo que has hecho.» La instaló en una habitación mientras se contraía y se relajaba, observó cómo desaparecía por el pasillo en una silla de ruedas. Fue un parto largo. Se acomodó en una silla cubierta de vinilo verde y estuvo leyendo ejemplares de *Sports Illustrated* y *Parents*, notando cómo se le iba quedando la boca seca. Necesitaba un trago y lo único que tenían era una máquina de café. Detrás de las puertas estaba produciéndose un terremoto, una inundación, un tornado que podía destrozarle la vida en cuestión de minutos, y no le permitían verlo.

En torno a él las máquinas zumbaban. Sabía que se suponía

que debía estar preocupado y feliz. En vez de eso se descubrió preguntándose: ¿Y si se mueren? El joven padre desolado junto a la tumba, paralizado de dolor, mientras la mujer que una vez fue tan vibrante y sensual, que había olido a helechos aplastados, descendía para siempre a la tierra, abrazada a un bebé no nacido de color sebo. Él iba por una carretera, una carretera cualquiera, haciendo autoestop, en dirección a un vapor legendario, mochila al hombro. Un hombre destrozado.

Cuando por fin le dejaron pasar, el suceso había concluido. Había un bebé donde antes no lo había. Elizabeth, yacía exhausta en la cama con una bata de hospital y una pulsera de plástico con su nombre en la muñeca. Lo miró con gesto aburrido, como si fuese un vendedor o un entrevistador del censo.

—¿Está bien? —preguntó, y enseguida reparó en que había dicho «está» y no «estás». Ni siquiera había preguntado: «¿Ha ido todo bien?», pero sin duda así era; la tenía ante sus ojos, no estaba muerta. Todos habían exagerado.

—No me han puesto la anestesia a tiempo —dijo Elizabeth.

Él miró al bebé, envuelto como una salchicha, rodeado por uno de los brazos de Elizabeth. Se sintió aliviado, agradecido y engañado. Ella le dijo varias veces después que no tenía ni idea de lo que era, y tenía razón, no la tenía. Sin embargo, se comportaba como si la culpa fuese suya.

Cree que estaban más unidos antes del nacimiento de Janet, pero no lo recuerda. No recuerda qué significa «unidos», o más bien qué significó con Elizabeth. Ella le hacía tortillas por la noche, cuando él terminaba de estudiar, y las comían en la cama doble. Recuerda que fue una buena época. «Comida amorosa», la llamaba ella.

Nate echa los restos de *boeuf bourguignon* en un cuenco; luego lo tapará con un plástico. Sus fallos de memoria empiezan a preocuparle. No es solo Elizabeth, y el modo (deduce) en que debía de ser, lo que se le está olvidando. La amaba, quiso casarse con ella, se casaron, y únicamente recuerda fragmentos. Casi ha olvidado un año en la Facultad de Derecho; su adolescencia se ha vuelto borrosa. Martha, antes tan firme y tangible, es transparente, su rostro se desdibuja, pronto se habrá disuelto por completo.

Y las niñas. ¿Cómo eran, cuándo empezaron a andar, qué decían, cómo se sentía él? Sabe que han ocurrido cosas, acontecimientos importantes que ahora ignora. ¿Qué ocurrirá con ese día, con la desastrosa cena de Elizabeth, cuyos restos están haciendo pedazos los dientes metálicos de debajo del fregadero?

Nate pone en marcha el lavavajillas, se seca las manos en los pantalones. Va en silencio a las escaleras antes de recordar que las niñas no están. Lesje también se ha ido, huyó en cuanto salió del cuarto de baño y solo se paró para coger su abrigo seguida de su novio. Aquel joven de cara redonda cuyo nombre Nate no recuerda en ese momento.

En vez de ir a su cubículo, su celda, se detiene ante la puerta de las niñas y entra en su habitación. Ahora sabe que se irá; no obstante, tiene la sensación de que son ellas las que lo han abandonado. Ahí están las muñecas, los lápices de colores desperdigados, las tijeras, los extraños calcetines y las zapatillas en forma de cara de conejo que con las prisas han olvidado meter en su equipaje. Ya están en un tren, o un avión, camino de algún destino desconocido, alejándose de él a la velocidad de la luz.

Sabe que volverán al día siguiente a tiempo para el almuerzo de los domingos, que mañana todo seguirá igual, que se plantará en la cocina a preparar unos huevos revueltos con tostadas para él, las niñas y Elizabeth, que irá envuelta en su albornoz azul, medio despeinada. Nate servirá los huevos revueltos y Elizabeth le pedirá que le ponga otra taza de café, e incluso tendrá la impresión de que no va a pasar nada.

No obstante se arrodilla; los ojos se le llenan de lágrimas. Tendría que haberse resistido, debería haber tenido más aguante. Coge una de las zapatillas azules de conejo de Nancy y acaricia la piel. Está acariciando su propia muerte. Sus niñas perdidas, secuestradas, alejadas de él, retenidas como rehenes. ¿Quién ha hecho esto? ¿Cómo ha permitido que ocurriera?

Martes, 8 de febrero de 1977

LESJE

Lesje recorre la calle como la nieve arrastrada por el viento. Los coches con cadenas pasan a su lado, con los neumáticos metidos en las roderas y el parachoques cubierto de aguanieve. Esa noche ha habido ventisca. Le da igual tener los pies fríos: no tiene pies. Los árboles junto a los que pasa están cubiertos de hielo. Todas las ramas brillan bajo la débil luz del sol, como iluminadas desde dentro; el mundo entero reluce. Lesje alarga los brazos, nota cómo fluye la sangre hasta estallar en púrpura en cada mano. Sabe que esa luz deslumbrante son solo unas manoplas. Pero son unas manoplas transfiguradas, sus fibras acrílicas brillan con su propia luz atómica. Cegada, entorna los ojos. No pesa, es porosa, el universo la acepta por fin, nada malo puede suceder. ¿Se ha sentido antes así?

No son más que las dos. Ha salido de la oficina antes de la hora, tras decirle al doctor Van Vleet que tenía la sensación de estar poniéndose enferma. En realidad, es Nate quien parecía a punto de caer enfermo: la ha llamado desde casa, con la voz nasal y melancólica, tiene que verla. Lesje acude al rescate con sus botas de nieve de suela de goma, una enfermera apresurándose en una Siberia helada, empujada por el amor. Le pondrá las manos en la frente y resucitará milagrosamente. Cuando llega a las escaleras de la entrada y sube dando patadas contra el suelo le gotea la nariz.

Nate abre la puerta, la hace pasar a toda prisa y cierra la puerta antes de abrazarla. Lesje se ve apretada contra su batín de lana, que huele a tabaco viejo y a tostadas quemadas. La boca de él se posa en la suya; sorbiendo, se besan. Él la coge en volandas, luego se lo piensa mejor y vuelve a dejarla en el suelo.

—Las botas están chorreando —dice, y se agacha para desabrochárselas. Tira de los talones, tiene los ojos a la altura de las rodillas de Nate, que lleva unos calcetines de faena grises con franjas rojas en el elástico y blancos en los dedos y los talones. Por alguna razón, los calcetines la llenan de ternura y de deseo: su cuerpo vuelve a estar con ella.

Descalzos, cruzan de puntillas el salón y suben las escaleras. Nate la lleva de la mano.

—Es aquí —dice. Aunque no hay nadie en casa, hablan susurrando.

Nate aparta la colcha india. Lesje apenas ve: la habitación es un borrón en torno a ella, vislumbra un haz de luz que ilumina tigres, tigres rojos en una selva purpúrea. Debajo de los tigres hay sábanas de flores. Sin decir palabra, Nate la desviste: le levanta los brazos y le dobla los codos, como si desvistiera a una muñeca o una niña; Lesje se queda inmóvil. Él le quita el suéter por la cabeza, aprieta la mejilla contra su estómago mientras se arrodilla para bajarle los tejanos. Lesje, obediente, levanta un pie y luego el otro. Hace frío, en esa habitación hay corriente. Su piel se contrae. La lleva a la cama con mucha ternura. Lesje se hunde en un hueco, los pétalos fluyen sobre ella.

Nate está encima, a los dos los impulsa el miedo, el sol que se desplaza por el cielo, los pies que avanzan inexorables hacia ellos, el sonido de una puerta que aún no se ha abierto, las botas en las escaleras.

Lesje yace apoyada en dos almohadas. La cabeza de Nate descansa sobre su vientre. El mundo vuelve a ser el mundo, puede ver los detalles, el borrón luminoso ha desaparecido. En cualquier caso, es feliz. No ve que esa felicidad tenga por qué tener ninguna consecuencia.

Nate se mueve, coge un pañuelo de la mesita de noche.

—¿Qué hora es? —pregunta.

Ahora hablan en tono normal.

Lesje mira su reloj.

—Más vale que me vaya.

No querría que Elizabeth o las niñas volvieran y la encontraran desnuda en la cama de Nate.

Nate rueda hasta su lado y se apoya en un codo mientras ella se sienta, pasa las piernas por el borde de la cama. Con una mano busca a tientas las bragas, perdidas entre las flores. Se agacha para mirar en el suelo. Hay dos zapatos sobre la alfombra oval de punto, negros, uno al lado del otro.

—Nate —dice—. ¿De quién es este cuarto? —Él la mira sin responder—. ¡Es la habitación de Elizabeth! —exclama Lesje.

Se pone en pie y empieza a vestirse, tapándose lo más deprisa posible. Es horrible, una violación. Se siente sucia; es casi un incesto. Una cosa es el marido de Elizabeth, y otra muy distinta su cama.

Nate no lo entiende. Responde que su cama es demasiado estrecha para los dos.

Esa no es la cuestión. «La culpa no es de la cama», piensa.

La ayuda a extender el cobertor con el tigre y a alisar las almohadas. ¿Cómo decírselo? Lesje no sabe por qué está tan enfadada. Tal vez sea por la insinuación de que no tiene importancia, de que ella y Elizabeth son intercambiables. O porque Nate piense que la cama de Elizabeth también es suya en cierto sentido y puede hacer lo que quiera en ella. Por primera vez, Lesje tiene la sensación de haber ofendido a Elizabeth, de haberse excedido.

Lesje se sienta en la cocina, con los codos sobre la mesa y la barbilla apoyada en las manos; Nate le enciende un cigarrillo. Está perplejo. Le ofrece un whisky, luego una taza de té. El humo vela el rostro de la joven.

En la nevera hay un dibujo de una de las niñas sujeto por un imán con un tomate de plástico y una mazorca. Representa a una niña con una mata de pelo rubio, los ojos orlados por unas enormes pestañas y una sonrisa desquiciada. El cielo es una línea azul en lo alto de la página; el sol, un limón a punto de estallar.

Todos los materiales moleculares presentes hoy en la Tierra y su atmósfera ya existían cuando se creó la propia Tierra, tanto si fue por la explosión de un cuerpo mayor como por condensación de materia gaseosa. Dichos materiales moleculares solo se han combinado, desintegrado y recombinado. Aunque algunos átomos y moléculas hayan escapado al espacio, no se ha añadido nada.

Lesje considera ese hecho, que le parece tranquilizador. Ella no es más que una plantilla. No un objeto inmutable. No hay objetos inmutables. Algún día se disolverá.

Nate le acaricia la mano. Está desolado, pero no puede consolarle.

—¿En qué piensas, cariño? —pregunta.

NATE

Nate se halla en el sótano. Está cortando cabezas con la sierra de calar, cabezas y cuellos para caballitos con cuatro ruedas. Cada caballo tendrá una cuerda delante. Al tirar de la cuerda, el caballo rodará y la cabeza y la cola se moverán con un elegante ritmo. O eso espera.

Interrumpe su trabajo para enjugarse el sudor de la frente. Tiene la barba fría y húmeda; se siente como un colchón mohoso. Ahí se está mucho más fresco que arriba pero hay la misma humedad. Fuera debe de haber más de treinta grados. Por la mañana las cigarras empezaron su chirriante canción antes de las ocho.

—Un día abrasador —observó Nate al encontrarse a Elizabeth en la cocina. Llevaba un vestido fino azul con una mancha en la espalda a la altura de las costillas—. ¿Sabías que tienes una mancha en el vestido?

A ella le gustaba que le advirtiera de esos descuidos: cremalleras sin abrochar, corchetes sueltos, pelos en los hombros, etiquetas que asomaban por el cuello.

—¿Ah, sí? —dijo—. Me lo cambiaré.

Pero se había ido a trabajar sin cambiárselo. No es propio de ella olvidarse.

Nate quiere una cerveza fría. Desenchufa la sierra y se vuelve hacia las escaleras, en ese momento es cuando ve la cabeza del revés mirándole a través de la ventana cuadrada del sótano manchada de barro. Es Chris Beecham. Debe de estar tumbado en la grava, con el cuello torcido en ángulo recto para poder asomarse. Nate le hace un gesto con la esperanza de que Chris lo entienda y vaya a la puerta trasera.

Cuando Nate abre la puerta, Chris ha llegado ya. Aún sigue sonriendo.

—Te he estado dando golpes en la ventana —dice.

—Tenía la sierra en marcha —responde Nate.

Chris no da ninguna explicación de por qué ha ido a verle. Nate se aparta para dejarle entrar y le ofrece una cerveza. Chris acepta y entra tras él en la cocina.

—Me he tomado la tarde libre —dice—. Hace demasiado calor para trabajar. No es lo mismo para quien tiene aire acondicionado.

Es solo la cuarta o quinta vez que Nate ve a Chris. La primera fue cuando Elizabeth lo invitó a cenar en Nochebuena. «Casi no conoce a nadie», había dicho. Elizabeth tiene la costumbre de invitar a cenar a gente que casi no conoce a nadie. A veces esos huevos perdidos con quienes Elizabeth ejerce de gallina son mujeres, pero casi siempre son hombres. A Nate no le importa. Lo aprueba, más o menos, aunque sea la típica cosa que haría su madre si se le pasara por la cabeza. Pero ella confía más en las cartas que en las cenas. Los desamparados de Elizabeth, por lo general, son bastante agradables, y a las niñas les gusta tener invitados, sobre todo en Navidad. Janet dice que así parece más una fiesta.

Nate recuerda que Chris llegó un poco borracho. Prepararon sorpresas navideñas y a Nate le tocó de premio un ojo de plástico con el iris rojo.

—¿Qué es eso? —preguntó Nancy.

—Un ojo —respondió Nate. Por lo general, los premios eran silbatos o figuritas de un solo color. Era el primer año que a alguien le tocaba un ojo.

—¿Para qué sirve?

—No sé —dijo Nate, y lo dejó al lado del plato.

Poco después Chris alargó el brazo, lo cogió y se lo pegó en mitad de la frente. Luego empezó a cantar «The Streets of Laredo» con voz lúgubre. A las niñas les pareció divertido.

Desde aquel día, al subir del sótano, Nate se ha encontrado varias veces a Chris tomando una copa con Elizabeth en el comedor. Cada uno en un extremo de la sala, sin hablar demasiado. Nate siempre se ha servido algo de beber y se ha quedado con ellos. Rara vez rechaza la oportunidad de echar un trago social. Una cosa ha sorprendido a Nate: aunque Elizabeth invite a solitarios a sus cenas, no suele invitarlos a tomar una copa a no ser que su posición en el museo sea similar o superior a la suya. No hay forma de encajar a Chris en ninguna de esas categorías. Por lo que ha podido deducir Nate, es una especie de taxidermista, un glorificado custodio de los búhos muertos. Un técnico, no un ejecutivo. Nate no descarta la posibilidad de que Elizabeth y Chris sean amantes —Chris no sería el primero—, pero hasta entonces ella siempre se lo ha dicho, antes o después. Esperará antes de creerlo. No es que les vayan muy bien las cosas, pero todavía es posible.

Nate destapa dos cervezas Carling y se sientan a la mesa de la cocina. Pregunta a Chris si quiere un vaso; Chris responde que no. Lo que quiere es llevar a Nate en coche a su casa a jugar una partida de ajedrez. Nate se queda un poco desconcertado. Comenta que no juega muy bien, hace mucho que no juega.

—Elizabeth dice que se te da bien —dice Chris.

—Porque ella no tiene ni idea —responde con modestia Nate.

Pero Chris insiste. Le alegrará, dice. Últimamente está un poco deprimido. Nate no sabe resistirse a esa llamada a sus instintos de buen samaritano. Sube a su habitación a ponerse una camiseta limpia. Cuando vuelve, Chris está dando vueltas a una de las botellas de cerveza sobre la mesa de la cocina.

—¿Alguna vez has jugado a verdad o reto? —pregunta.

Lo cierto es que Nate no ha jugado nunca.

Suben al coche de Chris, que está mal aparcado al otro lado de la calle. Es un viejo Chevrolet descapotable que alguna vez fue blanco, un modelo del 67 o el 68. Nate no está muy al día de los modelos. Ya no tiene coche. Lo vendió para financiar su sierra de calar, su sierra de banco, su pulidora de disco y otras máquinas necesarias.

El de Chris no tiene silenciador. Y lo aprovecha con agresividad acelerando el motor para que retumbe en cada semáforo. Petardean todo el camino hasta Davenport, arrastrando nubes de contaminación sonora y acumulando miradas desagradables. La capota está bajada y el sol que se filtra entre las nubes de gas del tubo de escape les calienta la cabeza. Cuando llegan a la esquina de Winchester con Parliament y Chris vuelve a aparcar en una zona de estacionamiento prohibido, Nate está mareado. Pregunta a Chris, por hablar de algo, si hay mucha prostitución en la zona.

Sabe que sí. Chris le echa una mirada de asco nada disimulado y responde que sí. «Aunque no me importa —dice—. Saben que no estoy en el mercado. Hablamos de cosas sin importancia.»

Nate quiere marcharse. Quiere decir que le duele la cabeza, o la espalda, cualquier cosa lo bastante grave para marcharse. No le apetece jugar una partida de ajedrez a treinta grados con un hombre a quien apenas conoce. Pero Chris parece brusco, casi formal. Le lleva al otro lado de la calle y entran en un edificio de apartamentos, pasan por el vestíbulo de sucios mosaicos y suben las escaleras, tres tramos. Nate, jadeante, se queda atrás. Ante esa certeza, se resiste a plantear sus vagas excusas.

Chris abre la puerta y entra. Nate le sigue. El piso es más fresco; tiene paneles de madera, en otra época debió de estar pensado para los casi ricos. Aunque tiene dos habitaciones, un amplio arco entre las dos hace que parezcan una sola. Huele a oscuridad: a rincones, a moho, a un olor químico. La mesita de ajedrez ya está preparada en la habitación que contiene también la cama de Chris. Hay dos sillas colocadas cuidadosamente a ambos lados del tablero. Nate comprende que la invitación no ha sido un capricho de última hora.

—¿Quieres una copa? —Chris saca una petaca de whisky del armarito con puertas de cristal, sirve un poco en un vaso pequeño decorado con tulipanes. Es un bote de mermelada, piensa Nate; lo reconoce de hace diez años. El whisky es malo, pero Nate se lo bebe; no quiere contrariarle. Por lo visto, Chris piensa beber de la botella. La deja al lado de la mesita de ajedrez, le da a Nate una tapa de un bote de mantequilla de cacahuete para que tenga donde echar la ceniza del cigarrillo, coge un peón blanco y uno negro de la mesita y se los pone detrás de la espalda. Extiende los puños, enormes, con gruesos nudillos.

—La izquierda —dice Nate.

—Mala suerte —responde Chris.

Se sientan a jugar. Chris empieza con un insultante intento de hacer mate en dos movimientos, que Nate contrarresta con facilidad. Chris sonríe y sirve otra copa a Nate. Se ponen a jugar en serio. Nate sabe que va a ganar Chris, pero por orgullo quiere retrasar su victoria. Juega a la defensiva, agrupando a sus hombres, sin correr riesgos.

Chris juega como un loco, al ataque, hostigando las avanzadillas de Nate, retirándose a posiciones inesperadas. Frota el pie contra el suelo con impaciencia mientras Nate medita sus movimientos. Los dos están sudando. A Nate se le pega la camiseta a la piel; le gustaría que hubiese una ventana abierta, un poco de corriente, pero fuera hace más calor que dentro. Nate sabe que está bebiendo más whisky malo de la cuenta, pero se ha dejado llevar por el juego.

Por fin hace un buen movimiento. Chris tendrá que capturar su caballo de reina y perder su propio caballo o una torre. Ahora es el turno de Nate para arrellanarse en el asiento y mirar con gesto intimidatorio mientras Chris sopesa sus posibilidades. Nate se arrellana en el asiento, pero en lugar de mirarlo intenta no pararse a pensar qué esta haciendo allí, pues eso perjudicaría sus posibilidades.

Pasea la mirada por la habitación. Está casi vacía, pero aun así da impresión de desorden. No es culpa de los objetos que contiene, sino de la relación que guardan entre sí. Nada parece estar en su sitio. La mesilla de al lado de la cama, por ejemplo, está un pie demasiado alejada.

Y en la mesa, por lo demás vacía, hay algo que sabe que han

dejado allí para que lo vea. Un pez, de plata, con escamas de esmalte azul. La última vez que lo vio colgaba de una cadena del cuello de Elizabeth.

O uno muy parecido. No puede estar seguro. Mira a Chris y Chris lo mira a él, los músculos de su cara están rígidos, sus ojos inmóviles. Nate se deja dominar por el miedo, se le eriza el vello de los brazos, se le contrae el escroto, nota un cosquilleo en la punta de los dedos. «Chris está borracho», piensa. Se pregunta si Chris tendrá verdaderamente sangre india tal como le ha dado a entender Elizabeth, nunca ha sabido identificar ese leve acento; después se horroriza de haber caído en semejante tópico. Además, Chris apenas ha probado una gota, es él quien se ha bebido tres cuartos del veneno de esa petaca.

Si está en lo cierto, si lo han llevado allí (ahora se da cuenta) con el triste pretexto de una partida de ajedrez, solo para que vea aquel objeto, que puede pertenecer o no a Elizabeth, sus opciones son limitadas. Chris sabe que lo sabe. Está esperando que le golpee. Luego Chris le golpeará a él y se pelearán. Volcarán la mesa de ajedrez y rodarán sobre la capa de polvo que coloniza el suelo de Chris.

A Nate esa solución le parece deplorable. La pregunta es: ¿es Elizabeth una perra o un ser humano? Es una cuestión de dignidad humana. ¿Por qué pelearse por Elizabeth que, supuestamente, puede tomar sus propias decisiones? Las ha tomado. Gane quien gane, la pelea no resolverá nada.

Nate podría fingir no haber visto el pez de plata, pero ya es demasiado tarde.

También podría pasarlo por alto, pero incluso a él le parecería una cobardía.

—¿Has movido ya? —pregunta.

Chris captura el caballo de la reina, mira fijamente a Nate apuntándole con la barbilla, tenso, dispuesto. Podría saltar en cualquier momento. «Tal vez esté loco. Tal vez esté lo bastante loco para haber comprado otro pez y ponerlo ahí. ¡A lo mejor está como una puta cabra!», piensa Nate.

En vez de capturar el caballo blanco, Nate tumba al rey.

—Tú ganas —dice. Se levanta y coge el pez de la mesa—. Se lo devolveré a Elizabeth de tu parte ¿te parece bien? —añade con afabilidad.

Va hacia la puerta esperando notar en cualquier momento un puñetazo en la espalda o una bota en los riñones. Vuelve a casa en taxi; el chófer espera fuera mientras él reúne cambio suficiente de las superficies de su habitación para pagarle.

Coloca con cuidado el pez de plata en la mesilla de noche, junto a las monedas desperdigadas. Elizabeth debería habérselo dicho. Que no lo haya hecho no es un acto amistoso. La primera vez se lo dijo y los dos lloraron y se abrazaron consolándose de una violación que les pareció mutua. Luego hablaron de sus problemas hasta las cuatro de la mañana, susurrando en la mesa de la cocina. Prometieron cambios, compensaciones, reparaciones, secuencias de acontecimientos totalmente nuevas, un nuevo orden. Y la segunda y la tercera vez. Él no es ningún monstruo, siempre ha dominado su enfado y la ha perdonado.

Que en esta ocasión no se lo haya contado significa solo una cosa: no quiere que la perdone. O, dicho de otro modo, le da igual que la perdone o no. O, se le ocurre, puede que haya decidido que no es quién para perdonarla.

ELIZABETH

Elizabeth está ante la mesa con manteles negros de Fran's. Al otro lado está William. Delante de ella hay un barquillo con una bola de helado de vainilla medio derretida y, en lo alto del helado, una formación tentacular de sirope parcialmente congelado de color canela. Observa gotear el sirope y espera que la camarera no haga alusión al barquillo intacto cuando les lleve la cuenta.

William está comiendo un sándwich y bebiendo cerveza de barril. Elizabeth solo escucha en parte la conversación, que consiste en un informe, por parte de William, de las investigaciones más recientes sobre las sustancias carcinogénicas presentes en la carne ahumada. Se siente más relajada. William no parece haber reparado en que se encuentran en Fran's y no en algún rebuscado escondrijo. Los dos primeros escondrijos rebuscados donde probaron suerte estaban llenos, y según William eran los únicos de la zona. Una zona que ella ya no conoce tan bien.

En circunstancias normales, Elizabeth habría reservado de antemano, pero tenía que parecer improvisado. Pasaba por el Ministerio de Medio Ambiente de camino a hacer unas compras (falso: nunca compra en Yonge y Saint Clair) y había recordado su última conversación (también falso). Se le ocurrió que sería fascinante entrar a ver a William y saber un poco más sobre el trabajo que estaba haciendo (totalmente falso) y, si no estaba ocupado a la hora de comer, le encantaría que la acompañara (cierto, pero no por los motivos que podría haber sospechado William).

William se sintió más halagado de lo que ella pretendía. Incluso en ese momento está visiblemente engolado mientras se explaya con fervor sobre la degeneración del jamón y la malvada vida secreta del beicon. Ella roza el barquillo con el tenedor y duda si apretarle con discreción la rodilla por debajo de la mesa, ¿o es demasiado pronto? Aún no ha decidido qué hará después. O bien seducirá a William para crear una especie de equilibrio en el universo, un donde las dan las toman; o le contará lo de Lesje y Nate; tal vez ambas cosas.

Corta un trozo de barquillo con el tenedor, se lo lleva a la boca. Luego vuelve a dejarlo en el plato. Recuerda por qué no se lo puede comer.

Es mayo, Elizabeth está volviendo a la vida. Hace dos semanas que murió por fin su madre, tras extinguirse a fuego lento en la cama de hospital más tiempo de lo que nadie habría esperado. Elizabeth estuvo a su lado, viendo gotear el fluido transparente de una botella hasta el brazo bueno de su madre, apretándole la mano buena, observando el lado bueno de la cara por si veía algún movimiento, alguna señal. Durante dos días no comió ni durmió, a pesar de la insistencia de la tía Muriel y el médico, que le dijeron que, por suerte para ella, su madre no recobraría la conciencia y que debía ahorrar fuerzas. Asistió paso por paso a todo el funeral, escuchó el servicio religioso, vio a su madre flotar por segunda vez entre las llamas. Dejó que le estrecharan la mano las amigas de la tía Muriel, que planificó el funeral hasta el último detalle, como si fuese una fiesta muy importante. No sabría decir si su tía está triste o alegre, se diría imbuida de un complacido fatalismo. Ha colocado las flores del funeral en jarrones por toda la casa —¿por qué desperdiciarlas?— y la casa hiede a muerte.

La tía Muriel no puede dejar de hablar del asunto. Elizabeth no quiere hablar más. No quiere oír hablar ni pensar en eso. No desea volver a pensar en su madre. En menos de dos meses habrá terminado el instituto y se marchará. La tía Muriel quiere que vaya al Trinity College y siga viviendo en la casa; asegura que será mejor para Caroline, pero Elizabeth ve que es una trampa para retenerla.

Elizabeth no tiene esas ambiciones. Solo quiere una cosa: escapar. Aún no sabe cómo. Se imagina planeándolo, encontrando un trabajo en la página de anuncios del *Star*, buscando una habitación amueblada, haciendo las maletas, dejando instrucciones. También se imagina saliendo a todo correr en camisón por la puerta principal y desapareciendo para siempre en un barranco. Ambas cosas son igualmente posibles.

No soporta estar en casa de la tía Muriel con sus crisantemos grises y sus gladiolos podridos. La habitación que comparte con Caroline está empapelada con rosas azules cuyos tallos confluyen en unos tapetitos, la versión de la niñez de la tía Muriel; los muebles están pintados de blanco. Caroline tiene sobre la cama una bolsa de pijama de piel sintética azul con forma de gato.

Elizabeth escoge a un chico en una heladería. No es la primera vez, pero sí la primera desde la muerte de su madre; y la primera en una heladería. Antes han sido esquinas y la puerta del cine. Está prohibido: la tía Muriel solo tolera los bailes formales en colegios privados con los hijos de sus amigas. A Elizabeth no le gustan esos bailes ni los chicos sonrosados y de cabello corto que asisten a ellos. Prefiere a los chicos como ese. Lleva un tupé y una chaqueta de cuero roja con el cuello levantado; sus cejas negras casi se tocan, tiene un corte en la barbilla que se ha hecho al afeitarse. Su amigo más bajo sale del coche, le murmura algo al oído y se ríe cuando sube Elizabeth.

El coche está adornado con dados y muñequitas de plástico. A Elizabeth le gustan esos coches. Son peligrosos, pero sabe que puede controlarlos. Disfruta del poder latente de sus manos; sabe que puede parar a tiempo. La excita y la complace poder hacerlo, llegar hasta el borde y casi saltar. (Además hay otra cosa. Los chicos, cualquier chico, cualquier boca y cualquier par de brazos, contienen una posibilidad; una cualidad que solo acierta a adivinar, una esperanza.)

Dan una vuelta, luego van a Fran's a tomar un helado. La comida siempre forma parte del ritual. Elizabeth engulle el suyo como si nunca hubiese visto ninguno; el chico fuma, la observa con los ojos entornados. Se llama Fred o algo por el estilo y va a Jarvis. Ella le dice dónde vive y él intenta no dejarse impresionar. Elizabeth tiene la sensación de saber con exactitud lo que valen la tía Muriel y sus pretensiones. Eso no le impide exhibirlas. La tía Muriel inspira terrores muy reales a Elizabeth, pero también resulta cada vez más útil.

Dan otra vuelta en coche, aparcan en un callejón tranquilo. El olor a loción de afeitar Old Spice impregna el interior del vehículo. Elizabeth espera la llegada del brazo por encima, por debajo. En ese momento no tiene tiempo de preliminares, de toqueteos en los corchetes y avances por las costillas pulgada a pulgada; no quiere escatimarse. Está llena de energía, no sabe si es rabia, furia o negación. Más bien piensa en un choque de coches, en el tiempo comprimido. Violencia, metal contra metal.

El chico se hace un lío con el volante. Impaciente y más atrevida, abre la portezuela y tira de él hacia la hierba húmeda. Es el jardín de alguien. «¡Eh!», se queja el muchacho. Está nervioso, mira hacia las ventanas con las cortinas echadas.

Ella quiere chillar, soltar un grito enorme y ronco que sobresalte a la oscuridad, que lleve a los ojos fríos de cangrejo de esas casas de piedra corriendo a sus ventanas; un grito que deshaga el nudo que tiene en la garganta. Quiere soltar la mano muerta que sostiene todavía.

Besa esa boca que existe solo en ese momento, no lo detiene ni se aparta cuando las manos se mueven sobre ella, sino que se retuerce para dejarle sitio. Gime, duda. Luego durante un minuto está a punto de gritar: esperaba dolor, pero no así o no tanto. En cualquier caso sonríe exultante, con los dientes apretados. Espera haber sangrado, al menos un poco; la sangre lo convertiría en un acontecimiento. Cuando el muchacho deja de estar duro, se inclina para mirar.

El chico no lo entiende, está de rodillas a su lado, ¡abotonándose, bajándole la falda, disculpándose! Con torpeza; lo lamenta de verdad, no ha podido evitarlo, no tenía intención… Como si Elizabeth fuese un pie que hubiese pisado, como si solo hubiese estornudado.

Se apea del coche a una manzana de su casa. Es más tarde de lo que pensaba. Tiene la espalda del abrigo mojada y lo sacude inútilmente antes de sacar la llave. Está segura de que la tía Muriel estará en el primer escalón de la escalera con su batín azul oscuro, acusadora, malvada, triunfante. Elizabeth le ha contado una excusa sobre los ensayos nocturnos del coro que, por increíble que parezca, ha funcionado varias veces. Sin embargo, nunca ha vuelto tan tarde. Si la tía Muriel está ahí, si lo sabe, Elizabeth no imagina qué hará. No concibe ningún castigo —la ira, el destierro, que la deshereda— equiparable a su temor. Cuando se halla lejos de la tía Muriel se le ocurren cosas despectivas y vulgares que decirle, pero en su presencia sabe que se quedará muda. Si la tía Muriel estuviese atada a la estaca sería la primera en burlarse, pero ¿quién se atreve a ponerla ahí? La tía Muriel la aterroriza porque no conoce límites. Otras personas tienen límites que no traspasan, pero la tía Muriel no. Elizabeth también teme no tenerlos.

No obstante, cuando abre la puerta encuentra el vestíbulo vacío. Da unos pasos sobre la alfombra y sube las escaleras, pasa junto al reloj empotrado del abuelo que hay en el rellano, junto a los jarrones chinos sobre sus pedestales alargados en lo alto de las escaleras, aprieta los muslos mientras la sangre empapa poco a poco la ropa. Tendrá que lavarla ella misma y secarla en secreto. Quiere que la tía Muriel lo sepa, que vea las pruebas de esa violación; y al mismo tiempo haría cualquier cosa por que no lo descubriese.

Abre la puerta de la habitación que comparte con Caroline. La luz del techo está encendida. Caroline yace en el suelo entre las dos camas. Ha extendido la manta de mohair que había al pie de la cama y se ha tumbado encima, con los brazos cruzados sobre los pechos, los ojos abiertos y la mirada fija en el techo. Detrás de su cabeza y a sus pies están los candelabros de plata del aparador del piso de abajo. A su lado hay una botella de abrillantador de muebles con aroma a limón. Las velas de los candelabros se han consumido. Debe de llevar horas ahí.

En cuanto la ve, Elizabeth comprende que imaginaba que haría eso o algo parecido. Caroline no quería ir al hospital; decía que no quería ver a su madre. Se negó a asistir al funeral y, extrañamente, la tía Muriel no la obligó. Elizabeth había reparado en todo pero solo con el rabillo del ojo. Últimamente Caroline había estado tan callada que era fácil no fijarse en ella.

Una vez, hace mucho tiempo, Elizabeth anduvo a grandes pasos por el patio de las chicas a la hora del recreo, cogida del brazo de sus compañeras para formar una cadena. «No pararemos por nadie.» En eso consistía el juego: no podías parar por nadie. Elizabeth sujetaba con fuerza del brazo a Caroline para que no la atropellaran. Caroline era más pequeña y le costaba seguirlas. Elizabeth era responsable de ella. Pero lleva años concentrando todas sus energías en salvarse a sí misma. No le quedan fuerzas para salvar a Caroline.

Se hinca de rodillas, le quita el cabello de la frente a su hermana. Luego aparta uno de los brazos y apoya la cabeza en el pecho de Caroline. Aún vive.

Después de que llegara y se marchara la ambulancia con la camilla, pero no antes, Elizabeth se había arrodillado sobre los azulejos del baño del segundo piso, junto a la bañera con pies en forma de garra, y había vomitado el especial de Fran's, el helado y el sirope de canela. Su penitencia. Casi la única que ha podido hacer. De haber sido religiosa, uno de esos católicos que tanto odiaba la tía Muriel, habría podido encender una vela por el descanso del alma de Caroline. Pero ya parecía haberse encargado ella.

En el hospital dijeron que no se había bebido el abrillantador. La botella abierta era un indicio. El último mensaje de Caroline; una indicación de adónde ha ido, pues a todos los efectos prácticos ya no estaba en su cuerpo.

Elizabeth observa mientras William termina su sándwich y pide pastel de manzana con queso y una taza de café. No le gusta su corbata. Alguien con la tez de colegial de William no debería llevar beis y castaño. Si Lesje es capaz de vivir con alguien con tan mal gusto para las corbatas, es que apenas vale la pena derrotarla.

William no parece haberse dado cuenta de que Elizabeth no come; está explicándole por qué el papel higiénico de colores es mucho peor que el blanco. Elizabeth sabe que disfrutará muy poco acostándose con él o incluso haciendo la revelación que ha ido a hacer. Tal vez ni siquiera se tome la molestia. A veces le sorprende lo que está dispuesta a hacer la gente para distraerse. Se sorprende a sí misma.

Miércoles, 16 de febrero de 1977

LESJE

Lesje está catalogando tortugas gigantes del Cretácico Superior. REPTILIA, escribe. *Chelonia, Neurankylidae.* GÉNERO Y ESPECIE, *Neurankylus baueri, Gilmore.* LOCALIDAD: Fruitland, Nuevo México, EE.UU. GEOLOGÍA: Cretácico Superior, esquistos de Fruitland. MATERIAL: Caparazón y plastrón.

Qué ignominia que te desentierren en Fruitland, piensa Lesje, después de tantos millones de años descansando en paz. Nunca ha estado en Fruitland, pero imagina tiendecitas de recuerdos donde venden frutas de plástico, insignias de solapa de pomelo y tomates magnéticos; tratándose de Estados Unidos habrá estudiantes de la facultad disfrazados de melocotones y manzanas gigantes entre la multitud. Como en Disneylandia.

Hay un número escrito con tinta negra en el papelito que va unido al caparazón, y añade ese código a la ficha del archivo. Cuando haya terminado con los especímenes mayores sabe que hay una bandeja entera de fragmentos de caparazón esperándola. La llevará en un carrito desde los estantes del almacén hasta su despacho, pasará junto a los sopletes de arena y los tornos de dentista que utilizan para limpiar los fósiles; y cuando termine volverá a llevarla a su sitio y la deslizará en su estante. Después empezará con los otolitos del Mioceno. Hay cientos de otolitos, cientos de fragmentos de tortugas, cientos de vértebras variadas, nudillos, garras, cientos de dientes. Miles de libras de rocas clasificadas según los patrones de seres vivientes en otras épocas. En ocasiones duda de si el mundo necesita verdaderamente más otolitos del Mioceno. En días así, duda de si su trabajo no es en realidad una apoteosis de la catalogación.

Nada más instalarse en su cubículo-oficina con los fragmentos de caparazón y las fichas, suena el teléfono. Es otro grupo escolar que quiere hacer una visita. Lesje les asigna un día en su agenda. Ya no espera las visitas escolares con tanto entusiasmo. Antes pensaba que podía enseñarles algo. Ahora sabe que habrá al menos un niño que querrá lanzarle alguna cosa a los dinosaurios —una envoltura de chicle, un tapón de botella, una piedra— para demostrar que no tiene miedo. Crías de mamífero burlándose de sus antiguos enemigos. «No piséis la línea», dirá. Y luego: «Si apretáis todos los botones a la vez no oiréis nada».

¿Debería prepararse una taza de café instantáneo en el laboratorio de biología, llevarla a su cubículo sin ventanas y quedarse hasta tarde para terminar de clasificar la bandeja? ¿O debería, por una vez, salir a su hora?

Se asoma a la puerta del enorme despacho adjunto al laboratorio de biología. El doctor Van Vleet ya se ha ido, se habrá calzado los chanclos húmedos sobre los zapatos negros cubiertos de rozaduras y se habrá ido chapoteando como un encorvado pato de tweed en el aguanieve de febrero. Lesje siempre ha sido compulsiva con su trabajo —no hay nada que desee más que hacerlo bien—, pero últimamente le irrita un poco. Cuando devuelva la bandeja a su sitio es probable que nadie vuelva a mirar los otolitos del Mioceno. Excepto ella, que algún día la sacará con disimulo para admirar su tamaño y simetría e imaginar el pez gigantesco con sus placas óseas deslizándose como un enorme ser articulado por los mares antiguos.

Completa una ficha más, luego cierra el fichero y va a por su abrigo. Mete los brazos, se cubre la cabeza, comprueba que lleva dinero en el bolso. Parará en Ziggy's camino del piso y comprará algo rico para la cena, algo que le guste a William. Desde que ha empezado a sospechar que es probable que acabe dejándole ha estado muy solícita con él. Le compra sorpresas, sardinas en lata, almejas, cosas que le gustan. Cuando se sorbe la nariz le lleva pastillas, caramelos de limón y cajas de pañuelos. Es como si quisiera asegurarse de que esté en buenas condiciones cuando se lo pase a otra, cuando lo intercambie. «¿Ves? —le dirá—. Mira lo sano que estás. No me necesitas.»

No obstante, no sabe cómo se lo dirá, ni siquiera cuándo. Nate no quiere dar ningún paso demasiado brusco por las niñas. Está pensando en alquilar un piso o, mejor aún, parte de una casa, para tener sitio para sus herramientas, e ir mudándose poco a poco. A las niñas les contará que es un taller. Aún no ha dicho cuándo le gustaría que Lesje se fuese con él, solo que le gustaría. Llegado el momento. Cuando las niñas lo hayan aceptado. A veces consultan la sección de anuncios, intentando decidir dónde vivirá o, posiblemente vivirán, por fin.

Lesje está deseando que llegue ese momento —le gustaría estar con él en una cama neutral sin miedo a que se abra una puerta—, pero no acaba de creérselo. No se imagina, por ejemplo, mudándose. Plegando las sábanas y las toallas, descolgando sus carteles (la mayoría del museo y pegados a la pared con cinta adhesiva), metiendo en cajas de cartón los pocos platos y la sartén que le regaló su madre cuando se fue de casa. Si de verdad va a mudarse, debería poder imaginarlo. (¿Y dónde estará William? ¿En el estudio? ¿De pie con los brazos cruzados para asegurarse de que no se lleve ninguno de sus libros, ni las cortinas de la ducha, que compró él, ni el libro de cocina *Comida orgánica* que nunca usan?).

Nate no ha hablado con Elizabeth de esa futura mudanza, pero sí de otras cosas. Elizabeth sabe lo suyo con Lesje. Tuvieron una larga charla una noche mientras él se bañaba. Elizabeth siempre ha tenido la costumbre de hablar con él mientras se baña, le cuenta Nate. Pese que a Lesje le incomoda un poco imaginarlos teniendo costumbres, preguntó:

—¿Se enfadó?

—Ni lo más mínimo —dijo Nate—. Se lo tomó muy bien. Se alegra de que haya encontrado a alguien compatible. —Por algún motivo, la aprobación de Elizabeth irrita a Lesje más de lo que la habría irritado su rabia—. Aunque ella opina —continuó Nate— que deberías decírselo a William. No le parece muy honesto ocultárselo. Cree que se lo debes. Ella…

—No es asunto suyo —respondió Lesje, sorprendida de su propia brusquedad—. ¿Qué más le da a ella lo que le diga a William?

—Se han hecho muy amigos —dijo tímidamente Nate—. Por lo visto, quedan a comer a menudo. Dice que saberlo y que él no lo sepa la pone en una situación incómoda.

Lesje no sabía nada de esa amistad, ni de esas comidas. Se

siente traicionada. ¿Por qué no le ha dicho nada William? Casi nunca le dice con quién ha comido, pero eso puede significar solo lo que ella cree que significa: que, al igual que ella, raras veces sale a comer. Percibe también la amenaza detrás del mensaje; pues se trata de un mensaje, enviado por Elizabeth, y entregado sin saberlo por Nate: si no se lo cuenta pronto a William, se lo contará Elizabeth.

Sin embargo, es incapaz de decir nada. No ha tenido ocasión, se justifica. ¿Qué se supone que debe hacer? ¿Interrumpir una partida de cartas para decir: «William, estoy teniendo una aventura»? Se contonea cabizbaja por la calle con la bolsa de ensalada de patata y el pollo frito que ha comprado en Ziggy's. William le dijo una vez que anda como un adolescente. Pero él también, así que están empatados.

Cuando llega al apartamento, ve a William ante la mesita. Está haciendo un solitario, con la vista vuelta hacia la ventana.

—He traído unas cosas de Ziggy's —anuncia alegremente Lesje. William no responde, lo cual no es nuevo. Ella va a la cocina, deja la bolsa sobre la encimera y entra en el dormitorio.

Está sentada en la cama quitándose las botas de cuero cuando William aparece en el umbral. Tiene un gesto extraño dibujado en el semblante, como si tuviese un espasmo muscular. Se le acerca despacio.

—¿Qué te pasa, William? —pregunta ella; pero él la empuja contra la cama, le pone un brazo sobre los hombros y le clava el codo en la clavícula. Su otra mano busca la cremallera de sus tejanos.

A William siempre le ha gustado retozar un poco. Ella se ríe, luego ya no. Esto es diferente. El brazo le presiona el cuello y le impide respirar.

—William, me haces daño —dice; luego exclama—: ¡William, para ahora mismo!

Cuando cae en que William está intentando violarla él ya ha conseguido bajarle los tejanos hasta los muslos.

Lesje siempre había pensado que la violación era algo que los rusos hacían a las ucranianas, algo que los alemanes hacían, furtivamente, a las judías; algo que los negros hacían en Detroit en callejones oscuros. Pero no algo que le haría a ella William Wasp, de una buena familia de London, Ontario. Son amigos, hablan de contaminación y de extinciones, se conocen desde hace años. ¡Viven juntos!

¿Qué puede hacer? Si se resiste, o le da una patada en los testículos, él no volverá a dirigirle la palabra. Está casi segura de poder hacerlo: tiene la rodilla en la posición adecuada, él está acurrucado sobre ella, debatiéndose con sus bragas de nailon. Pero, si le deja seguir, es más que probable que sea ella quien no vuelva a dirigirle la palabra. Es absurdo, aunque William resollando y apretando los dientes también lo es. No obstante, sabe que si se ríe la golpeará.

Es espantoso; le está haciendo daño a propósito. Tal vez siempre haya querido hacerlo y no tuviese una excusa. ¿Cuál es la excusa?

—Para, William —dice, pero William tira y rasga, en silencio, implacable, forzando su torso entre sus rodillas. Por fin Lesje se enfada. Lo menos que podría hacer es responderle. Aprieta las piernas, tensa los músculos del cuello y los hombros, y deja que William se golpee contra ella. Le está tirando del pelo, clavándole los dedos en los brazos. Por fin, gime, rezuma, la suelta—. ¿Has terminado? —pregunta Lesje con frialdad. William es un peso muerto. Ella se aparta, se abotona la blusa. Se quita los pantalones y las bragas y se limpia los muslos. William, con los ojos enrojecidos, la mira desde la cama.

—Lo siento —dice.

Lesje teme que se eche a llorar. En ese caso tendría que perdonarle. Sin responder, va al cuarto de baño y echa las cosas en la cesta de la ropa sucia. Se envuelve una toalla a la cintura. Lo único que quiere es darse una ducha.

Apoya la frente contra el frío cristal del espejo. No puede quedarse ahí. ¿Adónde irá, qué hará? El corazón le late a toda prisa, tiene rasguños en los brazos y en los pechos, le falta el aire. Lo que más le ha impresionado es ver a William convertirse en otra persona. No sabe de quién es la culpa.

ELIZABETH

Elizabeth tiene una pesadilla. Las niñas se han perdido. Son solo dos bebés, y por descuido, en un momento de despiste, las ha extraviado. O las han secuestrado. Las cunas están vacías, ella corre por calles desconocidas, buscándolas. Las calles están vacías, las ventanas a oscuras; no hay nieve en el suelo, ni hojas en los setos, si alzara la vista el cielo en lo alto estaría lleno de estrellas. Gritaría, pero sabe que las niñas no podrán responder aunque la oigan. Están en una de esas casas, tapadas: incluso tienen la boca cubierta con mantas.

Se da la vuelta, se obliga a despertar. Mira la habitación, el amenazante buró, las plantas y las franjas de luz que se cuelan por las persianas, para estar segura de dónde se encuentra. El corazón se relaja, tiene los ojos secos. Ya ha tenido ese sueño, es un viejo conocido. Empezó a tenerlo después de que naciera Nancy. En aquella época se despertaba llorando convulsa y Nate la consolaba. La llevaba al cuarto de las niñas, para que pudiera oírlas y viese que todo estaba en su sitio. Pensaba que soñaba con sus propias hijas, pero ya entonces Elizabeth había sabido, aunque no se lo había dicho, que los bebés extraviados eran su madre y Caroline. Las ha alejado lo mejor que ha podido, pero vuelven de todos modos, y utilizan las formas que más la atormentan.

No quiere volver a dormirse; sabe que si lo hace es probable que vuelva a tener el mismo sueño. Se levanta, encuentra las zapatillas y el batín y baja a prepararse leche caliente con miel. Al pasar ante la habitación de las niñas se detiene a escuchar, luego abre la puerta para asegurarse. Pura costumbre. Probablemente seguirá haciéndolo toda su vida, incluso cuando se marchen. También seguirá teniendo el sueño. Nada se acaba.

Cuarta parte

LESJE

El cuchillo de Lesje rechina contra la loza. Están comiendo rosbif y está un poco duro. Su madre nunca ha sabido preparar el rosbif. Lesje corta un trozo y mastica; como de costumbre, nadie dice nada. En torno a ella oye un sonido que le recuerda a su infancia, un sonido hueco, como una cueva donde podría resonar un eco.

No les dijo que iba a ir hasta el último minuto. No obstante, su madre ha puesto los platos buenos, los de las rosas y el borde dorado que fueron de la abuela de Lesje. Los otros tienen cenefas azules, el borde plateado y escenas de castillos escoceses, y pertenecieron a la otra abuela. Los platos para la carne. Los padres de Lesje los heredaron porque, a pesar de sus transgresiones, su padre era hijo único. Su tía heredó los platillos del desayuno y siempre se lo ha reprochado. Hay una tercera vajilla para uso diario que compraron sus padres, de gres, de un neutro color marrón, directa del horno a la mesa. Lesje se siente más cómoda con ella.

Su madre le ofrece más pudin de Yorkshire. Lesje acepta y su madre sonríe; una sonrisa plácida y quejosa. Solo lleva trenzas en torno a la cabeza en las fotos antiguas, Lesje no recuerda haberla visto con ellas, pero es como si aún las llevara, asomando a través de la permanente de matrona que renueva cada dos meses. Tiene el rostro grande, pulcro y redondo. La cara del padre de Lesje también es redonda, y eso hace de la altura y la delgadez de Lesje un misterio familiar. Cuando era adolescente su madre la consolaba de la escasez de su busto repitiéndole, una y otra vez que cuando fuese mayor engordaría. Pero no ha engordado.

La madre de Lesje se alegra de que se haya presentado a cenar; hacía mucho que no iba. Aunque también está perpleja: lanza rápidas miradas inquisitivas a su hija desde el otro lado de la mesa, mientras ella devora su pudin de Yorkshire, y alberga la esperanza de que luego, en la cocina, le dé alguna explicación. Sin embargo, Lesje no puede explicarle nada. Como no les ha dicho a sus padres que estaba viviendo con William (por más que su madre lo hubiera adivinado), tampoco puede decirles que se ha mudado y está viviendo con otra persona. El matrimonio es un acontecimiento, un hecho, del que se puede hablar en la mesa durante la cena. Y el divorcio también. Crean un marco, un inicio, un final. Sin ellos todo es amorfo, una infinita tierra de nadie, que se extiende como una pradera en torno a cada día. Aunque se haya trasladado físicamente de un sitio a otro, Lesje no tiene la sensación clara de que nada haya terminado, ni de haber empezado otra cosa.

Le dijo a su madre que se había mudado. También le contó que no había sacado sus platos de las cajas, lo cual es cierto y le sirvió de excusa para invitarse de pronto a cenar. Pero dio la impresión de que acababa de mudarse ese día, cuando en realidad hace tres semanas que contrató el camión de mudanzas y metió sus posesiones en cajas de cartón. Lo hizo durante el día, cuando

William no estaba en casa, y sin previo aviso. Decirle que se mudaba habría exigido una explicación, y no le apetecía darlas.

Es increíble lo deprisa que salió de los cajones y se arrancó de las paredes su vida con William y el poco espacio que ocupó. Ella misma sacó las cajas al ascensor, ninguna pesaba demasiado, y las metió en el camión, que no habría sido necesario, pues una camioneta habría bastado. Luego las descargó y las subió por la desvencijada escalera de la casa que había alquilado. Es una casa vieja en Beverly Street, no muy buena, pero solo había dedicado un día a buscar y había alquilado lo primero que encontró lo suficientemente barato y espacioso para las herramientas de Nate. El dueño era contratista; iba a convertirlo en un adosado y se la dejó a buen precio a cambio de que no le exigiera contrato de alquiler.

Enseguida comprendió que tenía que irse antes de que William se disculpara. Si se hubiese disculpado —como sin duda habría hecho, más tarde o más temprano— se habría sentido atrapada.

Al día siguiente de que ocurriera —no sabe cómo llamarlo y ha decidido denominarlo «el incidente»—, William se fue a primera hora de la mañana. Lesje había pasado la noche en el baño con la puerta cerrada, acurrucada sobre la estera de baño y cubierta de toallas, aunque había sido excesivo porque él no había intentado entrar.

La había consolado un poco imaginarlo llegando al trabajo sin duchar ni afeitar, pues la limpieza exagerada era uno de sus fetiches. Cuando oyó cerrarse la puerta del piso, Lesje se aventuró a salir, se puso ropa limpia y se fue también a trabajar. No sabía qué hacer ni qué pensar. ¿Era violento? ¿Volvería a intentarlo? Resistió el deseo de telefonear a Nate y describirle el «incidente». Después de todo no había sido tan grave, no la había lesionado, en realidad no la había violado, no técnicamente. Además, si se lo contaba a Nate estaría presionándole para que actuara; para que se fuese a vivir con ella cuanto antes, por ejemplo. No quiso hacerlo. Quería que Nate se mudase cuando estuviera dispuesto, cuando quisiera estar con ella, no por algo que casi hubiese hecho William.

Después de trabajar estuvo deambulando por ahí, se sentó en Murray's a tomar un café y fumar un cigarrillo, anduvo por Bloor Street y miró los escaparates. Al final volvió a casa y encontró a William, sentado en el salón, con las mejillas sonrosadas, alegre, como si no hubiese pasado nada. La saludó muy amable e inició una conversación sobre las calorías producidas por la fermentación controlada de las aguas residuales.

Ese comportamiento aún le pareció más escalofriante que su rabia o su hosquedad. ¿Había olvidado William el incidente? ¿A qué había venido ese estallido de puro odio? No podía preguntarle por miedo a provocarlo otra vez. Se quedó despierta hasta tarde, leyendo un libro sobre ictiosaurios hasta después de que se acostara William. Luego durmió en la alfombra del salón.

—¿Más puré de patatas, Lesje? —pregunta su madre. Lesje acepta. Come con voracidad. Es la primera comida de verdad que prueba desde hace tres semanas. Ha estado acampada en la casa prácticamente vacía, durmiendo en mantas extendidas sobre el suelo del dormitorio, alimentándose de comida para llevar, magdalenas de salvado, hamburguesas y pollo frito. Deja los huesos y las cortezas en una bolsa de basura verde; aún no tiene cubo de la basura. Tampoco tiene cocina ni nevera y no ha salido a comprarlas, en parte porque le dejó a William un sobre con el importe de un mes de alquiler y eso ha perjudicado a su cuenta corriente. Pero también porque opina que Nate debería participar en la elección de los grandes electrodomésticos, aunque sean de segunda mano. Una cocina es un compromiso serio.

Lesje engulle el pastel de manzana y se pregunta qué estará haciendo Nate. Cuando su padre le dice: «¿Qué tal el negocio de los huesos?», le responde con una anémica sonrisa. Si descubrieses un nuevo tipo de dinosaurio, podrías ponerle tu nombre. *Aliceosaurus*, escribía antes para practicar, anglicanizando su nombre. Cuando tenía catorce años esa era su ambición, descubrir un nuevo tipo de dinosaurio y llamarlo *Aliceosaurus*. Cometió el error de contárselo a su padre; a él le pareció muy gracioso y estuvo meses burlándose de ella. Ahora ya no está tan segura de cuál es su ambición.

Lesje ayuda a su madre a apilar los platos y llevarlos a la cocina.

—¿Va todo bien, Lesje? —pregunta su madre, aprovechando que su padre no puede oírlas—. Pareces más delgada.

—Sí —responde Lesje—. Solo estoy cansada de la mudanza.

Su madre parece contentarse con eso. Pero no todo va bien. Nate va a su nueva casa por las noches y hacen el amor sobre las mantas extendidas en el suelo, con los duros tablones contra la espalda. Todo muy bonito, pero él aún no le ha dicho cuándo se irá a vivir con ella. Empieza a pensar que no irá nunca. ¿Por qué iba a hacerlo? ¿Por qué iba a trastornar su vida? Dice que tiene que explicárselo a las niñas poco a poco; de lo contrario, podrían disgustarse. Lesje tiene la sensación de estar disgustada, pero no puede decírselo a Nate.

Tampoco se siente capaz de decírselo a otros. Desde luego, no a Trish ni a Marianne. Se sienta con ellas en la cafetería del museo, fumando, tensa, siempre a punto de contárselo. Pero no puede. Sabe que vistos desde fuera el comportamiento de William, el incidente (que podría considerarse un fallo ignominioso), su propia huida y su confianza incondicional en Nate, pueden parecer ingenuos, torpes, tal vez risibles. Patosos, pensaría Marianne, aunque no lo diría; o tal vez emplearía esa expresión que últimamente utiliza con frecuencia: pánfila. Le daría buenos consejos, como si estuviese haciendo los planos de un armario. Le aconsejaría que negociara, que presionara y otros trucos que a Lesje no se le dan bien. «¿Quieres que vaya a vivir contigo? No le dejes entrar en tu casa. ¿Para qué va a comprar una vaca si tiene la leche gratis?» Lesje no quiere ser objeto de esos comentarios divertidos y momentáneos. Repara de pronto en que no tiene amigos íntimos.

Se pregunta si podría hablar con su madre, utilizarla de confidente. Lo duda. Su madre posee una cultivada serenidad; no le ha quedado más remedio. Es Julieta a los cincuenta y cinco, piensa Lesje. Aunque su madre nunca fue Julieta; no había sido ninguna pollita, como decían sus tías. Su padre no estaba hecho para fugas ni balcones; habían ido en tranvía al ayuntamiento. Lesje leyó *Romeo y Julieta* en el instituto; el profesor pensó que les gustaría porque trataba de adolescentes y se suponía que ellos también lo eran. Lesje no se sentía como tal. Quería estudiar las llanuras aluviales, los depósitos de las margas y la anatomía de los vertebrados, y no había prestado demasiada atención a la obra excepto para decorar los bordes con dibujos de helechos gigantes. Pero ¿cómo se habrían comportado los Montesco y los Capuleto si Romeo y Julieta hubiesen existido? Sospecha que igual que su familia. Desaires en las reuniones familiares, resentimientos, asuntos de los que no se hablaba, esta o aquella abuela llorando o rabiando en un rincón. Julieta, como su madre, se habría vuelto impenetrable, compacta, entrada en carnes, se habría refugiado en sí misma como en una esfera.

La madre de Lesje quiere que sea feliz, y si no lo es, que lo parezca. La felicidad de Lesje es la justificación de su madre. Lesje lo ha sabido siempre y se le da bien aparentar, si no felicidad, al menos una estólida satisfacción. Atareada, provechosamente utilizada. Pero de pie junto a su madre, mientras seca los platos con el trapo que dice CRISTAL en azul por un lado, no cree tener fuerzas para seguir aparentándolo. Lo que quiere es echarse a llorar y que su madre la envuelva con sus brazos y la consuele.

Quiere que la consuele por William. La pérdida de William, el William familiar, resulta dolorosa pese a todo. No por William, sino porque confió en él sin más, sin pensar ni preocuparse. Confió en él como quien confía en una acera, pensó que era lo que parecía ser, y ya nunca podrá volver a hacer lo mismo con nadie. No es la violencia sino la traición a esa superficie inocente lo que resulta tan doloroso; aunque tal vez no hubiese inocencia y la haya inventado.

Pero su madre, encajonada como está, nunca podría lamentarse con Lesje. Se limitaría a esperar a que dejara de llorar, le secaría los ojos con el trapo y le diría las cosas que Lesje se ha dicho ya. «Tampoco ha sido para tanto. Estás mejor sin él. Era la única posibilidad. Todo irá bien.»

Sus abuelas no habrían actuado así. Se habrían lamentado con ella, las dos tenían talento para eso. Habrían llorado, gemido y sollozado, la habrían rodeado con los brazos y la habrían acunado, acariciándole el pelo, llorando de un modo extravagante y ridículo, como si hubiese sufrido un daño irreparable. Tal vez así sea.

NATE

En el sótano Nate, inclinado sobre su banco de trabajo, toquetea el mango de los pinceles que hay dentro de la lata de café llena de aguarrás. Siempre ha querido instalar una iluminación mejor. Ahora no tendría sentido. En la luz tenue y amarillenta se siente como un insecto gigantesco, blanco y corto de vista, buscando el camino a tientas con el olfato. El olor a pintura y cemento húmedo es su ambiente familiar. Enrosca el tornillo en el torno rojo y lo aprieta sobre una cabeza de cordero encolada, que es parte del juguete Mary tenía una ovejita. Diseñar la ovejita no le costó ningún esfuerzo, pero Mary le está dando complicaciones. No le salen bien las caras. Un sombrero, piensa.

Se supone que debería estar empaquetando las cosas. Es lo que quería hacer, lleva tiempo pensándolo. Ha recogido un montón de cajas de cartón con la bicicleta y ha comprado un rollo de cinta adhesiva en el supermercado. Ha reunido periódicos para envolver; hace casi dos semanas que están apilados al pie de las escaleras. Incluso ha llevado un poco de papel de lija y una caja de clavos y tornillos a casa de Lesje y los ha dejado en la salita como muestra de sus buenas intenciones. Le ha dicho que quiere ir poco a poco. Primero le dirá a Elizabeth que ha decidido trasladar su taller a un sitio más amplio y luminoso. A ella le sorprenderá que pueda permitírselo pero se las arreglará para explicárselo. Luego les contará lo mismo a las niñas. Cuando se desacostumbren a verlo tan a menudo, irá dejando de dormir en una casa y empezará a dormir en la otra. Ha dicho que quiere que la ruptura les resulte imperceptible.

Está decidido a poner en práctica su plan, aunque con una diferencia crucial que no ha creído necesario contarle a Lesje: pretende esperar a que Elizabeth le pida o incluso le ordene que se vaya. Se ahorrará muchas complicaciones si consigue darle la impresión de que ha sido ella quien ha tomado la decisión. Sin embargo, no está muy seguro de cómo conseguirlo.

Entretanto, tiene que vérselas con el desánimo cada vez mayor y más evidente de Lesje. No le ha presionado lo más mínimo, al menos de palabra. Sin embargo, apenas puede respirar. Lleva tres semanas corriendo por las escaleras cada vez que oye a las niñas volver a casa de la escuela para poder actuar con alegría y despreocupación y prepararles leche caliente y sándwiches de mantequilla de cacahuete. Les cuenta chistes, le prepara la cena, les lee cuentos cada vez más largos al ir a acostarse. La noche anterior dijeron que estaban cansadas y le pidieron que apagara la luz. Dolido, Nate quiso abrir los brazos y gritar: «¡Solo me quedaré un rato más!». Pero sin duda la clave está en evitar esos histrionismos. Apagó la luz, les dio un beso de buenas noches, fue al cuarto de baño y se puso un paño caliente sobre los ojos. Su imagen en el espejo empezaba a desdibujarse, la casa lo estaba olvidando, era insignificante. Borró sus ojos y bajó a buscar a Elizabeth.

Eso también formaba parte del plan. Se ha propuesto tener charlas intrascendentes con ella al menos cada dos días, y darle ocasiones, oportunidades. Tal vez en una de esas conversaciones lo eche de casa. Entran en la cocina y hablan de esto y de lo otro mientras ella bebe té y él whisky. En otro tiempo, no hace mucho, Elizabeth lo habría evitado por la noche; habría salido o se habría metido a leer en su habitación. Su excusa era que ya no tenían nada interesante que decirse. Ahora, por su propio interés, parece agradecer la ocasión de preguntarle por víveres, reparaciones, los progresos de las niñas en la escuela. A Nate le causa sudores. Le ha preguntado en dos ocasiones, sin demasiado interés, qué tal le van las cosas con su amiga, y él ha respondido con evasivas.

Después de esas conversaciones en las que Nate tiene que apretar los dientes para no mirar el reloj, sube a su bicicleta y pedalea febril por Ossington y Dundas para llegar a casa de Lesje antes de que se acueste. Dos veces ha estado a punto de que lo atropellara un coche; una vez chocó contra una boca de riego y llegó sangrando y con la ropa rota. Lesje estuvo hurgando en las cajas a medio desempaquetar en busca de tiritas, mientras la sangre goteaba sobre el sucio linóleo. Sabe que esas excursiones son peligrosas, pero también sabe que si no llega a tiempo Lesje se sentirá rechazada y desdichada. Varias noches, demasiado cansado para ir a verla, la ha telefoneado. La voz de la joven sonaba baja, distante. No soporta verla apagarse de ese modo.

Por muy exhausto que esté, tiene que hacer el amor con ella, o al menos intentarlo; de lo contrario pensará que se está echando atrás. Tiene las rodillas arañadas del suelo, empieza a dolerle la vértebra mala. Le pediría que comprase una cama, o al menos un colchón, pero no puede a menos que pague él la mitad, y en ese momento no tiene dinero.

Tras consolar a Lesje vuelve a casa. Allí recoge los platos mientras se fríe un tentempié nocturno de hígado encebollado. Canta canciones marineras o pone un disco, uno de los Travelers o de Harry Belafonte de principios de los sesenta. Ha guardado esos discos, no porque le guste especialmente esa música, sino porque le recuerdan una época en que le gustaban. Antes de su matrimonio, antes de todo; cuando aún parecían posibles todas las direcciones.

Sabe que Elizabeth oye lo que ocurre en la cocina. No soporta a los Travelers ni a Harry Belafonte, ni ningún ruido nocturno en general, y el olor a hígado le da náuseas. Nate lo descubrió al principio de estar casados y se abstuvo, una concesión. Ella siempre ha insistido en la importancia de las concesiones. Nate tiene la esperanza de que ese evidente incumplimiento de las concesiones la convenza de que está harta de él.

En realidad, no le apetece cantar ni comer. A medianoche, por lo general, le aqueja un demoledor dolor de cabeza. Pero se obliga, da golpecitos con el cuchillo contra el plato y grita con Harry, con la boca llena de carne a medio masticar. «Veo una enorme TARÁNTULA negra», aúlla. Luego canturrea «Vuelve, Liza, vuelve, niña, seca las lágrimas de tus ojos...». Una vez, en la época de Chris, había cantado esa canción con ridículo sentimentalismo. Liza era Elizabeth y él quería que volviese.

Deja los platos en el fregadero o, si se siente especialmente desafiante, sobre la mesa de la cocina, desafiando el cartel escrito a mano por Elizabeth:

¡LIMPIA LO QUE ENSUCIES!

Luego sube trastabillando por las escaleras, engulle cuatro aspirinas con codeína y se desploma en la cama.

Normalmente, ese comportamiento produciría resultados rápidos. Una fría petición, que, de no ser obedecida, conduciría a un ataque frontal, durante el cual sería acusado en voz fría y monocorde de todo, desde machista hasta sádico pasando por egoísta y arrogante. Al principio esos argumentos le convencían. Su incapacidad de quejarse, al menos con habilidad y sentimiento, era una desventaja: cuando ella le pedía que le dijese una costumbre suya que a él le resultase igual de molesta y que, por descontado, estaba dispuesta a abandonar en el acto, no se le ocurría nada. Estaba acostumbrado a pensar que, a diferencia de las suyas, la rabia y la sensación de opresión de los demás siempre estaban justificadas. En cualquier caso, él no estaba oprimido. En las fiestas, en los broncos años sesenta, le habían llamado cerdo blanco, cerdo machista e incluso, debido a su apellido, cerdo machista germánico. En lugar de invocar su pasado unitarista, su abuelo menonita a quien le destruyeron la fábrica de quesos por su apellido o a su padre que había muerto en la guerra, le resultaba menos complicado dar media vuelta e ir a la cocina a buscar otra cerveza. Tampoco le había dicho a Elizabeth que la casa era tan suya como de ella; en realidad no lo creía. Dejó de comer hígado, excepto en los restaurantes, y solo ponía los discos de Harry Belafonte cuando Elizabeth no estaba en casa. A las niñas les gustaban.

Esta vez Elizabeth no ha respondido a sus transgresiones. Cuando la ve por las mañanas siempre está tranquila y sonriente. Incluso le pregunta si ha dormido bien.

Nate sabe que no puede seguir llevando esa vida dividida mucho más tiempo. Le saldrá una úlcera, explotará. En su interior está creciendo una rabia incoherente, no solo contra Elizabeth, sino contra las niñas: ¿qué derecho tienen a atarle de ese modo, a anclarle al pasado? Y también contra Lesje, que le está forzando a tomar decisiones dolorosas. Su rabia es injusta y lo sabe. Le disgusta ser injusto. Dará el primer paso hoy, ahora.

Se arrodilla junto a la pila de periódicos viejos. En primer lugar, envolverá y empaquetará las herramientas pequeñas y transportará las cajas, una por una, atadas a la cesta de la bicicleta. Para trasladar las más grandes y los juguetes inacabados tendrá que alquilar una camioneta. Aparta de la imaginación la pregunta de cómo va a pagarla.

Coge una gubia y pasa la mano en torno al mango. En los primeros días de euforia, después de dejar su empleo, cuando todavía creía que estaba recuperando la dignidad, la sabiduría y la sencillez del artesano, pasó mucho tiempo tallando mangos especiales para sus herramientas. En algunas grabó sus iniciales; en otras hizo franjas decorativas, flores y hojas o motivos geométricos, vagamente indios. En esa gubia en particular talló una mano, como si los dedos de madera estuviesen sujetando el mango, de manera que cada vez que cogía la gubia había otra mano junto a la suya. Le gustaba utilizar esas herramientas, se sentía seguro, firme, como si al tallarlas hubiesen envejecido. Se arrodilla, toca la mano de madera, intentando recordar aquella sensación. La sujeta con fuerza. Pero las herramientas flotan alejándose, disminuyendo de tamaño, como juguetes con los que jugara alguna vez. La metralleta de plástico, el sombrero que se ponía con el ala hacia abajo, fingiendo que era un salacot.

Coloca la gubia sobre la hoja de periódico y la enrolla, empezando por la esquina de abajo. Luego, de manera metódica, mientras aprovecha para leer los titulares, enrolla los cinceles, los destornilladores y las escofinas y va dejando las herramientas, una junto a la otra en el fondo de la primera caja. Sucesos antiguos pasan momentáneamente ante sus ojos y ennegrecen sus dedos: el paquistaní al que empujaron a la vía del metro, lo recuerda. Una pierna rota. El niño que se ahorcó obligado por su madre a aguantar sobre un pie con una soga al cuello como castigo. Semanas de cotilleos sobre Margaret Trudeau. Una carnicería que voló por los aires en Irlanda del Norte. La brecha cada vez mayor entre el Canadá inglés y el francófono. Un limpiabotas portugués asesinado, la limpieza de la calle del pecado de Toronto. Las leyes lingüísticas de Quebec: la prohibición a los tenderos griegos de colgar carteles de Coca-Cola en griego en sus barrios. Va pasando periódicos y recordando sus reacciones la primera vez que los leyó.

Nate deja de envolver. Está acurrucado en el suelo del sótano, inmerso en viejas historias, que acuden a través del tiempo como un aullido borroso de rabia y dolor. Y su propio reconocimiento: ¿Qué otra cosa puede esperar? Los periódicos son futilidades destiladas. Siempre que su madre está demasiado irritada o demasiado optimista, siente ganas de decirle: «Lee los periódicos». Pura ilusión, la creencia de que todo se puede hacer. Claro que ella los lee. Incluso guarda los recortes.

Está concentrado en un editorial que advierte contra la creciente balcanización del Canadá cuando se abre la puerta del sótano. Alza la mirada: Elizabeth se encuentra en lo alto de las escaleras, con el rostro en sombra y la luz a sus espaldas. Nate se pone en pie. El cincel que tenía en la mano para envolverlo cae al suelo con un ruido metálico.

—Has vuelto pronto a casa —dice. Se siente como si le hubiesen sorprendido enterrando a alguien en el sótano.

Elizabeth lleva una chaqueta de punto sobre los hombros. Se envuelve en ella; sin decir nada, baja despacio las escaleras. Nate retrocede hacia el banco de trabajo.

—Parece como si estuvieses empaquetando —dice Elizabeth. Nate repara en que está sonriendo.

—Estaba organizando algunas cosas —dice Nate. Ahora que ha llegado el momento, siente el impulso irracional de negarlo todo—. Para guardarlas.

Elizabeth se queda al pie de las escaleras e inspecciona el sótano, las ventanas mugrientas, los trapos, las pilas de serrín y virutas que Nate no se ha molestado en barrer.

—¿Qué tal va el negocio? —pregunta. Hace mucho que dejó de hacerle esa pregunta. Le trae sin cuidado; casi nunca baja allí. Lo único que le interesa es su mitad del alquiler.

—Bien —miente Nate—. Estupendamente.

Elizabeth le devuelve la mirada.

—¿No es hora de que pongamos fin a esto? —pregunta.

ELIZABETH

Elizabeth tira de la chaqueta sobre los hombros y la espalda. Está cruzada de brazos y aprieta la lana entre los puños. Una camisa de fuerza. Está plantada en el recibidor, observando la puerta principal como si fuese a entrar alguien por ella. Pero no espera que entre nadie. Las puertas son lo que usa la gente para marcharse, cada cual a su manera. Se cierran y ella se queda contemplando el lugar que ocupaban un instante antes. Consciente, semiconsciente, semiconsciencia. Que se vayan todos a la mierda.

Nate acaba de salir por la puerta cargado con una caja de cartón. Dejó la caja en el porche para poder volverse y cerrar la puerta con mucho, muchísimo, cuidado a su espalda. Se ha ido pedaleando para follarse a su amiga flacucha tal como lleva haciendo desde hace semanas, aunque haya fingido lo contrario. Esta vez se ha llevado unas escofinas y unos formones. Elizabeth espera que les dé un buen uso.

En condiciones normales a Elizabeth no le habría importado esa relación. No es el perro del hortelano: si no le apetece un hueso en particular, que se lo coma quien quiera. Mientras Nate cumpla con su parte de la casa y las niñas, o con lo que han acordado fatigosamente que es su parte, puede divertirse como quiera. Jugando a los bolos, construyendo maquetas de aviones o fornicando, a ella le da igual. Pero le molesta que la tome por idiota. Hasta el más imbécil se habría dado cuenta de que está empaquetando sus cosas; ¿por qué molestarse en negarlo? Y en cuanto a su descerebrada actuación friendo hígado a medianoche y poniendo discos de Harry Belafonte, cualquier niño de dos años lo habría entendido.

Se aparta de la puerta y se dirige a la cocina, arrastrando el cuerpo como si de pronto se hubiese vuelto pesado. Ha sabido conservar la calma, le alegra haber sido tan ecuánime, pero ahora se siente como si se hubiese tragado un frasco de aspirinas. Tiene el estómago cubierto de agujeros al rojo vivo que se abren paso entre la carne. Una botella de estrellas. Lo único que quería era una confesión sincera, y lo ha conseguido. Nate ha reconocido sus planes de trasladar el taller del sótano a un lugar sin especificar. Los dos saben adónde, pero de momento ella ha resistido la tentación de presionarle más.

Decide prepararse una taza de café, luego cambia de opinión. Esa noche no tomará más ácido. En vez de eso vierte agua hirviendo sobre una pastilla de caldo, y se sienta a darle vueltas metódicamente, esperando a que se disuelva.

Recorre el futuro, paso a paso. A partir de ese punto hay dos posibilidades. Qué él se marche, poco a poco, sin que se lo pida. O que ella acelere el proceso pidiéndole que se vaya. No hay una tercera vía. No se quedará, ni aunque se lo ruegue.

Así que tendrá que pedírselo, decirle que se marche. Si no puede salvar nada más del naufragio, al menos salvará las apariencias. Tendrán una discusión civilizada y los dos coincidirán en que están haciendo lo mejor para las niñas. Así ella podrá repetir la conversación ante sus amigas y comunicar su alegría ante esa solución a todos sus problemas, e irradiar calma, confianza y dominio de sí misma.

Por supuesto, están las niñas, las de verdad, no las de fantasía que utilizarán como moneda de cambio en el proceso de regateo. Las niñas reales no pensarán que sea lo mejor para ellas. Lo odiarán, y Nate tendrá la ventaja de poder decir: «Vuestra madre me pidió que me fuera». Pero al menos no la abandonará, se niega a que la abandonen contra su voluntad. Se niega a ser patética. Su madre mártir, lloriqueando en una silla. Sabe que Nate —¡Nate!— la está manipulando para empujarla a esa situación y la idea no puede desagradarle más. Es como si el campeón mundial del juego de la pulga te derrotara en una complicada y sutil partida de ajedrez. Pero no le queda otra salida.

Luego, cuando se haya ido, se pondrá a dieta. Es parte del ritual. Se acicalará, tal vez se arregle el pelo, y todo el mundo dirá que tiene mucho mejor aspecto que antes de que se fuese Nate. Esa táctica le parece miserable y la desaprueba cuando la ve en otras personas. Pero ¿qué otra posibilidad le queda? ¿Viajes a Europa que no puede permitirse, una conversión religiosa? Ya ha tenido un amante más joven; no tiene prisa por repetir.

Se mece suavemente en la silla, encogiéndose de hombros. Está temblando. Quiere que vuelva Chris. Quiere a cualquiera, unos brazos que no estén huecos ni tricotados. Las grietas entre los tablones de la mesa se ensanchan, de ellos emana una fría luz gris. Hielo seco, gas, puede oírlo, un sonido susurrante que se mueve hacia su cara. Se come el color. Aparta las manos de la mesa y las entrelaza sobre el regazo. Las venas del cuello. Los dedos que retuercen el cabello sobre su garganta.

Está clavada a la silla, no puede moverse, siente un escalofrío. Sus ojos parpadean y recorren la habitación en busca de algo que pueda salvarla. Algo familiar. Los fogones con una olla encima, una sartén sin lavar, la tabla de cortar junto al fregadero. El guante del horno, deshilachado y ennegrecido, eso no. LIMPIA. La nevera. Con el dibujo de Nancy pegado, una niña sonriendo, el cielo, el sol. La alegría, pensó al ponerlo allí.

Mira el dibujo mientras aprieta las manos y por un instante brilla el sol. Pero la sonrisa no es amistosa, hay perversidad en el amarillo del pelo. El azul del cielo también es una ilusión, el sol se ennegrece, sus tentáculos se retuercen como papel ardiendo. Detrás del cielo azul no hay esmalte blanco, sino la oscuridad del espacio exterior, una negrura cubierta de burbujas ardientes. En alguna parte flota el cuerpo desplomado, más pequeño que un puño, tirando de ella con toda la fuerza de la gravedad. Irresistible. Cae hacia él, con el espacio llenándole los oídos.

Al cabo de un rato se halla en la cocina. La casa vuelve a latir a su alrededor, el horno zumba, el aire cálido suspira a través de las rejillas de ventilación. Las risas de la televisión llegan desde el piso de arriba; oye el agua canturreando en las tuberías, una de las niñas corre despreocupada por el pasillo al salir del baño. Hasta ahora siempre ha podido regresar. La tía Muriel diría que es una falta de moderación. Sé útil. Se concentra en el círculo amarillo del borde de la taza, intenta alargar los dedos y que dejen de estar acalambrados. Levanta la taza y se calienta las manos frías. El líquido gotea sobre su regazo. Lo sorbe, hora de repostar. Cuando las manos dejan de temblarle, se prepara una tostada y la unta de mantequilla de cacahuete. Irá poco a poco. De vuelta a la tierra.

Busca el bolígrafo de fieltro con el que hace la lista de la compra y empieza a anotar números. En una columna, la hipoteca, el seguro, la electricidad y la calefacción, la cuenta mensual de la compra. La ropa de las niñas y el material escolar. La cuenta del dentista: Janet necesitará una ortodoncia. La comida del gato. No tienen gato, pero piensa conseguir uno y cargárselo a Nate. Su sustituto. Las reparaciones. Arreglará el tejado, y el escalón del porche.

En la otra columna pone el alquiler de los inquilinos. No quiere ser injusta, solo exacta, y está dispuesta a descontar el alquiler de la hipoteca.

Ya se encuentra mejor. Es lo que necesita: pequeñas metas, proyectos, algo que la tenga ocupada. Otras mujeres tejen. Incluso le parece notar la levedad de espíritu que espera poder describir luego a sus conocidos. Y la verdad es que tal vez no esté tan mal. Librarse de esas otras normas, del rostro constantemente dolorido, que es peor que si la regañaran. Vivir con Nate ha sido como vivir con un enorme espejo en el que se ampliaran distorsionados sus defectos. Ojos de mosca. Se ha visto obligada a verse bajo esos valores de East York, la piadosa madre de cara monjil, con su horrible vajilla de plástico y su leve olor a lana vieja y aceite de hígado de bacalao. Ahora se librará de eso. También significa que tendrá que sacar ella misma la basura, pero cree poder soportarlo.

LESJE

A Lesje le cuesta levantarse por las mañanas. En la era prehistórica en que vivía con William podía confiarse. A él le gustaba llegar puntual al trabajo. También le gustaba levantarse. Se daba una ducha rápida, en la que se frotaba con una especie de instrumento medieval de flagelación, y salía sonrosado como un pato de goma a husmear en la cocina en busca de leche y cereales, mientras se secaba la cabeza con una toalla y hacía incursiones en el dormitorio para despertar a Lesje y quitarle las sábanas de encima de las piernas.

En cambio ahora, sola en la casa pequeña y fría, tiene que obligarse a salir al aire, a sacar un pie tras otro de debajo de las mantas, igual que un pez fuera de un charco de agua estancada. La casa sin muebles, sin nada que irradie calor en las paredes desnudas, absorbe la poca energía que tiene. Le da la sensación de que está perdiendo peso y de que la casa está engordando.

A veces, mientras bebe café instantáneo con sucedáneo de leche y mastica una magdalena rancia, va a la puerta del salón a contemplar las pequeñas pilas de serrín que está haciendo Nate.

El salón, según dice, es la única habitación de la casa lo bastante grande para sus máquinas. Aunque todavía no ha trasladado ninguna, ha llevado unas cuantas herramientas y varios caballitos de madera sin terminar e incluso ha pasado algunas horas rascando y puliendo. Las pilas de serrín la tranquilizan. Significan que, al menos en teoría, Nate se esta mudando a la casa. Tomando posesión.

Le ha explicado con mucho cuidado por qué sigue durmiendo en lo que considera la casa de Elizabeth. Lesje le escuchó, intentó escucharle, pero no lo entiende. Tiene la sensación de estar dejándose complicar en algo tenue, enmarañado e imposible de desenredar. Está fuera de su elemento. Si ella estuviese al mando, los movimientos serían concretos, directos. Ha sido directa. Quiere a Nate, así que ha dejado a William y se ha ido a vivir con él. ¿Por qué entonces Nate no se ha ido a vivir con ella?

Nate afirma haberlo hecho. Incluso se ha quedado a dormir un par de noches, y después de la segunda, al verlo cojear por la cocina y hacer una mueca cada vez que intentaba enderezarse, cedió, se ajustó el cinturón y compró un colchón de segunda mano. Fue como comprar una jaula: no se puede hacer que el pájaro entre en ella.

«Este es mi verdadero hogar», dice Nate. Y una vez, con la cabeza apoyada en su vientre: «Quiero tener un hijo tuyo». Rápidamente se corrigió: «contigo», luego dijo: «Quiero que tengamos un hijo juntos», pero a Lesje le sorprendió tanto, que no se fijó en la formulación. No le apetece especialmente tener un bebé, no en ese momento; no sabe si está preparada; aunque le conmovió el deseo de Nate. La consideraba no solo deseable sino aceptable. Se sentó, alzó la cabeza y le abrazó agradecida.

Lo que no sabe explicar es la distancia que hay entre lo que dice y lo que hace en realidad. No logra conciliar sus proclamas amorosas —¡que ella cree!— con el simple hecho de su ausencia. Su ausencia es una prueba, es empírica. Se ha petrificado, es una masa dura que arrastra allí donde va en la boca el estómago.

Sube las grises escaleras del museo, pasa junto a los taquilleros, se apresura por las escaleras de la sala de evolución de vertebrados, recorre una vez más su camino diario: el cráneo humano, el tigre de dientes de sable en la fosa bituminosa, las escenas iluminadas de vida submarina, con los hambrientos mosasaurios y los desdichados ammonites. Para llegar a la puerta que conduce a su despacho hay que cruzar esa porción de antiguo suelo marino. La mayoría de los despachos del museo tienen puertas normales; le alegra que la suya esté camuflada para parecer una roca. Ya que no puede vivir en una cueva, que es lo que desearía en ese momento (meditación, pan y agua, sin complicaciones), eso es lo más parecido.

Aunque últimamente ha estado llegando tarde, también se queda más tiempo, a veces hasta las siete y media o las ocho, catalogando sin parar, bizqueando encorvada sobre las tarjetas y las etiquetas, concentrando su atención en las tibias y metatarsos, fragmentos del mundo real. Esa contemplación de los detalles le relaja; detiene el ruido del interior de su cabeza, la preocupación de que haya algo atrapado detrás de los paneles de madera. Además, así retrasa el regreso a la casa vacía.

Cuando está sola por las noches se dedica a merodear. Abre el armario del minúsculo dormitorio de invitados y contempla fijamente las cuatro perchas de alambre abandonadas, piensa que debería hacer algo con los jirones del empapelado y los excrementos de ratón del suelo. Intenta hacer cosas útiles, como rascar el depósito mineral amarillento de la taza del váter con un cuchillo de pelar verduras; pero casi siempre acaba sentada una hora más tarde en el mismo sitio sin haber conseguido nada, con la mirada perdida. Ahora comprende que su vida con William, por azarosa que pareciera, tenía al menos sus rutinas diarias. Las rutinas te anclan al suelo. Sin ellas, flota sin peso. Nunca espera que Nate aparezca antes de las diez.

Saluda con un gesto a través de la puerta abierta al doctor Van Vleet, que le devuelve el saludo. No le ha dicho nada porque llegue tarde. Ojalá quien le sustituya cuando se jubile sea igual de tolerante, también en otros aspectos.

Al salir de su cubículo, se topa con Elizabeth Schoenhof.

Lesje no está preparada. Ha evitado la cafetería, los baños que podría utilizar Elizabeth, cualquier rincón donde pudiese producirse ese encuentro, y ha dado por sentado que Elizabeth también la estaba esquivando. No se siente culpable y no tiene nada que ocultar. Pero no cree que tengan nada que decirse.

Y ahora Elizabeth está ahí, en la silla de Lesje y sonriendo generosa, como si ese fuese su despacho y Lesje hubiese ido a visitarla. Ha dejado el monedero en el escritorio, sobre una bandeja llena de fragmentos de anguila, y el suéter sobre el respaldo de la silla. Da la impresión de que vaya a preguntarle: «¿Qué puedo hacer por ti?».

En vez de eso, dice: «He traído estas solicitudes. El correo interno es demasiado lento».

No hay más sillas en el despacho; no hay sitio. Elizabeth da la impresión de ocupar todo el espacio disponible. Lesje se apoya contra el póster de la pared, las eras geológicas indicadas con bloques de colores. Los dinosaurios, ciento veinte millones de años de color amarillo leonado; el hombre, una manchita roja. Lesje es una mota, una molécula, un ión perdido en el tiempo. Pero Elizabeth también.

Mira la hoja de papel que le ha entregado Elizabeth. Quieren algo para la vitrina de la exposición subterránea, preferiblemente una pierna o un pie. Tendrá que hablarlo con el doctor Van Vleet, escoger el ejemplar, firmar la entrega.

—Está bien —dice. Elizabeth debe de haber encendido la calefacción. Lesje está acaloradísima; quiere quitarse el abrigo, aunque tiene la sensación de que si se volviese en ese momento se perdería alguna cosa. Además, necesita protección, aislamiento entre ella y Elizabeth.

—Me pareció que debíamos hablar —dice Elizabeth sin dejar de sonreír—. Creo que deberíamos colaborar. Es por el interés de todos, ¿no te parece?

Lesje sabe que está hablando de Nate, no de pies fosilizados. Pero por su tono de voz parece que esté hablando de un proyecto caritativo, un concierto benéfico, una venta de objetos de segunda mano. Lesje no considera a Nate un proyecto caritativo y no le apetece hablar de él.

—Por supuesto —dice.

—Nate y yo siempre hemos intentado colaborar —continúa Elizabeth—. Nos las hemos arreglado para seguir siendo buenos amigos. Creo que es mejor así, ¿tú, no? A menudo hablamos, cuando él está en la bañera.

Suelta una risa agradable. Es evidente que quiere que Lesje piense que ella es uno de los principales temas de las conversaciones en la bañera. Lesje sabe que Elizabeth y Nate no han hablado de nada con tanta intimidad desde hace meses. A no ser que él le haya mentido. ¿Le mentiría? Repara en que no le conoce lo bastante para saberlo.

Cuando Elizabeth se marcha quince minutos más tarde, todavía sonriendo, Lesje no recuerda nada de lo que han dicho. Se quita el abrigo, lo cuelga y va al laboratorio a prepararse una taza de café instantáneo. No está segura de que Elizabeth le haya dicho algo, al menos no directamente o con claridad. Pero la ha dejado con dos impresiones. Una es que ha despedido o está a punto de despedir a Nate por inútil, y que por tanto ella puede hacerse cargo de él. Si quiere. La otra es que acaban de contratarla para un trabajo que no ha solicitado. Por lo visto va a trabajar a prueba como institutriz. Al parecer, Elizabeth cree que necesita tiempo para estar sola.

—Será bueno para las niñas —ha dicho Elizabeth— aprender a relacionarse con alguien con intereses poco habituales.

Lesje cree que quería decir algo más complicado, menos neutral. Algo como «extranjero». No exactamente «sucia extranjera» como cuando en cuarto curso las niñas irlandesas se arremolinaban en torno a ella al pasar por el patio. «¡Uf!», exclamaban tapándose la nariz mientras Lesje esbozaba una vaga sonrisa para aplacarlas.

Elizabeth es demasiado de clase alta Wasp para eso. Más bien «forastero», alguien de fuera. Pero interesante, como si tocase el violín y bailara encantadoras danzas étnicas, una especie de *Violinista en el tejado*. Para distraer a las niñas.

Lesje ve que ha estudiado cosas equivocadas. Mamíferos modernos, eso sería útil. Comportamiento de primates. Recuerda haber leído algo sobre los párpados de los monos. El mono dominante mira fijamente, los otros bajan la mirada, y exhiben los párpados de colores. Eso evita los asesinatos.

Mañana, cuando esté menos deprimida, le preguntará a Marianne; Marianne sabe mucho de comportamiento de primates. O al doctor Van Vleet, o a otro. Seguro que cualquiera sabrá más que ella de eso.

Miércoles, 13 de abril de 1977

ELIZABETH

Elizabeth está tumbada en la cama, tapada hasta la barbilla con la colcha india. Dejó la ventana ligeramente entreabierta al ir a trabajar esa mañana, y la habitación está fría y húmeda. Mira el reloj que hay al lado de la cama, preguntándose si vale la pena hacer el esfuerzo de levantarse, vestirse y volver al despacho una hora más o menos.

Sobre su brazo izquierdo descansa una cabeza. Es la de William. La cabeza de William descansa sobre su brazo porque acaban de hacer el amor. Antes fueron a comer, una comida cara y reposada en el café Courtyard, con sopa de pepino, mollejas y susurros. Y dos botellas de vino blanco, que tal vez permitan explicar lo de los susurros. William suspiró mucho y se encogió de hombros varias veces, como si ejercitase una sutil melancolía. Le habló de un reciente estudio sobre los efectos de una dieta a base de carne cruda, como la de los esquimales, pero su cabeza estaba en otra parte. Aunque aludieron a su mutuo problema, no lo hablaron directamente. Que te abandonen es doloroso.

Elizabeth dijo (pero solo una vez) que se alegraba de que Nate por fin pareciese estar resolviendo algunos de sus conflictos y que se sentía aliviada de no tenerlo siempre..., en fin, a sus pies. Eso no le levantó el ánimo a William. Mientras comían la mousse de chocolate con Armagnac, Elizabeth le acarició la mano. Se miraron a los ojos con ironía. Ambos eran el premio de consolación del otro. Además era lógico, Elizabeth tenía la sensación de deberle un buen polvo. En parte, había sido culpa suya que Lesje lo abandonara de forma tan repentina. No lo había previsto. Lo que ella pretendía era que se produjese un enfrentamiento, luego una reconciliación, y que después de la reconciliación Lesje se viese obligada a renunciar a Nate. De ese modo Elizabeth se habría dedicado a consolar a Nate en lugar de a William.

Al principio, las cosas habían funcionado así con Nate y ella, y siempre había tenido cuidado de no hablarle de sus amantes hasta el momento oportuno. Al menos en teoría. Pero ni William ni Lesje habían actuado según el plan. No está del todo segura de qué ha ocurrido. En parte fue a comer con William para averiguarlo, pero William no quería hablar de eso.

Copular con William no ha sido desagradable, piensa, pero tampoco memorable. Ha sido como dormir con una porción enorme y bastante activa de queso Philadelphia. Una emulsión. No es que William carezca de misterio. Probablemente sea tan misterioso como cualquier otro objeto del universo: una botella o una manzana. Es solo que su misterio no es de los que suelen intrigar a Elizabeth. Pensándolo bien no es totalmente blando. Por el modo en que apretaba los dientes, está segura de que tiene reservas de energía, e incluso violencia, ocultas en su interior, como los frijoles saltarines mexicanos en una caja de algodón.

Pero no le gustan las cajas cuyo contenido puede adivinar. ¿Por qué abrir a William? Para ella no contiene ninguna sorpresa. Chris era un país peligroso, plagado de guerrillas y emboscadas, el centro de un remolino, un amante diabólico. Tal vez William sea eso para alguien: Elizabeth tiene suficiente edad para saber que el amante diabólico de una mujer puede ser un zapato viejo para otra. No le reprocha a Lesje la fascinación que evidentemente siente por Nate, puesto que ella misma no la ha experimentado nunca. Lo que le da envidia no son las personas implicadas, sino el hecho en sí mismo. Le gustaría volver a sentir eso por cualquiera.

William se mueve, y Elizabeth saca el brazo de debajo de su cabeza.

—Ha sido genial —dice.

Elizabeth esboza una leve mueca. «Genial».

—¿Para ti no? —pregunta preocupado.

—Pues claro —replica ella—. ¿No lo has notado?

William sonríe con confianza.

—Demonios —dice—. Lesje no te llega a la suela del zapato.

A Elizabeth esa observación le parece de muy mal gusto. No comparas a tus amantes, ni sus rostros. No obstante, sonríe.

—Más vale que me dé prisa —dice—. Debería dejarme ver en el trabajo, y supongo que tú también.

Además, las niñas volverán de la escuela en una hora. Pero no lo dice.

No le apetece especialmente que William la mire por detrás, pero no puede impedírselo. Sale de la cama, se abrocha el sujetador, y se pone las bragas de color magenta. Las escogió por la mañana pensando que podría pasar algo parecido.

—Eres condenadamente sexy —dice William un poco más

animado de la cuenta. Ese tono podría ser el preludio de un ca-
chete en la nalga—. Menudo cuerpazo.

Elizabeth se estremece de irritación. Estúpida; a veces es muy
estúpida. «Ponte los putos pantalones de jockey y sal de mi cama.»
Le sonríe con gracia por encima del hombro y oye el timbre de la
puerta.

Por lo general, Elizabeth no abriría la puerta a medio vestir en
pleno día. Los vecinos hablan, hablan con sus hijas; alguien podría haber visto entrar a William. Pero está deseando salir de la
habitación.

—Probablemente vengan a leer el contador —dice. No sabe si
puede ser cierto. Desde que empezó a trabajar en casa, Nate se ha
ocupado siempre de esos detalles—. Será solo un segundo.

Se pone el batín azul, ata el cinturón y baja las escaleras incómoda con los pies descalzos. Mientras abre la puerta vuelve a sonar el timbre.

La tía Muriel está en el porche, mirando con disgusto la mecedora blanca descascarillada, el escalón roto, los minúsculos jardines delanteros de los vecinos con los restos marchitos de las flores
del verano pasado. Lleva un sombrero blanco de terciopelo que
parece un orinal puesto del revés, guantes blancos, como si fuese
de camino a la iglesia, y una estola de visón que Elizabeth recuerda
de hace veinticinco años. La tía Muriel jamás tira ni regala nada.

Nunca ha ido a visitar a Elizabeth. Ha preferido ignorar la
existencia de las señas de Elizabeth en un barrio de mala reputación, como si no viviese en una casa y se materializara en su vestíbulo y volviera a desmaterializarse al marcharse. Pero que la tía
Muriel no haya hecho algo no es razón para suponer que no vaya
a hacerlo. Elizabeth sabe que no debería estar sorprendida

—¿quién iba a ser si no?—, pero lo está. Nota que le falta el aliento, como si la hubiesen golpeado en el plexo solar, y se aprieta el estómago por encima del batín.

—He venido —dice la tía Muriel, haciendo una leve pausa— porque quería decirte lo que pienso acerca de lo que has hecho. Aunque a ti te traiga sin cuidado. —Da un paso adelante y Elizabeth tiene que apartarse. La tía Muriel se dirige al salón desprendiendo aroma a naftalina y polvos cosméticos con olor a heno—. Estás enferma —dice la tía Muriel, mirando no a Elizabeth sino la sala perfectamente ordenada, que bajo su mirada se encoge, se desdibuja y parece exudar polvo. La enfermedad sería la única excusa para ir en batín en pleno día, y no muy buena—. Tienes mal aspecto. No me sorprende.

La propia tía Muriel no está precisamente radiante. Elizabeth se pregunta brevemente si le ocurrirá algo, y luego descarta la idea. A la tía Muriel nunca le ocurre nada. Se pasea por la habitación, inspeccionando las sillas y el sofá.

—¿No quieres sentarte? —pregunta Elizabeth. Ha decidido cómo manejar esa situación: con dulzura y ligereza, sin revelar nada. «No dejes que te pinche.» Nada le gustaría más a la tía Muriel que pincharla.

La tía Muriel se instala en el sofá, pero no se quita la estola ni los guantes. Resuella, o tal vez sea un suspiro, como si no soportase estar en esa casa. Elizabeth se queda de pie. «Domínala desde las alturas.» No tiene la menor esperanza.

—En mi opinión —dice la tía Muriel—, las madres de niñas pequeñas no rompen familias por su propia satisfacción. Sé que en estos tiempos mucha gente lo hace. Pero es un comportamiento inmoral e indecoroso.

Elizabeth no puede y no está dispuesta a admitir ante la tía Muriel que la partida de Nate no ha sido enteramente elección suya. Además, si dice: «Me ha dejado Nate», tendrá que oír que la culpa la tiene ella. Los maridos no dejan a las mujeres que se portan como Dios manda. No hay duda.

—¿Cómo te has enterado? —pregunta.

—Philip, el sobrino de Janie Burroughs, trabaja en el museo —responde la tía Muriel—. Janie es una antigua amiga mía. Fuimos juntas a la escuela. Tengo que pensar en mis nietas; quiero que vivan en una casa decente.

Elizabeth había olvidado el parentesco de Philip con Janie Burroughs cuando hizo una ingeniosa y frívola descripción de su situación doméstica durante la comida la semana pasada. Es una ciudad incestuosa.

—Nate las ve el fin de semana —dice titubeando, y enseguida repara en que ha cometido un grave error táctico: ha admitido que hay algo, si no incorrecto, al menos deficiente, en que los padres no vivan en casa—. Tienen un hogar decente —añade apresuradamente.

—Lo dudo —responde la tía Muriel—. Lo dudo mucho.

Elizabeth nota que no pisa terreno firme. Si estuviese vestida y no hubiese un hombre en su dormitorio, disfrutaría de una posición estratégica mucho mejor. Cuenta con que William tenga el sentido común de no moverse, pero teniendo en cuenta su falta de entendederas no tiene muchas esperanzas. Cree oírle chapoteando en el baño.

—Me parece —dice Elizabeth con dignidad— que mis decisiones y las de Nate son solo asunto nuestro.

La tía Muriel pasa por alto sus palabras.

—Nunca me ha caído bien —dice—. Ya lo sabes. Pero cualquier padre es mejor que no tener ninguno. Y tú deberías saberlo mejor que nadie.

—Nate no está muerto —dice Elizabeth. Una oleada de calor se alza en su pecho—. Está vivo y coleando y adora a las niñas. Lo que pasa es que está viviendo con otra mujer.

—La gente de tu generación no entiende el significado del sacrificio —dice la tía Muriel, aunque sin demasiado convencimiento, como si a fuerza de repetirlo la idea hubiese acabado por cansarla—. Llevo años sacrificándome. —No dice por qué. Es evidente que no ha oído una palabra de lo que acaba de decir Elizabeth.

Elizabeth pone la mano en el aparador de pino para tener un punto de apoyo. Cierra un instante los ojos; detrás de ellas hay un entramado de cintas elásticas. Con cualquier otra persona puede contar con que haya cierta diferencia entre la superficie y el interior. La mayoría de la gente hace imitaciones; ella misma se ha pasado años haciéndolas. En caso necesario sabe imitar a una esposa, una madre, una empleada, una pariente leal. El secreto es descubrir lo que intentan imitar los demás y luego darles a entender que lo han hecho bien. O lo contrario: «Te tengo calado». Pero la tía Muriel no hace imitaciones, o es una imitación tan completa que se ha vuelto auténtica. Se ha convertido en su superficie. Elizabeth no la tiene calada porque no hay un solo resquicio en ninguna parte. Es opaca como una roca.

—Iré a ver a Nathanael —dice la tía Muriel. La madre de Nate y ella son las dos únicas personas que lo llaman Nathanael.

De pronto Elizabeth comprende la idea que ha tenido la tía Muriel. Irá a ver a Nate y va le ofrecerá dinero. Está dispuesta a pagar a cambio de conservar la apariencia de una vida familiar normal, aunque suponga la desdicha para todos. Que para ella equivale a una vida familiar normal; nunca ha fingido ser feliz. Va a pagarle para que vuelva, y Nate pensará que la ha enviado Elizabeth.

La tía Muriel lleva un vestido de lana gris, está en el salón junto al piano de cola. Elizabeth, que tiene doce años, acaba de terminar la clase de piano. Impotente y estrecha de pecho, la profesora de piano, la señorita MacTavish, está en el vestíbulo esforzándose en ponerse el abrigo de color azul marino igual que todos los martes desde hace años. La señorita MacTavish es una de las ventajas que la tía Muriel se pasa la vida diciéndole a Elizabeth que le está dando. La tía Muriel espera a que se cierre la puerta y sonríe a Elizabeth con una sonrisa muy poco tranquilizadora.

—El tío Teddy y yo —dice— pensamos que, dadas las circunstancias, Caroline y tú deberías llamarnos de otro modo en vez de tía Muriel y tío Teddy.

Se inclina y pasa las páginas de la partitura de Elizabeth. Los *Cuadros de una exposición*.

Elizabeth se queda en la banqueta del piano. Se supone que debe estudiar media hora después de cada clase. Cruza las manos sobre el regazo y mira fijamente a la tía Muriel con gesto inexpresivo. No sabe qué va a ocurrir, pero ya ha aprendido que la mejor defensa contra la tía Muriel es el silencio. Lleva el silencio en torno al cuello como el ajo contra los vampiros. La tía Muriel dice que es «taciturna».

—Os hemos adoptado legalmente —continúa la tía Muriel—, y creemos que deberíais llamarnos «padre» y «madre».

Elizabeth no tiene inconveniente en llamar «padre» al tío Teddy. Apenas recuerda a su verdadero padre, y lo que recuerda no le gusta mucho. A veces contaba chistes, de eso sí se acuerda. Caroline atesora sus esporádicas tarjetas navideñas. Elizabeth tira las suyas a la basura sin molestarse ya en mirar el matasellos para ver adónde lo ha llevado el viento en esa ocasión. Pero ¿«madre»? ¿A la tía Muriel? Se le pone la carne de gallina.

—Ya tengo una madre —objeta Elizabeth con educación.

—Firmó los papeles de adopción —responde la tía Muriel, con indisimulado triunfo—. Parecía contenta de librarse de la responsabilidad. Por descontado, tuvimos que pagarle.

Elizabeth no recuerda cómo reaccionó ante la noticia de que su verdadera madre la había vendido a la tía Muriel. Cree que intentó cerrar la tapa del piano sobre la mano de la tía Muriel; ha olvidado si lo consiguió o no. Fue la última vez que se permitió llegar tan lejos.

—¡Fuera de mi casa! —se oye gritar Elizabeth—. ¡Y no vuelvas, no vuelvas nunca! —La voz hace que la sangre le fluya a la cabeza—. ¡Vieja zorra mohosa! —Está deseando llamarla «puta», lo ha pensado muchas veces, pero se contiene por superstición. Si pronuncia esa palabra mágica, sin duda la tía Muriel se transformará en otra cosa; se hinchará, ennegrecerá, hervirá como azúcar quemado y despedirá vapores mortíferos.

La tía Muriel se pone en pie con una expresión implacable, y Elizabeth coge el objeto que tiene más cerca y lo lanza contra el repulsivo sombrero blanco. Falla y uno de sus preciosos cuencos de porcelana se hace pedazos contra la pared. Pero al fin, al fin, ha asustado a la tía Muriel, que huye corriendo por el pasillo. La puerta se abre, se cierra; un portazo, satisfactorio, definitivo como un escopetazo.

Exultante, Elizabeth da una patada en el suelo. ¡La revolución! Es como si la tía Muriel estuviese muerta; ya no tendrá que volver a verla. Baila una breve danza de la victoria en torno a la silla de pino, abrazándose. Se siente como una salvaje, podría devorar un corazón.

Pero cuando William baja, vestido y con el pelo repeinado, la encuentra inmóvil y acurrucada en el sofá.

—¿Quién era? —pregunta—. He pensado que era mejor quedarme arriba.

—Nadie —responde Elizabeth—. Mi tía.

Nate la habría consolado, incluso en ese momento. William se ríe, como si las tías fuesen intrínsecamente graciosas.

—Parecía una especie de discusión —dice.

—Le he lanzado un cuenco —explica Elizabeth—. Era un cuenco valioso.

—Podrías intentar repararlo con Super Glue —sugiere William en tono práctico.

Elizabeth no cree que valga la pena responderle. El cuenco de Kayo es irreemplazable. Un cuenco vacío.

LESJE

Lesje, con una bata de laboratorio más sucia de lo normal, se sienta en el laboratorio de abajo, junto al pasillo de los estantes de almacenamiento. Está bebiendo una taza de café instantáneo, que es lo único que piensa comer. En apariencia está clasificando y etiquetando una bandeja de dientes de pequeños protomamíferos del Cretácico Superior. Utiliza una lupa y una guía, aunque conoce esos dientes como la palma de su mano: el museo ha publicado una guía monográfica, que Lesje ayudó a editar. Pero le cuesta concentrarse. Está ahí en lugar de en su despacho porque necesita que alguien le hable.

Hay dos técnicos en la habitación. Theo está junto al soplete de arena, hurgando con un mondadientes en una mandíbula semienterrada. En biología de mamíferos, donde los huesos son reales, no utilizan mondadientes. Tienen un congelador lleno de cadáveres de camello, alce y murciélago y, cuando están preparados para montar el esqueleto, eliminan la mayor parte de la carne y dejan los huesos en la sala de los bichos, donde unos insectos carnívoros devoran los jirones de carne restantes. La sala de los bichos huele a carne podrida. Al otro lado de la puerta, hay fotos de mujeres desnudas pegadas con cinta adhesiva a los archivadores. Los técnicos de ese departamento trabajan al son de la música rock y country de la radio. A Lesje le gustaría saber si el solitario Theo preferiría estar allí.

Gregor, el artista del departamento, está aplicando pinceladas de arcilla a un hueso, una especie de fémur de ornitópodo. Aunque tal vez a Gregor no le importe demasiado lo que sea. Su trabajo consiste en hacer un molde y luego una réplica de escayola. Y así, lentamente, y pieza a pieza, se reproducen enormes esqueletos. Lesje sabe que, en el siglo XIX, Andrew Carnegie, sacó varios moldes de su propio dinosaurio, *Diplodocus carnegii*, y exhibió las réplicas ante las testas coronadas de Europa. Hoy nadie podría permitirse hacer una cosa así, ni aunque siguiese habiendo testas coronadas.

Lesje intenta pensar en algo que decirle a los técnicos, aunque no sobre el *Diplodocus carnegii*, eso no serviría; busca un modo de entablar conversación. Pero desconoce sus intereses. Hacen su trabajo y se van a las cinco todas las noches para volver a sus otras vidas, que a Lesje le resultan insondables. No obstante, sabe que no dependen del museo como ella. Gregor podría trabajar en una tienda de arte, Theo podría limpiar cemento de unos ladrillos, o pintura de unos tiradores antiguos de latón. A lo mejor les gustaría pegar mujeres desnudas con cinta adhesiva aquí también.

No obstante, arde en deseos de que uno, cualquiera de los dos, le diga: «Ven a tomar una cerveza». Vería partidos de béisbol con ellos en la televisión, comería patatas fritas y bebería de la botella.

Les cogería de la mano, se revolcaría con ellos por la alfombra, haría el amor con ellos, sin darle más importancia que a cualquier otro ejercicio saludable, como nadar o dar una vuelta corriendo a la manzana. Todo sería amistoso, sin futuro. Quiere acciones, actividades, sin significados ni castigos ocultos.

Piensa con nostalgia en su vida con William, que ahora considera sencilla y jovialmente adolescente. Lo bueno de William era que Lesje no se había parado a pensar en qué pensaba de ella. Antes quería algo menos bidimensional. Ahora lo tiene. Es cierto que no quería a William, aunque en aquel entonces no tenía forma de saberlo. Ama a Nate. Y ya no está segura de estar hecha para amar.

Es posible que ni siquiera fuese Nate quien la atrajo al principio, sino Elizabeth. Elizabeth y Chris. Había mirado a Elizabeth y visto un mundo adulto donde las decisiones tenían consecuencias significativas, irreversibles.

William nunca representó una decisión así, William no tenía un plazo establecido. Lesje debió de pensar que podría vivir con William un millón de años sin que nada cambiara en realidad. Es evidente que William no opinaba igual. Como el avaro con su calcetín, había invertido en cosas cuando no lo veía, por eso la había cogido por sorpresa su estallido de violencia. Pero ahora está lejos de William, e incluso de su rabia. William solo fue doloroso momentáneamente.

En cambio, Nate es doloroso casi todo el tiempo. Sosteniendo sus manos, le dice: «Sabes lo importante que eres para mí». Cuando querría que le dijese que mataría o moriría por ella. Si le dijera eso, haría cualquier cosa por él. Pero «lo importante» implica una medida, e implica también la pregunta «¿Cuán importante?». Para

Lesje, Nate es absoluto; en cambio, para él, ella existe en una escala de cosas de importancia relativa. No sabe con exactitud en qué lugar de la escala se encuentra; fluctúa.

Por las noches se sienta ante la mesa nueva, al lado de la estufa y de la ruidosa nevera que le costó un dineral en Goodwill, y se pone melancólica. Cuando vivía con William era él quien se ponía melancólico.

—¿Qué te pasa, cariño? —pregunta Nate. Ella no sabe qué responder.

Prolonga la taza de café todo lo que puede, pero los técnicos no dicen nada. Gregor silba para sus adentros. Theo se limita a seguir rascando. Derrotada, lleva la bandeja de dientes a su despacho. Tiene una visita escolar a las cuatro, otra vez a apretar botones en el oscuro Cretácico, con mil niños dando vueltas y vueltas a las cicas y su voz dando explicaciones. Luego, volverá a casa.

Tiene que llegar pronto, pues es el primer fin de semana que las niñas de Nate van a pasar con ellos. Lleva toda la semana aterrorizada.

—Pero no tienen dónde dormir —objetó.

—Pueden pedir prestados sacos de dormir a sus amigas —dijo Nate.

Lesje arguyó que no tendrían platos suficientes. Nate respondió que las niñas no querían una cena formal. Él cocinaría y las niñas lavarían los platos. Ella no tendría que hacer nada. Entonces Lesje tuvo la sensación de que la estaban excluyendo, pero no lo dijo. En vez de eso contó la vajilla y se esforzó en despegar la mugre del suelo. Cuando vivía con William, se habría burlado con desprecio de esos escrúpulos. Lo cierto era que no quería que las niñas fuesen a casa y le contaran a Elizabeth que no tiene cubiertos y que el suelo está sucio. Le traía sin cuidado lo que William pensase de ella, pero le preocupa, y mucho, lo que puedan pensar dos niñas pequeñas a las que apenas conoce y que no tiene motivos para que le gusten. Ellas tampoco los tienen. Tal vez piensen que les ha robado a Nate. Es probable que la odien. Se siente condenada de antemano, no por algo que haya hecho, sino por su ambigua situación en el universo.

El jueves fue a Ziggy's y compró una bolsa de exquisiteces: una lata de galletas inglesas de mantequilla, dos tipos de queso, hígado troceado, magdalenas de fruta, bombones. Casi nunca come magdalenas de fruta ni bombones, pero las cogió desesperada de los estantes: seguro que les gustaban a los niños. Reparó en que no tenía ni idea de lo que les gusta a los niños. Tan solo sabía que a la mayoría de ellos les gustaban los dinosaurios.

—No hace falta, cariño —dijo Nate mientras ella vaciaba el contenido de la bolsa de Ziggy's sobre la mesa de la cocina—. Se contentarán igual con sándwiches de mantequilla de cacahuete.

Lesje corrió arriba, se desplomó sobre el colchón y lloró en silencio, respirando el olor de la ropa vieja, el relleno viejo y los ratones. Esa era otra: las niñas verían el colchón.

Al cabo de un rato entró Nate. Se sentó y le acarició la espalda.

—Sabes lo importante que es para mí que os llevéis bien —dijo—. Si tuvieses hijos lo entenderías.

A Lesje se le encogió el estómago; notó una pared de músculo en torno a un hueco central. Nate se había situado con las niñas y Elizabeth en un pequeño oasis verde donde era posible el entendimiento. En el desierto exterior, aislada, sola, sin hijos y culpable de ser joven, ella hacía penitencia, presenciando una pantomima que no sabía descifrar.

Nate no era consciente de estar siendo cruel. Creía ser atento. Mientras le acariciaba la espalda ella lo imaginó mirando el reloj para ver si lo había hecho el tiempo suficiente.

Multituberculata, murmura Lesje para sus adentros. Es una palabra tranquilizadora. Quiere que la tranquilicen; no está tranquila. Teme lo que pueda ocurrir esa noche. Teme sentarse a la mesa desvencijada, con una vajilla inadecuada y unos platos baratos, notar cómo se mueven sus mandíbulas, mantener una torpe conversación o mirarse las manos mientras dos pares de ojos la miran y la juzgan. Tres pares.

ELIZABETH

Elizabeth está en la oscuridad subterránea de la Pilot Tavern, respirando el olor de las patatas fritas un poco rancias, observando las sombras. En otra época pasó allí varias tardes con Chris. Era un buen sitio porque era improbable que se encontrasen a algún conocido. En esta ocasión lo ha escogido por el mismo motivo.

El camarero le ha preguntado qué quería tomar, pero ella ha respondido que estaba esperando a alguien. Lo cual era cierto. Les ha dado las buenas noches a sus hijas, ha dejado unos bollos y Coca-Cola para la canguro, ha llamado un taxi y se ha subido a él para poder sentarse en la Pilot Tavern y esperar. Ya se está arrepintiendo. Sin embargo, había guardado la tarjeta, esa tarjeta comercial, metida en un compartimento de su bolso donde pone la calderilla y sus carnets de identidad. Sabe que nunca guarda cosas así a no ser que piense utilizarlas algún día. Un cuerpo disponible, oculto en el fondo de su imaginación.

Aún está a tiempo de marcharse, pero entonces ¿qué? Tendría que volver, pagar a la canguro y tumbarse sola en la casa que está vacía sin estarlo, escuchar el sonido apenas audible de la respiración de sus hijas. Cuando están despiertas todavía lo soporta. Aunque no es que sean una gran compañía. Nancy se tumba inerte en la cama escuchando discos y leyendo, una y otra vez, los mismos libros: *El hobbit* y *El príncipe Caspian*. Janet pulula en torno a Elizabeth ofreciéndose a ayudarla: pelar zanahorias, quitar la mesa. Se queja de dolor de estómago y no está contenta hasta que Elizabeth le da un poco de Gelusil o leche de magnesia Phillips de las botellas abandonadas por Nate. Nancy, por su parte, se escurre de sus manos para huir de los abrazos y los besos de buenas noches. A veces Elizabeth tiene la sensación de que las niñas se sienten culpables en vez de tristes.

¿Qué se supone que debe decirles? «No es que papá se haya ido, es que se ha ido. Mamá y papá os quieren. No es culpa vuestra. Ya sabéis que os llama todas las noches, cuando se acuerda. Y lo veis los fines de semana, muchas veces.» Pero Nate y ella han acordado que no hable con las niñas de su separación hasta que él encuentre la ocasión de tener una charla con ellas, una charla que de momento ha pospuesto. Y tampoco es que importe. Las niñas no son idiotas, saben qué está pasando. Lo saben tan bien que ni siquiera preguntan.

El hombre del traje marrón está acodado en la barra; es más corpulento de lo que recuerda, y ya no lleva un traje marrón. Su traje es de color gris claro y lleva una corbata con grandes rombos blancos que parecen brillar en la oscuridad. Se ha vuelto más próspero.

—Veo que has venido —dice. Ocupa la silla de enfrente, suspira y vuelve la cabeza para buscar al camarero.

Cuando lo telefoneó, él no recordaba quién era. Elizabeth

tuvo que recordarle su encuentro en la estación del metro, su conversación sobre inmobiliarias. Luego se había mostrado demasiado efusivo. «¡Claro, claro!» A ella ese fallo de memoria le había parecido humillante. Y luego su risa, pegajosa como la melaza, como si supiera lo que ella quería.

No puede saberlo. Lo único que quiere es olvido. Temporal, pero completo: una noche sin estrellas, una carretera que lleve directamente al borde de un acantilado. Un final. *Terminal.* Antes de llamarle, estaba segura de que él podría ofrecérselo. Tal vez pueda. Tiene las manos sobre la mesa, romas, cubiertas de pelillos negros, prácticas.

—He estado fuera —dice—. Volví anteayer.

El camarero llega y él pide un ron con Coca-Cola, luego pregunta a Elizabeth qué va a tomar. «Un whisky con soda para la señora.» Comenta lo cansado que está. Lo único que tiene para romper la monotonía de los largos viajes por carretera es su radio de onda corta. Se pueden tener buenas conversaciones. En tono de broma, pide a Elizabeth que adivine cuál es su apodo.

—El increíble Hulk —dice sonriendo con timidez.

Elizabeth cree recordar que antes viajaba en avión y no en coche. En cualquier caso, un viajante comercial. Alguien tiene que vender cosas, piensa; pero se siente como si estuviera a punto de ser parte de un chiste manido. Seguro que puede encontrar algo mejor. Pero no quiere. Mejor es Philip Burroughs, los amigos de los amigos, los maridos de las amigas, bien vestidos, predecibles. Este hombre tiene un maletín lleno de bragas con la entrepierna cortada, un halo de sórdida alegría. Carnaval. Nada de circunspección, no se quitará antes el reloj para dejarlo en la mesilla de noche, ni plegará la camiseta interior, ni olerá a menta, el olor de las pastillas de la úlcera. Tiene seguridad en sí mismo, se recuesta en el asiento, exhala promesas no formuladas. Para algún otro, sería predecible, pero para ella no, aún no.

Llegan las copas y Elizabeth se toma la suya como si fuese una medicina, con la esperanza de notar cómo florece el deseo entre sus muslos igual que una flor en el desierto. El hombre del traje gris se inclina sobre la mesa y le dice en tono confidencial que está pensando en vender su casa. Su mujer le ha echado el ojo a otra más al norte, un poco más grande. ¿No conocerá a nadie que esté interesado? La casa que quiere vender tiene la instalación eléctrica nueva de cobre y los suelos enmoquetados. Cree poder permitírselo, acaba de conseguir la representación de una línea de productos nuevos. Se le han ocurrido un par de ideas.

—¿Ideas? —pregunta Elizabeth. Su cuerpo reposa sobre el asiento forrado de plástico como un saco de arena: pesado, seco, inanimado.

—Para las fiestas de cumpleaños —responde—. Helicópteros en miniatura, silbatos, cráneos de plástico, monstruos, relojes de pulsera de juguete. Esas cosas. Le pregunta cómo son sus niñas.

—La verdad es que mi marido y yo acabamos de separarnos —dice.

Tal vez eso despierte en él la respuesta depredadora que se supone que desatan las palabras «separada» y «divorciada» en los hombres casados. Aunque más bien parece ponerle nervioso. Mira a su alrededor, claramente en busca del camarero. A Elizabeth le sorprende notar que tiene tan pocas ganas de que lo vean con ella como ella de que lo vean con él. ¿Será que piensa que quiere cazarlo, que lo quiere para su uso doméstico? Es absurdo. Pero decírselo sería un insulto.

Se pregunta si podría ser sincera. «Solo quiero un polvo de una noche. De una hora, si es posible, y no hace falta que me des conversación. Ni cuerdas, ni hilos, ni ganchos, ya tengo suficientes ataduras. No te quiero en mi vida, por eso te he llamado.»

Pero él empieza a contarle una operación a la que se sometió hace dos meses, para las verrugas plantares. Mucho más doloroso de lo que se podría pensar. Es inútil, vale más minimizar daños. Ya se le ha pasado la época de hacer esas cosas: coches en el aparcamiento, manoseos en el cine. Ha olvidado el truco, el modo de desear.

—Es hora de irme —dice educadamente—. Muchas gracias por la copa. Ha sido un placer volver a verte. Se echa el abrigo por encima de los hombros, se levanta y sale de detrás de la mesa.

El hombre parece consternado.

—La noche acaba de empezar —dice—. Tómate otra.

Cuando Elizabeth declina la invitación, él se pone en pie con torpeza.

—Bueno, pues te acompaño a casa.

Elizabeth duda, luego acepta. ¿Por qué pagar un taxi? Andan por el aparcamiento entre el aire cálido. Él le pone una mano en el codo, un gesto extrañamente pasado de moda. Tal vez podrían bailar el fox-trot a la luz de la farola. Su noche de juerga en la ciudad.

Una vez en el coche, Elizabeth no se esfuerza en darle conversación. Le dice dónde vive y emite murmullos apenas atentos mientras él se queja de la mala calidad de la comida de los hoteles, sobre todo en Thunder Bay. Ella está totalmente sobria. Totalmente. Hay una compensación: se ha librado, sin un rasguño. Debe de haberse dado cuenta de que no está interesada. Deja de hablar, enciende la radio de onda corta y toquetea el dial. Voces entrecortadas crepitan y se desvanecen.

Pero antes de llegar a su calle, se desvía por un callejón sin salida y para el coche. Los faros iluminan un tablero de ajedrez, una flecha negra; detrás, una valla de alambre de espino. Una fábrica o algo parecido.

—Esta no es mi calle —dice Elizabeth. Al principio de la noche habría agradecido ese avance.

—No te hagas la tonta —replica él—. Los dos sabemos para qué estás aquí. —Alarga el brazo y descuelga el micrófono de la radio—. Vamos a darles un poco de emoción —dice—. Diez-cuatro, diez-cuatro, dejadme en paz de una vez.

Elizabeth busca a tientas el botón del cinturón de seguridad, pero antes de que pueda soltarlo el hombre se abalanza sobre ella. Con la cabeza echada hacia atrás por el peso de su boca, a Elizabeth le falta el aire. Una rodilla entre los muslos le levanta la falda; el tipo tiene el trasero contra la guantera. Algo frío y metálico le oprime la garganta y comprende que es el micrófono.

Él mueve mucho los brazos, gime; golpea con el codo el cristal de la ventanilla. Elizabeth se debate para no ahogarse. «Está sufriendo un infarto.» Se quedará allí, bajo su cadáver, hasta que oigan sus gritos en el micrófono y vayan a sacarla.

Pero, en menos de un minuto, el hombre aplasta la cara contra su cuello y se queda inerte. Elizabeth levanta el brazo izquierdo y consigue hacer un hueco por donde respirar.

—Caray —dice él, quitándose de encima—. Ha sido genial.

Elizabeth tira de la falda hasta las rodillas.

—Iré andando a casa —dice. Nota que le tiembla la voz, aunque no cree estar asustada. Idiota, cómo se le habrá ocurrido esperar más.

—¡Eh!, ¿no quieres tu turno? —responde el hombre. Su mano izquierda trepa por su muslo como una araña—. Yo ya estoy —insiste—. Relájate y disfruta.

Sostiene el micrófono con la mano izquierda, como si esperase que ella fuese a ponerse a cantar.

—Quita la mano de mi entrepierna —replica Elizabeth. Se siente como si hubiese abierto un paquete de aspecto serio y hubiese salido un muñeco de resorte. Nunca le han gustado las bromas.

—Joder, solo quería ser amable —dice apartándose. Vuelve a colgar el micrófono en la radio—. A todo el mundo le gusta divertirse un poco.

—Apaga el canal, Mac —dice la voz de la radio—. Haz algo o apaga de una vez.

—Volveré andando a casa —repite Elizabeth.

—No lo permitiré —responde el hombre—. Y menos en estos andurriales. —Pone las manos en las rodillas, agacha la cabeza y se queda mirando el volante—. Llevo una botella en la guantera —dice—. Vive un poco, tómate un trago a mi salud. Bebamos uno los dos. —Su voz suena apática.

—No, gracias, de verdad —dice Elizabeth, que se ve obligada a volver a ser educada. Suelta el cinturón de seguridad; en esta ocasión él no intenta retenerla. El hombre irradia tristeza como si fuese calor, ahora se da cuenta de que siempre ha sido así. Cuando se marche es probable que se eche a llorar. A su manera extraña y apocada quería satisfacerla. ¿De quién es la culpa de que no esté satisfecha?

Fuera hay árboles, el viento, luego casas. Toma por la primera intersección buscando los nombres de calles. Detrás oye el ruido del motor, pero no gira ni la adelanta. ¿Quién se ríe ahora? Nota un nudo en la garganta. En realidad, nadie.

NATE

Nate está en el porche, balanceándose muy despacio en la mecedora que Elizabeth compró hace cinco años por quince dólares en una subasta en una granja cerca de Lloydtown. Antes de que él vendiera el coche. Le pidió que la pintara de blanco para tapar el respaldo rajado y unido con alambre a través de unos agujeritos hechos con mano inexperta en cada lado. «Servirá para el porche», dijo. La misma mecedora, intacta y sin barnizar, habría costado al menos cincuenta dólares, afirmó. Ahora, después de cinco años a la intemperie, la silla necesita que la lijen y le den una nueva capa de pintura. Pero si lo hace, Elizabeth no se dará ni cuenta. Ya no le interesan los muebles.

Se calma y hace un esfuerzo por no mirar hacia la calle por la que pronto aparecerá Elizabeth bajo el sol poniente, andando entre las hojas caídas, camino de casa desde la parada del autobús. La está esperando, realmente quiere verla. Es una sensación tanto tiempo olvidada que casi parece nueva. Su cuerpo en la mecedora parece tan anguloso como la propia silla y tiene la espina dorsal muy rígida. Algo está a punto de ocurrir, un principio, las cosas están a punto de cambiar, y no sabe si está preparado.

Hace seis días ella le dijo que quería tener una pequeña charla con él. Pensó que serían instrucciones sobre alguna cosa: los platos, la colada, quién lavaba qué de quién, quién plegaba qué, qué objetos del suelo debían transferirse a qué estante. En eso suelen consistir sus pequeñas charlas. «Tienes que hacer tu parte.» Él tenía su defensa preparada de antemano: cuando hace algo ella no se da cuenta de que lo ha hecho, así que ¿cómo sabe si hace su parte o no? Se había entretenido, se sirvió una copa, y buscó los cigarrillos antes de sentarse a regañadientes enfrente de ella en la mesa de la cocina.

Pero en vez de eso, se limitó a contarle bruscamente que había dejado de ver a Chris. Según las reglas que habían acordado, no era asunto suyo a quién pudiese ver ella. Quiso recordarle esa parte del trato. «Haz lo que quieras», iba a responderle. ¿Por qué le molestaba con eso?

—Quiero que me hagas un favor —dijo sin darle tiempo a hablar. Aunque exigía justicia, Elizabeth no acostumbraba a pedirle favores, al menos en los últimos tiempos—. Si viene Chris, no le dejes entrar en casa.

Nate la miró fijamente. Nunca le había pedido nada parecido, quizá porque no le había hecho falta. Su manera de romper con sus amantes, era casi siempre definitiva. No sabía lo que les decía, pero cuando se cansaba de ellos desaparecían tan rápida y completamente como si les hubiera puesto un bloque de cemento en los pies y los hubiese arrojado al puerto. Nate sospechaba que quería hacer lo mismo con él —desde luego, estaba harta—, pero se contenía por las niñas.

Quiso preguntar qué ocurría. ¿Acaso iba a ir Chris a casa? ¿Por qué? Pero ella se habría limitado a responder que su vida era problema suyo. Antes era de ambos.

Eso es lo que él quiere, lo que quiere recobrar. Esa imagen de una vida armoniosa y compartida, heredada de una tarjeta navideña de los años cuarenta, un fuego en la chimenea, la labor en una cesta, la nieve…, hacía tanto tiempo que la habían descartado que la había olvidado. Ahora estaba otra vez ahí, una posibilidad en el presente. Tal vez Elizabeth también quisiera, tal vez estuviese dispuesta a volver a intentarlo. Sintió que debía actuar con decisión. Ella le acusaba a menudo de ser incapaz de actuar de manera decidida. Así que invitó a Martha a comer.

Martha estuvo encantada. En un rincón del café Jurgens, elegido por ella, le cogió de la mano y le dijo lo maravilloso que era verlo así, espontáneamente, fuera de las horas establecidas. Nate la miró melancólico mientras ella se comía un sándwich de langosta a la parrilla y se bebía dos whisky sours. Detrás, había una fotografía ampliada de… ¿sería Venecia?

—¿Estás muy callado —dijo Martha—. ¿Es que te ha comido la lengua el gato?

Nate se las arregló para esbozar una sonrisa. Estaba a punto de decirle que no podía seguir viéndola, y quería hacerlo con calma y con elegancia. Ni siquiera quería eso exactamente, aunque las cosas entre ellos estaban un poco atascadas en los últimos tiempos. Pero el hecho fue que la desaparición de Chris había alterado las cosas. Martha también tenía que ser arrojada al muelle; de lo contrario podía acabar viviendo con ella. Y no quería. Sería mucho mejor para todos si pudiese arreglar las cosas con Elizabeth; mejor para las niñas. Lo sentía mucho, pero era por una buena causa. Procuraría hacerlo con la mayor limpieza posible. Esperó que no le gritase. Antes le parecía un signo de vitalidad.

Pero no gritó. Le soltó la mano, bajó la cabeza y se quedó mirando fijamente las migas del sándwich. Le pareció ver una lágrima cayendo sobre la mayonesa.

—Necesitas algo más —dijo Nate, rebajándose atropelladamente—. Alguien que pueda...

—La muy zorra... —respondió Martha—. Al final se ha decidido, ¿eh? Lleva tanto tiempo preparándolo.

—¿A qué te refieres? —preguntó él—. De verdad, esto no tiene nada que ver con Elizabeth, solo me ha parecido que...

—¿Cuándo vas a abrir los ojos, Nate? —replicó ella casi con un susurro. Alzó la cabeza y lo miró a la cara—. Apuesto a que hasta te ata los putos cordones de los zapatos.

A la izquierda se oye de pronto el rugido de un motor, casi como una explosión, Nate alza la mirada. Ahí, enfrente de él, después de más de un año sin verlo («Haz lo que quieras —le había dicho a Elizabeth—, pero no me obligues a presenciarlo») está el viejo descapotable blanco de Chris, en esa ocasión lleva la capota puesta. Nate espera ver a Elizabeth apearse de él y subir a buen paso por el camino, más afable de lo normal, como siempre que consigue algo que él no quiere y ella sí. En realidad, no cree que haya roto con Chris, al menos no de forma permanente: lleva desaparecido demasiado tiempo, y ella parece demasiado resentida. Volverán a empezar desde el principio, como probablemente lleven haciendo todo el tiempo.

Pero Chris se apea solo. Va hacia los escalones de la entrada, tropieza con el que Nate lleva tiempo queriendo arreglar, y Nate se horroriza al ver lo maltrecho que está. Tiene bolsas oscuras horizontales debajo de los ojos, como si le hubiesen golpeado en la cara con un cinturón, el pelo lacio, las manos asoman pesadas por las mangas de la arrugada chaqueta de pana. Mira fijamente a Nate con la mirada desesperada y desafiante del borracho a punto de pedir una limosna.

—Hola —dice cohibido Nate. Se levanta para que los dos estén a la misma altura, pero Chris se agacha y se apoya sobre los talones. Huele a botellas de whisky, calcetines usados y carne un poco estropeada.

—Tienes que ayudarme —dice.

—¿Has perdido tu empleo? —pregunta Nate. Una pregunta tal vez fatua, pero ¿qué se supone que debe decirle al amante rechazado de su mujer? Desde luego no puede echarlo del porche, ahora que ha ido hasta allí. Está muy desmejorado; sin duda Elizabeth no puede ser la única responsable de esa ruina.

Chris se ríe.

—Lo he dejado —dice—. No soportaba estar en el mismo edificio que ella. No he dormido. Ni siquiera quiere verme.

—¿Qué puedo hacer? —pregunta Nate. Queriendo decir: «¿Qué esperas que haga?». Aunque quiere ayudarle de verdad, cualquiera que presenciase esa desdicha querría ayudar, por mucho que le desazone su tendencia a doblar la rodilla. Otra vez los puñeteros unitarios. Debería enviar a Chris con su madre; ella le explicaría que hay que ver las cosas positivas de la vida y no fijarse en las deprimentes. Luego pondría su nombre en una lista, y unas semanas después recibiría un paquete por correo: pastillas de jabón robadas de los moteles, una docena de pares de calcetines infantiles, un chaleco de punto.

—Oblígala a escucharme —dice Chris—. Me cuelga el teléfono. Ni siquiera me escucha.

Nate recuerda ahora el lejano timbre del teléfono en plena noche, a las dos o las tres de la mañana, los ojos soñolientos de Elizabeth por la mañana. Al menos lleva un mes así.

—No puedo obligar a Elizabeth a hacer nada —objeta Nate.

—A ti te tiene respeto —responde Chris—. Te escuchará. —Se queda mirando el suelo del porche, luego mira a Nate con un odio repentino—. A mí no me respeta. —Es una revelación saber que Elizabeth le respeta. Aunque no lo cree; no es más que una estratagema utilizada por Elizabeth contra Chris, que es demasiado obtuso para darse cuenta—. Dile —insiste Chris en tono beligerante—. Que tiene que vivir conmigo. Quiero casarme con ella. Dile que tiene que hacerlo.

«Una perversión», piensa Nate. Hay algo pervertido en esa situación. ¿De verdad espera Chris que le ordene a su mujer que se vaya a vivir con otro hombre?

—Creo que necesitas un trago —dice. A él mismo le apetece uno—. Vamos.

A mitad de camino por el pasillo, con Chris detrás de sus talones, recuerda la súplica de Elizabeth. «No le dejes entrar en casa.» Ahora comprende que fue una súplica, no una petición fría. No ha renunciado a Chris; ha huido porque le da miedo. No es fácil hacer que Elizabeth tema por su seguridad. Debe de pensar que podría atacarla, darle una paliza. La imagen de Elizabeth sujeta por esas manos, de su carne blanca doblada bajo esos puños, impotente, sollozante, solo resulta erótica por un instante.

Nate nota un cosquilleo en la nuca. Iba hacia la cocina, repleta de cuchillos y objetos punzantes, pero se desvía hacia el comedor con un giro brusco.

—¿Whisky? —pregunta.

Chris no dice nada. Está apoyado en el quicio de la puerta, sonriendo; una sonrisa ratonil con el labio superior sobre los dientes amarillentos. A Nate no le apetece darle la espalda para ir a la cocina a por los vasos, pero tampoco puede andar hacia atrás, varias escenas de película se despliegan ante sus ojos: él golpeado con un candelabro de bronce, o con uno de los cuencos de Elizabeth, inconsciente en el pasillo; las niñas secuestradas como rehenes, retenidas y aterrorizadas en el escondrijo de dos habitaciones de Chris, mientras Chris se inclina sobre el tablero de ajedrez como el fantasma de la Ópera y la policía da órdenes por un megáfono desde la puerta; Elizabeth tirada desnuda y magullada en una cuneta, con una sábana atada al cuello. Todo evitable y todo culpa suya; si no le hubiese…

Incluso cegado por su propia culpa, Nate quiere darle algo a Chris, un poco de comida, ¿qué si no? Un billete de autobús a alguna parte, México, Venezuela, es lo que él mismo ha querido a menudo. Quiere alargar la mano, tocar a Chris en el brazo; busca alguna máxima, trillada pero mágica, alguna parábola de esperanza que haga que Chris se recupere en un instante, que le empuje a enfrentarse decidido a la vida. Al mismo tiempo, sabe que si Chris hace un solo movimiento, uno solo, hacia la escalera que conduce a la puerta cerrada tras la que las niñas estaban jugando hace solo media hora una emocionante partida de guerra de barcos, saltará sobre él y le aplastará la cabeza contra la barandilla. Lo matará. Lo matará sin el menor remordimiento.

Se oyen pasos en el porche, decididos, regulares; el chasquido de la puerta principal. Elizabeth. Ahora estallará. Chris se abalanzará sobre ella como un alce en celo, Nate tendrá que protegerla. De lo contrario, desaparecerá por la puerta principal lanzada de culo por encima del hombro de Chris, con los lápices y las llaves cayéndosele del bolso. Tal vez a ella le gustase, piensa Nate. Antes siempre le daba a entender que no era lo bastante fuerte.

Pero se limita a decir «Fuera». Está detrás de Chris en el pasillo. Desde el salón Nate no puede verla. Chris se ha vuelto, con el rostro contraído, distorsionado como el agua golpeada por una roca. Cuando Nate llega al pasillo ya se ha marchado. Solo queda Elizabeth, con la boca tensa por el enfado, quitándose los guantes de cuero dedo tras dedo.

Al verla y pensar en Chris alejándose calle abajo como un rezagado de un ejército derrotado, comprende que en algún vago momento del futuro tendrá que dejarla.

LESJE

Lesje, balanceando su bandeja, se dirige a una mesa vacía rodeada de más mesas vacías. Ya no le resulta fácil ir a tomar el café con Marianne y Trish o salir a comer con ellas. Continúan siendo muy amables, pero se muestran cautas. Recuerda la sensación y la comprende: los que están atravesando una crisis traen mala suerte. Son una curiosidad y se habla de ellos cuando no están presentes, pero se calla cuando están delante. Para Marianne y Trish, ella es una especie de electricidad estática.

El doctor Van Vleet no está; todos los años padece fiebre del heno y su mujer le prepara infusiones para combatirla. Lesje quisiera saber si vivirá el tiempo suficiente con Nate para aprender a prepararle infusiones. O con cualquier otro. Intenta imaginar a Nate con una chaqueta de punto con el cuello de pico dormitando al sol como un anciano, pero no lo consigue. El doctor Van Vleet dice a menudo «en mis tiempos». Lesje se pregunta si sería consciente entonces de que esos eran sus tiempos. Ella no tiene la sensación de que el tiempo en que está viviendo sea particularmente su tiempo.

Quiere que vuelva el doctor Van Vleet. No hace caso de los cotilleos, ni ha oído nada de su vida privada. Es la única persona que conoce dispuesta a tratarla con una divertida indulgencia paternal de la que en ese momento está muy necesitada. Corrige su pronunciación, se ríe de sus epigramas. Si estuviese ahí ahora, sentado con ella a la mesa, podría preguntarle algo, algún tecnicismo, y así no tendría que pensar en ninguna otra cosa. Las costumbres de alimentación y de cría del pteranodonte, por ejemplo. Si planeaba en vez de aletear ¿cómo levantaba el vuelo? ¿Esperaba a que soplara una ligera brisa que lo alzara con sus alas de doce pies de envergadura? Hay quien opina que, debido a su estructura increíblemente delicada, no habría podido posarse en ninguna parte, ni en tierra ni en el agua. En ese caso, ¿cómo se reproducía? Por un instante, Lesje vislumbra un mar cálido y tranquilo, un viento suave, los inmensos pteranodontes cubiertos de piel alzándose como mechones de algodón sobre su cabeza. Aún es capaz de tener esas visiones, pero no duran mucho. Inevitablemente ve una fase posterior: el hedor corrompido de los mares, los peces muertos en las orillas enfangadas, las bandadas disminuyendo, su tiempo acabado. De pronto, Utah.

Se sienta de espaldas a la sala. Elizabeth está allí; Lesje la ha detectado nada más entrar. Unos meses antes, habría vuelto a salir, pero ya no tiene sentido. Elizabeth, como los rayos gamma, seguirá existiendo tanto si la ve como si no. Hay con ella una mujer morena y un poco rolliza. Las dos la miran al pasar, sin sonreír, pero sin hostilidad. Como si fuesen turistas y ella formara parte del paisaje.

Lesje sabe que cuando Nate acabó de trasladarse, al menos hasta donde está dispuesto a trasladarse, Elizabeth tendría que haberse sentido abandonada y traicionada, y ella tendría que haberse sentido, si no victoriosa, al menos convencionalmente satisfecha. En cambio, parece ser al revés. Lesje desearía que Elizabeth se desvaneciese en algún distante rincón del pasado y se quedara allí para siempre, pero sabe que es improbable que sus deseos ejerzan un gran efecto en Elizabeth.

Quita la tapa de aluminio de su yogur y clava la pajita en el cartón de leche. Al menos come mejor desde que Nate se mudó. Nate la obliga. Llevó consigo varios cacharros de cocina y suele preparar la cena; y además supervisa lo que ella come. Le molesta si no se lo termina. Es probable que lo que cocina sea muy bueno, desde luego mejor que cualquier cosa que pudiera preparar ella, y le avergüenza admitir que de vez en cuando echa de menos los tallarines a la Romanoff precocinados. Ha vivido tanto tiempo de comida preparada, comida para llevar y comida precocinada que está convencida de que ha perdido el sentido del gusto. En eso, como en muchas otras cosas, no parece poder evitar ser inapropiada.

En sus reacciones, por ejemplo. «Reacciones» es una palabra de Nate. No es que sus reacciones le parezcan decepcionantes, sino más bien sorprendentes, como si solo pudiese tenerlas un bárbaro o un analfabeto. Nate ni siquiera se enfada. Se limita a explicárselo, una y otra vez; como si diera por sentado que si puede entender lo que le está diciendo, ella tendrá que aceptarlo necesariamente.

Por ejemplo, cuando llama Elizabeth, como hace a menudo, para preguntar si las niñas se han dejado los calcetines, las botas de agua, los cepillos de dientes o las bragas en casa de Lesje, siempre le habla con educación. ¿De qué se queja entonces Lesje? La verdad es que no quiere que Elizabeth la llame. Sobre todo cuando está en el despacho. No quiere que Elizabeth la moleste en mitad del Cretácico para preguntarle si ha visto unos mitones blancos y rojos. Le incomoda, y por fin, aunque con torpeza, se animó a decirlo.

Pero las niñas se olvidan las cosas, respondió Nate. Elizabeth tenía que saber dónde estaban. No dispone de un suministro ilimitado.

A lo mejor, aventuró Lesje, las niñas podían intentar no ser tan descuidadas.

Nate respondió que eran niñas.

—Tal vez puedas llamarla tú —dijo Lesje—, o ella podría llamarte a ti y no a mí.

Nate objetó que no se le daba bien tener localizados los cepillos de dientes y las botas de agua, ni siquiera los suyos. No era una de sus habilidades.

—Tampoco es una de las mías —respondió Lesje. ¿O es que no se había dado cuenta? Los domingos por la noche, cuando las niñas hacían las maletas para volver, la casa parecía una estación de tren después de un bombardeo. Ella se esforzaba, pero si no sabía lo que habían llevado las niñas, ¿cómo iba a estar segura de que estaba todo?

Nate dijo que puesto que a ninguno de los dos se le daban bien esas cosas y a Elizabeth sí, pues tenía mucha práctica, tenía sentido que la llamara cuando se extraviaba algo. A Lesje no le quedó otro remedio que estar de acuerdo.

A veces las niñas aparecían a cenar cuando Lesje contaba con volver del museo y encontrar solo a Nate.

—¿Podrías pedirle que no nos las largue así? —se quejó la cuarta vez.

—¿A qué te refieres? —preguntó tristemente Nate.

—¿No es un poco tarde esperar al viernes para avisarte?

—Me avisó el martes.

—Pues a mí no me advirtió nadie.

Nate admitió que lo había olvidado; de todos modos, había formas mejores de decir las cosas. «Largar» le parecía demasiado brusco, e incluso agresivo.

—Además, yo he preparado la cena —concluyó en tono razonable—. Para ti no ha sido ninguna molestia, ¿no?

—No —respondió Lesje.

Se sentía en desventaja: no tenía práctica en esas discusiones. Sus padres, al menos en su presencia, nunca habían cuestionado el comportamiento ni los motivos del otro, y sus abuelas no habían discutido acerca de nada. Se habían limitado a los monólogos: melancólicas ensoñaciones por parte de la abuela ucraniana, secos comentarios de la abuela judía. Sus conversaciones con William se habían centrado en intercambios de hechos, e incluso sus raras discusiones parecían más bien disputas entre niños: «Porque quiero», «Has sido tú». No estaba acostumbrada a decir lo que sentía, ni por qué se sentía de ese modo, o por qué alguien debería portarse de forma diferente. Sabía que no era sutil, que a menudo parecía grosera cuando solo pretendía ser precisa. Invariablemente esas conversaciones hacían que se sintiese un ogro malvado. Quería decirle que no le disgustaban o molestaban las niñas como tales. Tan solo pedía que le consultaran antes.

Pero no podía decirlo; si lo hacía, él podría sacar a relucir la otra conversación.

—Quiero vivir contigo —decía—. No contigo, con tu mujer y tus hijas.

—Procuraré quitártelas de encima siempre que pueda —respondía Nate, en un tono tan triste que ella se retractaba enseguida.

—No me refiero a que no vengan —decía con generosidad.

—Me gustaría que pensasen que esta también es su casa —decía Nate.

Lesje ya no está segura de quién es la casa. No le sorprendería recibir una simpática llamada de Elizabeth advirtiéndola de que las niñas y ella se mudarán al día siguiente y que haga el favor de preparar la habitación de los invitados y de buscar todos los calcetines y botas extraviados. Nate no se quejaría. Cree que ambos deberían procurar facilitarle las cosas a Elizabeth y, hasta donde Lesje puede ver, eso equivale a hacer todo lo que ella quiera. A menudo dice que, en su opinión, Elizabeth está siendo muy civilizada. Y también cree estar siéndolo él. No parece pensar que Lesje debería esforzarse en ser civilizada. No está directamente implicada.

—Nos tenemos el uno al otro —dice. Lesje reconoce que es cierto. Se tienen el uno al otro, aunque no sabe qué significa «tener».

Lesje termina de sorber la leche y deja el cartón vacío sobre la bandeja. Apaga el cigarrillo y se inclina para coger el bolso cuando una voz penetrante dice: «Disculpe».

Lesje alza la vista. La mujer morena que estaba comiendo con Elizabeth se encuentra de pie a su lado.

—Vive usted con Nate Schoenhof, ¿no? —pregunta. Lesje está demasiado atónita para decir una palabra—. ¿Le importa si me siento? —dice la mujer. Lleva un traje de lana rojo a juego con el lápiz de labios—. Yo estuve a punto de hacerlo —añade en tono indiferente, como si hablase de un trabajo que no consiguió—. Soy la anterior. Pero no hacía más que repetir que nunca podría abandonar a su familia.

Se ríe como si celebrara un chiste ligeramente ingenioso.

A Lesje no se le ocurre qué decir. Debe de ser Martha, a quien Nate ha aludido alguna vez de pasada. Siempre se ha referido a ella como una fracasada. Lesje la había imaginado tímida y de unos cinco pies de estatura. La verdadera Martha no tiene pinta de fracasada, y Lesje se pregunta si en el futuro acabará convertida en una sombra pálida como ella. Por supuesto, Nate no le había hablado de los grandes pechos de Martha ni de su llamativa boca.

—¿Te está haciendo la vida imposible? —pregunta Martha, moviendo la cabeza.

—¿Quién? —pregunta Lesje.

—No te preocupes, se acaba de ir. La reina Elizabeth.

Lesje no quiere verse arrastrada a una conspiración. Hablar mal de Elizabeth con esa persona sería una deslealtad con Nate.

—Está siendo muy civilizada. —Eso no se puede negar.

—Ya veo que él te ha lavado el cerebro —dice Martha con otra risotada—. Dios, a los dos les encanta esa palabra. —Sonríe a Lesje, una sonrisa roja de gitana. De pronto a Lesje le cae muy simpática esa mujer. Le devuelve tímidamente la sonrisa—. No dejes que te manipulen —dice Martha—. Si se lo permites, acabarás hecha papilla. Lucha. Resístete.

Se pone en pie.

—Gracias —dice Lesje—. Está agradecida de que alguien, quien sea, se haya compadecido de ella.

—No hay de qué —dice Martha—. No soy experta en casi nada, pero créeme, soy la mayor autoridad viviente en ellos.

Durante casi quince minutos, Lesje se siente exultante. Le han dado la razón; sus percepciones, de las que cada vez desconfía más, tal vez sean válidas. No obstante, de vuelta en su despacho, al recordar la conversación, se le ocurre que Martha podría tener uno o dos motivos ocultos.

Además, Martha no le ha dicho contra qué debe luchar, ni cómo. Es evidente que Martha se resistió. Pero hay que tener en cuenta —y es un dato incontestable— que Martha no está viviendo con Nate.

Viernes, 8 de julio de 1977

NATE

Nate va de camino a su antigua casa. No puede creer que ya no vive allí. Sube por Shaw Street, pasa Yarmouth, Dupont, las vías del tren, la fábrica donde producen algo que nunca se molestó en identificar. Vigas de acero, o algo por el estilo, algo inútil para él. Es un día caluroso, sofocante, como se suele decir; el aire es como gachas calientes.

Ha pasado la mañana recorriendo una por una las tiendas donde se venden sus juguetes, Yorkville, Cumberland, Bayview Avenue, los barrios comerciales, con la esperanza de que hubiesen vendido alguno y cobrar al menos algo para ir tirando. Un Mary tenía una ovejita. Su comisión, diez dólares. Quisiera saber si alguno de los dueños de las tiendas le está engañando; deben de notar que está desesperado, y sabe que la desesperación inspira desprecio. Mientras esperaba en las bonitas tiendas con sus manteles a cuadros, sus forros de *patchwork* para sillas, sus fundas con forma de gallina para teteras, y con forma de pollito para los huevos pasados por agua, el jabón de mirto de Estados Unidos y demás pretensiones de la vida campestre, sintió parte de la consternación de su madre. La gente gastaba un dineral en esas cosas. Gastaba en sus juguetes. ¿Es que no había otras cosas mejores? Es un modo de ganarse la vida, pensó. No es cierto, no lo es. Abandonó una carrera prometedora, todo el mundo lo decía, aunque nadie dijese qué prometía. Quería hacer algo honrado, quería que su vida fuese honrada, y lo único que le ha quedado es un regusto a serrín.

Pero se alegra de haber cobrado los diez dólares. Se supone que ha quedado con las niñas en su antigua casa. Recorrerán a pie las tres largas manzanas hasta Saint Clair, con Nancy andando delante, como si no tuviese nada que ver con ellos y Janet a su lado pero sin dignarse darle la mano; últimamente ha decidido que es demasiado mayor para dar la mano. Así demuestran la rabia que sienten contra él, y que ocultan por otro lado. A modo de expiación, les comprará un helado a cada una e irán juntos al panadero italiano a elegir el pastel para Elizabeth. Él lo pagará y se gastará los diez dólares. Aunque todavía le queda el cambio de los cinco que le pidió prestados a Lesje.

Es incapaz de relacionar los hechos de tallar la ovejita, pintarla y barnizarla con su consecuencia: el pastel de cumpleaños de Elizabeth. No puede relacionar ningún hecho que se le ocurra con ninguna consecuencia imaginable. Los árboles junto a los que pasa, con las hojas mustias por el calor, las casas con sus céspedes resecos o sus huertos abarrotados de tomateras, parecen segmentados, una colección de unidades sin ningún vínculo que los una. Las hojas no están unidas a los árboles, ni los tejados a las casas; sopla y se vendrán abajo como una ciudad de Lego. Tiene la sensación de que a su cuerpo le ocurre lo mismo. Una vez hizo un juguete, uno de sus favoritos de hace muchos años, trabajo de torno, un hombre de madera hecho de anillos que corrían sobre un soporte central. La cabeza iba atornillada para sostener el conjunto. Le puso sonrisa de payaso. Así es como nota su cuerpo, fragmentos rígidos sujetos por la espina dorsal y la cabeza atornillada. Un hombre segmentado. A lo mejor necesita una pastilla de sal.

Pensó que al mudarse a casa de Lesje se libraría de la necesidad de estar en dos sitios al mismo tiempo. Pero sigue pasando casi tanto tiempo en su antigua casa como en la nueva. Se supone que Lesje no lo sabe, aunque actúa como si lo supiera. Debería tener dos mudas, dos identidades, una para cada casa; lo que le está desgarrando es esa falta de ropa o de un cuerpo extra. Sabía de antemano, al menos en teoría, que toda separación es dolorosa; no sabía que también sería literal. Se ha separado; está separado. Desmembrado. Ha dejado de ser miembro. Su propia casa lo rechaza, lo llena de cuervos: «Nunca más». Ese dolor sentimental e insoportable es lo que tanto irrita a Lesje y lo que Elizabeth pasa por alto.

Hasta cierto punto, Elizabeth está siendo muy civilizada. Deliberada y trabajosamente educada. Siempre que él va a recoger a las niñas, le invita a pasar y le ofrece un poco de té o, dependiendo de la hora del día, un *apéritif*. Cinzano, Dubonnet. Sabe que él no bebe esas cosas, pero le restriega en las narices que le está tratando como un invitado en su propia casa. Que ya no es su propia casa. Él está seguro de que quedan botellas, o restos de botellas, en el armario de la cocina o al fondo del aparador de pino —Elizabeth no es muy bebedora, no se las habrá terminado—, pero no puede quebrantar las normas del juego preguntándoselo. Así que se sienta al borde de una de sus antiguas sillas, sorbiendo una bebida que no le gusta pero que no puede rechazar, mientras Elizabeth le habla de las niñas, de sus notas, de sus últimos intereses..., como si Nate llevase un año sin verlas. Como si fuese un tío, o el nuevo director del colegio. «¡Soy su padre!», querría gritar él. «No lo he olvidado», respondería ella. «Pues nadie lo diría.» Una de las cosas que Elizabeth da por sentado, está tan convencida que ni siquiera se toma la molestia de discutirlo, es que él no presta suficiente atención a las niñas.

Sabe que debería comprarle un regalo de cumpleaños a Elizabeth, como siempre ha hecho. Aunque ella no cuente con ello, las niñas sí. Pero Lesje se enteraría, en parte porque tendría que pedirle el dinero prestado a ella, y tendrían un disgusto. No quiere disgustos. No necesita más disgustos de ese tipo. Lesje no se acostumbra a que Elizabeth sea un factor, una condición, algo que hay que sobrellevar, como una ventisca de nieve; moralmente neutro. Es como Nate piensa que debería ver a Elizabeth. Pero, en vez de eso, ella insiste en verla como ¿qué?, su propio ogro personal, una combinación de la dama dragón y una aspiradora. Nate se esfuerza en ser objetivo. Tiene más excusas que Lesje para justificar su fracaso.

Querría decirle que se lo está tomando todo demasiado en serio; pero ¿cómo va a decírselo si él está entre las cosas que se toma tan en serio? Elizabeth dejó de hacerlo hace algún tiempo y ni siquiera está seguro de poder seguir haciéndolo él. En cambio Lesje sí, no lo puede evitar. No recuerda que nadie le haya escuchado nunca con tanta atención, incluso sus banalidades, los comentarios casuales. Es como si hablara un idioma extranjero con el que ella solo estuviese levemente familiarizada. Cree que él sabe cosas que le vendría bien aprender, piensa que es mayor que ella. Eso le halaga, pero también le alarma: no puede correr el riesgo de dejarle ver todo, de desnudar su desconcierto o su desesperación celosamente guardada. No le ha contado cómo temblaba en las cabinas telefónicas, noche tras noche, marcando su número y colgando cuando respondía. Cobardía, falta de arrestos.

En el dormitorio que está empezando a considerar suyo, ella reluce como una luna blanca para él solo. Al ver lo guapa que es, ha hecho que sea guapa. Pero ¿y si descubre la verdad? Lo que él sospecha que es la verdad? Que está hecho de remiendos, un hombre de hojalata, con el corazón lleno de serrín.

La imagina esperándolo, en alguna otra parte, en una isla subtropical donde no haga un calor sofocante, con el cabello ondulando bajo la brisa marina y un hibisco rojo detrás de la oreja. Con un poco de suerte, ella esperará hasta que eso ocurra, hasta que pueda ir allí con ella.

(Aunque en la orilla, a una discreta distancia y a pesar de todos sus esfuerzos, siempre hay otra cabaña. Él intenta ocultarla, pero también es indígena. Para las niñas y, por supuesto, Elizabeth. ¿Quién cuidaría si no de ellas?)

ELIZABETH

Elizabeth se ha quitado los zapatos y está cepillándose el pelo delante del escritorio con el espejo con marco de roble. El aire es húmedo y apenas se mueve a pesar de que ha abierto la ventana de par en par. Tiene hinchada y dolorida la planta de los pies. Espera no tener nunca venas varicosas.

En el óvalo de cristal, detrás de su cara, que le parece rígida y un poco abotargada, puede ver la sombra de su rostro tal como será dentro de veinte años. Hace veinte años tenía diecinueve. En otros veinte tendrá cincuenta y nueve.

Hoy es su cumpleaños. Cáncer. En el decanato de Escorpión, como le dijo un cursi en la última fiesta de Navidad del museo. Uno de textiles, estampados florales e infusiones. Desde ayer la Tierra ha girado una vez sobre su eje, y ahora tiene treinta y nueve años. La edad de Jack Benny, la edad de las bromas. Si alguien le pregunta su edad y ella responde, automáticamente piensan que miente y se está haciendo la graciosa. Por supuesto, Jack Benny está muerto. No solo eso, sino que sus hijas ni siquiera saben quién era. Antes de este cumpleaños, nunca le había preocupado su edad.

Apura la mitad del vaso. Está bebiendo un jerez que se ha servido hace rato. Es una bebida estúpida; pero desde que se fue Nate el armario de los licores nunca está bien provisto. No bebe como Nate y se olvida de reponer las cosas. Hace un rato, se bebió lo que quedaba de una botella de whisky. Otro de sus restos.

Las niñas insistieron en darle una fiesta de cumpleaños, aunque ella intentó quitárselo de la cabeza. Cuando Nate vivía con ellas, celebraban el cumpleaños por la mañana de manera sencilla, solo con los regalos. Las fiestas eran para los niños, les decía, y Nate la apoyaba. Pero este año han preferido el paquete completo. Creen que así se animará. Iba a ser una sorpresa, pero ella lo supo en cuanto Nancy le sugirió, como de pasada, que se acostara un rato después de comer.

—Pero si no estoy cansada, cariño —objetó.

—Claro que sí. Tienes ojeras.

—Por favor, madre —dijo Janet. Últimamente, Janet ha empezado a llamarla «madre» en vez de «mamá». Elizabeth quisiera saber si le ha copiado ese tono de superioridad cansada y exasperada.

Subió a su cuarto, donde se tumbó en la cama a beber un whisky y a leer *Los tapices ingleses a través de las épocas*. Si le estaban preparando una sorpresa, tendría que dejarse sorprender.

A las cinco, Janet le llevó una taza de té amargo e imbebible y le pidió que bajase cuando oyese tres silbidos. Fue de puntillas al baño para echar el té por el desagüe; al volver las oyó discutir en la cocina. Se maquilló y se puso una blusa de algodón negra y un alfiler con una perla que sabía que a Janet le parecía elegante.

Cuando oyó los suaves silbidos de Nancy, tensó las comisuras de los labios, abrió mucho los ojos y bajó por las escaleras agarrándose a la barandilla. Desnuda bajando las escaleras por tramos. Cocida bajando las escaleras. Aunque en realidad no estaba borracha. «Achispado», decía el tío Teddy.

Habían encendido velas en la cocina y colgado guirnaldas con ositos en las paredes.

—Feliz cumpleaños, mamá —chilló Nancy—. ¡Es una sorpresa!

Janet se quedó junto al pastel, con las manos decorosamente entrelazadas. El pastel estaba en la mesa. Tenía tres velas a un lado y nueve en el lado opuesto.

—Es que si hubiésemos puesto las treinta y nueve no habrían cabido todas —explicó Nancy. La dedicatoria, con impecable letra de confitero rodeada de guirnaldas nupciales con rosas de azúcar, decía: «Feliz cumpleaños, madre».

Elizabeth, que no había contado con emocionarse, se sentó en una de las sillas de la cocina y siguió sonriendo. Con la sonrisa petrificada. Era la sombra de todas las fiestas de cumpleaños que no le habían hecho. Su propia madre o bien lo olvidaba o consideraba que su nacimiento no era un motivo de celebración, aunque varios días después le hacía arrepentida algún regalo. La tía Muriel, por su parte, siempre se acordaba, pero aprovechaba para regalarle solemnemente algún objeto grande o caro, algo que irradiaba culpa de antemano, que pedía a gritos que lo rayaran, perdieran o robaran. Una bicicleta, un reloj. Sin envolver.

—Gracias, preciosas —dijo abrazando a una niña después de la otra—. Es el cumpleaños más bonito que he tenido nunca.

Sopló las velas y abrió los regalos; hizo muchos aspavientos al ver los polvos de talco con olor a lirios del valle que le había regalado Janet y el rompecabezas de Nancy en el que había que meter tres bolitas blancas y tres negras en sus respectivos agujeros. A Nancy se le dan bien esos rompecabezas.

—¿Dónde está el regalo de papá? —preguntó Nancy—. Dijo que te haría uno.

—Imagino que este año se le habrá olvidado, cariño —respondió Elizabeth—. Seguro que se acuerda luego.

—No lo entiendo —dijo pensativa Janet—. Nos dio el dinero para el pastel.

Nancy rompió a llorar.

—¡No teníamos que decírselo!

Salió corriendo de la habitación; Elizabeth la oyó llorando por las escaleras.

—Últimamente está muy tensa —explicó Janet en ese tono adulto que a Elizabeth le resulta tan insoportable. Se marchó sin hacer ruido y dejó a Elizabeth sola, con un pastel sin comer y una pequeña pila de papel de envolver arrugado.

Cortó el pastel y sirvió dos platos, luego fue arriba, dispuesta a acariciar y consolar. Entró en la habitación de las niñas y se sentó a acariciarle la espalda húmeda a Nancy, que estaba boca abajo en su cama. Hacía demasiado calor. Notó cómo se le condensaba el sudor en el labio superior y en el hueco de detrás de las rodillas.

—Es puro teatro —dijo Janet desde la cama de al lado, mordisqueando una rosa de azúcar—. En realidad no le pasa nada.

Elizabeth inclinó la cabeza hacia Nancy cuando cesó el rumor de los sollozos.

—¿Qué pasa, cariño?

—Que papá y tú ya no os queréis.

«Demonios —pensó Elizabeth—. La culpa es suya. Debería dejar que se las compusiera él. Meterlas en un taxi y enviárselas.»

—Sé que os entristece que vuestro padre ya no viva con nosotras —dijo con cuidado y mucha corrección—. Pensamos que sería mejor para todos si viviésemos separados por un tiempo. Vuestro padre os quiere mucho. Y él y yo siempre nos querremos, porque somos vuestros padres y os queremos. Ahora sé buena chica, siéntate y cómete ese pastel tan rico.

Nancy se sentó.

—Mamá —preguntó—, ¿te vas a morir?

—Alguna vez, cariño —respondió Elizabeth—. Pero no ahora.

Janet se sentó al otro lado de Elizabeth. Quería que la abrazara, así que Elizabeth la abrazó.

Mamá, momia. Un cadáver reseco en un sarcófago dorado. Mmm, silencio. Mama, una glándula mamaria. Un árbol con la boca hambrienta apretada. Si no querías árboles mamando de tus dulces pechos ¿por qué tuviste hijas? Ya se están preparando para huir, para traicionarla, la dejarán, se convertirá en su pasado. Hablarán de ella cuando estén en la cama con sus amantes, la utilizarán para explicar cualquier cosa que les parezca idiosincrática o dolorosa de sí mismas. Si consigue que se sientan lo bastante culpables, irán a visitarla los fines de semana. Se le encorvará la espalda, le resultará difícil cargar con las bolsas de la compra, se convertirá en «mi madre», pronunciado con un suspiro. Les preparará tazas de té y sin querer hacerlo, pero incapaz de evitarlo, se entrometerá como un cuchillo en sus vidas.

Ahora no quiere; y lo hace. Esas preguntas tan cuidadosas sobre la otra casa: ¿Qué les dieron de cenar? ¿Hasta qué hora estuvieron despiertas? ¿Lo pasaron bien? Y las no menos cuidadosas respuestas. Notan que es una encerrona. Si dicen que les gusta la otra casa, la otra familia, ella se ofenderá; de lo contrario, se enfadará. «No estaba mal», responden sin mirarla a la cara, y ella se desprecia a sí misma por ponerlas en esa situación, por obligarlas a responder con evasivas. Quiere que sean felices. Y al mismo tiempo quiere que le hablen de heridas, de atrocidades para poder indignarse virtuosamente.

Se cepilla el pelo, su rostro en el espejo es una placa plana. Plomiza. Se lo está poniendo demasiado fácil a Nate, ha salido demasiado bien librado. Él no tiene que sonarles las narices ni que despertarse en plena noche cuando sus hijas gritan en sueños. Si se lo dijese, pensaría que está recurriendo al chantaje emocional. Inclina la copa; el líquido marrón rojizo se desliza por su garganta.

No siente rencor por Lesje. Que se folle a quien quiera, ¿qué más le da a ella? Lo que no soporta es la libertad de la que disfruta Nate. Libre como un puto pájaro, mientras ella está encerrada en esa casa con goteras y grietas en los cimientos, y la Tierra gira y las hojas caen como nieve del calendario. En la médula de sus huesos arde un metal oscuro.

Se sienta en el borde de la cama, mira fijamente sus muñecas cruzadas, las venas azules que se bifurcan como un río. Cada segundo una pulsación, la cuenta atrás. Podría yacer con velas en los pies y en la cabecera. Treinta y nueve. Podría parar el tiempo. Un verdadero reloj de pulsera.

Con un esfuerzo gira la mano. Son las once y media.

Comprueba la habitación de las niñas. Las dos están dormidas y respiran con regularidad. Vuelve por el pasillo, con intención de acostarse, pero en vez de eso se pone los zapatos. No sabe qué va a hacer.

Elizabeth está plantada en plena noche húmeda y calurosa ante la casa nueva de Nate —la casa vieja de Nate— que nunca había visto. Aunque, por supuesto, tenía la dirección y el número de teléfono. En caso de emergencia. Tal vez esto sea una emergencia. La casa está a oscuras salvo por una tenue luz en la habitación de arriba. El dormitorio.

Había querido verla sin más. Metérsela en la cabeza para poder creer en su existencia. (Un agujero en un suburbio; probablemente tenga cucarachas. Esa miseria le alegra; la casa es mucho peor que la suya.) No obstante, se acerca despacio a los escalones y prueba a abrir la puerta. No está segura de qué hará si la encuentra abierta. ¿Subir a hurtadillas por las escaleras y abrir de par en par la puerta del dormitorio como en un viejo melodrama? Pero la puerta principal está cerrada con llave.

Han cerrado y la han dejado fuera. La están dejando de lado, riéndose en el dormitorio mientras ella está ahí plantada en mitad de la noche, despreciada, invisible. Dejará una marca: ¿un ladrillo lanzado por la ventana, sus iniciales en la puerta? No tiene con qué escribirlas. ¿Debería darle una patada al cubo de la basura y esparcir la basura por el porche? ¿Gritar? Miradme, estoy aquí, no podéis libraros de mí tan fácilmente. Pero no puede gritar; le han robado la voz. El único poder que le queda es negativo.

De pronto piensa: «¿Y si se asoman a la ventana y me ven aquí plantada?». Se ruboriza, la piel debajo de la blusa está húmeda y pegajosa; tiene el pelo pegado al cuello. Está despeinada, es un cliché desaliñado. Se reirán. Se aleja a toda prisa de la casa y empieza a andar hacia el norte, más calmada, enfadada consigo misma por haberse dejado arrastrar hasta esa calle vacía e ignominiosa.

Y peor aún: ¿dónde están las niñas? Encerradas solas en casa. «Mariquita, mariquita, se quema tu casa, tus niños se han ido…» Nunca las había dejado solas. Piensa en incendios, en asesinos que escalan por la pared silueteados contra la ventana abierta. Una clara negligencia. Pero si las niñas mueren en cierto sentido será culpa de Nate. El día de su cumpleaños: una siniestra venganza.

Incluso pensar en eso la aterroriza. Piensa en el pastel, en las velas. «Vela, vela, vela, la camisa por dentro, la carne por fuera.» Y en Nancy que, al ver el dibujo de la mujer medio fundida en el *Pequeño libro de adivinanzas*, preguntó: «¿Soy yo?», encantada de estar en un libro. Era muy pequeña.

«Si apagas todas las velas de un soplo —dijo Nancy—, se cumplirá tu deseo.» Nancy todavía no sabe nada de deseos, ni de lo peligrosos que son. «La camisa por dentro, la carne por fuera.»

Quinta parte

NATE

Pues ya está. Nate ha pasado varios meses evitándolo. Preferiría hacer cualquier otra cosa. Tiene una breve visión de sí mismo en una balsa, flotando por el Amazonas con vapores palúdicos alzándose a su alrededor. Un cocodrilo, o tal vez sea un caimán, alza la cabeza en el agua turbia y verde, apestosa como una serpiente muerta, y emite un silbido ansioso de comérselo. Con habilidad inserta un palo entre las mandíbulas abiertas, gira la mano y lo deja indefenso, queda a popa y Nate sigue flotando sereno, quemado por el sol y muerto de hambre, aunque aún no está acabado, ni mucho menos. Preferiría no haber perdido el salacot en la refriega. Va camino de hacer algún descubrimiento, o tal vez lo haya hecho ya. Una civilización perdida. En el bolsillo trasero guarda un mapa mojado y arrugado, que será la única prueba si acaban con él las flechas envenenadas. Estará delirando. Si pudiera llegar a Lima... Intenta en vano recordar en qué parte de Sudamérica está Lima. Dirán que ha sido un milagro de supervivencia.

Pero la presión, el inevitable torbellino le ha alcanzado por fin y lo está arrastrando, fuera de control, hacia algún abismo que apenas puede ver. Intenta no dejarse dominar por el pánico, aunque nota que los ojos se le salen de las órbitas y la habitación parpadea como una película antigua. Se concentra en su nuez. Se niega a tragar, ella lo notaría al instante. Descruza las piernas y vuelve a cruzarlas, la izquierda sobre la derecha, el primer paso en un nudo de *boy scout*. Para beber no hay más que ese puto té, ni siquiera una cerveza, y está jodidamente convencido de que Elizabeth lo ha hecho adrede. Ha pensado que eso le pondría nervioso, y tiene razón, razón, razón.

Lo que le ha turbado es la alusión a los abogados. Al oírle decir las palabras «mi abogado» y «tu abogado» empezó a faltarle el aire. Él antes era abogado. ¿Quién mejor para saber que no hay ningún misterio ni poder oculto? No es más que papeleo y verborrea. Pero por muy falsa que sea la estructura, podría arruinar su vida.

—¿No podríamos hacerlo sin abogados? —pregunta, y Elizabeth sonríe.

Se ha instalado en el sofá, donde está acurrucada cómodamente. Él, por su parte, ocupa una silla de pino a la que le han quitado el cojín desde la última vez que estuvo allí. Le duele el culo. El hueso contra la madera, le duele la espalda, esa silla siempre fue demasiado baja para él.

—No puedes divorciarte sin abogados —responde Elizabeth.

Nate empieza a explicar que de hecho sí hay una manera, pero ella le interrumpe.

—No sería justo —objeta—. Tú conoces la ley y yo no. Creo que necesito protección.

Nate se ofende. ¿Protección de él? Es cuestión de ayudar a las niñas. Debería saber que hará cuanto esté en su mano.

Elizabeth le da un papel que tenía en la mano. Espera que comprenda que ha intentado ser todo lo justa posible. Le habla de las facturas del dentista, mientras Nate se esfuerza en enfocar las letras que tiene delante. Las niñas están en el piso de arriba, viendo la televisión en su cuarto, tal como les ha dicho su madre. Las últimas semanas no le ha dejado entrar en casa cuando iba a recogerlas para pasar el fin de semana. Una vez ha tenido que quedarse bajo la lluvia, como un pervertido o un vendedor de revistas, esperando a que salieran por la puerta con sus conmovedoras maletitas. Era parte de su campaña, parte de la presión para acorralarlo en el rincón en que se encuentra ahora. Al verlo entrar por la puerta, Nancy ha pensado que volvía con ellas. A casa.

Debe dejarle claro a Elizabeth que no tolerará que utilice a las niñas como arma contra él. («Dejarle claro», menuda broma.) ¿Cómo va a hacerlo, quién sabe lo que les contará cuando él no está?

«Mamá dice que las familias monoparentales tienen que esforzarse más por seguir juntas», le soltó Nancy la semana anterior.

—No tienes una familia monoparental —respondió Nate. Elizabeth estaba actuando como si él hubiera muerto. Pero no lo estaba y no pensaba darle la satisfacción de morirse. Al contrario que Chris. En las últimas semanas se ha sentido cada vez más ligado a Chris y a su fatídica desesperación—. Tienes un padre y una madre y siempre los tendrás.

—No si mamá se muere —dijo Nancy.

Nate quiere hablar de eso con Elizabeth, ha surgido más de una vez. ¿Acaso ha estado tomando pastillas o se ha cortado las venas delante de las niñas? Nate no lo cree, no cree que pueda llegar tan lejos para hacerle daño. No tiene buen aspecto, está pálida y abotargada, pero va bien vestida y, por más que la mira, no ve vendas ni cicatrices.

Sabe qué ocurrirá si intenta hablar del estado de ánimo de las niñas. Puede imaginar su desprecio: ¿qué derecho tiene él a hacer comentarios? Se ha ido. Elizabeth se comporta como si se hubiese ido a retozar entre las flores y a revolcarse en alfombras de mujeres desnudas, cuando lo cierto es que se pasa la vida intentando conseguir dinero. La recesión no ha terminado. Tal vez, piensa mientras repasa la lista pulcramente mecanografiada de Elizabeth, debería decírselo. Al principio la gente creía que sí, pero ahora se ha atrincherado dispuesta a pasar un largo sitio. Ya no quiere pagar ochenta dólares por la jirafa Jerónima ni por el caballo Calixto, por mucho que estén tallados a mano. En cuanto a las mujeres desnudas, Lesje apenas le habla. Le acusa de estar tratando de retrasar deliberadamente el divorcio.

—Es solo una formalidad —se excusó—. No significa nada.

—No significará nada para ti —dijo ella—, pero Elizabeth cree que sigue casada contigo. Y lo está.

—Solo sobre el papel —insistió Nate.

—Si no significa nada para ti, ¿por qué no lo haces y acabas de una vez? —le espetó Lesje.

Nate tiene la sensación de que padece una obsesión enfermiza. Es una cuestión menor, le dice. Ha intentado explicarle varias veces que las relaciones de diez (¿once, doce?) años no se interrumpen sin más. Es cierto que ella le pidió que fuese a ayudarle a colgar las cortinas nuevas del cuarto de las niñas y también es cierto que fue; y que tal vez no debería haber ido. Pero ya ha pasado más de un mes y medio; no entiende por qué Lesje sigue echándoselo en cara. Los dos se quieren, ¿qué más da lo que digan los papeles en el Registro Civil? Pero Lesje se aparta de él en la cama y se acurruca. O se queda hasta muy tarde en el museo, o lleva a casa gruesos libros repletos de diagramas de dientes fósiles y se pone a leerlos en la mesa de la cocina hasta que calcula que Nate se habrá dormido.

—Los dinosaurios están muertos —le dijo un día, intentando alegrar las cosas—. Pero yo sigo vivo.

—¿Estás seguro? —respondió, con una de esas miradas que hace que se le encojan los huevos como si fuese una mierdecilla de perro.

Es eso, ese desierto, ese fiasco cada vez mayor, lo que ha acabado empujándole al salón de color champiñón de Elizabeth. Su telaraña.

Siente el deseo repentino de levantarse, agacharse, rodearle el cuello con las manos y apretar. Obtendría cierto placer. A su madre le ha dado por decir que los hombres deberían defender los derechos de las mujeres; Nate puede entenderlo en abstracto. Sabe lo de las costureras, las trabajadoras de las fábricas de galletas, las profesoras de universidad, las violaciones. Pero en casos concretos como el suyo no ve la necesidad. Sin duda, es evidente que quien necesita protección es él.

Recurre a una diversión de sus días de instituto, cuando practicaba metamorfosis silenciosas con sus profesores. «Abracadabra» y Elizabeth se convierte en una esponja blanca gigante. «Badabín», y es un enorme pudin de vainilla. «Badabam» y es una dentadura postiza de mamut. «Patapum» y tiene la peste bubónica. La madre de sus hijas boquea, se cubre de manchas purpúreas, se hincha y estalla. Llevará la alfombra, la alfombra de Elizabeth, a la tintorería y se acabó.

—¿No estás de acuerdo? —pregunta Elizabeth.

Sus ojos se apartan de la página; se obliga a mirarla. Le enseñaron que siempre conviene mantener el contacto visual con el jurado. Sabe que sería peligroso decir: «Por supuesto», así que tendrá que admitir que no la estaba escuchando.

—¿En lo de las facturas del dentista? —pregunta esperanzado.

Elizabeth le dedica una sonrisa tolerante.

—No —dice—. Respecto a lo del adulterio. Decía que sería mejor que me divorciase yo de ti y no al revés, porque no me parece muy apropiado involucrar a Chris.

Nate quiere preguntarle por qué no; es improbable que a Chris le importe y prevé ciertas dificultades con Lesje. Pero sabe que sería una falta de tacto. También es dudosa la cuestión legal. Aunque Elizabeth podría jurar que él cometió adulterio, no tendría más que rumores para apoyar su afirmación.

Ella sostiene que sería malo para las niñas volver a sacar a relucir todo el asunto. Tiene razón, por supuesto; en esos días todo parece malo para las niñas.

—No sé —dice despacio Nate—. A lo mejor no deberíamos plantearlo así. Tal vez debiéramos alegar ruptura matrimonial. Se ajusta más a la realidad, ¿no te parece?

—Bueno, si quieres esperar tres años… —Elizabeth se encoge de hombros—. A mí me da igual con tal de seguir cobrando la manutención —dice algo sobre cheques retrasados y Nate asiente vagamente.

Está atrapado en un cepo, la manivela gira lenta e inexorablemente. ¿Qué le arrancará? El chocolate del loro, monedas y centavos. Haga lo que haga está jodido. Si opta por un caso rápido de adulterio, Lesje le reprochará que la implique. «No fui yo quien rompió vuestro matrimonio, ¿te acuerdas?», se lo ha dicho muchas veces. Pero si espera tres años también le molestará.

Nate desearía fervientemente vivir en California, Nevada o cualquier otro sitio que no fuese ese país levítico y estirado. La culpa es de Quebec. El matrimonio, que debería ser un tamiz, es una nasa de langostas cebada con carne. ¿Cómo se metió en ella? No lo recuerda. Traza garabatos y busca en vano una salida.

¿Podría, se atrevería a preguntarle a Elizabeth si se ha acostado hace poco con alguien? ¿Alguien que, por así decirlo, siga vivo? ¿Cómo formularlo? No puede, no se atreve.

ELIZABETH

Elizabeth tiene las piernas dobladas debajo de la falda de flores (nueva, en tonos malva, comprada por impulso un día de malestar). Ha pensado que esa postura crearía un efecto de comodidad desenvuelta. Quiere parecer tranquila, serena, como su Buda favorito de piedra en la colección oriental. Eso le dará ventaja.

No solo quiere parecer serena, también quiere serlo. A veces cree haberlo conseguido; en otras ocasiones piensa que es solo inmovilidad. ¿Es la estatua de Buda o un trozo de piedra? Por ejemplo, no parece, por el momento, interesada en los hombres. Aún lo intenta y observa a los desconocidos en el metro e imagina a varios miembros del personal del museo en posturas exóticas, pero no nota nada. Ha dejado de aceptar las invitaciones a cenar: ya no quiere que la aburran únicamente para comer. Si se le antoja devorar el hígado molido de una oca muerta, el cadáver desplumado de un pájaro, doméstico o silvestre, o el páncreas de una ternera, puede comprárselo ella misma.

Antes casi nunca se aburría. Se esforzaba en adivinar cuál sería el siguiente movimiento e intentaba influir en él. Pero ya se sabe todos los movimientos y no está dispuesta a tragar con los burdos halagos que le conseguirán lo que, por consenso popular, se supone que quiere. Hacen falta dos para bailar el tango y ya nadie baila el vals. Más que hacer manitas como en una parodia en el café Courtyard, preferiría un mecánico, alguien sin vocabulario, una sombra de cuero, una pregunta directa en un callejón: sí o no.

(Como Chris. Sí o no. Sí, había dicho ella, y luego, después de mucho tiempo, no. Fue esa pausa lo que acabó con él. La verdadera razón por la que no quiere que se hable de Chris en el proceso de divorcio no tiene nada que ver con la ley, ni con Nate ni siquiera con las niñas. No quiere implicarle. Si pronunciaran su nombre en ese ritual podría materializarse en el estrado de los testigos, pálido y acusador o —peor aún— fragmentado, con la cabeza observándola con una sonrisa como la del gato de Cheshire y el cuerpo todavía contorsionado por la agonía. Está muerto y enterrado, y no quiere resucitarlo.)

Lo que le gustaría es seguir allí sin que nadie la moleste en esa sala tan silenciosa, mordisqueando el bizcocho, hasta el momento intocado, que tiene en el plato, pensando tranquilamente, y dejar que las cosas se organicen por sí solas. Lo cual no es tan fácil. Elizabeth sabe, por su larga experiencia, que los acontecimientos siempre requieren un empujoncito. Además, su pose relajada le está cortando la circulación de las piernas. Pero no quiere cambiar de postura, no quiere moverse. Podría darle a entender a Nate que él también puede moverse, que es libre de levantarse y marcharse cuando quiera. Sabe —¿quién mejor que ella?— que siempre existe esa libertad, esa salida. De un modo u otro. Nate, por el contrario, no lo ha descubierto.

Han empezado a hablar de dinero, a discutir los detalles de su lista. Punto por punto, le obliga a recorrer la página. Lo ha dejado para el final, para asegurarse de que ve claramente que ha puesto sus cartas sobre la mesa. Sus ases. Si quiere uno rápido, ella dictará las normas. Si quiere esperar tres años, eso le dará tiempo para maniobrar y siempre podrá cambiar de opinión y hacerle esperar cinco. Lo principal es que entienda que a ella le da igual lo que decida. En cierto sentido así es. No es como si tuviese prisa por casarse con otro.

Nate le está diciendo que, como sabe, no tiene mucho dinero. Elizabeth responde que no es asunto suyo. Tanto si tiene un millón como si tiene diez dólares, las niñas seguirán comiendo, llevando vestidos, yendo al dentista y jugando con juguetes. Necesitan asignaciones y clases particulares. Janet quiere ir a clases de baile. Nancy lleva patinando un año y Elizabeth no ve motivos para que lo deje.

—Claro que podría mantenerlas con mi sueldo —dice—. Lo cierto es que podría, aunque tendría que recortar gastos en algunas cosas. —Piensa en añadir: «Tendríamos que enviar el gato a la Protectora de Animales», pero decide que sería ir demasiado lejos. En primer lugar, aunque lo haya prometido, aún no ha comprado el gato y un gato ficticio no es un rehén. Y, si ya lo tuviesen, las niñas no le perdonarían que se deshiciera de él. Con Nate o sin Nate. No obstante, le enviará las facturas y él tendrá que pagarlas—. Pero pensaba que habíamos acordado que participarías en todo lo posible. Las niñas necesitan saber que sus padres las quieren.

Nate se enfada.

—¿De verdad crees que porque no tengo el puto dinero no quiero a mis hijas? —dice—. No sé cómo puedes ser tan grosera.

—Te van a oír las niñas —dice en voz baja Elizabeth—. A lo mejor soy grosera. Supongo que creo que cuando se quiere de verdad a alguien se está dispuesto a hacer ciertos sacrificios.

«Sacrificios.» Eso está directamente sacado de la doctrina de la tía Muriel. Mueve las piernas. No le gusta oírse utilizando frases de su tía Muriel, por más que crea en ellas. Aunque la tía Muriel no habría dicho lo de «querer».

Repara en que la frase es ambigua: podría referirse a las niñas o a ella. ¿Quiere que Nate la quiera y se sacrifique por ella? Probablemente sí. Es difícil renunciar al tributo de alguien que antes lo pagaba de buen grado; es difícil no extorsionar. Está en una cama, no la suya en un sentido real, Nate le acaricia los hombros, los pechos, las estrías del embarazo, le gusta tocarlas, cualquier rastro de mutilación, los muslos, una y otra vez. Siempre es considerado, la espera. ¿Es eso lo que quiere? Lo único que pensaba entonces era: «Acabemos de una vez».

Intenta recordar si alguna vez le quiso y concluye que sí, aunque de un modo que resultaba insuficiente. Nate era buen tipo y ella reconocía su bondad, pese a que le inspirara un leve desdén. El día de su boda, ¿qué había sentido? Seguridad, alivio: por fin había pasado el peligro. Se convertiría en un ama de casa, construiría un hogar. Ya entonces, le pareció improbable. ¿Qué más había ocurrido, además de la erosión habitual, de la atrición, de la muerte de células? Había construido un hogar pero no llegó a creer en él, ni supo hacerlo sólido. Y la seguridad no era su única aspiración. «Una incursión en los barrios bajos», dijo la tía Muriel cuando se casó con Nate, pero se equivocaba. Las incursiones en los barrios bajos son peligrosas y Nate no lo era. Al menos del modo habitual.

Hace tiempo que no tiene noticias de la tía Muriel; ojalá no vuelva a saber nada de ella. Debería sentirse victoriosa. «Feliz y gloriosa.» O bien ha roto con ella definitivamente, o está fingiendo que esa última escena inconcebible, esa escapatoria por un pelo con su sombrerito de terciopelo parecido a un orinal, no sucedió nunca. Es muy posible que, como de costumbre, Elizabeth reciba una llamada telefónica en diciembre para fijar la fecha de la visita de Año Nuevo. No se imagina asistiendo. Ni no asistiendo. Se sentará una vez más en el resbaladizo sillón Chesterfield, rodeada de superficies bruñidas, el piano de cola, la bandeja de plata, enfrente de la tía Muriel y sus ojos como guijarros, y el pasado se abrirá en torno a ella como en una caverna en la que resuenan ecos amenazadores.

—Exactamente ¿qué sacrificios quieres que haga? —pregunta Nate, todavía enfadado y queriendo decir: «No se puede sacar sangre de una piedra».

—Nate —responde ella—. Sé lo difícil que es esto para ti. Créeme, también lo es para mí. Pero tratemos de actuar con calma. No intento torturarte —añade—. Tendrás que confiar en mí.

Hasta cierto punto es cierto. No intenta torturar a Nate: la tortura es algo accesorio. Solo intenta vencer. Al mirarlo y verlo acurrucarse en su asiento, comprende que vencerá, que lo contrario es imposible. Vencerá y espera que eso la ayude a sentirse mejor.

Sábado, 3 de septiembre de 1977

LESJE

Lesje está en el cuarto de estar, en el Jurásico Superior, donde corre por un sendero abierto por los iguanodontes. Lleva sus Adidas y una sudadera azul marino donde dice LO PEQUEÑO ES HERMOSO pintado en rojo. En su momento, William pensó que era un buen regalo de cumpleaños; no se le ocurrió que las letras quedarían sobre su pecho. No se la ha puesto mucho. Lleva los binoculares al hombro en su estuche de cuero y le golpean desagradablemente en la cadera.

Por detrás y por delante de ella solo hay un sendero enfangado. La maleza está intacta a ambos lados, las gotas de rocío cuelgan de las frondas, hace tanto calor como en un baño de vapor, la carne se le cuece a fuego lento. El lago está a millas de distancia. Disminuye el paso. En la distancia, donde sabe que habrá un claro, matorrales y mucha luz, oye los gritos ásperos de los pterodáctilos que describen círculos en torno a una carroña.

No quisiera estar en ninguna otra parte, pero esta vez no está explorando; conoce demasiado bien el terreno. Es solo una huida.

Interrumpe su ensoñación, se levanta de la silla y vuelve a la cocina con la taza vacía, dejando un rastro de serrín. Nate debería barrer el suelo. Ella enciende el fuego, coloca encima el hervidor y añade un polvo marrón a la taza.

Es sábado y por una vez está sola. Hay un buen motivo: Nate ha ido a casa de Elizabeth, por fin están hablando del divorcio. Lleva mucho tiempo queriendo que suceda, así que es injusto que se enfade porque la hayan dejado de lado. Apartada, como un niño cuyos padres cierran la puerta para hablar de algo importante que consideran demasiado adulto para sus oídos. Le gustaría acercarse de puntillas, pegar el oído a la cerradura. Espiarles. Oír al menos lo que dicen de ella.

Pero no es asunto suyo. Ahora que ha empezado, continuará. Elizabeth lo tiene bien agarrado. Exigirá más y más reuniones parecidas, más negociaciones. Podría prolongarse años.

Vierte agua hirviendo en la taza, añade sucedáneo de leche de una jarra. No le apetece beberse ese mejunje, pero algo tiene que hacer. Para pasar el tiempo, empieza a clasificar a Elizabeth, un ejercicio con el que ya está familiarizada. Si tuviese a Elizabeth en un estante agradablemente osificada, la etiqueta diría: CLASE: Condrictios; ORDEN: Selacimorfos; GÉNERO: *Squalidae*; ESPECIE: *Elizabetha*. En esa ocasión la ha clasificado como un tiburón; otras veces es un enorme sapo jurásico, primitivo, rechoncho, venenoso; otros días es un cefalópodo, un calamar gigante, blando y con tentáculos, con un pico oculto.

Lesje sabe que la objetividad científica es una patraña. Ha leído las historias de plagios y venganzas, de pruebas robadas por un científico a otro, de los grandes buscadores de dinosaurios que sobornaban a sus empleados y denigraban a sus rivales tratando de arruinar su reputación. Sabe que la pasión por la ciencia es igual que cualquier otra. No obstante, le gustaría que existiera la objetividad científica y tener un poco ella misma. Así podría aplicarla a su vida. Se volvería sabia y filosófica, podría vérselas con Elizabeth de un modo más adulto y digno que sus juegos secretos, que apenas son un poco mejores que los insultos infantiles.

Pero no puede. Y, por lo visto, Nate tampoco. A veces se enfada —es un alivio respecto a la fase anterior en la que se negaba a criticar a Elizabeth—, pero cuando tiene que enfrentarse a ella y hablar de dinero o de las visitas de las niñas se vuelve blando. Se justifica diciendo que lo hace por Lesje y que no quiere poner en peligro el divorcio. Siempre está sin dinero, aunque Elizabeth recibe puntualmente su cheque todos los meses. Ha empezado a pedirle a Lesje pequeñas sumas prestadas, cinco, diez dólares. ¿Cómo va a negarle los cigarrillos y una cerveza cuando es evidente que está enloqueciendo? Siente lástima por él. No quiere compadecerlo. Y él tampoco que lo compadezca. Así que calla y le presta el dinero.

Hace una semana, Lesje volvió a sacar a relucir la cuestión de tener un hijo, para ella, para ellos. Lo dijo para tantearle; aunque tal vez, antes de que sea demasiado mayor…, ¿no sería el momento adecuado?

Nate se mostró reacio. Ahora no podría permitírselo, dijo.

—Pero al principio fue idea tuya —respondió Lesje. Se sintió como si hubiera pedido su mano y él la hubiese rechazado. ¿Es que no era atractiva? ¿Acaso le parecía genéticamente deficiente?

Nate le aclaró que cuando afirmó que quería tener un hijo con ella estaba expresando un deseo, no haciendo una sugerencia que tuviesen que poner en práctica cuanto antes.

Lesje, que no hacía esas distinciones, se esforzó en entenderlo. Pensó que probablemente tuviese razón. Las niñas de Elizabeth vivían de lo que ganaba Nate, y ella y Nate vivían de su sueldo. No va a sabotear ese arreglo teniendo un hijo. Ni siquiera está segura de quererlo, pero le fastidia que Elizabeth le niegue la posibilidad.

A lo mejor, piensa Lesje, debería apuntarse a un grupo de apoyo. Ha oído hablar de esos grupos, ha leído acerca de ellos en las secciones de familia de los periódicos que Nate lleva a casa cada noche. Se reúnen en los sótanos de las iglesias y ofrecen vendas a los heridos por la metralla de las familias que estallan. A lo mejor debería ir, beber tazas de té, comer galletitas y poner verde a Elizabeth. Pero sabe que es imposible. Siempre se ha sentido mal en esos grupos, le daría miedo lo que podría decir. En cualquier reunión de lesionados, siempre será o fingirá ser la menos lesionada. Además, tienen nombres como Segunda Oportunidad y están pensados para parejas casadas, y ella no lo está.

Supone que si tuviese independencia y fuerza de carácter no le importaría, incluso lo agradecería. Muchas mujeres ya no utilizan el nombre del marido, se oponen a que las llamen «mi esto» o «mi lo otro», y Nate, cuando tiene que presentársela a alguien, lo cual no ocurre muy a menudo, nunca utiliza el posesivo. Le gusta emplear sencillamente su nombre, sin siquiera decir «la señorita». Le alegra, dice, que no sea la señora Schoenhof. Dios no quiera que se parezca en algo a su madre o a su mujer. Pero, en lugar de hacer que se sienta como una entidad por derecho propio, como dice Nate, hace que se sienta como una cifra. Aunque la horrorice ese conservadurismo del que ni siquiera tenía sospechas, quiere formar parte, que se vea que forma parte, ser clasificable, ser un miembro del grupo. Ya hay un grupo de señoras Schoenhof: una es la madre de Nate, la otra la madre de sus hijas. Lesje no es la madre de nadie; oficialmente, no es nada.

Desde luego antes no era así, quejosa, crítica, refunfuñona. Es posible que se esté obsesionando con Elizabeth. «Si pones esa cara demasiadas veces —decían en el colegio— acabarás teniéndola.» Si no va con cuidado, se convertirá en Elizabeth. A veces, piensa que Nate es una complicada broma que le está gastando Elizabeth por alguna razón insondable. «Ríete», se dice. Pero no puede.

«Es inútil —le gustaría decirle a Nate—. Imposible.» Aunque no es cierto. Es posible. Algunos días, algunos minutos. De vez en cuando.

El hecho es que se ha hecho adicta a la versión que tiene Nate de ella. A veces, cuando la toca, se siente no desnuda, sino vestida con alguna prenda indefinida que se extiende en torno a ella como una nube resplandeciente. Ha comprendido aterrorizada que la imagen que se ha formado de ella es incierta. Cuenta con que sea serena, un refugio; desea que sea amable. En el fondo cree que lo es y que eso es lo que encontrará, si excava lo suficiente. A estas alturas debería haberse dado cuenta de que no es así. No obstante, ella quiere serlo; quiere ser ese hermoso fantasma, ese espíritu incorpóreo que él ha conjurado. A veces lo desea de verdad.

Lesje da unos pasos por el suelo de la cocina, que necesita que lo frieguen. Aunque, si estuviese limpio, no sería muy diferente. El sucedáneo de leche se coagula en el café, el fregadero está lleno de tazas y cucharas igual de coaguladas. Debería darse un baño. En vez de eso, deja la taza en el fregadero con las demás, sale y cierra la puerta con llave.

Se dirige al sur por la acera recalentada, luego hacia el oeste por calles de casas viejas y torcidas, con el ladrillo aislante deteriorado y los porches caídos. Ese sitio le resulta cada vez más familiar; es casi la tierra de sus abuelas. La casa de su abuela la menuda se hallaba en esa calle, o puede que no sea esa, sino la de al lado; su abuela la rolliza vivía unas cuantas manzanas al oeste, más cerca de la iglesia con la cúpula dorada, aunque en el mismo tipo de casa.

No ha pensado mucho en esas calles desde el año en que murieron sus abuelas y cesaron las visitas. Recordaba cómo eran ellas, y algunas habitaciones, pero no las casas en sí mismas. Fue como si hubiesen borrado aquel barrio del mapa. Pero ahora quiere encontrar las casas de verdad. Serán una especie de prueba, ahora que han desaparecido las abuelas que eran la verdadera prueba.

Se detiene. Está en una callejuela abarrotada de árboles, coches aparcados y niños que juegan y corretean por la acera. Las casas son más pequeñas de lo que imaginaba; algunas las han pintado de azul y amarillo intenso, con el cemento entre los ladrillos pintado cuidadosamente de otro color. No reconoce nada; si quiere encontrar las casas de sus abuelas tendrá que buscar en otra parte. Se ha instalado gente nueva, de otros países, que, a su vez, ganará dinero y se mudará más al norte. No es un barrio definitivo, de aquí a la eternidad, como pensaba de pequeña, sino una estación de paso, un campamento. En un futuro lejano, los arqueólogos escarbarán entre los escombros y desenterrarán las capas sucesivas. «Ahora la tienen los negros», decía su abuela refiriéndose a su tienda.

Si sus abuelas siguieran con vida, también se habrían mudado al norte. En cualquier caso, se habrían quitado el luto, habrían ido de excursión a las cataratas del Niágara, se habrían hecho la permanente igual que su madre y se habrían comprado trajes pantalón de poliéster. Asimiladas. En vez de eso, son especímenes montados en su cabeza, arrancados de su ambiente y colocados allí. Anacronismos, las últimas de su especie.

«Antes lo único que teníamos era la bendición de una madre. Era importante. Si un joven va a la guerra necesita la bendición de una madre. Fui la primera en trabajar en el centro comercial Eaton, las demás eran inglesas. No les caía bien. Cuando me preguntaban qué clase de nombre era el mío, no les respondía. Cerraba la boca y me las arreglaba para ir tirando. En esa época lo único que teníamos eran los tocados de flores y los bailes tradicionales. Ahora quieren hacerlo, pero no es lo mismo.»

En la época, Lesje había sido incapaz de pensar que su abuela alguna vez había sido delgada y menos aún joven. Le daba la impresión de que siempre había sido igual, melancólica, con el rostro arrugado, olor a sobaco y a pulimento para muebles. La otra abuela también había bailado, o eso decía. Le hablaba de los pañuelos; Lesje no la entendía, así que se sacaba un kleenex arrugado de la manga y lo ondeaba en el aire. Lesje solo podía imaginar a su abuela con la edad que tenía entonces, dando ridículos saltitos con sus botas negras y ondeando puñados de kleenex.

Un hombre bajo y cetrino, pasa rozándola y dice algo que Lesje no entiende, pero que no le suena muy amistoso. No sabe dónde se encuentra, tendrá que preguntar. El sol se está poniendo, así que debe de estar al oeste, cerca de la iglesia dorada que ha visto desde fuera, pero en la que nunca le permitieron entrar. Tampoco había estado nunca en una sinagoga, antes del funeral. Da media vuelta e intenta desandar lo andado.

Nunca prestó mucha atención, sus historias la aburrían, le parecían intentos de convertirla a uno u otro bando. Se impacientaba con ellas y con sus quejas y regañinas, con esas historias tan extrañas y que, como sus infinitos relatos sobre las guerras, el sufrimiento y el horror, con niños atravesados por espadas, no tenían nada que ver con ella. Su antiguo país, arcaico y terrible, tan distinto a este. Ahora quiere recuperar esas voces, incluso la rabia y los reproches. Quiere bailar con tocados de flores en la cabeza, quiere que la apoyen y la santifiquen, y le da igual quién lo haga. Quiere la bendición de una madre. Aunque no imagina a su madre bendiciéndola.

Ahí está el problema. A estas alturas ya sabe que la gente no se comporta como a ella le gustaría. Así que ¿qué puede hacer, cambiar de deseos?

Cuando tenía diez años, quería ir al museo, no los sábados con una de sus abuelas como de costumbre, sino con las dos. Una la cogería de la mano derecha y la otra de la izquierda. No esperaba que se dirigiesen la palabra, las había oído decir muchas veces que antes preferirían la muerte. Pero ninguna norma les prohibía andar. Las tres subirían despacio, por su abuela gorda, las escaleras del museo, con ella en el medio, y pasarían por debajo de la cúpula dorada. A diferencia de lo de los dinosaurios, era algo que podría haber sucedido; cuando finalmente vio que se había vuelto imposible, lo olvidó.

En cuanto a Nate, es muy sencillo. Lo único que quiere es que los dos sean diferentes. No mucho, bastaría un poco. Las mismas moléculas, ordenadas de forma diferente. Lo único que quiere es un milagro, porque cualquier otra cosa carecería de esperanzas.

Viernes, 25 de noviembre de 1977

NATE

Nate, repantigado en un reservado con forma de herradura en el bar del hotel Selby, bebe cerveza de barril y ve la televisión. Es viernes por la noche y con el murmullo de las voces resulta difícil oír el sonido. En los últimos meses han ido saliendo a la luz más trapos sucios de la policía montada, y ahora los está analizando cuidadosamente un trío de expertos. Los de la policía montada, haciéndose pasar por terroristas separatistas, enviaron cartas amenazadoras no sé dónde. Quemaron un granero y robaron cartas, y parece que un jefe de Inteligencia era un agente doble de la CIA. El primer ministro asegura que no sabía nada, y no cree tener la obligación de enterarse de esas cosas. Son noticias viejas y no están arrojando nueva luz sobre ellas. Nate fuma, observa cómo esas cabezas fantasmales fruncen el ceño y sonríen con escepticismo.

Como de costumbre, su madre está recogiendo firmas para una carta de protesta. Se hablará mucho y no ocurrirá nada. Le desagradan esos expertos que fingen lo contrario, su seriedad y su rabia cansina. En ese momento, preferiría oír los resultados del hockey, aunque los Leafs la han jodido como de costumbre. En torno a él se alza el humo, tintinean los vasos, las voces siguen con su rutina y la desolación se extiende hasta donde alcanza la vista.

Martha entra y se detiene insegura al otro extremo de la barra. Nate levanta el brazo para llamar su atención. Ella lo ve y se acerca sonriendo y dando zancadas.

—¡Cuánto tiempo! —dice Marta. Es pura ironía, pues ahora Nate ve a Martha a diario en el bufete. Pero esa noche la ha invitado a cenar. Está en deuda con ella. En cuanto se sienta, comprende que ha cometido una equivocación, no deberían haber quedado en el Selby. Antes iban mucho a beber allí. Espera que Martha no se ponga lacrimosa. Hasta ahora no ha dado ningún indicio. Apoya los codos sobre la mesa.

—¡Uf! Tengo los pies hechos polvo —dice.

Nate lo interpreta como siempre ha interpretado su brusquedad, su insistencia en lo vernáculo: como una tapadera de otras cosas más delicadas. Cree que se ha hecho algo en el pelo, aunque le cuesta recordar cómo lo llevaba antes. Está más delgada. Sus pechos descansan sobre los brazos cruzados, le sonríe y él siente un aguijonazo de deseo. Contra su voluntad. No pueden ser las botas, Martha siempre ha llevado botas.

Pide dos cervezas más y se recuerda a sí mismo que esa cena es pura rutina. Sin Martha, o con Martha en su contra, no habría conseguido el trabajo servil que está haciendo. Ahora hay abogados más jóvenes que él —de pronto se asusta al reparar en hasta qué punto lo son— a diez centavos la docena, ¿y por qué volvería a contratarlo el bufete después de su deserción? Además, está oxidado: ha olvidado muchas cosas que pensó que no tendría que recordar nunca. Pero necesita dinero desesperadamente y no sabía a quién acudir.

Agradece que Martha no se riera ni le despreciase. Ni siquiera dijo: «Sabía que volverías». Le escuchó como si fuese una enfermera o una asistente social, luego respondió que vería qué podía hacer.

Lo que ha conseguido no es lo que él habría querido. Los casos del turno de oficio. Paños calientes legales. El bufete tiene fama de radical y ha creído conveniente aceptar más casos del turno de oficio de los que le corresponden; y ahora tienen más de los que pueden manejar Adams y Stein, y los abogados recién contratados. Nate se hace cargo del sobrante. Ha aceptado un trabajo a tiempo parcial que ha resultado ser a tiempo completo y lleva los casos sin importancia, los que nadie quiere porque están condenados al fracaso, los chorizos, los que roban en las casas y los yonquis, de los tribunales a la cárcel, otra vez a los tribunales y a la cárcel. Sabe que es un proceso circular. Ha desempolvado su maletín y sus dos trajes, y mientras hurgaba en el baúl del armario de su antiguo cuarto se preguntó por qué no se habría deshecho de ellos. Ahora se lustra los zapatos y se limpia las uñas; la cutícula de pintura negra casi ha desaparecido. Por las mañanas huele el olor a antiséptico de las cárceles, el aroma de las celdas, de la carne enjaulada, un aire agrio respirado demasiadas veces; el olor del aburrimiento y el odio. Escucha las mentiras de sus clientes, observa cómo apartan momentáneamente la mirada, sabe que le desprecian a él, el betún de sus zapatos y la confianza que ha depositado en ellos.

Ignoran que le inspiran desconfianza. Los acompaña a los tribunales, hace lo que puede, negocia, llega a sórdidos tratos con los fiscales de la Corona. Escucha los cotilleos, la campechanía de los demás abogados que antes le parecía ofensiva y de la que últimamente participa. A veces, aunque no muy a menudo, gana algún caso y su cliente sale libre. Aun así, no es ningún triunfo. La insignificancia de los delitos y su absurda peculiaridad le irrita. Es como si no hubiese relación entre lo que les ocurre a esos hombres y lo que han hecho: dos aparatos de radio y un equipo estéreo, un tiroteo en un callejón, el contenido de los cajones de alguna viejecita.

Su madre diría que sus clientes son producto del ambiente, y sin duda es cierto. Son víctimas del choque cultural; el punto en el que unas leyes torcidas se estrellan contra otras. Su madre se las arregla para combinar ese punto de vista con la fe en la dignidad humana y el libre albedrío, al menos en lo que a ella se refiere. Nate no se siente capaz de enfrentarse a esa contradicción lógica. No juzga a esas personas, ni cree ser un instrumento de la justicia. Hace un trabajo. Lo mismo podría estar trabajando para la Sociedad Protectora de Animales. Le gustaría ocuparse del caso de la Policía Montada: el bufete defiende a un periódico marginal que fue uno de los que atacaron. Pero, como es natural, el caso lo lleva Stein.

El camarero deja las dos cervezas en la mesa y Martha le echa sal a la suya.

—¿Qué tal te va? —pregunta. Bebe y le queda un bigote de espuma sobre el labio superior. A Nate le encantaba su manera de beber la cerveza. Le inunda una oleada de ternura que flota, se aleja y desaparece.

En la pantalla, que él puede ver y ella no, está René Lévesque, gesticulando, encogiéndose de hombros, explicando con ojos tristes en la arrugada cara de mimo algo sobre la economía, por lo que acierta a entender Nate. Ahora dicen que nunca quisieron la separación, al menos de esa manera. Nate está decepcionado con él; hasta el momento, todo ha sido un anticlímax. Oportunidades perdidas, compromisos y evasivas, como el resto del país. Al fin y al cabo es un mundo sin libertades. Solo un idiota había creído lo contrario, y Lévesque no es ningún idiota. (Como Nate: ya no.) Cada vez tiene menos pinta de payaso y se parece más a una tortuga: la sabiduría lo ha arrugado y lo ha encerrado en una útil concha.

—¡Eh, soñador! —dice Martha. Es la primera alusión que hace al hecho de que fuesen amantes: es su antiguo mundo. Nate baja la mirada hacia ella.

—Genial —responde—. Supongo. —Le gustaría expresar todo el entusiasmo posible. Martha quiere creer que su acción, su buena obra, le ha hecho feliz. Nate sabe que ha dado la cara por él, aunque ignora el motivo.

Martha no le da ninguna pista.

—Por el desagüe —dice y vacía su vaso.

En el comedor del Selby, más barato de lo que le gustaría y más caro de lo que puede permitirse, comen hígado con patatas y Martha le habla del bufete: quién se ha ido, quién ha llegado, quién se está separando de la mujer, quién está liado con quién. Como de costumbre, Martha está al tanto de todos esos asuntos; y se los cuenta con jovialidad. «Mejor ella que yo», dice, o «Le deseo mucha suerte». Nate siente con ella una comodidad que le resulta familiar, como si estuviese escuchando la respiración de un gran animal de costados cálidos.

Le gustaría acurrucarse a su lado, meter la cabeza bajo su brazo y cerrar los ojos; pero Martha le está tratando como a un amigo, un viejo amigo, fiable y neutral. Actúa como si no recordara haberle gritado, golpeado o chillado nunca, y Nate piensa una vez más en la desvergüenza de las mujeres. En su falta de pudor. Creen que todo lo que hacen está justificado siempre, así que ¿por qué sentirse culpables? Nate siente envidia. Sabe que no trató a Martha tan bien como pretendía, pero ella también parece haberlo olvidado.

Mientras comen el pastel de cerezas de bote, Martha le describe sus últimas ocupaciones: trabaja como voluntaria recaudando fondos para el Centro de Mujeres Maltratadas, y los martes y los jueves va a clase de yoga. Nate no imagina a Martha, tan corpulenta y poco grácil, vestida con unos leotardos negros y doblada como un pretzel, ni cree que se identifique lo más mínimo con las mujeres maltratadas a las que acogen en el centro. Nunca le gustó mucho hacer ejercicio y las teorías, «los problemas» los llamaba ella, la dejaban fría. Le consta: una vez intentó convencerla de que se comprara una bicicleta, y cuando le hablaba de lo que estaba en juego en Quebec, en Israel o en Camboya, ella respondía que bastante tenía con verlo en las noticias de la tele. Pero ahí está, la improbabilidad materializada, sentada ante él, pinchando con el tenedor la masa del pastel y hablándole de la reforma de las leyes de violación.

Nate se dice que es típico de Martha abrazar una causa o una afición cuando ha dejado de estar en auge: durante el lento descenso hasta ese pesebre pasado de moda donde habitan las personas como su madre: los cristadelfianos, los vegetarianos de la escuela de la autointoxicación, los defensores del esperanto, los conferenciantes sobre naves espaciales, los unitarios. Es lo que siempre opinó Elizabeth de ella, basándose, por lo que Nate pudo ver, en el guardarropa de Martha. Según Elizabeth, la liberación de la mujer está de capa caída; y el interés por las religiones orientales ya no es lo que era. Pero nada de eso parece preocupar a Martha. Habla del aspecto de Nate: parece que le falte oxígeno, afirma. Muy poca gente respira como es debido. Debería probar a llenar los pulmones y una versión sencilla del saludo al sol. Martha le garantiza personalmente que le sentaría de maravilla.

Luego vuelve a las cuestiones legales. Tiene opiniones muy claras sobre el sistema de tribunales de familia; de hecho, si pudiera ahorrar lo suficiente, le gustaría matricularse en la Facultad de Derecho y hacerse abogada, para trabajar en ese campo. Lo de la facultad sería pan comido, pues está muy familiarizada con el asunto; Dios sabe todo lo que ha mecanografiado al respecto. Nate parpadea. Comprende ahora que Martha no le parece exactamente estúpida, pero tampoco brillantísima. Aunque es muy posible que sepa más que él del asunto. Los tribunales de familia podrían dársele bien, incluso muy bien.

No obstante, Nate se siente despreciado. Ha pasado días, semanas, meses de su vida sin pensar ni una sola vez en Martha. Sus manos conservan solo un vago recuerdo del interior de sus muslos, su sabor ha desaparecido de su lengua, ni siquiera recuerda su dormitorio: ¿de qué color son las cortinas? Pero le ofende que lo haya olvidado tan deprisa y con tanta facilidad. ¿Tan poca importancia tuvo para él? Se dice que es imposible que Martha tenga a otro hombre en la manga, alguien que signifique para ella lo mismo que significó él; de lo contrario, no le interesaría la Facultad de Derecho.

Paga la cuenta y se encaminan hacia la puerta, con Martha a la cabeza. Lleva el abrigo encima del brazo, y él observa sus caderas bajo el tweed de su falda. ¿Le invitará a su casa? Podrían sentarse en el salón a tomar unas copas. Solo eso. Piensa que, por supuesto, no debería aceptar. Es viernes por la noche, las niñas habrán llegado ya y Lesje le estará esperando. No le ha dicho adónde iba; solo que tenía trabajo en el bufete. Llevar a cenar a Martha en cierto sentido es trabajo del bufete, pero habría sido difícil explicárselo.

No obstante, al llegar a la calle, Martha se limita a darle las gracias y despedirse. «Nos vemos el lunes —dice—. Amarrados al duro banco.» La ve parar un taxi, abrir la portezuela, subir. Le gustaría saber adónde va, por más que vaya a ir tanto si él lo sabe como si no. El mundo existe aparte de él. Se lo ha repetido muchas veces en teoría; pero nunca lo ha comprendido con certeza. La deducción es que su cuerpo es un objeto en el espacio y un día morirá.

Ahora recuerda haber tenido esa impresión varias veces. Se queda donde lo ha dejado. No quiere volver a casa.

Viernes, 14 de abril de 1978

ELIZABETH

La tía Muriel está en el hospital. Resulta bastante increíble. En primer lugar, que esté enferma. Elizabeth nunca ha creído que su tía esté hecha de carne mortal como las demás personas, sino más bien de una excrecencia verrugosa, parecida al caucho, impermeable e indestructible. En segundo lugar, que, en caso de estar enferma, algo que Elizabeth aún duda, la tía Muriel se haya avenido a admitirlo. Pero el caso es que está en el hospital, en el Princess Margaret para ser más precisos, y ha mandado llamar a Elizabeth. A pesar de su promesa de no volver a verla, Elizabeth no se ha atrevido a negarse.

Se sienta en el sillón para las visitas junto a la cama levantada, y la tía Muriel, con una bata de color azul hielo y apoyada entre almohadones, se queja. Le echan demasiado cloro al agua. Recuerda cuando el agua era agua, aunque no cree que Elizabeth note la diferencia. Al principio no le dieron una habitación individual. ¿Se lo puede imaginar? Tuvo que compartir habitación, ¡compartir habitación!, con una mujer horrible que roncaba por las noches. La tía Muriel está convencida de que la mujer estaba agonizando. Casi no pudo pegar ojo. Y, ahora que por fin cuenta con una habitación privada, nadie le hace ni caso. A veces tiene que llamar al timbre más de tres veces para que acuda la enfermera. No hacen más que leer novelas policíacas, las ha visto. La enfermera de noche es de las Indias Occidentales. La comida es horrible. No soporta la remolacha, siempre pide las otras verduras del menú, y le sirven remolacha. A veces, la tía Muriel cree que lo hacen a propósito. Mañana hablará con el doctor MacFadden. Si tiene que quedarse para descansar y para que le hagan unas pruebas, tal como le ha dicho, lo menos que puede hacer es asegurarse de que esté cómoda. No ha estado enferma en toda su vida, no le pasa nada, no está acostumbrada a los hospitales.

Elizabeth piensa que tal vez tenga razón. Ella relaciona sus propias estancias en hospitales con los nacimientos de sus hijas, pero, claro, la tía Muriel nunca ha pasado por eso. Elizabeth no se la imagina dando a luz, y mucho menos dedicada a los preliminares. Es difícil imaginar al tío Teddy asaltando con su papada esas barricadas cubiertas de elásticos, descubriendo esos muslos del color de brotes de patata; y aún más difícil imaginar a la tía Muriel permitiéndoselo. Aunque puede que lo hiciese movida por el sentido del deber.

La tía Muriel se ha llevado su almohadón de punto de cruz al hospital, el mismo que lleva años bordando: una cesta de pensamientos. En otras épocas ha estado en diversas sillas y sofás en casa de la tía Muriel, dando fe de que no es una mujer perezosa. Parece fuera de lugar sobre la sábana del hospital. La tía Muriel lo levanta mientras habla y vuelve a soltarlo.

Elizabeth sigue en el sillón de las visitas. Ha llevado unas flores, crisantemos, no cortados sino en maceta; pensó que la tía Muriel preferiría tener algo vivo, pero ella declaró en el acto que su olor era demasiado intenso. ¿Es que no recuerda que no soporta el olor de los crisantemos?

Es posible que sí lo recuerde; tal vez lo haya olvidado convenientemente. Tuvo la sensación de que debía llevar algo, alguna ofrenda, porque la tía Muriel se va a morir; se está muriendo. Elizabeth, la pariente más cercana, fue la primera a quien se lo comunicaron.

—Está muy extendido —le dijo el doctor MacFadden con un leve susurro—. Debe de haber empezado como un cáncer de intestino. De colon. Imagino que debe de haber sufrido muchos dolores antes de venir a verme. Siempre ha dicho que es fuerte como un caballo. Le da miedo la sangre.

Muchos dolores, claro. Pasaría semanas apretando los dientes antes de forzarse a admitir que tiene un colon y que la ha traicionado. La tía Muriel debió de sorprenderse tanto como Elizabeth al descubrir que podía sangrar. Pero ¿miedo? Es una palabra ajena al vocabulario de la tía Muriel. Elizabeth la mira, impasible, sin acabar de creérselo. Una vitalidad tan maligna no puede morir. Hitler siguió viviendo después de que descubrieran sus dientes chamuscados, y la tía Muriel también es uno de los inmortales.

Pero se ha marchitado. La carne, antes compacta y sólida, cuelga de los huesos; los polvos cosméticos que la tía Muriel sigue utilizando, forman grietas resecas sobre la piel caída. Su garganta es una cavidad sobre el arco virginal de la bata de hospital, su pecho prominente está ajado. Su tez, antes de un beis bien definido, tiene la blancura de un diente sucio. Sus ojos, levemente prominentes como los de un pequinés, están hundidos en las profundidades de la cabeza. Se está desmoronando sobre sí misma, se está fundiendo, como la bruja en *El mago de Oz*, y al verlo Elizabeth recuerda: Dorothy no se alegró cuando la bruja se convirtió en un charco de azúcar quemado. Se aterrorizó.

No le han dicho nada a la tía Muriel. El doctor MacFadden no cree que sea de las que se benefician con una revelación tan temprana. Elizabeth, con toda la delicadeza posible, le preguntó por los plazos posibles. ¿Cuánto era de esperar que, en fin, resistiera la tía Muriel? Pero él se mostró vago. Dependía de muchos factores. A veces se producen mejorías sorprendentes. Le darían analgésicos y, en caso necesario, sedantes, y, por supuesto, esperaban que tuviese el apoyo moral de la familia.

Con eso se refería a Elizabeth, que en ese mismo momento se está preguntado por sus motivos para estar ahí. Hace tiempo que debería haberla mandado a la mierda y dejado que se las apañase sola. Ni siquiera tiene una razón práctica para explicar su presencia: conoce los términos del testamento de la tía Muriel, y no es probable que cambien. Unos pocos miles para las niñas cuando cumplan los veintiuno, y el resto para la repulsiva iglesia de Timothy Eaton. A Elizabeth no le importa. Tiene práctica en afectar indiferencia.

¿Ha ido a regodearse? Es posible. Por su cabeza pasan ideas de venganza. Le dirá a la tía Muriel que se va a morir. No la creerá, pero la mera insinuación bastará para desquiciarla. O la amenazará con no enterrarla en su parcela del cementerio. La mandará incinerar y esparcirá las cenizas en Center Island, donde juegan al fútbol los italianos. La meterá en un tarro de mermelada y la plantará en Regent's Park, donde le pasarán por encima los negros. Se lo tendría merecido.

Elizabeth no aprueba esa venganza que acaricia, pero está ahí. Mira fijamente las manos de la tía Muriel y ve cómo se retuercen sobre la bata del hospital que no soporta tocar.

La mujer que la sujetó del brazo aquel día en Eaton's College Street, cuando acababan de salir de ver el espectáculo navideño de los niños actores de Toronto, una concesión especial por parte de la tía Muriel, *Toad of Toad Hall*. Además, el sexteto de Sally Ann cantaba villancicos. Un abrigo de paño tosco y marrón y el olor de su aliento, dulce y ácido. La mujer solo tenía un guante; puso la mano desnuda sobre el hombro de Elizabeth, que tenía once años. Caroline iba con ella. Las dos llevaban los abrigos azules de tweed con el cuello de terciopelo y los sombreros de terciopelo que la tía Muriel consideraba adecuados para las excursiones al centro.

La mujer estaba llorando Elizabeth no entendió qué decía; su voz sonaba confusa. La mano se apretó sobre su abrigo de tweed azul y después se aflojó como el espasmo de un gato muerto. Elizabeth cogió a Caroline de la mano y tiró de ella. Luego echó a correr. «Era mamá», dijo Caroline. «No —respondió Elizabeth ante la puerta de los jardines Maple Leaf—. No digas eso.»

«Era mamá», insistió Caroline. Elizabeth le dio un puñetazo en el estómago y Caroline se dobló en dos y se acurrucó gritando en la acera. «Ponte de pie —dijo Elizabeth—. Puedes andar, nos vamos a casa.» Caroline, siguió acuclillada en la acera, aullando fiel.

Eso es lo que Elizabeth no puede perdonar: su propia traición. La tía Muriel no puede librarse así como así. Por el bien de Elizabeth debe sufrir visiblemente. Por fin.

—Nunca me escuchas —dice la tía Muriel—. Te di todas las ventajas. —«De eso nada», piensa Elizabeth, pero no puede discutir—. Te digo que no lo sabías. Crees que fui despiadada con ella, pero le di dinero todos esos años. No fue tu tío Teddy.

Elizabeth repara en que la tía Muriel está hablando de su madre. No quiere escucharla, no quiere escuchar otra genealogía de su propia insuficiencia.

—No fallé ni una semana. Nadie me lo agradeció —dice la tía Muriel—. Claro que se lo gastaba todo en bebida. Pero aun así se lo di; no quería tenerla sobre mi conciencia. Supongo que sabes a qué me refiero.

Elizabeth puede pasarse sin esa información. Preferiría imaginar a su madre como una indigente, la parte perjudicada, una santa a la luz de la farola. Incluso cuando se hizo mayor y supo que podía averiguar dónde se encontraba, decidió no hacerlo. Su madre, como las nubes o los ángeles, vivía del aire, o posiblemente —si pensaba en los aspectos más materiales— de su tío Teddy. La imagen del encuentro entre las dos hermanas, tal vez rozándose, la turba.

—¿La viste? —pregunta Elizabeth—. ¿Hablaste con ella?

—Di instrucciones en el banco —responde la tía Muriel—. Ella me odiaba. Se negaba a verme. Cuando estaba borracha, me telefoneaba y decía… Pero cumplí con mi obligación. Es lo que habría querido nuestro padre. Tu madre siempre fue su favorita.

Para horror de Elizabeth, la tía Muriel se echa a llorar. Las lágrimas manan de sus ojos hundidos; una violación de la naturaleza, una estatua sangrante, un milagro. Elizabeth la observa distante. Debería alegrarse. Por fin la tía Muriel saborea las cenizas de su vida. Pero no se alegra.

—Crees que no lo sé —dice la tía Muriel—. Pero sé que me estoy muriendo. Aquí todo el mundo se está muriendo. —Vuelve a coger el almohadón de punto de cruz, lo apuñala con la aguja y hace caso omiso de sus propias lágrimas que no se molesta en enjugar—. Lo sabías —añade en tono acusador—. Y no me lo has dicho. No soy una niña.

Elizabeth odia a la tía Muriel. Siempre la ha odiado y siempre la odiará. No la perdonará. Es una antigua promesa. Un axioma. Pero aun así…

Aun así, esa no es la tía Muriel. La tía Muriel de la infancia de Elizabeth se ha fundido y ha dejado en su lugar ese cascarón, esa anciana que suelta su labor y con los ojos cerrados y llorosos la busca a tientas sobre las sábanas del hospital.

Elizabeth quiere levantarse de la silla, salir de la habitación y dejarla sola. Es lo que se merece.

No obstante, se inclina y coge las manos ciegas de la tía Muriel. Los dedos rechonchos se aferran a ella desesperados. Elizabeth no es un cura, no puede darle la absolución. ¿Qué puede ofrecerle? Sinceramente, nada. Se sentó al lado de su consumida madre, sin decir nada, sosteniéndole la mano buena. La única mano buena. La mano arruinada, todavía hermosa, a diferencia del muñón cubierto de venas y manchas que ahora tiene entre las suyas, consolándola con los pulgares como consuela a sus hijas cuando están enfermas.

La enfermedad se aferra a ella. No obstante, no obstante, Elizabeth susurra: «Está bien, está bien».

NATE

Nate se apresura en el metro en dirección este por ese túnel que le resulta tan familiar, su rostro cadavérico se refleja en la oscura ventanilla que tiene enfrente, rematada por un cartel que exhibe un sujetador que se convierte en pájaro. Va a casa de su madre a recoger a las niñas. Han pasado allí la noche; él ha estado solo por la mañana con Lesje, que más de una vez le ha insinuado que, desde que volvió a lo que todos llaman su trabajo, no se ven mucho. Se refiere a solas.

Esa mañana han estado solos, pero no ha ocurrido nada fuera de lo normal. Han desayunado huevos cocidos y luego él ha leído los periódicos vespertinos del viernes en el salón iluminado por el sol, entre las herramientas inútiles y los caballitos de madera sin terminar. Había pensado que podría seguir con los juguetes por las tardes y los fines de semana, pero está demasiado cansado. No solo es eso. Es incapaz de hacer las dos cosas, asalto con violencia en la parte de atrás del almacén de Front Street East y la jirafa Jerónima con su sonrisa despreocupada. La realidad es una cosa o la otra; y los juguetes se van desdibujando y desangrando día a día. Ya los ve como piezas de museo, pintorescas, hechas a mano, con un siglo de antigüedad. Pronto desaparecerán y la habitación se llenará de papeles.

Lesje quería que pasaran juntos el fin de semana, pero no pudo decirle que no a Elizabeth, que en los últimos tiempos está siendo implacable en lo de necesitar tiempo para ella. Nate quisiera saber a qué lo dedica. Espera que esté viéndose con alguien, eso le facilitaría las cosas. A él. En cualquier caso, no habría tenido que decirle que no a Elizabeth sino a las niñas. Dicho de ese modo resulta imposible, y Lesje no lo entiende. Le saca de quicio que sea tan obtusa y que se niegue a ver que las dificultades por las que están pasando son cosa de dos. Es un hecho sencillo y evidente que está haciendo lo que está haciendo por Lesje, o, por formularlo de otro modo, que si no fuese por ella no tendría que hacerlo. Ha intentado explicárselo, pero es como si pensara que la está acusando de algo. Se limita a mirar fijamente la ventana, la pared, o cualquier espacio disponible menos el que hay entre sus orejas.

Menos mal que está su madre. Nate tiene la sensación de que siempre está dispuesta a quedarse con las niñas, y de que, de hecho, está deseando tener oportunidades como esa. Al fin y al cabo, es su abuela.

Nate se apea en Woodbine, sube por las escaleras, emerge bajo la débil luz de abril. Se encamina hacia el norte de la calle de cajas destartaladas donde transcurrió su infancia. La casa de su madre es una caja como las demás, cubierta con el sucio estuco beis que siempre le recuerda a determinados programas de radio: *El avispón verde* o *Nuestra señorita Brooks*. La vecina de al lado tiene una estatua en el jardín, un negrito vestido de jockey con un farol de carruaje en la mano. La estatua constituye una perpetua irritación para la madre de Nate que a veces se burla de ella, comparando esa estatua con el conmovedor fresco de un niño negro que hay en la fachada de la iglesia unitaria. Los católicos de clase baja, afirma, tienen Vírgenes y Niños Jesús de escayola en el jardín; a lo mejor la vecina es una unitaria de clase baja. A la madre de Nate no le parece gracioso, pero a Nate le habría decepcionado lo contrario.

Llama al timbre y enciende un cigarrillo mientras espera. Su madre, con las gastadas zapatillas turquesa que tiene desde hace al menos diez años, abre por fin la puerta. Las niñas están abajo, en el sótano, jugando a disfrazarse, le dice mientras él se quita el chaquetón marinero. Tiene una caja de cartón en la que guarda unas cuantas prendas que no ha considerado aptas para donarlas a las organizaciones caritativas: trajes de fiesta de finales de los años treinta, una capa de terciopelo, una combinación de color magenta. Cada vez que las ve, Nate vuelve a sorprenderse de que fuese a fiestas, bailara y se dejara cortejar.

Su madre prepara el té y le ofrece una taza. Él pregunta si tiene una cerveza, pero no. Nate sabe que las compra solo para él, y la ha avisado con muy poco tiempo. No se queja ni insiste, parece un poco más cansada que de costumbre. Se sienta con ella a la mesa de la cocina a beber un té e intenta apartar la vista del mapamundi de las atrocidades, en el que las estrellas se multiplican como conejos. Pronto las niñas terminarán de disfrazarse y subirán a exhibirse, en eso consiste el juego.

—Elizabeth me ha dicho que has vuelto a Adams, Prewitt y Stein —dice su madre.

Nate nota cómo la conspiración se cierra en torno a él. ¿Cómo lo sabe Elizabeth? Él no se lo ha contado. No quiere admitir esa derrota. ¿Habrá sido Martha, seguirá activa esa red? Elizabeth nunca telefoneaba a su madre; pero tal vez —¡traición!— sea su madre quien la llama a ella. Es de esas cosas que haría por principios. Aunque nunca han sido íntimas. Le ha costado aceptar que Elizabeth y él se han separado. No lo ha dicho, pero nota que piensa que es malo para las niñas. Por ejemplo, nunca habla de Lesje. Le gustaría que se quejase, que lo criticara, para poder defenderse y contarle la vida de termita a la que le ha empujado Elizabeth.

—Me alegro mucho —dice su madre, con los ojos azules de porcelana brillándole como si su hijo acabase de ganar algo, no la lotería sino un premio—. Siempre tuve la sensación de que estabas hecho para eso. Ahora debes de ser más feliz.

A Nate se le forma un nudo de rabia en la garganta. ¿Es que no se da cuenta, como haría cualquier idiota, de que le han empujado, obligado, de que no tiene elección? El peso del hijo ideal le aplasta el pecho como un maniquí de escayola que amenazara con entrar y estrangularle. El ángel de los oprimidos. Ella le absolverá de todo, de cualquier delito o responsabilidad, menos de sí mismo.

—No —dice—, no estoy ni mucho menos hecho para eso. Lo hago porque necesito el dinero.

La sonrisa de su madre no se desvanece.

—Pero es lo correcto —insiste radiante—. Al menos estás haciendo algo con tu vida.

—Antes estaba haciendo algo con mi vida —responde Nate.

—No hay por qué levantar la voz, cariño —dice su madre con complacencia herida.

Él odia ese tono, eficazmente pensado para que se sienta como un simio blandiendo un garrote y golpeándose el pecho. Esos años de suficiencia moral, lo han ido enterrando como nieve, como si fuesen capas de lana. La insoportable suficiencia de todas ellas, Elizabeth, su madre e incluso Lesje. Se queja, pero sus quejas son apuestas disimuladas y suficientes. Conoce esa ecuación silenciosa que le han enseñado tan bien: «Sufro, luego me asiste la razón». Pero él también sufre, ¿es que no se dan cuenta? ¿Qué tiene que hacer para que le tomen en serio? ¿Volarse la tapa de los sesos? Piensa en Chris, destrozado sobre el colchón y llorado por dos policías. Grave. Eso no es para él.

—Ya que quieres saberlo —dice Nate, bajando no obstante la voz—. Odio cada minuto que dedico a ese trabajo.

Se pregunta si es cierto, al fin y al cabo se le da bien, tan bien como pueda dársele a cualquiera un trabajo así.

—Pero estás ayudando a la gente —objeta su madre, perpleja, como si fuese incapaz de entender un axioma geométrico elemental—. ¿No es el turno de oficio? ¿No son pobres?

—Mamá —responde con paciencia renovada—, cualquiera que crea que se puede ayudar a la gente, y sobre todo haciendo lo que yo hago, es un idiota.

Su madre suspira.

—Siempre te ha dado miedo serlo —dice—. Incluso de niño. —Nate se sorprende. ¿Será cierto? Intenta recordar algún indicio—. Supongo que pensarás que yo también soy idiota —continúa su madre mientras sonríe implacable—. A lo mejor tienes razón. Aunque tengo para mí que todo el mundo lo es.

Nate no está preparado para ese grado de cinismo por parte de su madre. Se supone que cree en la infinita perfectibilidad del hombre, ¿no?

—Entonces, ¿por qué haces todo eso? —pregunta.

—¿Por qué hago qué, cariño? —replica un poco ausente, como si ya lo hubiesen hablado muchas veces.

—Lo de los poetas coreanos, los veterinarios mutilados, todo eso...

Señala con el brazo el mapa cubierto de estrellas rojas, su nube en forma de champiñón.

—Bueno —responde bebiendo un sorbo de té—, algo tenía que hacer para seguir con vida. Durante la guerra. Justo después de que tú nacieras. —¿A qué se refiere? Sin duda debe de hablar de forma metafórica y referirse al aburrimiento de un ama de casa, o algo por el estilo. Pero ella no le deja lugar a dudas—. Pensé en diversos métodos —continúa—, pero luego pensé: ¿y si no funciona? Podría haber acabado, ya me entiendes, impedida de por vida. Y luego piensas en quién podría encontrarte. Fue justo después de lo de tu padre, justo después de recibir el telegrama, pero no era lo único. Supongo que no quería vivir en un sitio así.

Nate está horrorizado. No puede imaginar a su madre como una suicida en potencia. Es incongruente. No solo eso, sino que jamás se lo había dicho. ¿Podría haberle abandonado tan fácilmente, haberlo dejado sin más en una cesta y haberse internado alegremente en lo desconocido? Lo de su padre ya es imperdonable, pero al menos él murió en un accidente. Irresponsable, una mala madre, no pudo... Huérfano en potencia, se balancea al borde del abismo que se ha abierto de pronto ante él.

—Al principio me dediqué a zurcir —dice su madre con una risita—. Zurcía calcetines. Ya sabes, para colaborar con el esfuerzo bélico. Pero no me mantenía suficientemente ocupada. De todos modos, supongo que pensé que sería mejor hacer algo más útil que zurcir. Cuando fuiste un poco mayor, empecé con lo de los veteranos y una cosa condujo a la otra.

Nate mira fijamente a su madre, que no obstante tiene el mismo aspecto que siempre. No solo es su revelación sino el inesperado parecido consigo mismo lo que le espanta. La creía incapaz de esa desesperanza, y ahora ve que siempre ha dependido de esa incapacidad suya. ¿Qué va a hacer ahora?

Pero las niñas intervienen, suben las escaleras del sótano dando ruidosas pisadas con los zapatos de tacón que dejan los dedos al descubierto, envueltas en terciopelos y satenes, con la boca pintada con un lápiz de labios de su madre olvidado desde hace mucho tiempo, y las cejas delineadas. Aplaude ruidosamente, aliviado por su presencia y por su alegría sin complicaciones.

No obstante, piensa: «Pronto serán mujeres», y esa idea le atraviesa como una aguja. Exigirán sujetadores y los rechazarán y lo culparán a él de ambas cosas. Criticarán su ropa, su trabajo, su manera de hablar. Se irán a vivir con jóvenes hoscos y escrofulosos, o se casarán con dentistas y se dedicarán a comprar alfombras blancas y a colgar esculturas de lana. De un modo u otro, le juzgarán. Sin madre, sin hijas, se queda ante la mesa de la cocina, el vagabundo solitario bajo las estrellas rojas y frías.

En la puerta de entrada besa a su madre como de costumbre, el obligado beso rápido. Ella se comporta como si no hubiese pasado nada, como si hubiesen hablado de algo que él sabía desde hacía mucho tiempo.

Hace además de cerrar y de pronto Nate no soporta ver cerrarse esa puerta. Salta la reja de hierro del porche de cemento, pasa al jardín vecino por encima del seto, salta sobre el jockey

negro y el seto siguiente y el siguiente, aterriza en el césped amarillento por el invierno, blando por la nieve fundida; se le hunden
los talones, el barro le salpica las piernas. Detrás oye el coro, el
ejército de voces femeninas: «infantil». Al demonio con ellas. So-
brevuela mierdas de perro para caer en las húmedas matas de aza-
frán de alguien, y vuelve a saltar. Sus hijas corren tras él por la
acera riéndose y gritando: «¡Papá, espera!».

Sabe que aterrizará pronto; el corazón le late ya a toda velocidad. Pero vuelve a intentar llegar a ese lugar inexistente donde
ansía estar. Suspendido en el aire.

LESJE

Lesje sostiene un trozo de papel. Ha intentado leerlo tres o cuatro veces, pero es como si no pudiera concentrarse. Es una estupidez, pues casi todos los días llegan a su buzón papeles casi idénticos. Es una carta, escrita con bolígrafo azul, en una hoja de un cuaderno de rayas, dirigida a «Dinosaurios», con la dirección del museo.

> Muy Sres. míos:
> Voy a sexto curso y nuestra maestra nos ha encargado hacer un trabajo sobre dinosaurios, querría saber si puede responder con ejemplos a estas preguntas.
>
> 1) ¿Qué significa «dinosaurio»?
> 2) ¿Por qué se llama «Mesozoico»?
> 3) Esboza los acontecimientos geológicos que ocurrieron en América del Norte en esa Era; por favor, incluye un mapa.
> 4) ¿Qué es un fósil?

5) ¿Por qué no se han encontrado fósiles de dinosaurio en Ontario?

Por favor envíe pronto las respuestas porque tengo que entregar el trabajo el 15 de junio.

Atentamente,

Lindy Lucas

La carta le resulta familiar, sabe que la ha enviado una niña espabilada, que prefiere hacer trampa y copiar una respuesta a resumir lo que dice el libro. Incluso reconoce las preguntas que han sido ligeramente reformuladas, primero por la maestra, y luego más drásticamente por la niña, pero que son casi idénticas a las del panfleto sobre dinosaurios del museo que ella misma ayudó a preparar y editar. La maestra también hace trampas.

Por lo general, se limitaría a grapar varias hojas fotocopiadas y añadir una carta formal. «Gracias por tu interés. Esperamos que esta hoja de respuestas te ayude a encontrar la información que solicitas.» No obstante, en esa ocasión, al ver la letra infantil, comprende que está enfadada. Le irritan las implicaciones de la carta: que los dinosaurios son demasiado aburridos para dedicarles demasiado tiempo, y que ella está ahí para que la exploten. Le molesta que no incluya un sello y un sobre para enviar la respuesta. «HAZ TUS DEBERES», le entran ganas de escribir en rojo encima de la letra azul. Pero no puede. Responder a esas cartas es parte de su trabajo.

Vuelve a leer la carta y las palabras flotan ante sus ojos. ¿Por qué se llama «Mesozoico»? La respuesta correcta, la que quiere la maestra, está en la hoja de respuestas. *Meso*, «medio», *zoos*, «vida».

Después del Paleozoico, antes del Cenozoico. Pero ¿existe el Mesozoico? En esa época nadie lo llamaba de ningún modo. Los dinosaurios no sabían que vivían en el Mesozoico. No sabían que solo estaban en el medio. No tenían intención de extinguirse; pensaban que iban a vivir siempre. A lo mejor debería escribir la verdad: «El Mesozoico no es real. Es solo una palabra para un lugar al que ya no se puede ir porque ya no está. Se llama Mesozoico porque lo llamamos así». Y arriesgarse a recibir la airada respuesta de una maestra atareada: «¿Qué clase de respuesta es esa?».

Le tiemblan las manos, necesita un cigarrillo. No puede responder a esa carta, en ese momento carece de respuestas, no sabe nada. Le gustaría arrugarla y echarla a la papelera, pero en vez de eso la pliega pulcramente en dos para no ver la letra y la deja al lado de la máquina de escribir. Se pone la gabardina y se abrocha con cuidado los botones y el cinturón.

En el cajón del escritorio hay un poco de queso que había llevado para comer, pero decide ir andando a Murray's. Buscará una mesa para uno y verá a las camareras jadeantes y manchadas de sopa y a los empleados de las oficinas engullendo su comida. Necesita salir del museo, aunque solo sea una hora.

La noche anterior discutió con Nate, su primera discusión de verdad, mientras las niñas dormían arriba, aunque puede que estuviesen despiertas. Esa es otra: las niñas estaban en casa y era día laborable. Habían quedado en que no las tendrían los días laborables, pero Nate recibió una llamada de Elizabeth en el último minuto. Desde hace un tiempo, todas sus llamadas son en el último minuto.

—Se ha muerto su tía —le dijo Nate, cuando entró por la puerta y encontró a las niñas comiendo macarrones con queso y jugando al Scrabble en la mesa de la cocina—. Elizabeth ha pensado que sería mejor para las niñas que pasaran la noche aquí. No quiere que les afecte su propia reacción.

Las niñas no parecían muy traumatizadas, y Lesje no creyó que lo estuviese Elizabeth. Era otro ataque por el flanco. No dijo nada hasta que las niñas fregaron los platos y Nate les leyó un cuento y las arropó. Ya eran mayorcitas para leer solas, pero Nate decía que era una tradición.

Cuando bajó, le anunció que pensaba que debía ir al funeral.

—¿Por qué? —preguntó Lesje.

Era la tía de Elizabeth, no la de Nate; el funeral no era asunto suyo.

Nate respondió que creía que debía apoyar a Elizabeth. El funeral la deprimiría mucho.

—Por lo que me has contado —objetó Lesje—, odiaba a su tía.

Nate dijo que, aunque eso era cierto, la tía había sido importante en la vida de Elizabeth. En su opinión, la importancia de algo para alguien no tenía que ver con sus aspectos positivos, sino solo con su impacto, su fuerza, y la tía había sido una fuerza.

—Deja que te diga una cosa —insistió Lesje—. Elizabeth no necesita ningún apoyo. Le hace tanta falta como a un Cristo dos pistolas. Nunca he conocido a nadie menos necesitado de apoyo que Elizabeth.

Nate repitió que las apariencias engañan y que, tras haber estado doce años casado con ella, tal vez estuviese en mejor situación que Lesje para juzgar cuándo necesitaba apoyo Elizabeth. Había tenido una infancia muy desdichada.

—¿Y quién no? —exclamó Lesje—. ¿Quién no ha sido desgraciado en la infancia? ¿Qué tiene eso de particular?

Si quería una infancia desdichada podía contarle la suya. Aunque, pensándolo dos veces, mejor no: la suya había sido una infelicidad muy anodina. Sabía que no podía competir con el melodrama casi extravagante de Elizabeth, que Nate le había contado de manera fragmentaria. En cualquier competición de infancias desdichadas, ella perdería.

Nate dijo que deberían bajar la voz y que tenían que pensar en las niñas.

Lesje pensó en las niñas y vio una mancha borrosa. El hecho era que, aunque las niñas pasaran en su casa casi todos los fines de semana ella las miraba tan poco que apenas las distinguía. No era que no le gustasen, sino que les tenía miedo. Por su parte, ellas tenían sus propios métodos indirectos. Le cogían sin preguntar los cinturones y las faldas, y Nate decía que eso significaba que la aceptaban. Se preparaban batidos de leche, chocolate en polvo y helado y dejaban los vasos sin fregar por ahí, con la espuma marrón solidificada, para que Lesje los encontrara los lunes o los martes cuando se marchaban. Nate le decía que hablase con ellas si algo le molestaba, pero Lesje no era tan tonta. Si lo hubiese hecho, él se habría disgustado. Eso sí: eran siempre muy educadas, como les habían dicho. Ambos progenitores, sin duda. Las niñas no eran individuos, sino un colectivo, una palabra. «Las niñas.» Nate creía que bastaba con decir «las niñas» para que ella cerrara la boca como por arte de magia.

—Al demonio con las niñas —dijo sin pararse a pensarlo.

—Ya sé que piensas así —respondió Nate con resignación paternalista.

Debería haberse vuelto atrás, haberle explicado que en realidad no era eso lo que quería decir. Lo había hecho muchas veces. Pero en esa ocasión no dijo nada. Estaba demasiado enfadada. Si hubiese intentado decir algo, habría sido una de las maldiciones de su abuela: «¡Coño, capullo caca de perro! ¡Ojalá se te caiga el culo! Ojalá te mueras!».

Subió corriendo al baño, pisoteando con las botas las escaleras sin enmoquetar, sin importarle que pudieran oírla las niñas, y se encerró en él. En ese momento decidió quitarse la vida. Le sorprendió esa decisión; nunca había pensado en algo remotamente parecido. La gente como Chris la desconcertaba. Pero por fin entendió por qué lo había hecho Chris: habían sido la rabia y el miedo, mucho peor, de no ser nada. La gente como Elizabeth podía hacer eso: borrarte; los que eran como Nate lo hacían centrándose en sus propias preocupaciones. Las costumbres ajenas podían ser mortíferas. Chris no había muerto por amor. Había querido ser un acontecimiento, y lo había sido.

Se arrodilló al lado de la bañera y apretó el mango del cuchillo que había cogido de la cocina al pasar. Por desgracia, era un cuchillo de cortar pomelos. Tendría que aserrar más que cortar y no era ese el efecto que había pensado. Aunque el resultado final sería el mismo. Nate echaría la puerta abajo, cuando se diera cuenta, y la encontraría flotando en un mar rosado. Sabía que el agua caliente haría que la sangre manara más deprisa. Olería la sal, el olor a pájaro muerto. ¿Qué haría entonces con su efigie, cérea y con la mirada fija?

Pero en realidad no era eso lo que pretendía Lesje. Después de pensarlo un rato, escondió el cuchillo de cortar pomelos en el armario de las medicinas. Nate ni siquiera le había visto cogerlo; de lo contrario, estaría allí golpeando la puerta. (¿O no?) De todos modos, seguía enfadada. Con bastante calma echó por el váter las píldoras anticonceptivas de la cajita verde. Cuando Nate se metió en la cama, ella se volvió hacia él y le abrazó, exactamente igual que si le hubiera perdonado. Si la clave eran las niñas, si tenerlas era el único modo en que podía dejar de ser invisible, entonces ella también tendría una puñetera niña.

Por la mañana no se había arrepentido. Sabía que había cometido un acto indigno y vengativo, un acto tan vengativo que le habría parecido inconcebible un año antes. Sin duda, un niño concebido con tanta rabia no llegaría a buen puerto. Tendría un aborto, un reptil, una especie de mutante con escamas y un pequeño cuerno en el hocico. Hace tiempo que cree que el hombre es un peligro para el universo, un simio perverso, vengativo, destructivo, malvado. Pero solo en teoría. En realidad, creía que si la gente pudiera ver cómo estaba actuando, actuaría de otro modo. Ahora sabe que no es cierto.

No se retractaría. Nate, ignorante de lo que le esperaba, siguió comiéndose sus cereales y dándole conversación. Estaba lloviendo, dijo. Lesje mordisqueó una magdalena con el pelo por delante de la cara y lo miró como el destino, hosca y calculadora. ¿Cuándo golpearía su cuerpo?

—Quiero que sepas —le dijo, para que notara que seguía libre, que no la habían atrapado ni sacrificado— que si mueres, será Elizabeth quien se haga cargo del cadáver. Haré que se lo envíen en una caja. Al fin y al cabo, sigue siendo tu mujer.

Nate se lo tomó a broma.

Mientras baja las escaleras, con las manos inmóviles en los bolsillos de la gabardina, vacila. Tiene la pelvis estrecha, morirá en el parto, no sabe nada de niños, ¿qué ocurrirá con su trabajo? Ni siquiera con Nate trabajando a tiempo parcial pueden permitírselo.

No es demasiado tarde, aún no puede haber ocurrido nada. Abrirá otra caja, se tomará dos píldoras y se dará un baño caliente, y todo volverá a ser como siempre.

Pero luego piensa: «Esta vez no». No quiere más encuentros, fortuitos o no, con el cuchillo de cortar pomelos.

Bajo la cúpula dorada, con la cabeza gacha, mientras se dirige hacia la puerta, nota que le tocan el brazo. Espera que sea Nate, dispuesto a ofrecerle una reconciliación, la capitulación, una salida airosa. Pero resulta ser William.

—He pasado por el museo —dice—, y se me ha ocurrido venir a buscarte.

Lesje sabe perfectamente que William nunca se pasa por ninguna parte, y menos por el museo. El maravilloso y transparente William, tan fácil de leer como la guía de teléfonos, todo en orden alfabético. Tiene algo que decirle, así que ha ido a decírselo. No la telefoneó porque sabía que podía negarse a verle. Y no le falta razón, porque es exactamente lo que habría hecho. En cambio ahora le sonríe.

—Iba a Murray's a comer alguna cosa —dice. No está dispuesta a cambiar de planes por William.

Aunque William opina que Murray's es un sitio mugriento y que la comida que sirven causa cáncer de colon, pregunta si le importa que la acompañe. Lesje responde que ni mucho menos, y es cierto que no le importa. William es parte del pasado y no puede hacerle daño. Anda a su lado, con el aire llenándole los huesos. Siente una gran alegría de estar con alguien que no puede afectarla.

Lesje pide un sándwich de huevo picado y enciende un cigarrillo. William pide uno de tortilla. Cree, dice mientras clava las migajas con el tenedor, que ya ha pasado tiempo suficiente y le gustaría que supiera que es consciente de que al final no se portó muy bien. Sus ojos azules la miran con candidez y le arden las mejillas sonrosadas.

Lesje no confunde esa construcción verbal de William con el verdadero arrepentimiento. Es más bien un apunte en el balance de William, ese balance requerido en London, Ontario, esa página que William lleva en su cabeza en la que todo debe cuadrar al final. Un intento de violación, una disculpa. Pero Lesje está dispuesta a aceptar un simulacro de honradez. En otra época habría exigido sinceridad.

—Supongo que nadie se portó demasiado bien —responde.

William mira aliviado el reloj. Ella calcula que se quedará otros diez minutos, para hacer las cosas como es debido. En realidad no quería verla. En ese momento está pensando en otra cosa y, al intentar averiguarlo, Lesje descubre que no sabe en qué.

Se pasa la mano por la cara y lo observa a través del humo. La desanima ser incapaz de juzgar a William con tanta rapidez y facilidad como antes. Querría preguntarle: «¿Has cambiado? ¿Has aprendido algo?». Ella tiene la sensación de haber aprendido más de lo que jamás había imaginado, más de lo que querría. ¿La encontrará diferente?

Contempla su rostro: es posible que esté más delgado, no lo recuerda. Y esos ojos azules como el cielo, no son los ojos de una muñeca caucásica o de un maniquí de sombreros, como pensó en otra época.

William, sentado enfrente, bebe agua de un vaso con una marca de carmín en el borde. Sus dedos sostienen el vaso, la otra mano está sobre la mesa, el cuello le asoma de la camisa, de color verde claro, y en lo alto de todo está su cabeza. Sus ojos son azules y tiene dos. A eso asciende el total de William en ese momento.

ELIZABETH

Elizabeth, sin sombrero, pero con guantes, está en uno de los rincones más deseables del cementerio de Mount Pleasant. Cerca de los viejos mausoleos familiares de los Eaton, dueños de los grandes almacenes, y de los Weston, galleteros; no, Dios lo impida, en las partes más nuevas, con sus árboles raquíticos, ni en las extrañas áreas suburbanas de lápidas planas con símbolos chinos o elaborados monumentos con fotos forradas de plástico al lado de los nombres.

Dos hombres están echando tierra sobre la tía Muriel, que, aunque mandó incinerar a todos los miembros de su familia cercana, ha escogido que la dejen reposar más o menos intacta en la tierra. Hay un rollo de césped artificial preparado para tapar el desagradable trozo de tierra marrón en cuanto la tía Muriel esté bien apisonada.

La brisa cálida agita el cabello de Elizabeth. Por desgracia, hace un bonito día de primavera; está convencida de que la tía Muriel habría preferido una llovizna. Pero ni siquiera la tía Muriel puede escoger el tiempo desde la tumba.

No obstante, ha dispuesto casi todos los demás detalles de su funeral y entierro. En su testamento, redactado antes de morir, cuando estaba agonizando irremediablemente, dejó instrucciones muy precisas. Compró el ataúd y la parcela. Escogió meticulosamente su atuendo, incluso la ropa interior, y lo dejó preparado envuelto en papel cebolla con cinta adhesiva. (La imagina diciendo: «Es un vestido viejo, no vale la pena enterrar uno nuevo».) Prohibió que maquillaran el cadáver, por considerarlo un despilfarro, y optó por un ataúd cerrado. Incluso había elegido los himnos y las lecturas de la Biblia para el servicio religioso. Estaban en un sobre cerrado dirigido a la iglesia. Elizabeth, al saberlo, tuvo la sensación de oír la voz de la propia tía Muriel, tan intransigente como siempre, proyectándose por la boca de los asistentes al funeral.

La tía Muriel había avergonzado a Timothy Eaton. En la vida, como en la muerte, pensó Elizabeth, al escuchar la voz cohibida del joven que le había telefoneado:

—Le llamo a propósito de la misa —dijo—. Quisiera saber si estaría dispuesta a considerar algunos cambios. Lo que ha seleccionado resulta un tanto incongruente.

—Por supuesto —respondió Elizabeth.

—Bien —dijo el hombre—. Tal vez podamos vernos para repasar...

—Me refiero a que por supuesto que es incongruente —le interrumpió Elizabeth—. ¿Es que no la conocía? Deje que el viejo reptil se salga con la suya. Es lo que hizo siempre en vida.

Ya que su iglesia iba a heredar el botín, lo menos que podían hacer era tragar con lo que fuese.

Pensó que el hombre se ofendería —quería ser ofensiva—, pero está casi segura de haber oído una risita al otro lado de la línea.

—Muy bien, señora Schoenhof —dijo la voz—. Seguiremos adelante.

No obstante, Elizabeth no se había esperado oír al órgano el primer himno: «Jesucristo ha resucitado». ¿Estaba la vieja bruja anunciando a todo el mundo que se consideraba inmortal, o lo habría escogido solo porque le gustaba? Observó a los sorprendentemente numerosos asistentes, feligreses, parientes lejanos: cantaban animosos, aunque incómodos. Después del himno, el pastor se aclaró la garganta, movió los hombros como un nadador haciendo calentamiento y se lanzó a leer la Biblia.

«Cuanto fue su lujo y su vanagloria otro tanto dadle de pena y de tormento. Porque dice para sus adentros: "Ocupo un trono de reina; no quedaré viuda ni pasaré penalidades". Los reyes del mundo que con ella fornicaron y se dieron al lujo, llorarán y harán duelo cuando vean el humo de su incendio.»

Lo hacía lo mejor posible, subrayando las erres y actuando como si supiese lo que estaba haciendo, pero entre la congregación se alzó un murmullo de extrañeza. La tía Muriel rozaba el mal gusto. Debería haber escogido algo más convencional: la hierba que se marchita y muere, la piedad eterna… Pero ¿la fornicación? ¿En un funeral? Elizabeth recordó al joven pastor al que habían echado, con sus ojos como carbones encendidos y su apego por los soles teñidos de sangre y los velos desgarrados. Tal vez sospecharan que la tía Muriel era como él y que había pasado todos esos años oculta entre ellos. Probablemente no estuviese del todo cuerda, mira, si no, a la hermana y a la sobrina…

A Elizabeth no le había quedado ninguna duda de que se trataba de un mensaje personal dirigido a ella: las últimas palabras de la tía Muriel sobre su madre, la muerte orgullosa y demás, y probablemente también sobre sí misma. Le pareció ver a la tía Muriel recorriendo la Biblia con las bifocales en la punta de la nariz, buscando los versos apropiados: mordaces, punitivos, farisaicos. La gracia estaba en que la congregación no se dio cuenta. Conociendo su forma de pensar, Elizabeth vio que era probable que pensaran que la tía Muriel estaba arrepintiéndose, incluso confesándose, de un modo extraño. De una vida secreta dedicada al lujo.

«Por eso un día le llegarán sus plagas, la muerte, el duelo y el hambre; y se consumirá entre las llamas del fuego: pues el Señor Dios que la condena es poderoso.» El pastor cerró la Biblia, alzó la mirada con gesto de disculpa y la congregación suspiró aliviada. La tía Muriel no había escrito su propio elogio fúnebre, que insistió mucho en las palabras «dedicación» y «generosidad». Todos supieron a qué se refería. Elizabeth dejó vagar la mirada, hasta la familiar estatua de bronce dedicada a los muertos de la Primera Guerra Mundial, y luego hacia la otra pared. SIEMPRE DISPUESTA A HACER BUENAS OBRAS. Alguna Eaton.

Pero al llegar el último himno, Elizabeth estuvo a punto de ponerse en evidencia echándose a reír en voz alta. La tía Muriel había escogido «En la más fría noche de la Navidad», y los rostros en torno a Elizabeth cambiaron rápidamente de la perplejidad al pánico. Las voces se entrecortaron e interrumpieron; y Elizabeth tuvo que taparse la cara con las manos para reprimir un resoplido que esperó que confundieran con expresiones de pesar.

—Mamá, deja de reírte —le susurró Janet. Pero aunque cerró la boca, Elizabeth no pudo parar. Cuando acabaron de cantar el himno, le sorprendió ver que mucha gente estaba sollozando. Le habría gustado saber a quién lloraban: era imposible que fuese a la tía Muriel.

Tiene a las niñas agarradas de la mano, a Janet con la derecha y a Nancy con la izquierda. Llevan sus merceditas y sus calcetines blancos hasta la rodilla: ha sido idea de Janet, pues es lo que se ponían para ir a visitar a la tía Muriel. Janet gimotea decorosamente; sabe que es lo que hay que hacer en los funerales. Nancy mira a su alrededor girando la cabeza con descaro. «¿Qué es eso, mamá? ¿Por qué hace eso?»

La propia Elizabeth tiene los ojos secos y se siente un poco mareada. Aún no ha terminado de reírse. ¿Ha sido la misa el resultado de una senilidad prematura, o será posible que la tía Muriel les haya gastado por fin una broma? Es posible que llevase años planeándolo; que se regodeara imaginando las caras de sus viejos conocidos al pensar que tal vez fuese distinta de lo que parecía. Elizabeth lo duda, pero espera que así sea. Ahora que la tía Muriel está muerta, es libre de reestructurarla de un modo más parecido a sus propios requisitos; también querría encontrar algo en ella que le pareciese bien.

Nate está al otro lado de la tumba. Durante la misa se ha quedado al margen; puede que no quisiera ser indiscreto. Ha sido muy amable al asistir; ella no se lo pidió. Amable, pero innecesario. Se le ocurre que, en general, Nate es innecesario. Puede estar ahí o no. Elizabeth parpadea y Nate desaparece; vuelve a parpadear y aparece de nuevo. Descubre que es capaz de sentirse agradecida por su presencia. Sabe que esa gratitud momentánea no conducirá a ninguna parte y que se evaporará la próxima vez que llegue tarde a recoger a las niñas. En todo caso, la guerra ha terminado. «Rompan filas.»

—Voy a ver a papá —susurra Nancy soltándose de la mano de Elizabeth. Nancy quiere aprovechar la excusa para pasar más cerca de la tumba y ver mejor a los hombres que apalean la tierra; pero también quiere estar con su padre. Elizabeth sonríe y asiente.

Se le ha pasado la hilaridad, que la ha dejado estremecida. Le cuesta creer que la tía Muriel, marchita, metida en un ataúd, enterrada y olvidada hiciese las cosas dañinas e incluso devastadoras que recuerda. Posiblemente las haya exagerado e inventado. Pero ¿por qué iba a inventarse a la tía Muriel? Además, la tía Muriel era así; Elizabeth lo sabe, aún conserva las cicatrices.

¿Por qué, entonces, de pronto no soporta ver a la tía Muriel enterrada y apisonada como si fuese un lecho de flores? Embellecida. «Era horrible», quiere decir y atestiguar. «¡Era horrible!» La tía Muriel era un fenómeno, como un cordero con dos cabezas o las cataratas del Niágara. Le gustaría dar fe de ello. Quiere que lo admiren; no que lo menosprecien o le resten importancia.

La tía Muriel ya ha desaparecido y los asistentes de más edad empiezan a moverse y desvanecerse en sus coches. Sus bufandas aletean como las coronas fúnebres.

A Elizabeth le gustaría marcharse también, pero no puede; la muerte de la tía Muriel todavía no está completa. No ha cantado en el funeral ni participado en los rezos. Tuvo la sensación de que si abría la boca soltaría alguna inconveniencia. Pero tiene que decir algo, alguna palabra de despedida, antes de que instalen la alfombra verde. «Descansa en paz» le parece inapropiado. La tía Muriel no tenía nada que ver con la paz ni el descanso.

—Voces ancestrales augurio de la guerra —se oye murmurar.

Janet la mira y frunce el ceño. Elizabeth sonríe ausente; está rebuscando en su memoria. «Una fastuosa cúpula.» Tuvieron que memorizarlo en bachillerato. Donde corría Alfa el río sagrado por no sé qué cavernas hasta precipitarse en un mar sin sol. Recuerda

a la profesora, una tal señorita Macleod, que tenía el cabello cres-
po y blanco y hablaba con los ojos cerrados de hadas que descri-
bían círculos. «Esas grutas de hielo.»

Si no fuese por el ruido de las palas reinaría el silencio. El verde nebuloso de los árboles se extiende en la distancia, tenue,
blando como la gasa, no hay nada contra lo que empujar ni a lo
que agarrarse. La absorbe un negro vacío, se levanta el lento rugido del viento. Sin soltar la mano de Janet, Elizabeth cae por el
espacio.

Nate la ayuda a levantarse.

—¿Estás mejor? —dice. Le frota con torpeza el barro del abrigo.

—Deja —responde Elizabeth—. Lo llevaré a la tintorería.

Ahora que está claro que sigue viva, Nancy decide que ya puede echarse a llorar. Janet, exasperada, pregunta a Nate si lleva encima un poco de licor; para reanimarla, supone Elizabeth. Por
una vez, no lleva, y eso es para Janet el golpe definitivo. Sus padres son torpes y carecen de la menor elegancia. Les da la espalda.

—Estoy perfectamente —dice Elizabeth. Le saca de quicio
esa necesidad que tienen todos de que les diga que está bien. No
lo está, tiene miedo. Ha hecho otras cosas, pero nunca se había
desmayado así. Prevé un futuro de repentinos apagones, desplo-
mándose en las vías del metro, en los cruces, cuando no haya
nadie para apartarla. Se imagina cayendo por las escaleras. Decide
ir a mirarse el azúcar. Las ancianas que aún no se han ido, la miran con interés amistoso. Por lo que a ellas respecta, ha hecho lo
que debía.

Los dos hombres están levantando la alfombra de césped verde
de plástico y empiezan a desenrollarla. El funeral ha terminado,
ya puede llevarse a casa a las niñas.

En lugar de volver en el coche de la funeraria al salón fúnebre de la iglesia donde van a servir café y pasteles, se dirigen andando al metro. En casa se cambiarán de ropa y les preparará alguna cosa. Sándwiches de mantequilla de cacahuete.

De pronto le sorprende que sea capaz de hacer algo tan sencillo. ¿Cuántas veces ha estado cerca de actuar como Chris? Y, lo que es más importante, ¿qué la detuvo? ¿Era ese el poder que ejercía sobre ella, ese fragmento del espacio exterior que llevaba encerrado a presión en su cuerpo hasta la explosión final? Recuerda un juego del instituto del que había oído hablar, pero al que no jugó nunca: «Gallina». Conducían a toda velocidad hacia el acantilado, en dirección al lago, e intentaban no ser el primero en frenar. Allí de pie bajo la luz del sol, siente el alivio horrorizado de quien se ha detenido justo a tiempo de ver a un oponente caer a cámara lenta por el precipicio.

Pero sigue viva, lleva ropa, pasea, incluso tiene un trabajo. Tiene dos hijas. A pesar del viento, de las voces que la llaman desde el subsuelo, de los árboles que se desdibujan y de los abismos que se abren a sus pies, y que seguirán abriéndose siempre de vez en cuando. Le resulta fácil ver el mundo visible como un velo transparente o un remolino. El milagro es hacerlo sólido.

Piensa con anticipación en su casa, el silencioso cuarto de estar con sus cuencos vacíos, pura elegancia, la mesa de la cocina. La casa no es perfecta; hay partes que se caen a pedazos, sobre todo el porche de la entrada. Sin embargo, es una maravilla que tenga una casa, que se las haya arreglado para tener una casa. A pesar del naufragio. Ha construido una vivienda sobre el abismo, pero ¿dónde si no? De momento, sigue en pie.

Viernes, 18 de agosto de 1978

NATE

Nate está en una silla plegable de madera detrás de una mesita de cartas, en la parte Este de Yonge Street, una manzana al sur de Shuter Street. El sol de la tarde le calienta la cabeza. Se hace sombra con la mano; debería haber llevado unas gafas de sol. Le gustaría poder beberse una cerveza, tener una lata de Molson metida entre los pies y llevársela rápidamente a los labios. Pero daría muy mala impresión.

Al otro lado de la calle, los tubos intestinales del centro comercial Eaton engalanan las paredes y las escaleras. Los clientes entran y salen a paso rápido, con la cara hacia delante, concentrados en pequeños anhelos y logros personales. Los de este lado de la calle tienen menos esperanzas. Viejos que arrastran los pies de una eterna borrachera, jóvenes con camisetas negras sin mangas remetidas en los pantalones tejanos con cinturones de clavos y los brazos tatuados; pálidos empleados de oficina con trajes de verano cuyos ojos sonrosados esquivan su mirada; mujeres malhumoradas de tobillos anchos y zapatos rozados con los dedos en las asas de las bolsas de la compra. Pocos sonríen. Algunos fruncen el ceño, pero la mayoría adopta un gesto inexpresivo y reserva sus tics musculares de rabia o alegría para momentos más íntimos y seguros.

Nate mira a todos los viandantes con lo que espera que sea una mirada irresistible: «Tu país te necesita». Casi todos miran el cartel que tiene sobre la mesa y aceleran el paso, procurando pasar de largo antes de que pueda enredarles con cualquier compromiso fastidioso. «LAS INFRACCIONES DE LA POLICÍA MONTADA», dice el cartel, a modo de leve reprimenda. «LA CORRUPCIÓN» o, aún mejor, «LOS PECADOS», habría recaudado más dinero.

Algunos se paran y él reparte folletos. De vez en cuando, le dedican un poco de atención y les suelta su discurso. Está recogiendo firmas para una petición, explica, sin duda estarán en contra de las infracciones de la policía montada. Les habla del correo violado, pero no del granero incendiado ni de los despachos asaltados en Quebec. La mayoría de la gente no tiene granero y siente indiferencia u hostilidad contra Quebec, pero sí tiene correo. Para demostrar su compromiso, se pide a los firmantes de la petición que colaboren con un dólar a un fondo que se utilizará para seguir promoviendo la campaña.

Nate habla despacio, sin más fervor del necesario. No hay que dar impresión de fanatismo. Se supone que representa al ciudadano honrado medio. Pero no es cierto. Le produce una irónica satisfacción que todos los que hasta el momento han demostrado algún entusiasmo provengan de las filas de los jóvenes de camisetas negras, obviamente camellos, peristas y ladronzuelos de poca monta. No le extrañaría encontrarse entre ellos a un cliente o ex cliente.

—A la cárcel con esos cabrones —dice uno—. El pasado fin de semana registraron mi casa y fue como si hubiesen pasado con una puta sierra mecánica. Pero no me pillaron con nada encima.

Quisiera saber qué pensaría su madre de ese fenómeno y concluye que no se ofendería y que ni siquiera le sorprendería. «Una firma es una firma», diría. Es lo que dirá el próximo fin de semana, cuando su competente trasero esté en esa misma silla, y sus serios zapatos de suela de crepé pisen la acera.

Tendría que haber ido ella, pero se torció el tobillo en el hospital. «Una torcedura, no un esguince —le había dicho por teléfono—. Andan muy cortos de voluntarios, de lo contrario no te lo pediría, nunca te lo he pedido.»

No es cierto, sí que se lo ha pedido. Campaña por la paz, Salvemos al poeta coreano, Prohibid la bomba. Lo que pasa es que nunca había aceptado. Se pregunta por qué lo ha hecho en esa ocasión. No es que la empresa tenga más visos de tener éxito que las otras. Pero recoger firmas contra la policía montada no le parece más fútil que las otras cosas que hace.

Un hombre de mediana edad hojea el folleto, luego se lo devuelve a Nate como si le quemara en las manos y mira a su espalda.

—Le daré un dólar —dice—, pero no puedo firmar.

Habla con acento, ni francés ni italiano. Nate le da las gracias y mete el dólar en la hucha. Más gente de la que habría imaginado parece creer que se meterá en un lío si firma la petición. Que la policía la detendrá, le azotará la planta de los pies, le aplicará planchas del pelo en los genitales o, como poco, abrirá su correo.

Nate lo duda; duda que a la policía le preocupe lo más mínimo. No. Tal vez por eso nunca haya hecho nada. Es demasiado seguro. Le gustaría tener que tomar decisiones abrumadoras, el peligro, vivir al límite, con una risa despreocupada y los ojos brillantes, que un paso en falso pudiera costarle la vida. En vez de eso se achicharra al sol, saca dinero a los desconocidos y enciende otro cigarrillo para combatir el humo de los tubos de escape de la calle.

Cuando subió al despacho a recoger los panfletos, le saludaron como al hijo pródigo. Tres mujeres con arrugados vestidos veraniegos salieron de sus cubículos para estrecharle la mano; su madre era maravillosa, dijeron muy animadas, debe de sentirse orgulloso. El director le invitó a pasar a su parduzco despacho, en la mesa se apilaban papeles mugrientos, cartas, formularios y viejos recortes de periódico. Nate le explicó lo del tobillo torcido y le dejó claro con la mayor delicadeza posible que era solo un sustituto temporal. No pareció necesario añadir que la petición le parecía una especie de broma. Se supone que van a enviársela al primer ministro, que se dedicará a hacer aviones de papel con ella. ¿Por qué no? Ha leído las cartas al director, sabe que la mayoría de la gente permitiría que les arrancasen las uñas a seis millones de quebequenses, paquistaníes, líderes sindicales y travestis antes que admitir que hay un desconchón en la alegre pintura roja de la policía montada de sus sueños.

Probablemente el director sepa que se trata de una broma. Estaba sonriendo. Le había sonreído como una de esas huchas con la efigie de un payaso, con los dientes blancos entreabiertos y codiciosos y una engañosa insipidez. Los ojos encima de los pómulos miraban astutos y Nate se había sentido cohibido al verlos. Todos actuaron como si de verdad fuese lo que tanto se ha esforzado en no llegar a ser: el hijo de su madre. Y tal vez lo sea.

Pero no solo eso. No. Se niega a ser etiquetado. No está cerrado, el tiempo le arrastra, pueden ocurrir otras cosas. Junto al codo tiene el *Globe* de esa mañana, que espera poder hojear más tarde, cuando ya no le queden folletos. Tal vez haya finalmente alguna noticia. Una pequeña parte de él aún espera, ansía todavía, anhela un mensaje, un mensajero; entretanto, se dedica a proclamar a los demás otro mensaje que sospecha que es una broma…

Le han dicho que a las cuatro en punto llegará su reemplazo, un teólogo católico alemán, y le estrechará la mano como si fuese su alma gemela. Nate, avergonzado, dejará su puesto y se irá con los demás transeúntes, los que vuelven a casa, los que simplemente deambulan por la calle; se perderá entre los apáticos, los fatalistas, los no comprometidos, los cínicos; con los que querría sentirse a sus anchas.

Viernes, 18 de agosto de 1978

LESJE

Uniformada con su bata blanca, Lesje desciende, alrededor del tótem, camino del sótano. Ese día no va a hacer trabajo de laboratorio, pero aun así se ha puesto la bata. Con ella tiene la sensación de formar parte de ese sitio. Y así es.

Recuerda cómo, en otro tiempo, seguía con la mirada a los hombres y mujeres, pero sobre todo a las mujeres, a los que veía recorriendo decididos los pasillos o desaparecer por las puertas señaladas PERSONAL AUTORIZADO en sus excursiones de los sábados. En esa época las batas blancas le habían parecido insignias reservadas a los miembros. Había deseado tanto pasar por aquellas puertas: detrás se ocultaban secretos e incluso maravillas. Ahora tiene llaves, puede ir a casi cualquier sitio, está familiarizada con los trozos de roca amontonados como en un mercadillo benéfico, con los fragmentos y los legajos sin clasificar y cubiertos de polvo. Tal vez sean secretos, pero no son maravillas. En cualquier caso, no querría trabajar en ninguna otra parte. Antes no había nada más importante para ella y sigue sin haberlo. Es el único sitio del que quiere formar parte.

No renunciará a eso. Con los puños metidos en los bolsillos de la bata, recorre el sótano entre las vitrinas con maniquíes de indios vestidos con ropa ceremonial robada, las máscaras talladas, alegres y temibles. Anda deprisa, como si supiera adónde se dirige, pero en realidad se está tranquilizando, repasando el museo una vez más en su cabeza, sala por sala, una letanía de objetos. ¿Cuánto tiempo pasará hasta que vuelva a verlo?

A veces piensa en el museo como un depósito de conocimiento, refugio de los eruditos, un palacio construido en pos de la verdad, con el aire acondicionado estropeado, pero un palacio pese a todo. Otras veces es una cueva de ladrones: han saqueado el pasado y allí es donde guardan el botín. Allí yacen fragmentos enteros de tiempo, dorados y congelados; ella es una de los guardianas, la única; sin ella, el edificio se fundiría como una medusa varada en la arena, no existiría el pasado. Sabe que, en realidad, es justo al revés, que sin el pasado ella no existiría. Aun así, debe aferrarse de algún modo a su propia importancia. La han amenazado, es codiciosa. Si hace falta, se meterá en una de esas vitrinas, con una máscara peluda en la cara, se esconderá, nunca la sacarán de allí.

¿Le pedirán que se vaya? Que dimita. No lo sabe. Una paleontóloga embarazada es una contradicción en términos. Su trabajo consiste en poner nombre a los huesos, no en crear carne. Lo cierto es que ha tenido dos faltas seguidas. Podría ser eso que llaman estrés. No se ha hecho la prueba para confirmarlo, no se le ha ocurrido. Será una madre soltera. Claro que cada vez es más corriente, pero ¿qué hará el doctor Van Vleet, un caballero de la vieja escuela que claramente no vive en el año 1978?

¿Y qué hará Nate? ¿Qué hará ella? Resulta difícil creer que un acto tan insignificante por su parte tenga consecuencias relevantes para los demás, aunque solo sea para unos pocos. No obstante, el pasado es el sedimento de billones o trillones de actos parecidos.

No está acostumbrada a ser causa de nada. En la pared de su despacho, el árbol de la evolución se bifurca como un coral hasta el techo: peces, anfibios, terápsidos, tecodontes, arcosaurios, pterosaurios, pájaros, mamíferos y el hombre, un mero puntito. Y ella, otro; y, dentro de ella, uno más, que se deshojará a su debido tiempo.

O no; también lo ha pensado. Podría abortar, detener el tiempo. Sabe que es más fácil que antes. No se lo ha dicho aún a Nate, no necesita decírselo. Todo podría seguir igual. Que es justo lo que no quiere.

No sabe si se va a alegrar, a enfadar o a desesperar; probablemente, a juzgar por sus sentimientos con sus otras dos hijas, las tres cosas. Pero, sea cual sea su reacción, Lesje sabe que no afectará a lo que decida ella. Nate ha sido desplazado, aunque sea un poco, del centro del universo.

Sube por las escaleras de atrás y pasa por la exposición de vestimenta europea, rodea la exposición de arte campesino chino, que no le interesa demasiado. Al doblar la esquina en dirección a la escalera principal, vislumbra una figura oscura y cuadrada en el piso de arriba. Es Elizabeth. No la ha visto. Está acodada en la balaustrada, mirando hacia el vestíbulo. Lesje casi nunca ha visto así a Elizabeth, ensimismada. Es como si la viese el último día de su vida. Le resulta extraño, está acostumbrada a pensar en Elizabeth como algo permanente, como un icono. Pero Elizabeth sola, abstraída, sin relación con nadie, parece más baja, ajada, vulgar: mortal. Las líneas de su rostro y de su cuerpo se curvan hacia abajo. Sin embargo, sabe que su embarazo no causará ningún efecto en Elizabeth, e incluso es posible que la impulse a retrasar el divorcio todo lo posible para demostrar algo —¿qué?, ¿que es la primera mujer?—. Lesje no recuerda por qué le inspiraba miedo.

¿Seguirán haciendo lo mismo dentro de veinte años? ¿Seguirán sin hablarse cuando sean viejas y vayan vestidas de negro?; ¿continuarán deseándose lo peor, sin verse, pero sin quitarse la una a la otra de la cabeza, en un área secreta de oscuridad como un tumor o el negro vórtice en el centro de una diana? Puede que lleguen a ser abuelas. De pronto se le ocurre que esa tensión entre las dos es un obstáculo para sus hijos. Deberían parar.

Aun así, no le apetece pasar por la pantomima de saludar y sonreír; no en ese momento. Se escabulle hasta el ascensor y sube.

Entra en la galería de evolución de vertebrados por donde no se debe, por la puerta señalizada SALIDA. Está un poco mareada, probablemente porque no ha comido nada en todo el día. Demasiado café. Se sienta en la cornisa acolchada que separa a los dinosaurios de los visitantes. Le apetece fumar un cigarrillo en el tranquilizador crepúsculo Cretácico antes de salir al calor ardiente de la tarde, pero sabe que hay peligro de incendio, así que se limitará a descansar. En la galería también hace calor, pero al menos está oscuro.

Aquí están sus viejos conocidos, tan familiares para ella como si fuesen sus mascotas: el alosaurio carnívoro; el chasmosaurio, con su pico de loro; el parasaurolofus, con su cornamenta parecida a la de un ciervo. No son más que un montón de huesos, huesos y alambre en un decorado polvoriento de plástico, y ella es una adulta; ¿por qué sigue pensando en ellos como si estuviesen vivos?

Cuando era mucho más joven creía, o se esforzaba en creer, que de noche, cuando cerraban el museo, las cosas que había dentro tenían su propia vida oculta; y que si hubiese podido colarse en él lo habría visto. Luego abandonó esa ensoñación por otra menos extravagante: era cierto que aquellos objetos eran inmóviles y silenciosos, pero había un aparato o una fuerza (un rayo secreto, la energía atómica) capaz de devolverlos a la vida. Argumentos infantiles, basados sin duda en una extraña novela gráfica de ciencia ficción o en la sesión matinal navideña de la suite del *Cascanueces* a la que la habían arrastrado cuando decidieron, de modo tan desastroso, que hiciese ballet.

Ahora, no obstante, al contemplar los enormes cráneos que se alzan sobre ella entre la luz tenue y las gigantescas garras y columnas vertebrales, casi espera que esas criaturas de su imaginación alarguen amistosas los dedos para saludarla. Pese a que si estuviesen vivas de verdad saldrían huyendo o la despedazarían. No obstante, los osos bailan al son de la música, igual que las serpientes. ¿Y si apretara los botones y, en lugar de oírse los consabidos discursos o los gritos de focas y morsas utilizados para imitar las voces submarinas de los reptiles acuáticos, se oyese alguna canción desconocida? Música india, monótona, hipnótica. «Intenta imaginar —dice el folleto que escribió, una guía para padres y profesores— lo que ocurriría si de pronto los dinosaurios cobrasen vida.»

Le gustaría; le encantaría quedarse ahí una hora sin hacer nada. Cerraría los ojos y, uno tras otro, los fósiles alzarían sus pesadas patas y recorrerían el bosque de árboles resucitados, la carne se iría formando en torno a ellos como hielo o niebla. Bajarían danzando a trompicones por las escaleras del museo y saldrían por la puerta principal. En Queens Park brotarían equisetos de ocho pies de altura, el sol se teñiría de color naranja. Añadiría algunas libélulas gigantes, unas flores blancas y amarillas, un lago. Se movería entre el follaje a sus anchas, una expedición de uno solo.

Pero no puede hacerlo. O ha perdido la fe o está demasiado cansada; el caso es que no puede concentrarse. Se entremezclan fragmentos de imágenes nuevas. Mira los guijarros, los trozos de corteza, las cicas polvorientas al otro lado de la cornisa, a mil millas de distancia.

En primer plano, empujando tanto si quiere como si no, está lo que Marianne llamaría su vida. Es posible que la haya echado a perder. A eso se refieren cuando hablan de «madurez»: a que llegas a un punto en el que crees que has echado a perder tu vida. Debería haber aprendido más, debería haber estudiado más antes de saltar, pero no se arrepiente.

Es cierto que tal vez haya cometido una estupidez. Bastantes, muchas. O puede que haya hecho algo inteligente por una razón estúpida. Se lo dirá a Nate esa tarde. ¿La perdonará?

(No necesita el perdón de nadie, al menos no el de Nate. Preferiría perdonar ella a alguien, de algún modo, por algo; pero no está segura de por dónde empezar.)

Viernes, 18 de agosto de 1978

NATE

Nate está corriendo. Trota por University Avenue en dirección opuesta al tráfico, con el sol centelleando en los techos y los parabrisas de los coches y calentándole la cabeza. La sangre en sus oídos es como un gong, se está calentando como el metal, la acera golpea implacable las plantas de sus pies. Tira de la camisa de rayas, la pulcra camisa de ciudadano que se ha puesto para ir a recoger firmas, la saca de la cintura del pantalón de pana y deja que aletee tras él. Sopla un viento pegajoso que huele a taller mecánico y a aceite derramado.

Al llegar al Parlamento espera a que se abra un hueco en el tráfico, acelera el paso para cruzar, continúa por debajo de la marquesina, a lo largo de las paredes de piedra rosada que eran de un marrón mugriento hasta que las limpiaron. Un día tal vez se meta en política, lo ha estado pensando. Provincial, no municipal. Ni federal, no le apetece exiliarse. Pero aún no, aún no.

Su sombra le marca el paso, alargándose a su derecha, delgada y con la cabeza diminuta; una negrura que parpadea sobre la hierba. Una premonición que siempre le acompaña; su propia muerte. Ya pensará en ella en otro momento.

No obstante, debería cuidarse más, o al menos intentarlo. Un programa regular le sentaría bien. Levantarse a las seis, correr media hora por la mañana antes de que haya demasiado humo de los tubos de escape. Luego un desayuno frugal, no abusar de los huevos ni de la mantequilla, fumar solo un paquete al día. Con cada copa muere una neurona. Por suerte hay millones; tardará un tiempo en volverse senil. Si pudiese correr se sentiría mejor, se controlaría, lo sabe. Todos los días a la misma hora, y así eternamente.

En esa ocasión no va a dar la vuelta entera. Está empapado de sudor, el aliento le raspa en la garganta, el oxígeno agudiza todos los bordes. No hará nada eternamente. A mitad de camino se desvía hacia el monumento a los Caídos, pero se tumba sobre la hierba antes de llegar y se queda de espaldas. Unos puntitos flotan en el azul amniótico; conos y bastoncillos, estrellas negras en el interior de su cabeza. Por debajo, la hierba le empuja hacia delante.

Le gustaría poder llevar a Lesje a alguna parte, al campo, ese campo que sin duda está por todas partes aunque no recuerda la última vez que lo vio. Pero ¿cómo llegarían allí? ¿En autobús? ¿Andando por un polvoriento camino de grava que no aparece en los mapas? Da igual. Podrían hacer el amor, lenta y dulcemente, debajo de unos árboles, con la luz dorada ondulando por encima y el aroma de la hierba aplastada. Ese día posible brilla ante sus ojos, como un óvalo de luz; con esa luz Lesje parece borrosa, sus rasgos resplandecen y se emborronan, su cabello oscuro se funde entre sus manos, su cuerpo blanco y esbelto tendido sobre la hierba cambia, fulgura, se desvanece. Es como si estuviese demasiado cerca para verla y fijarla en su imaginación. Cuando se aleja apenas puede recordar su aspecto.

Sin embargo, a Elizabeth puede verla con claridad, hasta el último rasgo y la última sombra. Antes de que naciese Janet y de que vendiera el coche, llevaba a Elizabeth al campo. Pero se negaba a saltar vallas y gatear debajo de los arbustos y él no había sabido persuadirla. Iban a las subastas o mercadillos de las granjas, familias que se marchaban o que eran demasiado viejas y vendían sus pertenencias. Elizabeth se encargaba de las pujas, sillas de cocina, cucharas, mientras él esperaba, con las manos en los bolsillos, en el puesto de refrescos y perritos calientes y toqueteaba la calderilla, sintiéndose fuera de lugar, un carroñero.

Piensa brevemente en Elizabeth, con desapego. Por un instante, es alguien a quien conoció. Quisiera saber qué ha sido de ella. Echa de menos esos paseos que nunca dieron y los campos en los que no pudo convencerla de que entrase.

Se sienta, se quita la camisa húmeda y la usa para secarse el pecho y la cabeza, luego la extiende a su lado al sol para que se seque. Está helado, a pesar del calor. Al cabo de unos pocos minutos, cuando recupere el aliento, encenderá un cigarrillo y se lo fumará. Luego se incorporará y volverá a ponerse la camisa. Esperará a que haya un hueco en el tráfico y cruzará corriendo con ligereza, apoyando solo la punta del pie.

Se dirigirá hacia el norte, pasará el planetario y su valla publicitaria, que ve desde allí. EL PLANETARIO SIGUE ABIERTO. Están añadiendo un ala nueva al museo; Lesje dice que ya era hora. «El Royal Ontario Museum no se construyó en un día», asegura la valla de contrachapado, bromeando con el acrónimo del museo y pidiendo dinero. Otra causa digna. Le van a dejar seco, a pesar de su corazón de serrín.

Subirá las escaleras y se apoyará en el mismo sitio donde antes esperaba a Elizabeth, con un hombro contra la piedra. Encenderá otro cigarrillo, verá ir y venir a los visitantes del museo como si fuesen de compras, y esperará a que salga Lesje. No se lo imaginará. A lo mejor se sorprende y se alegra de verle; en otra época habría estado seguro. A lo mejor solo se sorprende, y es posible que ni siquiera eso. Anticipa ese momento que no puede predecir, que deja hueco para la esperanza y también para el desastre. Irán a tomar una copa o no. En cualquier caso, se irán a casa.

Viernes, 18 de agosto de 1978

ELIZABETH

Elizabeth está contemplando un cuadro. Está enmarcado y detrás de un cristal. Tras el cristal, unas hojas de color verde intenso se extienden con la armoniosa asimetría de una alfombra de flores china; entre ellas brillan frutas purpúreas. Tres mujeres, dos de ellas con cestas, están recogiéndolas. Sonríen y les brillan los dientes, tienen las mejillas rollizas y sonrosadas como las de una muñeca. «Una buena cosecha de berenjenas», dice el cartel en chino, en inglés y en francés. Elizabeth recuerda que tiene que recoger unos perritos calientes de camino a casa, se lo han pedido las niñas, y para ella, estofado de pollo. Se sentarán en el porche de la entrada, es la idea que tiene Nancy de ir de merienda al campo. A lo mejor están más frescas.

Un hombre con un mono de trabajo que empuja una enorme máquina de pulir el suelo llega a donde está Elizabeth y le pide que se aparte. Ella anda a lo largo de la pared. Acaban de cerrar y casi todos se han ido del museo. Estaba esperando ese vacío relativo para recorrer con calma la exposición, que se inauguró hace cuatro días, pero que no ha tenido ocasión de ver porque ha estado demasiado ocupada. No obstante, le han gustado los reportajes publicados en prensa. China está de moda, a diferencia de, por ejemplo, la India, que lo estuvo hace un tiempo, con aquella guerra. Y el número de visitantes no ha estado mal, aunque, claro, no ha sido tan grande como cuando tuvieron aquellas colas con la exposición «El arte de la antigua China» hace algunos años. La gente está dispuesta a esperar muchas horas para ver oro, sobre todo si lo han desenterrado de una tumba. Elizabeth aún recuerda los caballos, aquellos corceles de dientes feroces sacados de la tumba de algún emperador. No eran de oro, no recuerda de qué estaban hechos, pero sí la impresión de oscuridad. Un mal augurio, una catástrofe, cerniéndose y abatiéndose.

Estos cuadros no tienen nada de catastrófico. «El nuevo aspecto de nuestra pocilga», lee Elizabeth. No le interesan mucho los cerdos. Esos parecen de juguete, como los cerdos de plástico de la granja con la que todavía juegan las niñas de vez en cuando. Son discretos y pulcros, y evidentemente no escarban ni cagan. En los márgenes crecen decorativas calabazas entre las cochiqueras.

El encargado de pulir el suelo la está siguiendo. Cruza al otro lado y dobla la esquina por el segundo pasillo. Los cuadros están colgados en paneles móviles que dividen la galería. Han hecho un buen trabajo con el montaje de la exposición, piensa; las fotos en blanco y negro a tamaño natural de los artistas añaden un toque simpático. Recuerda cuando toda esa sección se utilizaba para exponer armaduras y armas medievales: ballestas, mazas, alabardas, trabucos labrados, mosquetes. Solo el parquet del suelo sigue igual.

«No permitáis que Lin Piao y Confucio denigren a las mujeres», lee con una sonrisa. «Todo el mundo ayuda a construir las casas de los demás.»

De pronto Elizabeth se siente no sola, sino aislada, apartada. No recuerda la última vez que alguien que no fuesen las niñas le ayudó a hacer algo. Sabe que en China llueve, aunque no llueva en los cuadros. Sabe que la gente no sonríe invariablemente y que no todos tienen dientes tan blancos ni mejillas tan sonrosadas. Por debajo de los colores de los carteles, primarios como los del dibujo de un niño, hay maldad, codicia, desesperación, odio, muerte. ¿Cómo no iba a saberlo? China no es el paraíso; el paraíso no existe. Hasta los chinos lo saben, tienen que saberlo, viven allí. Igual que los hombres de las cavernas, no pintan lo que ven sino lo que anhelan.

«Los caquis están maduros al pie del monte Chungman», lee. Unos globos entre anaranjados y amarillentos pueblan la lámina; entre las ramas entrelazadas trepan unas jóvenes, asoman rostros felices, luminosos y uniformados como pájaros. Elizabeth parpadea para contener las lágrimas: es absurdo que eso la conmueva. Es propaganda. No quiere formar y aprender a lanzar granadas, no quiere manejar un trillo, no le apetece sufrir las críticas del grupo ni que le digan lo que tiene que pensar. No es eso lo que la conmueve tanto que tiene que buscar en el bolso un clínex, un trozo de papel, algo con lo que enjugarse el rostro. Son nabos en inocentes hileras, vulgares, iluminados desde dentro, orgullo volcado en unos simples tomates, en racimos de uvas pintados con todos sus matices translúcidos. Como si valieran la pena.

Elizabeth se seca la nariz. Si quiere ver uvas puede ir al supermercado. Tiene que ir de todos modos porque en casa no hay nada para cenar.

China no existe. No obstante desearía estar allí.

Agradecimientos

Quiero dar gracias a las siguientes personas que me ofrecieron sus comentarios, información, apoyo u otras formas de ayuda: Carl Atwood, Lenore Mendelson Atwood, Ruth Atwood, Peter Boehm, Liz Calder, J. A. Donnan, Kate Godfrey Gibson, Jennifer Glossop, Beverley Hunter, Matla Kavin, Marie Kwas, Jay MacPherson, Fred J. Roberts, Rick Salutin, J. B. Salsberg, Savella Stchishin, Zenia Stchishin, Nan Talese, Marie Thompson, Jean Wachna, la señora Walpert y la señora Werblinsky.

También quisiera expresar mi agradecimiento a Donya Peroff, mi incansable investigadora durante muchos años; Phoebe Larmore, mi agente; y los muchos miembros del Planetario y el Museo Real de Ontario que me dedicaron su tiempo, sobre todo a Joanne Lindsay de paleontología de vertebrados, que me guió con mano firme por el Cretácico Superior.

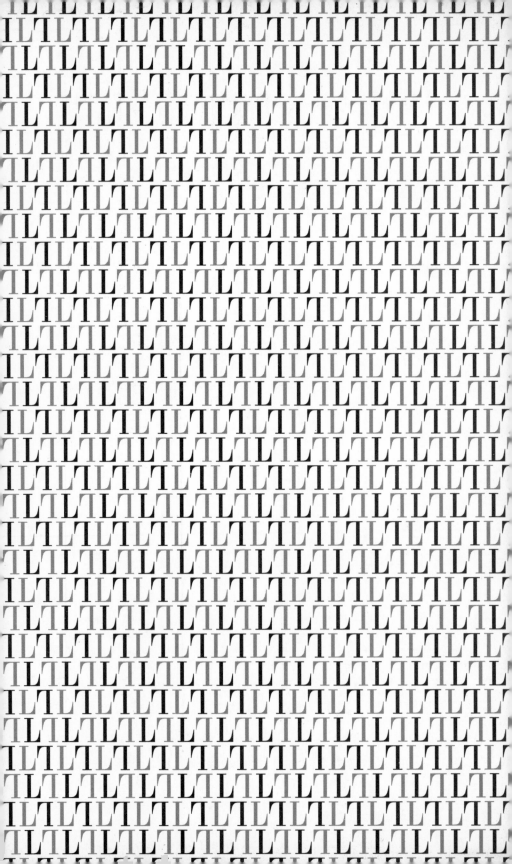